十二岁的风

风龙◎著

◇◇ 第一部 ◇◇

华龄出版社

责任编辑：程　扬
责任印刷：李未圻

图书在版编目（CIP）数据

十二岁的风 / 风龙著. -- 北京 : 华龄出版社, 2018.9

ISBN 978-7-5169-1261-4

Ⅰ. ①十… Ⅱ. ①风… Ⅲ. ①长篇小说—中国—当代 Ⅳ. ①I247.5

中国版本图书馆CIP数据核字（2018）第204007号

书　　名：十二岁的风
作　　者：风龙 著

出 版 人：胡福君
出版发行：华龄出版社
地　　址：北京市东城区安定门外大街甲57号　　邮　　编：100011
电　　话：58122254　　传　　真：58122264
网　　址：http://www.hualingpress.com

印　　刷：武汉市洪林印务有限公司
版　　次：2019年1月　第1版　　2019年1月　第1次印刷
开　　本：710mm×1000mm　1/16　　印　　张：18.5
字　　数：352千字
定　　价：52.00元

目 录 CONTENTS

十二岁的风

本人姓韩，名风，乳名木木，一个十二岁的懵懂少年。生活在一个不算富裕，但也不算贫苦的四口家庭，家庭成员：爸爸、妈妈、一个大我十四岁的亲哥哥。特长暂无，爱好广泛，性格多变……

7月13日　　周五　　晴

生　日

今天对我来讲是一个特殊而美丽的日子，为什么这样讲呢？因为今天是我的生日，我十二岁的生日。我又长大一岁。回过头看看，在过去的一年里，我还是过得挺幸福、挺快乐的。不缺吃，不缺穿的，父母或哥哥还经常带我去玩耍……

晚上，我在家里举办了一个小型的生日Party。这个生日Party，是全家人支持举办的。理由很简单：让我有一个难忘的生日。

Party的场地布是在家里的客厅，是我和哥哥花了几个钟头精心布置的。我们买来了很多气球，各色各样的都有，我们把它们打气充大，然后连成一串串的，分挂在客厅的各个位置；我们还买来了一些美丽的花儿，摆置在客厅的一些角落；哥哥还从他一朋友那儿借来了那些通电就能一闪一闪发出各色光线的小彩灯，分挂在客厅的半空和墙上……客厅的整体布置，给我的感觉只有两个字：还好！呵呵……

我特意邀请了我最要好的几个朋友——高光明（胖哥）、蒙晓琪、刘冬才（冻菜）、冯红、马露露来参加，他们都是我曾经的同班同学，蒙晓琪还是我曾经一到四年级的同桌……这里为啥用“曾经”一词呢？因为几天前我们才刚领了小学毕业证书，那已成了过去。现在的我们谁也不知道自己的初中会在哪所中学上，能不能还在同一所学校？如果在同一所学校了，还能不能分在同一个班？一切未知。

在生日Party开始后，母亲回到了房间里关起了门，哥哥叫我们玩得高兴点儿，便出了门。我知道他们这是为我和我的小伙伴们腾出一个自由玩耍的空间！这里我为啥没提到我的父亲呢？是因为父亲去外地出差了，到现在还未回来。

我和我的小伙伴们在没有大人的打扰下，开始尽情地玩耍，吃东西、歌唱、跳舞、玩游戏什么的，我们还在各自的脸上玩闹般互抹上生日蛋糕，玩得不亦乐乎。

晚上十点多，Party结束，我满心喜悦地把我的小伙伴们送出了家门，送到了小区门口……当我折返回到家时，见妈妈正在客厅打扫卫生，我就说：“妈妈，我来帮你！”

“不用了，妈妈弄就好了。”妈妈微笑地望了我一眼，说道，“你先歇歇……

今晚玩得开心不？”

我乐呵呵地笑着说：“开心。”

“那就好。——待会儿你哥哥回来，你可得好好谢谢他，知道吗？”

“放心吧，知道了。”

我这话音刚落，哥哥就开门回来了。

我乐呵呵地望着他，说：“哥哥，谢谢你！”

哥哥一脸的茫然，皱着眉头，问：“为啥呢？”

我说：“谢谢你，让我有了一个梦幻般的生日。我特别特别的高兴，我要再次的谢谢你，我的好哥哥。”

哥哥哈哈大笑，突然笑声戛然而止，他脸一沉，扫兴地说：“那就别坐着了，一起帮忙打扫卫生吧！”

对哥哥 180° 的大转变，我好无语，我说：“哥哥，你好冷！”

“天气热，冷点好。——打扫卫生。”

“你一点幽默细胞都没有。”

“你打扫卫生就有了。”

“妈妈说让我歇歇先，不用我打扫……你要不信，你问妈妈？看看是不是？”

“你这么听妈妈的话？”

“必须的，我可是妈妈的好孩子。”

“那妈妈以后叫你好好学习，你就会好好学习吗？”

“这个……必须的。呵呵……”

“呵呵！一点不好笑。——妈，你讲句话吧！”

妈妈微笑地看了看我，说：“让他歇歇吧，他玩一个晚上也够累了。”

我听后，心里倍儿高兴，妈妈真好……

哥哥说：“你这是惯他。”

妈妈说：“今天是他的生日，理应惯惯，毕竟年纪还小嘛！”

我得意地说：“听见没？我的好哥哥，呵呵……”

哥哥突然笑了，他说：“你赢了。”随后便着手拆彩灯……

我当然不会真懒到傻坐着看着妈妈和哥哥忙碌啦！赶紧起身，帮起了忙……

讲真话，我可不是一个懒惰的孩子呢！在大人的眼里，我到目前为止，一直可都是一个蛮听话的好孩子的。哈哈……大人喜欢听话的乖小孩。

7月19日　　周四　　雨

父亲远行

夜深了，窗外下着滴答的雨，还时不时地响起一两声闷雷。我无眠……

今早爸爸出差回来了，只是中午和妈妈关着门在房间里大吵了一架，就又拎着行李箱出了门。

出门时，妈妈是泪流满面在房间里的。我问他为何和妈妈吵架？他说：“你小小年纪，别理太多大人的事。”

我说：“我妈都哭了，而且哭得那么伤心，你总得给个说法吧？我需要一个说法。”

他望着我，故作沉思了会儿，竟然说：“她哭哭就停了的。”

我对他无语，他怎么会说出这样的话，一点都不负责任。我心里有些恨他……

他说他要到很远的地方去做笔生意，要过段日子才能回来，叫我在家听妈妈和哥哥的话，别玩那么多，有时间多看看书。

我没有回应他的话，只望着他。他走过来摸了摸我的头，咧嘴笑了笑，说：“爸走了，跟爸爸说声再见！”

我干干地笑笑，有些不情愿地说：“再见！”

他抬手摸了下我的脸蛋，说：“回房陪你妈说说话，安慰安慰她……知道吗？”

我呆呆地望着他，什么都没说。

他又咧嘴笑了笑，可没再说什么，然后就头也不回地出了门……

我回到房间，坐到趴在床上抽泣的妈妈身边，伸手摇了摇她，轻声问：“妈妈，你还好吗？”

妈妈的抽泣声立止，一边起身，一边抬手慌乱地抹去自己脸上的泪水，强挤出些难看的微笑，说：“妈没事……妈妈好着呢！”说着又把头侧到了一边去，不愿正对着我……

“你……你爸走了？”妈妈问。

我回：“嗯——走了。”

“他……他跟你说什么没有？”

“他说他要去很远的地方做笔生意，过一段时间才能回来，还有叫我在家听你和哥哥的话……妈，你为何跟爸爸吵架呀？”

妈妈沉默了会儿，回头，眨着熏红的眼睛望着我，沙哑着声音说：“妈妈不想你爸爸去那么远的地方做生意，所以就吵架了。”

“是这样子的吗？”我有点不相信，因为我觉得这个原因很难引起那么激烈的争吵，而且在他们争吵时我在外面听到的那些语言片段好像跟妈妈说的原因扯不上多大关系。

“就是这样子的。”妈妈强挤出了些僵硬的笑容，抬手摸了摸我的脸，“我和你爸爸其实没什么的，都过去了，别想这件事了，知道吗？”

我点了点头，没说话。可我心里却还在想，还在猜测他们吵架的真正原因。其实我发觉有些事情不是说不想就会马上不想了的，这得需要一个时间，需要一个过程。

“我和你爸爸吵架这件事，你哥哥待会回来了，你别告诉他，知道吗？”妈妈叮嘱道。

我又点了点头，依然没说话。

妈妈说：“好了，你去外面看会儿电视，妈妈想一个人静静。”

我说：“你们大人好复杂。”

妈妈摸了摸我的脸庞，僵笑着说：“去吧！”

我没有说话，走了出来……

在我的记忆里我是找不到妈妈和爸爸激烈争吵的片段的，这不是我得了失忆症，而是我长这么大以来，还从未见过妈妈和爸爸像这次一样争吵得那么激烈，更没见过妈妈像这次一样哭得那么伤心。说得直白点，我长这么大，还没见过妈妈大哭过呢！她在我面前永远都是幸福快乐的模样，我也因此感到幸福快乐。我可不想自己的爸妈像有些孩子的爸妈一样三天两头就大吵大闹，如果我生活在那样的家庭，我会痛苦死的。说到这儿，我还真有些佩服生活在那种家庭的孩子的抗压能力，他们太强悍了，我得给他们竖起大拇指……

期盼我父母永远恩恩爱爱，永远不要争吵，那样子我也就可以永远幸福快乐了。嘎嘎……

还是说说找学校的事儿吧！

近几天来，哥哥每天都骑着他那暴丑的、已有些破烂的电动车——“瘦马”载着我，穿梭在城市间，穿梭在风雨或烈日中，为我找学校，说得更确切点，是为我找一所更好点的学校。其实按地段生划分，我是被划分到离家不远的一所现在还在火速搭建中的公立学校。校名叫什么“明碧园学校”，名字暴难听。这学校坐落在“明碧园”小区后，还是个小学和初中一体的……可哥哥和爸妈他们却担心新建学校的种种，比如老师的教学水平好不好呀？学校的学习气氛怎么样呀？初中跟小学连在一块儿有什么影响呀？等等，一大堆问题，所以他们想为我找一所好点的、有点名气的学校让我就读。只是我的成绩不是十分的好，

又没什么特长，好点的、有点名气的学校都不愿接收我，挺让人心伤和丧气的。

下午的时候，哥哥跟我从江景中学（一所很棒的中学）走出来时，就心灰意冷地对我说了句：“木木，以后你就在那所明碧园学校读喽，不找其他的了。”

我愣了一下，然后微笑说：“我等你说这句话已经等了好久了。”

哥哥无奈地笑笑：“你难道一直都不想去其他更好点的学校就读吗？”

我说：“想是想，可这几天跑了这么多所了，我心中的希望早没了。你知道人要是没了希望，是活得很痛苦的。”

哥哥笑笑：“知道错了没？如果你以前勤奋点，考好点，会落到今天这个地步吗？”

我说：“好汉不提当年事……其实我想了想，觉得去明碧园学校就读是最好的。”

哥哥愕然：“理由。”

我说：“因在那里有我很多的老同学和老朋友，连胖哥也在那儿。我喜欢熟人多的地方，因为那样就不会觉得孤单了。”

哥哥笑了笑：“还有其他的原因吗？”

我说：“我想了想，觉得嘛，其实在哪所学校读都差不多，成绩好不好，自身的因素要比环境等其他方面的因素都要重要得多。如果你进了好的学校，不好好学习，成绩照样会差……”

哥哥笑了笑：“说得还头头是道，懂得还真不少。”

“那是必须的，那明天……明天……”

“明天歇息，不再去其他学校看了。”

“真的？”

“真的。”

“哥哥你真伟大，终于懂得放手了。”

哥哥无奈苦笑，没有说话……

外面的雨好像停了，我也累了，要睡了！

黑夜啊，我在此虔诚地向你祈祷，明天千万千万别让我哥哥突然变了卦，又拉我去找学校了。我真心不想再去瞎折腾了。

8月23日　　星期四　　晴

七夕

今天是我们中国传统的情人节——七夕，一个十分喜庆的日子。特别是对那些年轻的少男少女们来说更是一个特殊且意义非凡的日子。一般在这天已有男朋友的少女们，都会收到男朋友送的一束代表着浓浓爱意的玫瑰，或一些代表着深深情意的小礼物。当然了，男方还会想方设法地去制造一些小浪漫，小惊喜，让女朋友开心感动，最好感动到泪水滂沱、哭爹喊娘什么的，这是他们心中最期盼的效果。

还在单身的少年们，在这一天内心一般都是骚动不安的，是空虚寂寞的，他们中有些会心血来潮，抛开所有，捧着一大束代表着浓浓爱意的玫瑰去向自己心仪已久的人表白。有些会反其道而行，组织一大帮同是单身的去狂欢吃喝，以此来庆贺自己还是单身，庆贺自己正过得无拘无束、自由自在什么的。其实他们内心深处是否真的在庆贺呢？这只有他们心里自知了。

叨叨完了那么多“废话”，说句实在的：这日子对我来讲，跟其他的日子没多大区别，平淡得不起半点波澜。换句话讲：这是人家拥有爱情和渴望爱情的人的日子，跟我这无爱情又不渴望爱情的人半毛钱关系都没有。

下午的时候，哥们冻菜发Q问我，“有没有兴趣晚上约两个女的去逛逛街、喝杯饮料、聊聊天什么的。”

我嬉笑地回了他：“有兴趣，但脱不了身。家人预测今夜色狼会很多，不让我出门。”（其实这是我随意胡编的而已，哥哥和妈妈可没说要阻止我今夜出门呢！）

他见我那样说，便说他也不去了，晚上在家玩游戏，不出门，免得出去见到人家一双一对，亲亲我我的，心寒。

冻菜这人有时挺癫，挺风流的。在小学六年里，向N个女生表白过，真正有过三个女朋友，只是每个交往都不够三天就分了而已。

记得六年级下学期的一个没太阳的下午，他特意叫我和胖哥去看他是怎么甩女生的。他约了一个五年级的女生（他交往一天的女朋友）放学后在乒乓球台边的龙眼树边见面，那女生去了。他见到女生后，什么话都不说，就上前拉过女生的手，然后有些犹豫地叹了口气，说：“我不怕告诉你，其实我女朋友很多，你要面对现实，我们分手吧！”

女生“啪”地一巴掌扇过去，扇在他的左脸上，然后骂道：“你个浑蛋。”

随即便哭了起来。

他抬手摸了摸左脸，然后往边上吐了口痰，拽拽地说：“你走吧，眼泪在我面前半毛钱都不值！”

女生快速扬起右手，又“啪”地一巴掌扇了过去，继续扇在他的左脸上，然后什么都没说，就哭着跑开了。

他又抬手摸了摸左脸，然后耍酷般往上吹了吹他额前的那坨标志性的长毛（比头部其他处的头发都要长的一小撮头发），冲不远处的我们笑笑，炫耀般说：“怎么样，帅吧？”

我和胖哥那时都惊讶不已，甚至有点不敢相信眼前所看到的一切是真的，简直太牛叉，太劲爆了。我们都给他竖起了大拇指，满足了一下他那小小的虚荣心……

好了，不提那陈年旧事了，说说晚上一件关于晓琪的事情吧。

晚上十点多，我在哥哥的电脑上玩Q飞，突然收到了晓琪从Q上发来的N朵玫瑰花的图像，下面附着一句话：“祝你情人节快乐！！！”

我嬉笑般问她：“你是在向我表白吗？”

她：“只是问好，且送上美美的祝福……”

我：“哦，今晚有人向你表白没？”

她：“嗯。”

随即她发来了一张她手捧一束玫瑰花的靓照和一个笑脸表情。

我心里突然莫名其妙地感到拔凉拔凉的，甚至有些微痛：“你接受他啦？”

她：“你猜。”

我：“猜个屁，不猜。——那男的我认识吗？”

她：“你瞎激动个什么？认识或不认识对你来说很重要吗？”

我：“不重要，但想知道。他是谁？”

她：“就不告诉你，你来咬我啊！”

我：“咬不到，也不想咬。他是谁？”

她：“……”

我：“不告诉算了，我也不问了。我也不想知道了。”

她：“……”

我：“你爱他吗？”

她：“想知道？”

我：“就随便问问而已。”

她：“……”

我：“话说你怎么有空来找我聊天啊？你不去陪他玩呀？”

她：“我就是想跟你聊。”

我：“……”

她过了很久才发一条消息过来：（一个龇牙的表情）“逗你玩的，其实没人向我表白啦，那束花是我准表姐夫送我表姐的，我想沾点光，拿来留个影而已……”

我：“你跟我解释这些干吗？其实有没有人向你表白，你接不接受，跟我都没半毛钱关系啦，如果你接受了，我会送上最真挚的祝福，祝你们长长久久，幸幸福福的……”

她：（两个白眼的表情）“你……就是一头猪，一头猪，猪猪猪猪……不跟你聊了，晚安！”

我：“拜拜。”

其实到现在我都想不通，为何在她说她接受了人家的表白的时候，我心里会拔凉拔凉的，甚至有些微痛……当她说她逗我玩的时候，我就忽然心情大好，浑身轻松轻松的……挺奇怪的！

8月27日　　　周二　　　晴

彷　徨

再过两天，我就要踏进一个全新的学校——明碧园学校，接触一帮全新的同学，开始我的初中生涯了。心里不由得有些好奇和期待，是对一种新生活的好奇和期待；也不由得有些茫然和惶恐，是对一种未知的茫然和惶恐。挺复杂的。

几天前，我这样傻傻地问过哥哥，我说：“哥哥，你说初中跟小学会有什么区别呢？”

哥哥回我说：“初中的学科比小学的增多了好几门，你们玩的时间就将相应变少。”

我问：“还有吗？”

哥哥答：“你比小学长高长大了。”

我又问：“除了这些，还有其他的吗？”

哥哥笑笑：“那你说说，你希望初中是个什么样的？”

我略想了会儿，诡异般笑道："美女如云，到处都可见到美女。"

哥哥扑哧一笑，轻削了一下我的头顶："毛都还没长齐，就满脑子想这些不该想的东西。"

我搞怪地吐了下舌头，不再说什么……

其实我很想告诉哥哥：只要是一个正常点的少年都会希望自己身边都是美女的。这可不是我的思想不纯洁，而是这个开放的时代，让我们这些少年有了开放的思想，我可不愿做个落后者呢！

据我现在掌握的情况，以前我们班级的大部分同学都在明碧园学校就读，不过我的那帮好朋友只有胖哥在那儿读，其他的都去了其他的学校，晓琪去了江景中学，冬菜去了十五中，冯红和马露露都回各自的老家去了……想到这些，不由得有些感伤，忽然觉得小学六年一眨眼就过去了，可那些快乐的时光却又都历历在目，甚是怀念……现在大家各自奔赴了不同的地方，继续自己的人生路，也没什么好说的，只一句：友谊天长地久，希望大家每天都过得幸福快乐吧！

8月29日　　周三　　晴

大人的世界真复杂

现在已是凌晨一点多，可是我一点睡意都没有，我心情有些紧张，有些沉重，还有一点点的不平静。这一切的起因是因为明天，明天一早我就要起床去新学校军训去了，我的初中生涯从明天起就要开始了。

话说明天我将会见到一张张与众不同的新面孔，且这些新面孔中会有绝大部分陪伴我走过接下来的三年的日日夜夜。这些新面孔中，也将会有一小部分成为我的朋友，当然也会有一小部分成为我的对手、我的敌人，至于哪些会成为我的朋友，哪些会成为我的对手、敌人，我不知道，毕竟我没有预知的能力。

一个半月没回来的爸爸晚上跟我在哥哥的电脑上视频了半个多钟头。他瘦了，头发又白了许多，他那张黝黑的脸上满满的都是疲倦……他本来喊我叫妈妈去与他视频的，可妈妈却以忙着为我包饺子为由，没有去，但她却在暗地里教我问他生意做得怎么样了？

爸爸答："一切还好。"

妈妈又教我对爸爸说一定要注意身体，生意如果不好做，就回来做其他的的话。

爸爸听后却教导起了我，说：“记住无论做任何事情都要下足决心，不能轻言放弃，半途而废……”

对此，我无言。

其实我发觉妈妈挺可爱的，明明心里是很关心爸爸的，表面却硬是装出一副不关心的模样儿。大人的世界真的太复杂了，我搞不懂，也不想去搞懂。反正只要他们两个恩恩爱爱、开开心心的，作为儿子的我就幸福，就快乐。

在视频聊天中，爸爸还交代了我许多上学要注意的事项，比如：什么上学的路上要注意安全呀；什么要处理好跟新同学间的关系呀；什么不要顶撞教官、老师呀；什么见了有人打架，就赶紧躲开，别去凑热闹呀；什么被同学欺负了，要学会先忍耐，然后再去找老师解决呀；什么处理事情时，要学会大事化小，小事化无呀……一大堆。像这类的话，也不记得他以前跟我说过了多少遍，反正大概意思都差不多，我都晓得。大人有时就是那么的啰唆，那么的不厌其烦地跟你重复地讲一些讲过很多遍的话，让你听到不耐烦，可你又不得不听，反正我是这样子的，我会尽量地听，因为我曾经看过一篇感人的文章，里头有这么一句感人的话：当有一天，你发觉没有人再在你的耳边唠叨了，那么你就会发觉原来有人在你耳边唠叨是多么幸福快乐的一件事。

我这人不想错过任何的幸福和快乐，我也会尽量地去珍惜眼前的幸福和快乐，起码到现在我是这样的，希望以后的自己也是这样吧！

嗬……写着写着都快两点半了，得睡了，不然明天要起不来了。期盼明天是一个美好而别样的一天！

8 月 30 日　　　星期四　　　晴

新生活

早上，大概六点半多，我还沉浸在美丽的梦乡中，妈妈就进入了我的房间，把我叫醒了。我依稀地记得，当时我被她叫醒时，我还有些不耐烦地、傻傻地说："才几点呀，叫我起那么早干吗？"

妈妈轻拍了一下我的头，说："你想想今天是什么日子？还问干吗？"

我竟然还傻傻地问："什么日子呀？"

"你去军训的日子啊！真是睡懵了你。"妈妈一边叠着被子，一边说，"快点起床刷牙，吃早餐……"

这下，我才猛然想起今天是军训的日子，我对这样糊里糊涂的自己着实有些无语。

我吃了早餐，一切准备得当，妈妈就说让哥哥用他那电车送我上学去，可我不愿意，我说我要自己骑车去。妈妈就说："不行。路上车那么多，不安全，且今天又是七月十四（鬼节），让你哥哥搭你去。"

我说："去我学校的路，车超少，就是消防队那儿那个大马路口车多点而已，我小心就是了。再说，我都这么大个儿了，会注意安全的，你就放心吧！"

妈妈严肃地说："你怎么就这么犟呢？我说不行就不行，让你哥哥搭你去。"那语气是不容抗拒的。

我很无奈："我……我都跟同学约好了，一起骑车去的。"这是我为了自个骑车去，瞎编的，其实我一个都没有约。

妈妈问："你是什么时候跟同学约好的，我怎么不知道？"

我说："昨天下午上 Q 的时候，有胖哥，还有两个女同学。"

妈妈说："是吗？那昨晚怎么没听你说？"

我说："你也没问啊！"

这时一直未作声的哥哥，走到妈妈身边，凑近妈妈的耳朵，嘀咕了几句，妈妈强硬的态度立马来了个 180° 的大转变，说："好了，既然这样子，那你就赶紧去吧，不然要迟到了。路上记得小心点啊！"

我有点不敢相信地望着她："真的？"

妈妈点了点头："真的，快去吧！"

我马上笑说："那谢谢妈妈了，我走了，拜拜！"

随即我就高兴地飞奔出了家门……

我一边哼着歌儿，一边骑着单车潇洒地往学校踩去，那感觉超爽。不怕别人笑话，我长这么大以来，还是第一次自己一个人骑着单车穿行在马路上呢！

我骑着骑着，当骑过了靠山边的那个路口，哥哥就骑着他的那辆“瘦马”追了上来，令我吃惊不已。他笑嘻嘻地看着我，问：“你约的那些同学呢？”

我僵僵地笑了一下，说：“都先走了吧！这帮人，一点信用都不讲，明明都约好了的，最后却把我一个抛下了。啧，太不仗义。”

哥哥笑说：“得了，别编了，就你那点花花肠子我早就知道了。”

我又僵僵地笑了一下：“哦。”

哥哥说：“我刚才见你闯了两次红灯。”

我愕然：“你一直跟着的？”

哥哥说：“废话，不跟着，我怎么知道？”

我解释：“刚才不是见没车嘛，所以……”

哥哥严肃起来：“这是理由吗？”

我摇头：“不是。”

哥哥说：“我跟你讲，以后无论有车没车，过红绿灯时你都要遵守交通规则，要把它养成一种习惯，如果下次……”

我立马陪笑打断：“哥，你放心吧，我保证绝对没有下次了。——还有就是希望哥哥你别把这件事告诉妈妈，可以吗？”

哥哥笑笑：“害怕以后不能自己骑单车上学了？”

我点点头：“我再次向你保证，以后我一定遵守交通规则，绝不再乱闯红灯。”

“君子一言……”

“驷马难追。”

后来哥哥骑着他的“瘦马”陪着我到了离学校侧门口的不远处，才舍得调头回去。对此，我没话说，有这样的好哥哥，我就知足吧！呵呵……（注：校大门有台阶，没弄好，也没开，所以要进校的只能从开着的校侧门口入。）

哥哥回去后，我就推着我那有点陈旧的女式单车——一辆有点破旧的、被我妈妈骑去买菜骑了一年多的单车——往人车拥挤的校侧门口走去。当我快走到校侧门口时，走在我前面的一个推着辆崭新的粉红色女式单车的女生突然停下，定住了（好像是有人在叫她），这样紧跟在后面的我一时反应不及，一不小心，我自己的单车头就撞到了她的单车尾上，我赶忙说：“同学，对不起！对不起！”

她轻轻地回过了头，望向我，微微一笑，说：“没关系的。”那声音好醉人，如黄莺出谷，轻轻的、柔柔的；那目光好清澈，如山间涓涓流淌着的溪水，清清的，纯纯的。她那双眼睛大大的，亮亮的，很好看，当然这主要是长在她那一张精

致的脸蛋上的原因。

我的目光在她的脸蛋上停留不到三秒，就略显慌张地挪开了，心里莫名其妙地一阵紧张，脸蛋瞬间扑热扑热的，像被火烤到一样儿，就不知红了没？——我自己看不到自己的脸，因此不好判断。不过我想是红了的，且红得像那美丽的晚霞一般。

我傻笑了一下，接着又说："同学，真的对不起！对不起！"

她又咧嘴微笑了起来，抛下句："你这位同学很有意思。"就推着单车往里走去了。这时有一个女同学在不远处向她招着手。

她走了，我却未移动，只傻傻地呆站在原处，有点犯痴地望着她走开的背影。在这一刻，我的心是懵的，我也不知道我在想些什么。

突然，我的单车被人从后面推了一把，我愣了一下，回头，见到背着个空瘪的书包的胖哥（胖哥比我矮一点点，属横向生长比纵向生长还快的那种。他有这样肥胖的身子，他的家人却总爱买些窄窄的衣服给他穿，特别是大热天，不用上学穿校服时，他一般都会穿着各种窄窄的短袖T恤，把他那肥圆的身子包得像条丰满的粽子，让椭圆的肚子格外清晰鲜明，一跑起步来，那肚子就摇呀摇，样子超可爱，可爱到我都不忍直视……）正一脸憨憨地冲着我笑，我就说："你在笑什么呢？你妈搭你来的？"

"哦，是啊！你刚才愣在这儿干吗呢？"

"等你啊！"

"乱说，我明明看见你是在看美女的，还说等我？"

我推着单车往里走："你看走眼了。"

胖哥憨憨一笑："这个心里自知。"

我笑笑，没说话。

随后我推着我的单车去停放好，接着便和胖哥一起去找到了我们所在的班级——初1205班（C栋二楼右手边，挨楼梯和厕所最近的一间教室）。学校没有招初二、初三，只招了我们初一。我们初一总共分五个班，且五个班都同在正对学校大门口的C栋楼，一至三班在一楼，四、五班在二楼。

话说我们这届学生很荣幸地成为了这所新学校的初中部的第一届学生。这是很有纪念价值的。若干年后，当人们说起校史时，肯定首先记起的就是我们这一届的阳光少年，就像若干年后，当国人看奥运会的跨栏比赛时，记起的肯定是第一个在奥运会赛场上在这个运动项目上为祖国为亚洲争取到金牌的刘翔是一个道理。我曾在哥哥的电脑上翻看过刘翔参加三届奥运会的比赛视频，真乃造化弄人呀！如果2008年他没有……如果2012年他没有……只可惜一切都没有如果。

学校的小学部一到六年级都有，且招了N个班。小学部和我们初中部只隔了个楼梯口，一面墙，有点紧密，但也情有可原，谁叫学校面积就那么大点儿呢？看来往后的上下课我们是可以清晰地听见小学部那帮小屁孩叽叽喳喳、童真无极限的打闹声了！呵呵……（苦涩干瘪的笑。）

我们走进初1205班没一会儿，一个四十来岁的高瘦男人就大步走进了教室，站到讲台上，高声叫我们坐好、安静。待我们都坐好、安静下来，他就开始自我介绍，说他是我们班的班主任，叫熊吉。可能是他普通话太烂的原因，也可能是我一时没注意听的原因，竟然把他的名字“熊吉”听成了“雄鸡”，听后心里觉得挺疑惑、挺搞怪的，就傻傻地举手，大声说：“报告老师，是英雄的‘雄’，公鸡的‘鸡’吗？”

我这话一毕，教室内立马爆笑声阵阵。同学们各异的目光也瞬间聚集到了我的身上。那时的我不知这是怎么一回事，他们在笑些什么，为何那样子看着我？我就懵懂不解地扫望了一下那一张张天真烂漫的笑脸，然后说：“真搞不懂你们，到底有什么好笑的呀？还笑得那么开心。”随即我望向讲台上的熊老师，等待着他的回应。

熊老师无声地望了我几秒，然后咧嘴微微一笑，那笑容忒诡异，皮笑肉不笑的，令我心里有点慌。他说：“这位同学，你好幽默，起来先自我介绍一下吧，让大家认识一下你。”

我有点莫名其妙紧张地僵笑了一下，然后就有点羞答答地站起了身，说：“老师，你能先回答我刚才的问题吗？”

“好！”熊老师随即转身在黑板上写下了大大的“熊吉”二字，然后敲了敲黑板，目光投向我，“看清楚了吗？这就是我的名字。”

我大声说：“报告老师，看清楚了，熊是狗熊的熊，熊样的熊，吉是吉利的吉，大吉的吉。”

教室里又是一阵爆笑声响起……

我知道自己用词有些不当，但不说已说，如泼出去的水，已收不回来，没办法，我也只好硬着头皮故意装出一副费解的模样儿，说：“有什么好笑的，难道我说错了吗？”我的目光投向讲台上的熊老师，等待他说话。

熊老师一边若有所思地望着我，目光好像暗藏着一股子的不高兴，一边拿着粉笔有节奏地轻敲着黑板，突然他竟然出乎我意料般咧嘴笑了，他高声说：“这位同学你讲的没错，熊——就是狗熊的熊，熊样的熊；吉——就是吉利的吉，大吉的吉！——好了，大家都给我安静点，不要笑了。”

笑声逐渐平息。

熊老师指了指我说：“这位同学，现在你总可以自我介绍一下，让大家和我都认识一下你了吧？”

“哦。”我顿默几秒，心情挺复杂地组织了下语言，便开口说，“大家好，

本人姓韩，名风，韩是韩信的韩，风是大风的风，本人老实本分，本人……本人喜欢广交朋友，希望在往后的日子里大家都能成为我的好朋友……还有，还有……剩下的私底下再聊，介绍完毕！谢谢大家！”

“好！”熊老师鼓起了掌，“大家鼓掌。”

接着一阵雷鸣般的掌声响起。与此同时我听到了一些刺耳的碎碎私语“疯子”“十足的疯子”……

“好了，大家安静下来吧！”熊老师压了压手，掌声停止，“大家都记住了没有？我们这位韩风同学喜欢广交朋友，还喜欢私底下聊。”

“记住了。”参差不齐、高低不一的声音。

这时我的心不受控制地紧张起来，脚开始颤颤发抖，可我还是有些不自然地微笑着，坚强地站着，因我不想来到这个班这个学校的第一天就让别人看到我的怯弱和不坚强，太没面子了。如果不是我小学当过主持人，说过相声，偶尔参加过一些校内校外的文艺活动，见过一些大场面，相信我早就紧张得哆嗦站不稳，瘫软坐下了。

熊老师随后示意我坐下，接着就给我们讲了一些杂七杂八的话，至于是什么，我没太注意听，可当他讲到待会大家到足球场去排队参加入校仪式的时候，我茫然了，我低声问身边的胖哥：“我们今天不是来参加军训的吗？”

胖哥也是一脸的茫然，说：“不知道，老师刚刚不是说参加入校仪式吗？”

我苦笑无语。我一直都以为今天是来军训的呢，弄得妈妈一大早就给我装了满满一军用水壶（哥哥前两天去市场特意为我买的，样子挺可爱，不过丑了点，又重……）冷好的开水，让我带来喝，可谁知……

后来我们全体学生（小学、初中部一起）在老师们的带领下，来到学校的足球场（长50m、宽30m那种小型足球场）列好队，等待着入校仪式的开始……

早上九点多，太阳已老大，晒得够呛，反正我的头已被晒得有些发烫，背后已渗出了不少汗。这时几辆擦得光亮的、干净的小轿车缓缓地从校侧门口开进来，校长和一些老师在路边列好队迎接。听说这都是教育局上面派来的领导，是专程为我们这所新学校的剪彩仪式而来的。

隆重而喜庆的剪彩仪式从开始至结束，费时不到十分钟。随后就是校领导和教育局的领导在台上做慷慨激昂的演讲，至于具体讲了些什么，不是十分清楚，因我不是十分的认真听。说得好听点，太阳大，没耐心，挺无聊。

入校仪式结束后，我们回到教室，熊老师给我们说了有关明天军训的注意事项，我们便各自打道回府……

开学第一天就这么过去了，说无滋无味，但也有滋有味，期待接下来的日子！

8月31日　星期五　晴

刮墙灰

早上七点半，我背着朝阳（我家在学校的东面），吹着清爽的晨风，骑着单车去学校。哥哥依旧不厌烦地骑着他的那辆“瘦马”电车护送我。我嘿笑地问过他：“哥哥，你这样子不累吗？”

哥哥答：“累。不过没什么啦！”

我说：“那你打算还要这样送我几天啊？”

哥哥说：“等妈妈觉得安心让你一个人骑了，我就不送了。”

我说：“那要等到猴年马月去啊？妈妈这个人你又不是不懂，什么事情都要小题大做的……你也见到了，我现在骑得多顺溜，又懂得遵守交通规则的，你就放心吧！”

哥哥说：“我是放心，可妈妈不放心。其实我像你这么大的时候，早就一个人骑着单车从我们家（老家的那个家）去我们那镇上买东西了……”

我听妈妈说过，从老家的家骑车去到镇上大概要个把钟头。

我说：“那就是喽，你回去跟妈妈说说呗，让她放心，让我自己骑，不用你跟着了，免得你累我也累。是心累。”

哥哥笑了笑：“这话说得，好像我们担心你的安全都有错了？”

我说：“我可没这样讲。我很幸福！呵呵……”

其实我喜欢一个人骑车去学校是有理由的，我想自由自在，而且是很想很想，我不想整天有大人跟在身边，我讨厌那种感觉，像被什么东西束缚着一样儿。

八点多钟，我们初一全体新生就在各班班主任的带领下来到了足球场，然后在升旗台前排好了队，随后校长满面春风地走上了升旗台，给我们做了简短的讲话，讲话的内容是关于接下来的军训的，具体是什么，我忘记了。

校长讲完话后，就把话筒交给了一个身穿迷彩服，高个子，体型偏瘦，表情严肃，精悍威武的军叔叔。军叔叔拿着话筒，先用他那犀利的目光扫视了一眼台下的我们，然后稍加酝酿，就抽着洪亮的声音说起了话：“同学们，大家好！很高兴……要强我体魄，挥洒青春，保家卫国……我们要发扬不怕困难，不怕吃苦，敢于挑战的精神……接下来的几天，将会是很辛苦的，你们怕不怕？……你们都做好准备了吗？……准备好了吗？大声点……”

他最后的那几个问题，都得到了我们积极的、大声的回应。我敢说在那一刻我们几乎所有在场的人都被他那激情澎湃、豪情万丈、别具一格的讲话感染了。

对此，我只能说他讲得太好了，我佩服得五体投地。

后来各班的教官把各班带走，分散到足球场的某个地方……

我们班的教官是个二十来岁的军哥哥。他身材不高，可特壮实。他皮肤黝黑，像从非洲刚回来的，可他牙齿超白，每当咧嘴一笑，一口可爱的大白牙就显露出来，让那些牙齿蜡黄不好的人羡慕嫉妒恨死。——自我认为我的牙齿还行吧，不用去羡慕嫉妒恨他的，呵呵……

军训的第一项训练就是站军姿。

刚开始时，我还觉得挺有趣、挺好玩的。可随着时间的推移，太阳慢慢变大、变烈，加上天气闷热，我心中的那股子对军训的新鲜劲儿便慢慢地消失殆尽了，我忽然觉得它超无聊，且每一分钟都超难熬，有种度秒如年的感觉。我只期盼着时间快点到中午，能解放休息。只是时间并没有因我的期盼而加快半点，依旧以它的规律慢慢地走着……

也不知道时间到了几点，反正太阳超大，晒得我浑身上下都发烫。身体不断冒出的汗，很快就被晒干，变成了盐巴，真是活受罪啊！

突然，站在我前面的一个女同学，摇晃了几下身子，就晕倒瘫在地上了。这时那早就等候在不远处一大太阳伞下的两个身穿白大褂的医生就立马跑步奔了过来，把她扛走。教官并没有因此而让我们停下歇息，而是说起了废话——其实这时对我来讲除了那句“全体解散休息！”是真话外，其他的都是废话——他说：“想休息吗？门都没有，继续给我站好了……现在正是锻炼你们钢铁意志力的时候，你们应该学会坚持，学会忍耐，学会不怕吃苦……看你们一个个都白白胖胖的，就知道你们平常很少锻炼。是，你们都是温室里的花朵，都是父母，是大人们的心肝宝贝，大人们不愿让你们吃半点苦，受半点委屈，但那是在家里，这里我不是你们的父母，不是那些把你们当心肝宝贝的大人，我是一名教官，是只想着怎么整你们，怎么才能让你们累趴下的无情教官……”

我暗地里咬牙顶着，坚持着，耐着性子听着——讲句大实话：这时我不耐着性子，也得耐着性子，毕竟这时的我得像个木头人一样一动不动地杵着，不能抬手捂耳朵。当然，我要捂也是可以的，只是在捂前我得做好承担一切恶劣后果的心理准备罢了。——有时候，我还真想大声说：“我去，别说了好不？吵嚷嚷的，烦死人了。有本事你就叫这鬼太阳小点，再来点儿微风吹吹，让我们爽爽！”可这也仅仅停留在想的层面上而已，不笨的我是不会去干那种蠢事的。

教官依旧在不知疲倦地、叽里呱啦地讲着……

突然，站在我左边的胖哥摇晃了几下，就往我这边倒来，我赶忙伸手去扶他，可谁知他那么鬼重，一块大石头一样，超沉，弄得准备不充分的我一时间扶不住他，反而被他压着往右边倒去，我见状就索性顺势用力向右边的匡文同学倒去。我勒了个去，匡文这贼眉鼠眼，挂着副蓝边眼镜，瘦瘦的家伙更假，扶都没扶我，就直接向右边倒扑而去了，接着是下一个倒扑下一个……不够几秒，从胖哥算起到我们排最前头那个最高的高佬，共9个人，就全倒在地上了。

接下来就是一阵偌大的爆笑声和骚动声，可我没笑，因胖哥这家伙这时正整个人压在我“弱小”的身上，压得我忒难受，我一边试图推开他，一边大声喊：“教官，高光明同学晕了，晕了，你快来……”

我的话还未说完，教官就奔至我身边，快速地把胖哥从我身上拉开，接着那两个身穿白大褂的医生把胖哥扛走了。

我没有立马站起来，而是假笑地躺在地上喘着粗气，歇息着。教官在我身边蹲下，冲我笑了笑，露出他那两排可爱的大白牙，来一句：“用不用医生也来扛你过去歇歇啊？”

我假笑了一下，如实回答：“最好不过。”

我这句话引起其他同学的一阵爆笑……

教官突然脸一沉，严肃地命令：“起来！”那声音带着一股子不容人抗拒的魔力。

“教官，你性格挺多变的。”我僵笑着，缓缓地抬起一只手，然后神经兮兮地说，“拉我一把呗！”

教官咧嘴假意一笑，然后又立马严肃起来命令道：“给我起来！”

我觉得教官在发脾气，便识趣地“嗖”地一下站起了身。

教官没有多看我一眼，我也不希望他看，他那张黑脸，在那时令我感到讨厌和作呕，偶尔甚至有种鸡蛋碰石头般冲上去打他的疯狂想法。他操着他那洪亮的声音喊我们立马列队站好。我们照做。待我们都站好时，他就神经兮兮地背着手，板着脸从第一排排头，个子最高的那个同学那儿开始，慢悠悠地、按次序地、无声地从我们每位同学的前面走过，走过时他那犀利刚毅的目光会在我们每位同学的脸上或长或短地停留那么一小会儿，弄得气氛超级的压抑和紧张，恍若就要有什么大事儿发生一样。难道这是“暴风雨”来临前的宁静么？

他从头至尾走过一遍后，就步伐矫健、昂首挺胸地走回到队伍的前面，定站住，然后一脸冷峻地望着我们，却依然什么都没说。这时他的双手依旧是背在身后的。

我揣摩不出他这是要干吗？看上去像是在酝酿些什么整人的想法，又像是在跟我们装酷耍帅，可更像是一个脑残的神经质，我是这么认为的。

十几秒压抑的安静后，他清了清喉咙，突然莫名其妙地咧嘴一笑，吐出一句：“原地休息十分钟。解散。”

是真的吗？他是在叫我们休息吗？难道是我出现幻听了？

我不敢相信，相信大伙也不敢相信，所以我们都保持着原有笔直的站姿，一动不动地站着。

“怎么，你们都不想休息是吗？解散休息呀！”教官这话一出，我们愣了几秒，随即就像一根根紧绷着的弹簧突然间没有了弹性，松软了下来，有直接蹲下的，有就地坐下的，有叉腰站着的，每个人都是一副疲惫的模样。

我对教官这变化无常的行为感到彻底无语，刚叫人列队站好，又马上叫人解散休息，这不是瞎折腾，无聊嘛！后面几天若他再这样子一出未完又来一出的，我觉得我们会被他搞得精神崩溃的。

我拖着疲倦的身子，去拿起自己的水壶喝了点水，然后把目光投向不远处那大太阳伞那儿，见胖哥正悠哉地坐在一凳子上歇息，思考人生。我便小跑了过去，拍了一下他的肩膀，问：“嘿，你没事了吧？”

他脸色绯红地冲我憨憨地笑了一下，回：“好多了，谢谢关心。”

我笑说：“话说你怎么这么弱呀？军训才刚开始呢，就倒了！你这一身肉不给力呀？”

他僵硬地假笑了一下：“这……这不是还没充分准备好嘛！”

我望着他那难受的模样，不想再去损他，笑了笑，抛下句：“那你就先好好歇息吧，我先过去了。”便往自个班那儿走去……

我走到匡文同学身边时，见他正半开着嘴，眼巴巴地望向挨近升旗台那个正在训练着的班级，N久不眨一下眼睛。那模样痴痴的，像个傻子。我抬手拍了下他的肩膀，打趣般问：“嘿，你在看什么啊？看得那么入迷。”

他没有搭理我，目光自始至终都没离开过那个班级……

我在旁边找了个地方坐下，然后无目的地望向不远处的，挨球门那儿的一个正在艰苦训练的班级，突然间，我眼前一亮，目光发直，心里满是惊讶和喜悦，因我不经意间看到了她，昨天早上进校门时那个被我单车头撞了一下其单车尾的，回头冲我微笑的那个大眼睛的女生。这时的她满头大汗，几小撮被汗水弄湿了的头发贴在她那绯红绯红的脸蛋上，好可爱。从她那精致绯红的脸上我看不到半点的疲惫，看到的全是认真和专注。她好坚强。我不由得犯痴地想：我跟她还挺有缘的，竟然这样子也能再次见到。

我出神地望着她，心里还期盼着她能突然间往我这儿望望，随后冲我莞尔一笑……

突然，我的左肩膀被一只手轻拍了一下，我没有去搭理，也没有扭头去看是谁。没过三秒，一个陌生的声音就在我的耳边响起：“嘿，同学你在看什么呢？”

我依然没扭头去看是谁，目光依旧幽幽地定格在她的身上，只淡淡地回：“看风景。”

“是在看美女的吧？”

“呵呵，你真聪明，竟然被你猜中了。”

“是哪个呀？能透露一下吗？”

“那边第二排顺数第三个。”

“哦……我看到了，的确挺漂亮的。”

“必须的。你知道那是几班吗？”

“不知道。要不要我过去帮你问问？”

“先谢啦！但不用了，挺麻烦的。”我微笑地转过头，想看看这同学是哪个，顺便问问他叫啥名，只是当我回头看到这个人的那一刹那，我就即刻傻眼了，懵了，一个字都说不出口了，因我见到的人是我们的教官。教官他竟然变声来忽悠我，而我居然中招了……

教官冲我笑了笑，突然脸一沉，声音立变，变回他本来的声音，严肃般沉声道：“绕着跑道跑两圈，马上。”

我愣了半天，傻傻地僵笑了一下，说：“不……不用那么狠吧？”

他面无表情地望着我，冷冷地冒出两个字：“三圈。”

我苦着脸说：“不是，教官，你听我说，我知道错了，我……我跑，马上就跑，还是跑两圈，行不？”

“四圈。再多说半句，五圈。”他依旧是面无表情地望着我，“现在马上去给我跑。”不容抗拒的语气。

周围的同学都好奇地向我这儿投来了各色的目光，有同情的、有嬉笑的、有诡异的、有不解的……想必此刻他们好多都在心里暗笑吧？有的或许还会在心里这样嘀咕呢：“哇哦，这家伙又怎么啦？竟然被教官罚跑圈圈。他也太能整，太不消停了吧？呵呵……”

我没有去理会他们，也没敢多说半个字，只抗议般冲教官干干一笑，起身跑步去了……

这时的我，心里除了对教官对自己无理的惩罚不满外，还有对自个的行径表示懊恼和后悔。自己跟他讲了那么多话，竟然没发现是他，我去，真是傻到家去了！

不过也多亏了他没有大声嚷嚷说我小小年纪就不学好，心术不正什么的，给我留了点面子，不让我在其他同学面前出丑，这点挺感激他的，觉得他挺会做人的。要不然我恨死他去，恨他一辈子。

后来我顶着烈日跑足了四圈（两百米一圈），差点没累死。可我刚跑完，还没得休息片刻，就又被叫入队伍训练去了……

中午十一点半，军训才算告一段落，这时的我们没几个不是累得半死不活，大汗淋漓的。我拖着疲惫的身子去了哥哥老早交钱帮我定好的一家名叫“迪爱托管中心”的地方报到。

迪爱托管中心设在学校侧门口对面的一栋六层的居民楼的三楼。从学校到那儿可以这样走：从学校侧门口出来直接穿过前面不是很宽的马路，然后穿过几十米的空地，再然后拐进两栋楼间的一条小巷子，往里走，走到这两楼的后面；接着往左边的那条小巷走，走到右手边那排楼顺数第二栋楼的门口进去，上到三楼便是了。从三楼托管中心的大门口进去，先是一张收银桌，收银桌上摆着台式的液晶电脑，还有些乱七八糟的本子、收据、文件夹什么的。往里走，左手边的第一间为厨房，第二间为低年级的男生宿舍，第三间为高年级（主要为我们初中部的）的男生宿舍；右手边的第一第二间为女生宿舍，第三间为一个学习室。学习室空间挺大，摆着四组五排，几十张崭新的座椅，还有一张讲桌，可看上去感觉还很空旷。听托管中心的老师说过，这是用来给喜欢学习的同学学习的地方，还有在未来的一些时间里他们也会在这里给托管中心的同学们上上心理课或辅导辅导作业什么的。听说这托管中心的法人张老师还是一个获得心理咨询师资格证书的心理老师呢！

我报到完，就回到了宿舍，把空瘪的书包往自己的床铺——从门口进来左手边的第二张双架床的上铺——上一扔，发现床上整齐地摆放着自己小时候用的，有着狗狗熊卡通图像的小枕头和一张哥哥上高中时用过的粉红色床单，还有新买的口盅、牙刷、牙膏、毛巾等。我晓得哥哥刚才来过了，因我昨天来的时候这些东西还没带来呢！我是午托的，又不是全托，所以好多东西我没急着带来，想将就、凑合地过几天，看看情况先，可没想到哥哥却全帮我带来了……

我从宿舍出来，就去厨房领饭吃，今天的饭菜还行，有鸡腿有牛奶还有骨头汤什么的，所以我吃得饱饱的。

饭饱后，我就无聊地回到自己的床铺上靠墙坐着发呆。宿舍除我外还有九个同学，可没一个是我们班的，都是生面孔，所以我想找个人来说说话，解解闷都不懂找谁。或许大家都彼此陌生、不认识的缘故吧，因此谁都没去搭理谁，或坐或躺在自己的床位发呆或玩手机什么的。宿舍很安静。（注：哥哥不给我带手机来学校，所以……）

我大概发呆了十几分钟，见自己对头床的一个清瘦高个，带着副黑边眼睛的同学正盘腿坐着，神情专注地玩着手机，我就凑过去了一点，打趣般问：“嘿，同学，你在玩什么游戏啊？”

他没抬头望我，只回：“俄罗斯方块。”

我去，什么人啊，这是？什么年代了还玩这无聊透顶的游戏。我随口问：“好玩吗？”

他回：“将就吧！主要是打发这无聊的时间来的。”

“哦——那同学你几班的？”

“二班。你呢？”

“五班——怎么称呼你呢？”

“卢峰。”

“哦——峰兄。”

他扭头冲我一笑：“那我怎么称呼你呢？”

“韩风，韩信的韩，大风的风。”

“哦——疯子。”卢峰点了下头，然后怪怪地咧嘴一笑，“你的名字也挺有意思的。韩风，疯子，疯子，呵呵……”

我傻笑着说：“其实很多人都叫我疯子的，呵呵……”

其实，以前我根本没这绰号，我这样子说，只想在他面前显露自己的大度，表示自己根本就不在意别人这样子叫我，甚至还有点乐意别人这样子叫我。

后来我和他又聊了会儿，托管中心的老师就来喊大伙午休，我和他都是“乖学生”，便各自老实躺下，不再言语。

或许由于早上训练的强度太大，加上又被罚去跑了四圈，累得半死，躺下没几分钟我就迷迷糊糊地睡着了。这一睡就睡到了托管中心的老师来喊起床，我才醒。醒后，我的身子也不知怎么了，到处酸酸胀胀的，难受得要命，我好不情愿，好不容易地爬起了床，然后有点困难地坐着扭动了一下身子，松动了一下筋骨。这时我才注意到对头床的卢峰同学正在认真地用手指甲“滋滋滋”地磨刮着他床位那儿的墙壁，白白的墙壁灰不断地从磨刮处掉落，弄白了他半边床。我傻眼，我愕然，我不敢相信，我不由得在心里嘀咕：这人不会是个变态吧？

我用力地吞了一下口水，然后皱巴着脸问：“峰兄，你……”我下一个字还没有说出口，他就急促地“嘘”了一声，打断我，然后神经兮兮地望向我，说：“是不是觉得很奇怪？”

我皱巴着脸点了点头，问：“你……你不会有这种嗜好吧？”

他咧嘴怪怪一笑，没有说话，继续磨刮墙壁，墙壁灰继续掉落……

我问：“你是从什么时候开始刮的？”

他说：“你睡着后。”

我说：“你这是病，得治。”

他突然停止了磨刮，张开十个手指给我看：“怎么样？你说这么长的指甲教官还会说吗？”

我有点不理解他在说什么，便问：“什么意思？”

他说：“我们那教官早上说了，下午要检查仪容仪表，谁头发长，指甲长的，都得剪了，不然挨罚，至于罚些什么他还没说。”

“哦。”我恍然大悟，“就是因为这，你就……”

“不然你以为呢？”

“我还以为你脑子出什么毛病了！呵呵……”

“你的脑子才出毛病呢！——嘿，你们教官没说要检查仪容仪表吗？”

“说了，不过是明天上午才检查。你不会是听错了吧？”

他眨巴着眼睛愣怔了几秒，然后摇摇头：“听得不太清楚，或许是，又或许不是吧！”

我苦笑：“你挺有意思的。呵呵……”

“一般般啦！借你床放一下东西呀？”他这话一说完，未待我回应，他就“嗖”地一下爬起身，把被子、枕头、包包之类的东西都搬到我床上，然后把满是墙壁灰的席子一卷，跳下了床，抱着席子走进了厕所……

我呆默片刻，就无语地苦笑了起来。不得不说他这人真的太有意思，太奇葩了，甚至可以说有点脑残，不过脑残得挺可爱的。

下午，军训继续，依旧是站军姿，在烈日下站军姿，汗如雨下，难熬……

下午的训练又有几个同学晕倒了，只不过不是我们班的，都是其他班的……

第一天的军训，一个字形容：累！

两个字形容：很累！

三个字形容：特别累！

最后衷心地祈祷明天刮大风、下大雨，然后取消所有训练……哈哈，想想这些心里就爽。只是……只是查过天气了，明天是晴天，无雨！唉……

9月3日　　周一　　上午晴、下午雨

打抱不平

今天是军训的第四天。

累，我已不想再提，因已习惯。

苦，我已不想再提，因提已没有任何的意义，军训还得继续进行。再说我也不是一个怕累、怕苦的人。只有懦夫、弱者才会怕累、怕苦。我一直自认为我不是那种人，我一直都相信我是一个坚强的、意志坚毅的、受得了累吃得了苦的人。可别人眼里的我到底是不是？我也不太清楚。呵呵……（浑噩不解的苦笑。）

通过前三天的接触和了解，我已差不多跟班里的同学混成了一片，他们的名字我已差不多记得，叫得出。这些都得益于我有一颗聪明的脑子和一张会和人谈天说地的嘴，当然，还有一张帅气诚实的脸庞。有点自恋了，呵呵……

也因我这张嘴的问题，前天和昨天，连续两天被“雄鸡”老师调了两次位——近这三天来，早上和下午我们都有几十分钟的时间呆在教室里，不用到操场训练，我猜得此福利应该是因第一天训练强度太大，弄得太多人晕倒了吧！前天调我去跟王小辉同学坐，是因我跟胖哥太多话。可我去到王小辉那里，没老实安分几分钟，就跟他聊起了Q飞，后面还引来了周围的几个男同学一起叽里呱啦地讨论了起来，讨论得不亦乐乎的，把本来安静的教室弄得闹哄哄的。还很不幸运地被“雄鸡”老师撞见，然后他就二话不说的把我拉出去训导了一番，第二天，也就是昨天，他便果断地又让我换了座位，换去跟一个看上去挺文静乖巧的女生——李晓雪同学坐。我知道他这是对我无视课堂纪律的一种惩罚，我对此无任何怨言，谁叫自己又犯错了。只是……只是我真的好想问他：我们呆在教室的时间没多少，这样做，有意思吗？

早上十点多，阳光明媚，偶有微风。在这个时候，我们班的教官和四班的教官把我们两个班的同学组织在一起，然后为我们奉献了一场空手PK的好戏。PK的场面异常的壮观、精彩，你来我往地拳打脚踢，抱摔，看上去不像是表演，而是忘我的纯粹的打斗，双方都想把对方打倒，让对方服输，只是两人PK十来分钟，弄得一身泥草、满头大汗的，却分不出个输赢，弄得最后两人不得不微笑地握手相拥言和，不再PK。

他们停止PK后就大声地问我们他们打得精彩吗？我们回精彩。他们就又大声地问我们还想不想看？我们肯定回想看啦，只是他们却扫兴地笑说等下次有机会的，然后就叫我们列队训练去了……

在后面的一次训练后的休息时间里，我屁颠屁颠地跑去找了教我们的教官聊天，我问他刚才是不是真打？

他就咧嘴露出他那口可爱的大白牙，笑问：“你觉得呢？”

我回：“打得那么惨烈，像是真的。”

他笑说：“不是像，而是就是真打。你知道为什么吗？”

我愣了一下，摇了摇头：“不知道，为什么啊？”

他认真地说：“我们这是想告诉你们，无论干什么事情都要认真，要尽心，要用心，哪怕是一次表演也要那样子。”

我恍若大悟地点点头，突然又不解地问：“那你们干吗不跟我们说这些呢？”

他咧嘴笑笑：“让你们自己慢慢悟啊！”

“那我们悟不出来怎么办？”

“凉拌。——嘿，你怎么这么多问题呀？”

“我……我这不是脑袋有点愚钝，不懂嘛！”

“你是不是又想跑圈圈了？”说到跑圈圈，我真服了教练了，这几天好像特意针对我似的，每天都要罚我去跑上几圈，原因我却不详，用他的话来讲就是：“没有理由。”我勒了个去。

我赶忙摆手嘿笑说：“还是算了吧？我不问了，我走……”没等他说话，我转身撒腿就跑，我可不想又挨罚去跑步呢！只是没跑多远，我又退跑了回去，退跑到他身边，然后笑嘻嘻地望着他，说：“教官，你什么时候能教我几招啊？”

教官沉着脸，问：“你学来干吗？”

我说：“防身呗！”

教官扑哧一笑，说：“你这臭小子……快去叫大家集合准备训练！”

“你还没回答我的问题呢！”

“有时间我再告诉你答案。”

“现在告诉我不行吗？我怕没时间了。”

“不行。快去叫大家集合。”

“哦。”我没有再问，撒腿就跑去叫大伙集合去了，因我见到教官已扬起了他的“猪蹄”（如果教官知道我在日记里把他的脚比喻成猪蹄，他会怎么想呢？哈哈……），准备踹我的屁股了。说到他的“猪蹄”，我现在得时刻注意防备，因这几天来我已被它踹过几次了，当然，这踹是轻踹，可却挺痛，是痛在心里，呵呵……

其实忽然发觉这黑得像块炭的教官，挺有意思的，别看他训练时，总是板着张臭脸，装出一副凶巴巴的样子，可休息时，却有说有笑，忒亲和。他看上去还有点像我哥哥，当然，这不是说他的肤色像，因为我哥哥可没他那么黑！

呵呵……我只是说他的性子有点像而已。

午后，天刮起了大风，下起了倾盆大雨。这可是我期盼已久的大风大雨啊！我爱死它们了，嘎嘎……

不出所料，下午的所有训练暂停。根据学校方面的指示，我们各自要留在各自的教室里呆着，听从班主任的安排。

我们的班主任“雄鸡”老师，来到教室给我们讲了二十几分钟的话，然后接了个电话，就急匆匆地走了。走前他还特意交代了我们要自觉遵守课堂纪律，不能讲话，不能到处乱窜，不能出教室到处乱跑……

在他交代这番话时，我们都答应得好好的。可他出了教室，不够三分钟，一些调皮、奈不住寂寞的同学（我是其中一员）就忍不住了，开始找人聊天说话什么的，弄得班级一下子就热闹了起来。（注：这时的我们还没有得到新书，据“雄鸡”老师说等军训完了，再给我们发，所以这时我们的手头上是没有书本的，也就是说在教室安静地呆着，就是只有像个傻子一样干坐着，什么也不能做。当然了，除此还有一种解闷的方式：做个沉思者，望着某一处——或天花板，或黑板，或窗外……去冥想自己的未来，去思考自己的人生。）

我和同桌李晓雪低声讲了会儿话，发觉她是一个挺有意思的才女，讲话总能引经据典的，我心生喜欢，觉得她是一个可交之人，便喊她做我妹妹，她竟然没反对，还欣然答应了，认我做哥哥。这让我很高兴。随后我和她又东扯西扯，聊了会儿，见教室实在太吵太闷，就起身溜出了教室，可我心里却不知我溜出教室要去干吗？完全是无原因、无目的的那种。

我溜出教室后，就慢悠悠地从四班外的走廊走过，走过时，我像个神经病一样痴痴地往四班教室内张望，像是在搜寻着些什么东西。——那个样子我想一定很欠揍，甚至可以说有点儿猥琐。

走过了四班外的走廊，我就直接下到了一楼，然后用同样傻的方式经过了一班二班，可当走到三班挨后门的那个门窗外时，我却突然收脚定住了，因为我见到了她，那个第一天我进校门时，被我单车头撞了一下其单车尾的，回头冲我微笑的大眼睛的女生。她这时正坐着埋头在一个本子上写着些什么，那样子好认真。——其实到这时，我还不知道她叫啥名，因我从未打听过。

这时她的教室挺吵的，比我们班还吵。当然，这时她的教室里是没有老师的。

突然，她用力一拍桌子，“嗖”地一下站了起来，样子好凶，接着是她生气的、歇斯底里的怒吼声：“都给我安静！安静点！”

班级内瞬间鸦雀无声，一个个的目光都聚焦到了她的身上，像是在看一只怪物，呸呸呸，怎么能这样子比喻呢？应该说是像看一个美丽的小仙女一样看

着她。

她眼睛有点湿润地扫望了一下大家，然后平缓了一下语气，说："老师刚才说了，要我们自觉地遵守课堂纪律，要保持教室的安静，你们一个个吵哄哄的算怎么回事啊？"

教室里立马传出了一些难听的碎碎细语——"傻帽一个。""切，她以为她是谁啊？在这儿乱发号施令。""人家说不说话关她屁事啊？无聊！""神经！"……

我突然也不知道我哪来的勇气，就鼓着掌，昂着头，大步地走进了他们的教室，站到了讲台上，同时口里连连说着"好"字，还不忘有点痴傻地笑着。

全体同学的目光一下子全部聚焦到了我的身上，也包括她。他们满脸的惊讶和茫然。或许这时的他们还会在心里打问：这傻帽是谁啊？这么癫的。

"嘿，上面的，你是哪个班的呀？"第一排倒数第二座的一个大个子男生突然大声问道，"我们认识你吗？"

随即一帮同学七嘴八舌地附和：

"就是，你是哪个班的呀？"

"你想干什么？"

"你是不是发神经，进错门了？"

"你是癫的吗？跑来我们这干吗？"

……

这时的我也不知怎么的特淡定，一点都没有感到紧张。我傻笑着扫视了一下这个班级，见到了几张熟悉的面孔，小学的同班同学，他们正在偷笑地看着我，那些目光怪怪的，像等着看一个小丑怎么在众人面前出丑一般，或许这时在他们心里就在想：韩风，你今天是不是磕错药了，这么发癫的？

我没有去在意这些，我把目光定格在了她的脸上，定格了好几秒。我就抬高声音说："安静！麻烦大家先安静一下，行吗？"

我此话一出，大家竟然超级配合地安静了下来。

我说："谢谢大家能为我安静！谢谢！首先容我先解释一下，我今天没有嗑错什么药，也没有因发神经而进错门。我就是要走进你们班，你们三班的门，你们知道这是为什么吗？你们肯定不知道。其实我是因为觉得刚才那位女同学说的那番话很在理，所以我就进来了。我觉得我们作为学生的，就要听老师的话，做好自己分内的事，遵守好课堂纪律……"我说这些话时，目光时不时地望向她，见她也望着我，目光有点不解和惊讶。其实说句实话，说这些话时，我心里挺虚的，而且不是一般的虚，我甚至有点不敢相信，像我这样的"好学生"既然会说出这些富含"哲理性"的话语来。

我话还没讲完，教室里就响起了阵阵嘘声和一些难听的碎碎细语，什么发癫呀，什么傻帽呀，等等。当然，他们也向我投来了各种怪异的目光，有厌恶的，有嘲笑的，有憎恨的……

不过我不在意，我甚至完全无视这些，因我觉得对待别人无视的最好办法就是去无视别人。

我后来又厚着脸皮自我介绍了一番，就不知道他们有几个能听得进去的。不过有没有人听得进去，对我来讲都无所谓，因一开始我对此就没有任何期待。其实换成是我，突然有一个陌生的同学闯进自己的班级，然后叽里呱啦地讲一些话，我只会对其无语，把其当一个小丑来看待，至于其说什么话，我根本不会去关心。

我讲完了话，在无视的目光和吐槽的声音中走出了三班教室，在走出教室前，我又忍不住去望了她一眼，我见她可爱的脸蛋上露出了一丝淡淡的微笑，至于她为何发笑，我不知道，我也不想知道。

在这儿，请允许我纠正我前面说的某句话，其实我很在意她有没有听进去一点点我说的话，还有她有没有把我的名字记住啦！呵呵……

9月5日　　周三　　晴

索要公平

一转眼，军训过去六天了，明早就要军训汇演了。等军训汇演完，六天半的军训就要结束了，我们就要和可爱的教官说再见了。忽然感觉到时间过得好快哦，竟然不知不觉中就过去了这么多天。虽说这几天来每天都过得挺苦挺累的，但是我却好像慢慢地喜欢上了这样苦累的日子，觉得每天都过得挺快乐，挺充实，挺有趣，挺……

呼……不感慨了，免得影响心情。明天还有半天呢！伤感的话，留到明天再说吧！

今天上午，我又被“雄鸡”老师调座位了，他把我调到了第四组的最后一桌，一个人坐。那里是离放垃圾箩和扫把最近的地方。也可以这样说我坐在那儿，我的身后就是垃圾箩和扫把，差那么一点点我就得和它们亲密接触上了。当然，你也可以这样说，我被调到垃圾堆里坐了，因那儿垃圾的确挺多的。

对他的这次调位，我心里超级不爽，在调了位置后我就忍不住跑去问他为什么又调我座位？

他沉着脸说："你跟一个女生那么多话，你到底想干吗？怎么调你到哪里，你这张嘴都那么多话呢？你脸皮怎么就这么厚呢？怎么就不懂得收敛一点呢？"

我不服气，我说："其他同学也说啊，为什么你总单单调我，不调他们呢？"

他说："没有那么多为什么。"

我说："你……你总得给我个可以说服我的理由吧？"

他很不耐烦地说："我现在是你们的班主任，我想调你们其中的哪一个到哪个位置坐，是不需要跟你们说出理由的。"

我还是不依不挠："你……你这样子对我不公平。"

他冷峻一笑："来跟我论公平？那我问你：你听老师的话了吗？你在课堂上遵守课堂纪律了吗？你是不是在老师不允许的情况下，跟其他同学在课堂上讲话了？还有你眼中还有老师吗？还有纪律吗？……你眼中的公平又是什么？你一个违反纪律的学生，你有什么资格来跟我谈公平？"

他的这些问话就像一阵连环炮一样向我击来，弄得我哑口无言的。我羞愧地低下了头，不敢看他，因他凶起来的样子好吓人，面目狰狞，青筋暴起的，看上去好像要把我撕了一样。

后来，他又很生气地训了我几句："反了你了，我当了这么多年的老师，还没见过一个学生像你这样子敢来质问我的。如果你遵守好课堂纪律，做个乖学生，谁愿意把你调来调去啊？你不嫌麻烦我都嫌麻烦呢！还敢跑来跟我论公平？告诉你，如果你再这样目无老师，目无课堂纪律的，我就请你的家长来学校谈谈，到那时让你的家长来好好教教你……"

我心中即使还有很多怨言，可却不敢再多说半句，因他把我的家长都抬出来了。军训还没结束，课还未正式上呢！我可不想那样子，太丢脸了，不但丢我的脸，还丢家人的脸，一点都不划算。

其实我现在想想，觉得"雄鸡"老师他这人挺无趣，挺小肚鸡肠的。挺无趣是我觉得他是在担心我跟李晓雪话太多，交往过于密切，然后早恋什么的；挺小肚鸡肠是我觉得他在记仇，记我第一天把他名字念成了"雄鸡"，让他出了丑的仇，所以他这几天来总是特别特别地"关照"我。唉……以后跟他在一起的日子还长着呢，真不知怎么办才好？

傍晚，军训了一天的我回到家，妈妈就告诉了我一个很不好的消息：远在家乡的老奶奶从楼梯上滚了下来，受伤了。

我听后，很担心，就焦急地问："伤得重吗？"

妈妈说："不是很重，就是脸和手擦破了点皮，流了点血。"

我说："她怎么这么不小心呀？没事整天爬楼梯干吗呢？"

妈妈说："她是去楼顶收晒的那点绿豆下楼时，一不小心滚下来的。也多亏了你奶奶身子骨硬，不然人可能现在就没了，你就没奶奶了。等一下你打个电话给她吧，她最喜欢跟你说话了。"

我说："好的。"

后来，我拨打了大哥（大伯的儿子）的手机，叫他拿给奶奶听。奶奶老了，耳有点背，所以我在电话这头得说很大声她才能听得见。

我大声地问她："奶奶，您从楼梯上滚下来伤到哪儿了？伤得重吗？"

她就操着她那沙哑的、苍老的声音回我："没事，没事，奶奶好着呢！你就放心吧！我的小孙子……奶奶死不了的，奶奶还要等着看你哥哥的媳妇，抱我的重孙子呢！"

我听了就笑说："奶奶，您记得长寿一点，等到看到您小孙子的媳妇，还有抱到您小孙子的儿子去……"

奶奶听后，就"咯咯咯"地在电话那头欢笑起来，笑声听起来好童真，好可爱，同时她还说："好的，好的，奶奶听你的，长寿点，等到看到你媳妇和儿子，呵呵……"

我说："这就对了！——奶奶，您以后没什么事就别老爬楼顶上去了，知道吗？不然再像这次一样从楼梯上滚下来，伤到哪里了，或搞出个半残废出来，您叫我们这些做晚辈的怎么办才好？您说是吧？"

"好，奶奶听小孙子的，以后不老爬楼顶上去了。"

"您以后有什么东西要晒的，就拿到大门前那块空地上晒，知道吗？"

"好好好好……"奶奶连声答应，"奶奶都听小孙子的。对了，奶奶给你晒好了小半袋绿豆，过两天奶奶就让你大嫂拿去寄给你，让你妈妈煮绿豆粥给你喝。奶奶记得你最喜欢喝绿豆粥了……"

奶奶几年前从老家来到家里住过一段日子，后来因她不习惯这大城市里的生活，就回了老家和大伯大娘大哥大嫂们一块生活了……在那段日子里她见我老喜欢喝绿豆粥，所以她回去后的每一年的这个时候都会弄个十几二十斤晒好的绿豆寄给我，说让妈妈煮绿豆粥给我喝。妈妈就此事也说过她，叫她不用那么麻烦了，说拿那些邮寄费在城里买都不止那么多了，奶奶就说城里的不能跟自己家里的比，家里种的比城里的好吃，香多了。奶奶都这样说了，妈妈便不好意思再说些什么，遵循了她的意愿，让她继续寄……妈妈告诉过我，奶奶是用这种方式来表达她心中对我这个小孙子的爱和关心呢！其实有时候想想我挺幸福的，还有这么个关心我、爱我的老奶奶……

随后我又跟奶奶说了些话，我叫她在老家想吃什么就买什么，别整天心疼那些钱，不舍得花，钱没了可以赚，她的身体健健康康的才是最重要什么的。奶奶满口答应，然后叮嘱我要好好学习，在学校听老师的话，在家听爸爸妈妈和哥哥的话，等什么时候有空就和哥哥回去看看她什么的。我当然也满口答应，毕竟先应了安她的心比什么都重要，至于做不做得到，再说。当然，我希望都做到啦！我可想当个老师眼中的好学生，大人心中的好孩子呢！呵呵……

最后，奶奶说了句："好了，不说了，不然话费多，挂机了啊！"就匆匆挂了电话，让我连声"拜拜"都没机会说。她恍若怕多通话一秒就会花掉很多很多钱似的。其实奶奶不知道，我这手机还有百来分钟是免费的呢！

话说奶奶今年八十好几了，身子骨还算硬朗，没什么病。不过她的背很驼，走起路来，如果不撑拐杖的话，脸都快要贴到地面去了。我曾就她驼驼的背，这样傻傻地问过她："奶奶，您不懂得把背伸直点啊，这样子您不觉难受吗？"

奶奶就说："难受啊！其实奶奶也很想把它伸直的，可是伸不直啊！人老了就这样了，没办法。"

我说："那我怎么见其他老人的背没一个像您的这么驼的呢？"

奶奶说："你奶奶我年轻的时候，挑担子挑得太重了，把腰弄坏了，所以……"

我不解："您那时不懂得挑少点吗？干吗挑那么重？"

奶奶说："那时都是靠工分吃饭，多劳多得，你奶奶我孩子多，你爷爷那时候又常年不在家，所以就只有没日没夜地去做工，多挣公分来养活你大伯、你爸爸、你姑姑他们……要早知道老了会变这样子，你奶奶我就不会那么拼了……"

奶奶的话，我听得云里来雾里去的，好像晓得她在说什么，好像又什么都不晓得。我脑子突然灵光一现，一个奇特的想法就蹦了出来，我说："奶奶，我有一个办法能让您的腰变直，不弯了，您信不？"

奶奶摇头："我不信。"

我说："我去拿个火夹（用约两三厘米宽的竹片弯曲做成的夹子，有长有短，是专用来夹柴火用的）来把你的腰夹直了，然后再用布丝捆绑固定住，那样你的腰就弯不了。"

奶奶听后就咧开她那只剩一颗牙齿的嘴，乐呵地笑了，笑得异常的开心。当然，我也笑了，因我觉得这想法太逗了……

写着写着，在这寂静的夜里突然又很想很想奶奶了，也不知道什么时候才能有空回去看望看望她，听她讲讲故事，说说往事，见见她那充满着童真可爱的笑容。

奶奶，您在老家一定要好好的哦！一定要保重身体，健健康康的，您远方的小孙子想你了！！！

9月6日　　周四　　阴

最后一天

今天一开始就注定是一个喜庆和伤感参半的日子，因它牵扯到了“结束”和“分别”四字。

早上九点多，军训汇演在嘹亮的配乐声中开始。这时候的天空是阴沉沉的，但却没有半点下雨的迹象，还时不时地有阵清爽的微风吹过。借胖哥的话说：“这天还挺有人情味的。”

根据事先的安排，各班要按一班到五班的顺序，相续通过升旗台前的跑道，接受校领导、学生家长代表和教官领导的审阅。

军训汇演开始后，一班先开始，他们迈着整齐的步伐往升旗台的方向走去，快走到升旗台前面时就齐刷刷地踏起了正步，铿锵有力的，同时喊起了响亮的口号，可当他们走到升旗台正前面中间过一点的地方时，却突然发生了一点小意外，他们最后一排的一个同学不知怎么的就突然摔倒在地上了，那同学反应也忒神速，倒地后没停缓半秒，就立马连滚带爬地仓乱般追回了队伍，继续跟走了起来……

我们远远的见到这一幕，都不由得笑了。教官叫我们安静，保持好队形，然后问我们紧不紧张？我们有些回答紧张，有些回答不紧张。我回答的是不紧张，因此刻我的心里还算平静，平静的由来，是我觉得不是只有自己一个人走，而是有一大帮人陪着走，没什么好紧张的。

教官说：“不管你们紧不紧张，待会都给我好好走。你们在心里面把这次汇演当成平常时的一次训练就得了，放平心情，好好走，教官相信你们是最棒的，不会有谁掉链子，拖班级的后腿……”说着说着，时间就到了，我们开始迈着整齐的步伐跟在四班的后面。这时我们班的队伍是分成六排的，每排七人，我在第四排的倒数第二个，我的右手边还是匡文，胖哥则分在了最后一排最后一个。我的左边那位是女生。我的前面那排都是女生……当我们快走到升旗台前面时，我们所有的人就齐刷刷地踏起了正步，铿锵有力，神情专注的，同时我们还大声地喊起了我们班响亮的口号：激情青春，勇于挑战；团结互助，争创一流！

只是这口号刚喊到“勇于挑战”时，也就是我们队伍刚走到升旗台前面的正中间时，我右手边的匡文同学不知怎么搞的突然踉跄地往前扑了上去，把前面身材瘦小的陈小雯同学一把扑倒在了地上，且整个人都压在了人家身上，这本来就够囧，就够糟糕的了，可谁知紧跟在匡文同学身后的蒋成坤同学（一肥仔，跟胖哥有得一拼）一下子收不住脚，直接又扑到了匡文同学的身上，压得最底下的陈小雯同学“呀呀”地惨叫。也多亏了跟在蒋成坤同学后面的吴文成同学（头大嘴大，身子却很小的一家伙）反应神速，收住了脚，没有再扑上去，要不然最底下的陈小雯同学可要被压成“肉饼”了。

他们的摔倒，弄得我们本来整齐的队伍的后面几排一下子乱成了一团，没了队形，但是我们还是在慌乱中继续向前走着，没有停下等他们。当然，他们也在慌乱中快速地、连滚带爬地追上了我们没了形的队伍，一起走……

也不知道这个时候有多少怪异的目光在看着狼狈不堪的、出了大丑的我们，这些目光中应包含有：失望、嘲笑、无奈、惊讶、淡定……

出了这样的糗事，我们都以为教官会批评训斥我们，可他却没有这样做，而是微笑地跟我们说我们是一群很可爱的学生，前途无量，且叫我们不要怪匡文同学，说他也不是故意的，说人不要太注重结果，体验过程中的乐趣最重要，说人都会有犯错的时候，过去了的就让它随风而去，把它当成一件乐事儿，留着以后回忆……后来，他还特意找匡文同学去说了会儿话，至于说什么，不得而知。我想应该是安抚一下他那颗受伤的小心灵了吧！

我们班这一糟糕的表现，令一直对我们抱有某种幻想的“雄鸡”老师很不满意，当然他没有直接说出他的不满意，而是把他的不满都深深地刻在了他那张苦逼的脸上。我们对此只有无语的份儿。

在军训汇演全部结束后，我们和教官留了影，教官还在我们的极力请求下，耍了他神一般的绝技：头在下，脚在上，单手支撑整个身体，蹦行十来米。让我们大开了眼界，直呼：绝！后来教官给我们留下了他的QQ号，说有空可找他交流交流……后来的后来，教官抛下句“你们好好学习，天天向上，教官看好你们！”就头也不回地走了。那时候天空没有飘起毛毛细雨，来烘托那有点伤感的气氛，它依旧阴沉，像一张阴郁人的脸，弄得人心情压抑、难受。

下午考完试（小学语文数学的测试）后，“雄鸡”老师就交代我们回到家后每人写一篇军训心得，明早交。我打算这样写：军训结束了，我们原本白的变黑了，原本黑的变得更黑了；我们原本胖的变瘦了，原本瘦的变精壮了。六天半的军训，我们挥洒了无数的汗水，期间有苦有累，有酸有甜，有快乐有郁闷……这一切的一切使我懂得了什么叫坚持，什么叫忍耐，什么叫团队，什么……没什么了，一句话：无论从意志上还是肉体上我都比以前变得坚强了！

回想一下这几天艰辛和快乐并存着的日子，许多清晰的画面便不由得浮上心头……说句实话：军训虽结束了，可我整个人的魂儿都还未从军训中走出来呢！

好了，不想了，一点多了，要睡了。明天还得去学校呢……

9月7日　　周五　　阴

分班

今早一到学校，就听到了一个足够劲爆的消息，我们要重新分班了，“雄鸡”老师不再担任任何一个班的班主任，所以他也就不再担任我的班主任。其实他是校保卫科的，不从事任何一个班的教学工作，这些天他当我们班的班主任，只是学校的临时安排。

对于“雄鸡”老师军训那几天对我的特殊“照顾”，我是心存不满，甚至可以说是恨得咬牙切齿的。不过从听到那个消息后起，对他的那种不满和恨就被我封存了起来，封存在了历史的尘埃中，不愿跟他再计较，毕竟已没意义，且会显得自己度量小。

敢说若干年后回想起前面那一小段青涩得不能再青涩的日子的时候，我定会清晰地记起他的，毕竟他对我太与众不同了。忽然觉得让一个人把你记住的方法，除了给其留下美好外，还有一种就是让其讨厌你，最好恨你，恨你恨到深入骨髓那种。嘎嘎，太极致了点儿，不过我想这方法还真不缺实用性。

不扯了，说回分班的事儿吧！话说这分班的事情“雄鸡”老师是今早收完那军训心得后才跟我们说的，之前是只字未提过，守口如瓶的。这弄得我们一点儿心理准备都没有。对于他的这种做事方式，我是很讨厌的，理由是我讨厌这种让人无准备的突然。我认为这种事情他是可以提前跟我们说的，好让我们心里有个准备，可不知他为何不说？或许是学校昨天晚上才决定的吧，又或许他压根儿就觉得没有说的必要吧，所以……没有了所以，此刻再去追寻那个为何，已没半点意义，毕竟一切都已成改不了的定局。

现在班已分，我离开了原来的五班，分到了一楼的三班。得知被分到三班时，我是悲喜参半的。先说悲，悲是因我要离开胖哥，离开我认的小妹李晓雪和认的两个姐姐陆娜娜和覃肖丹，还有一些刚混得有点熟的同学。说也奇怪，胖哥、小妹、还有两个姐姐竟然都神奇地留在了五班。其实到目前为止我都搞不懂老师们是按什么来重新分班的。难道是按昨天的考试吗？如果是，那我就亏大发了，因我听“雄鸡”老师说是随便测试一下的，所以我也就随便考了一下，语文写了一半我就趴着睡着了，数学考了十来分钟，把简单得基本不用动脑子的题写完，然后我就又趴着睡着了。也不知道昨天下午我为啥那么困，那么疯狂，竟然试卷都没写完就无所顾忌地趴着睡着了。我这种态度用哥哥的话说：消极，不端正，得改！

可我觉得按昨天的考试来分，是有点儿不太可能的，因从时间上分析，他们在那么短的时间内是不太可能做完那么多事儿：改卷，整理，统计，分析，分班……除非他们开挂了！

我一向认为自己是一个多愁善感之人，所以这样突然的分班，让我又不得不面对分离，弄得我心里挺不是滋味儿的。有时我甚至会想，这学校的领导是不是都得了神经病了，在军训后又重新分班，他们干吗不在军训前就把班分好了呢？干吗到军训后又这般折腾呢？难道他们就不懂得军训那几天是我们学生融入新环境，还有培养同学跟同学间情谊最好的时光吗？对他们我只有两个字：无聊！

悲的说完，来说说喜的吧！喜是因我以为我可以和她在同一个班学习了。这种欢喜是神奇的，是发自内心深处的。我觉得那里只要有她就足够了，其他的有谁无谁无所谓，都不重要……

话说那也仅是我得知被分到三班后的个人想法而已，可真去了三班，我才晓得她已不在三班，已被分去了一班。原来一切的一切都是我自己的自以为是、一厢情愿的瞎想而已，事实并非那样。有时候瞎想真的要不得，因会让你变得悲喜无常。

其实被分到现在的三班，我心里并无怨，觉得还不错。因这个班中有几个是我曾经的小学同学，还有几个是原来五班的，对了，我对头床的卢峰同学也分在了这个班，总的来说分到这个班我并不觉得有半点的孤单，只是又得费劲重新融入到这个班里去，和这个班里的同学们混成一片。这个又需要时间，这个时间可能会很长，也可能会很短，说不准。

今早到了三班后，由于认识的人都有了自己的同桌，所以我只好和一个不认识的，名叫秦学汉的家伙坐到了一块儿，我们坐在第三组倒数第三桌。秦学汉他人比我高挺多，还长有两片超“性感”的厚嘴唇，看上去有点儿像两根火腿肠，他这人话超多，比我还多，还老跟我和周围的同学炫耀他小学时代的“光辉事迹”，说什么从小学一年级开始就一直当班长，当到了小学结束，都当出习惯来了，还说什么他得的各类大奖小奖的奖状加起来都有上百张，还说他从小就是品学兼优的好学生，经常得到老师们的夸奖，等等，一大堆。我见过脸皮厚的，可真没见过像他脸皮这么厚的。对有他这样的同桌，我真真真的无语。噢，差点忘了，他还老跟我们说他希望我们在往后竞选班干部的时候选他做班长，他期盼带领着我们班所有的同学勇往直前，见魔杀魔，见鬼杀鬼……看得出他超想当我们的班长，至于他有没有能力去胜任这个职务，还是个未知数，得等他真能当上后才知晓。

据新的班主任说，我们班是全年级人数最多的一个班，共 49 人，且人人都是人才，不过他在后面附多了几句：“在往后的日子里，如果懂得认真学习的，那么人才将会变成天才；如果不懂得认真学习的，那么人才就会变成蠢才。天才和蠢才的区别就在于你懂不懂得珍惜时间去学习，去让自己变得更好。想当天才还是当蠢才，你们就自己看着办吧！”

新的班主任个子不是很高，一米七左右。他整个人看上去比较清瘦，双颊有点凹陷，手指长长的、细细的，不过皮肤比较粗糙，不然就有点儿像女孩子的芊芊玉手了。他的眉毛不是很浓，眉毛下是一双炯炯有神的小眼睛。他的鼻梁不是很高，鼻子不是很大，不过嘴巴却有点儿大，带财咧！听老人说过，从相学上讲，男人嘴巴大带财，富贵命。其实我非常质疑这句话的真伪。

他嘴巴的左边还有一颗小黑痣，挺特别的，只可惜那黑痣上没留下一根黑黑的、长长的毛，不然就更性感，更有男人味了。呵呵……

新的班主任是教我们语文的，今天他没有给我们上课本内容，只和我们聊天，谈心。他一开始就教我们怎么写“人”字，他说一个人要首先学会做人，如果人都不懂得怎么做，那么读书就没啥意义，活着也没啥意义。他还跟我们讲了许多人生大道理，至于具体是什么，我记不太清楚了，反正都是关于一些真善美的。

凭着今天这简短的接触和交流，我发觉新的班主任挺好说话的，有时候还挺幽默，偶尔还会说上那么一两句冷得入骨的冷笑话。不过讲句实话，他的普通话挺菜的，有时候该平舌的不平，该翘舌的没翘，弄得今早我听他自我介绍时，一不小心就把他的名字樊健听成了“犯贱”，要不是我有过军训时对“雄鸡”老师的教训和经验，我可能就会犯痴般屁颠屁颠地去大声问他是不是叫“犯贱”了，那我就又“出名”了，不过我可不想用这种方式来引起大伙的关注咧！

下午快要放学的时候班主任找到了我，把两份演讲稿交到了我手上，吩咐我在这个周末把男生部分都背下来，准备好下周一升旗时上台演讲。他还吩咐我把其中一份稿交给五班一个叫钟雪青的女生，让我有时间跟她一起练练，下周一她讲女生的部分……那时候我心里是惊讶的，是茫然的，我不晓得班主任他怎么会知道我有演讲和主持这方面的能力，当然，我是不会直接问他是怎么知道的，因这些东西问了，就没意思了。不过班主任不笨，他看出了我心中的疑问，他就跟我说是从我简历上和我以前老师那儿了解到的，所以才会把这种可以锻炼人的光荣任务交给我，希望我周一好好表现，别让他失望。话说刚到这所学校就被老师如此器重，我心里是高兴的，是心花怒放的，到时我一定好好表现，绝不会辜负他对我的这份信任和器重的。

对了，今早上分班后，有一个叫陈茜茜的女生（一个扎着一撮马尾，带着副蓝边眼镜，挺瘦削的一个女生，她的牙齿长得挺别致，远远看去，像蜡黄色的、凹凸有致的木栅栏……）在第四节教我们英语的王莉莉老师（一个瓜子脸、小嘴巴的大姐姐，应该没哥哥年纪大，脸上还长着些青春豆……）和我们谈心的时候，她突然肆无忌惮地在自个的座位上放声大哭了起来，眼泪哗啦啦地就往下滚落，如果把她的双眼比喻成泉眼，那泪水就是从泉眼里喷涌而出的泉水，有一个词叫“泪如泉涌”在这儿形容很是恰当。不过奇怪的是在那一刻谁也不知她在哭什么？为何而哭？大家只一脸惊讶和不解地向她投去了各种异样的目光。那时的我心想：这女生也太奇葩了点吧？想引起全班人的注意也无需用这傻得可爱的方式啊？太令人无语了。

王莉莉老师见她哭得那样伤心，就走到她那儿问她为何哭？她就边哭边回答：“分班把……把我和我最好的姐妹分开了，我心里难受。老师您……您知道吗？我和她们从幼儿园开始一直到现在都是在同一个班的，从未分开过，我们一直都是非常非常要好的姐妹……我……我现在心里很难受，呜呜……”

王莉莉老师听后，便连连安慰，耐心地跟她说起了人生大道理，且那声音提得老高老高的，等同于也是讲给我们在座的每一位同学听的，如人总会长大呀，如人随着年龄的增长欢聚悲离将会成为常态呀，如你们应慢慢地学会坦然地面对这些欢聚悲离呀，如你们应学会控制情绪，不轻易表露情绪，做个处事不惊的人呀，等等，一大堆。不过她的这些具有教育性的安慰话语对伤心哭泣中的陈茜茜并没有起到什么作用，她依旧伤心哭泣，依旧泪如泉涌的。王莉莉老师对她没了辙，只好找来了班主任把她请出了教室。至于后来班主任跟她说了些什么，就不得而知了，反正大概半节课后，陈茜茜就笑嘻嘻地走回了教室……

对于陈茜茜的奇葩行为，我只想说两个字：神经！

总的来讲，来到新的班级，认识了一帮新老师和新同学，感觉还不错吧！希望在以后的日子里自己能快快地融入到这个班级中去，和新同学打成一片啦！听哥哥说过：到了一个新环境最重要的就是以最快的速度适应这个新环境，融入到这个新环境中，然后才能更好地生活，更好地学习，更好地做一切事情。我相信我能很快就融入到这个班级中去的，跟自己说声：加油！

好喽，该睡了，明天休息，终于可以好好睡个懒觉了，哈哈……

9月8日　周六　阴

美好与不美好

早上睡到了十一点钟，把军训时候缺的觉都通通补回来了。今儿本来是一个挺美好的日子的，可……

先说美好的吧！美好是因为哥哥下午的时候带我去了趟花鸟市场，帮我买了一只鹦鹉，圆了我一个小小的心愿。

买回的鹦鹉挺小，不过看上去毛茸茸、胖嘟嘟的，挺可爱。只是遗憾的是这只小鹦鹉它不会说话，只会叽叽喳喳地叫。其实我本来是想买一只会说话的，可去问了几家店的价格，都忒贵，哥哥不舍得买，我又没钱，没办法，也只好买只不会说话的回来先养养了。用哥哥的话说：先学会怎么养好不会说话的，以后买了会说话的，才会有经验，不用养到一个月半个月就死了。我晓得哥哥这话是为他不买开脱，找一个说得过去的、好听的理由呢！当然，我没有半点怪他的意思，且想想他说的话也挺对的，呵呵……干瘪苦涩的笑容。

对了，有一件事情我觉得挺好笑的，那就是我们买的鸟笼要比我们买的那只鹦鹉贵好多。买鸟笼的时候，我打趣地问过哥哥鸟笼为啥买这么贵的，哥哥就说："必须得贵，我们要显示出它高贵的身份。"

我不解，问："鸟这么便宜，它的身份怎么就高贵了？"

哥哥说："我们不能用价格的高低去划分一只鸟身份的高低贵贱，这就像我们不能用有钱和没钱来去把人划分为三六九等一个样。贵的也好，便宜的也罢，它都是鸟，一只跳动的生命，看我们用什么目光去看待它，你看它高贵，它就是高贵的……"哥哥没有继续说下去，因他见我一脸茫然的，便改口问："我说的这些你听得懂么？

我摇摇头："不懂。"

哥哥无奈地苦笑："不懂也很正常。那我这样跟你说吧，买这么好的鸟笼主要是为了留着养那会说话的用，免得到那时又得重新买新的。"

我说："我去，你早这样说不就得了。刚刚干吗说那么多乱七八糟的，你不累么？"

哥哥笑笑："你要是多看点儿书，理解能力再高那么点儿，你就不会这样说了。"

我尴尬地笑了一下，知道刚刚自己又多嘴说了不该说的话，被哥哥逮了个正着，借题讽刺了一番不怎么爱看书的自己。我把话题扯回到鸟笼上，我说："对了，哥哥，我见人家电视上养的那些会说话的好像都不用鸟笼的，都是用一条小铁链把其拴在那种……那种框框上养的。”

哥哥说：“养人都有N种方法养，难道养一只鸟就只一种方法养吗？”

我愣了一下，说：“也……也不是这样说，我只是觉得养那种会说话的拴在那种框框上养比较好而已。”

哥哥说：“理由？”

我想想，说：“它能自由，我们看起它来也顺眼。”

哥哥笑说：“如果买回来后，你把它放飞了，它会更自由的。——好了，这个问题就不讨论了，再讨论下去没意思，到什么时候买回来再说吧！”

我沉默无言。

其实哥哥说的忒有道理，买那会说话的还八字没一撇呢！现在就谈论放在笼里养还是放在框框上养，纯属就是在浪费时间和口水，没意思。目前要做的应该是把现在买回的这只不会说话的，毛茸茸的，胖嘟嘟的小鹦鹉养好了，养得更加毛茸茸，更加胖嘟嘟的，让它看起来更加的可爱迷人，其他的甭乱想，费神！

美好的说完，下面就来说说不怎么美好的吧！晚上八点多，家里只有我和妈妈，哥哥傍晚的时候就和朋友出去吃饭去了。

妈妈跟我说爸爸两天没打电话回来了，叫我拨个电话给他，跟他聊聊。那时我正在哥哥的电脑上玩CS，打得正起劲，没心思，就说：“我没空，你自己打吧！”

妈妈就说：“你要是不打，我就不给你玩游戏了。”

我无奈：“妈……干吗非要我打呀，你自己打不得吗？”

妈妈说：“他是你爸爸，他辛辛苦苦在外头赚钱，供你读书，你不打谁打？”

我好无语，心想：他还是你老公呢！你想他你就打呗，我现在又不想他，我打给他，跟他说什么？

可我什么都没说，选择了沉默，继续玩着游戏。

其实这么久来妈妈和爸爸的关系一直都没缓和过来，我也不知道他们之间到底怎么了，关系弄得那么冰冷的。不过我能亲切地感觉到妈妈整天都在想着爸爸，因爸爸一两天不打电话回来，妈妈就会让我打过去给他，跟他说说话，然后她就会坐在或站在我的身边一脸欢悦地教我怎么说或听我说些什么，有时甚至直接让我把免提打开。可当我把电话塞给她，让她跟爸爸说时，她却装出一副很冷漠的模样儿，用一种很冰冷的语气跟爸爸说话，一般都是没说上几句，她就会把电话挂了，我问过她为啥不说久一点儿，她却说话说完了。对此我无言。还有，爸爸每次打电话回来她总是以各种理由不愿意接，总让我去接，我不接她就说我这说我那的，这让我很无奈，很无语，不懂怎么做人了。说句心里话，我现在特别厌烦妈妈叫我打或接爸爸的电话，因我觉得我跟爸爸没话聊了，还有我觉得妈妈这样对我有些不公平，凭什么总让我一个小屁孩去打去接爸爸的电话，无论我累还是困，无论我愿意还是不愿意，都要我那样去做？为什么她不把这苦差事交给哥哥做，放过我？我觉得她偏心，我心里憋屈死了都！还有我真搞不懂妈妈是怎么想的，既然很想跟爸爸说话，为啥就不能直接心平气和地跟他好好说说话，把一些事说通了呢？这是为啥呢？我期盼着从这事情上解脱出来，我不想再这个样子下去了，我超讨厌、超级讨厌这种感觉。

妈妈见我不说话，又问了我一句："你打不打？"

我装着没听见，依旧选择了沉默，继续玩着游戏。

妈妈这下生气了，她二话不说就过来把电脑强制关了机："我让你玩，让你玩……还玩吗？"

我静默地坐着，心里面在抓狂，在生气，但是我什么都没说，因我深知我这个时候说些什么气话，都将会被妈妈劈头盖脸地一顿臭骂。妈妈的脾气我早已深深地领教过，早已总结出了一套应对的方法。

妈妈把手机递到我跟前，声音变得柔顺了点儿："听话，打个电话给你爸。"

我望着那手机略想了会儿，还是无奈地拿了过来，然后略显平静地望向她，问："我打了跟他说些什么？"

妈妈说："你想说些什么就说些什么。"

我无奈地笑说："可我什么都不想说。——妈，你打不得吗？我真的不懂得跟他说些什么……"

妈妈冷不丁地打断："你快点打，你就跟他聊聊这两天发生的事。你爸一个人在外头很辛苦，不容易，一定会很闷的……"

又是这些听得都可倒背了的话，我只好无奈地打断说："好好好好，我打，我打就是了。"随即我拨打了爸爸的手机，可是拨打了好几次都没人接。

见此情况，妈妈不知怎么的就慌了，焦急了，她担心爸爸出了什么事，便心急如焚地从我手上夺过了手机，然后拨打了哥哥的手机，她这是想叫哥哥想办法联系到爸爸呢，可巧的是哥哥的手机也打不通，关机了。妈妈随即便心急如焚地对着空气骂起了哥哥来。

我没办法，只好安慰妈妈说："妈，你先冷静，可能哥哥的手机没电了呢！"

妈妈望了我一眼，没有说话，又拨打了爸爸的电话，可依旧没人接。

我又说："妈，你别打了，可能爸爸就是在忙着什么事，没空接电话呢！"

妈妈没好气地说："大晚上，还忙什么？"

我说："那……那就可能，可能是他出去散步，忘记带手机了。"

妈妈说："你怎么这么多歪理呢？"

我说："我是在给你做分析，现在你着急也没用，不是吗？"

妈妈说：“那好，那你给妈妈出个主意，你说现在该怎么办？”

我说：“等！等爸爸自己打电话回来，如果他见到有那么多未接电话一定会打电话回来的。还有等哥哥回来，看看他有什么办法联系到爸爸。”

妈妈若有所思地望了我一会儿，不安地说：“好吧，妈妈听你的。——等！”

我没有说话。随后妈妈便拿着手机出了哥哥的房间……

我松了口气，重新打开了电脑……

对妈妈刚刚的反常我着实有些无语，妈妈平常可不是一个遇到点事儿就着急到失去理智的人，否则她就不会教育出我这么一个处事不惊的乖儿子了，哈哈……

九点多的时候，我的手机突然响了，是爸爸打来的。我立马大声冲外头喊：“妈妈，爸爸打电话回来了。”这个时候我心里是感到奇怪的，想不通爸爸为啥不直接打妈妈的手机，干吗打我的？

妈妈焦急地跑了回来：“你快接啊！还玩？”

“哦，马上。”我有点不舍地暂停了游戏，拿过自己的手机接了电话，接通后，爸爸就直接问我刚才干吗打那么多次他的电话，有什么事？那语气怪怪的，冰冷冰冷的，好像很不耐烦的模样儿。

我看了眼妈妈，见她一脸的阴沉，就对着电话那头的爸爸说：“妈妈找你有事，你刚才干吗去了，打了那么多电话都不接？”

爸爸没有回答我，就直接说：“你让你妈妈听电话。”

我“哦”了一声，就把手机递到了妈妈的跟前，妈妈阴沉着脸拿过了手机，然后一句话不说就往门外走去，还顺手“砰”地一声把房门关上了。我搞不懂她怎么了，在生啥气？当然，我也不想懂。我重新玩起了游戏……

约莫半个钟头后，我有点口渴，就起身开门出去找水喝。走到房门外，我见大厅的灯是亮着的，但却不见妈妈的身影，我便随口喊了声妈妈，可没听到有任何回音。我边在心里犯着嘀咕：人呢，去哪儿了？边去倒了杯冷好了的白开水喝。喝完了水，我就往爸妈的房间走去。这个时候爸妈的房间门是关着的，我是想去看看妈妈在不在房间里。可当我刚走到房门口，还没抬手去开门，我就听见了妈妈低沉的抽泣声从房间里传出来，我不知道发生了什么事？我忙问：“妈妈，你怎么了？”同时焦急地抬手扭门把，想开门进去看看到底发生了什么事，可门却开不了，因门反锁上了。

我边敲门边叫道：“妈妈，你怎么了？你开开门呀？……妈妈，你到底怎么了？你开开门好吗？”

几秒后，门“嘎吱”一声打开了。妈妈双眼熏红熏红地冲我笑了笑，那笑容比哭还难看。她说：“什么事？”

我说：“你怎么哭了？”

妈妈说：“我好好的，没哭啊！”说着又冲我笑了笑，然后转身往床走去。

我说：“你骗人，我刚才在外头都听见你的哭声了，你还说你没哭？”

妈妈说：“你把笑声当哭声了。”

我说：“你生的儿子有那么笨吗？你到镜子前照照你自己，看看眼睛是不是都红肿了？笑能笑到眼睛都红肿了吗？”

妈妈说：“没有的事。”她在床上叠起那不知什么时候从阳台收回的衣服来，没有看向我。

我说：“明明就有。——妈，是不是我爸在电话里跟你说什么了？”

她说：“别瞎猜，没有的事。——你……你出去玩吧！”

我说：“我玩够了……我打电话问问他。”我从妈妈的梳妆台前拿起了自己的手机，然后拨打了爸爸的手机。在此期间妈妈没有阻止我。

爸爸的电话通了，我刚想开口说话，电话那头爸爸歇斯底里的咆哮声就响起：“你闹够了没有？闹够了没有？你是不是要把我逼死呀？你说话，到底是不是？是的话，我现在就马上出去让车给撞死……”声音中充满着烦躁和怒火。

我皱巴着脸，不得已把手机移离了我耳朵几十厘米，因爸爸的声音实在太大了，不移开，我的耳膜会被震破，然后聋了的。这时候我心里是发着懵的，是一头雾水的，是感到莫名其妙的，我不知他为何发那么大火，还说到去撞车寻死去，太激烈了！

爸爸的咆哮声还未停止，我还未说话，妈妈就发疯似的扑了过来从我手上一把夺过了手机，然后对着电话那头的爸爸咆哮：“你疯够了没有？你对着儿子乱吠什么？你有本事对着我吠呀？吠呀？……怎么不吠了，吠呀？你个浑蛋。”

妈妈非常非常生气，脸色都涨红了。妈妈还骂爸爸浑蛋，长这么大来，我还是头一次听她这样骂爸爸……

“木木……你把手机交给木木……木木，听爸爸的电话，爸爸有话跟你讲……”我听到了爸爸从电话那头传来的偌大声音。声音不再是刚才那歇斯底里的，充满烦躁和怒火的咆哮，多了点点的人意。

我愣愣地杵在原处，有些忐忑地望着一脸生气的妈妈，没敢吱半声。

妈妈生气地对着手机那头大声骂了一句：“你这种浑蛋没资格叫木木听电话。”随即就直接挂了机，在原地大口地喷起了粗气，胸部一起一伏的，从她的脸上我看到了怒，看到了恨，还有很多不解的情愫。

几秒后，我的手机又响了起来，妈妈看了一眼就直接挂断了。我知道又是爸爸打来的。随即妈妈那放在床上的手机又响起，妈妈望了一眼，没去搭理。她用力地吹了口气，平静了下情绪，眨着熏红的双眼望向我，僵笑了一下，说：“木木，妈妈和你爸爸其实没什么的，就是吵吵嘴而已，过了今晚就好了的。你别想那么多哦！”

我没有说话，可心里却在嘀咕：妈，我又不是三岁小孩了，我晓得这并不是普通的吵吵嘴而已，要不然你也不会哭，不会那么生气了。电话那头的爸爸也就不会那么暴怒了。其实你不愿跟我说，我知道你是为了我好，不想让我知道你们大人间太多的事情，免得我东想西想，可……还是不可了吧，你们大人的世界太复杂了，我还是不要掺和进去了。

妈妈过来摸了一下我的脸，轻声说：“乖，去洗澡吧，让妈妈一个人静静。”

我木木地点了下头：“哦——好的。”

随即我转身向门外走去，可刚走没几步，我又回过了身，说：“妈，你别想那么多了，知道吗？”

妈妈点点头：“知道了。”

“其实我见到你跟我爸爸闹成这个样子，我心里挺难受的。”

妈妈眼含泪水地点点头：“妈妈晓得。都是爸爸妈妈不好。爸爸妈妈不该这样子……爸爸妈妈间会没事的。你也不要把这件事情放在心里头，知道吗？”

我点了点头，没有说话。

妈妈冲我僵硬地笑了笑，说：“好了，洗澡去吧！”

我望向妈妈手中的手机说：“我的手机。”

妈妈警觉地说：“你是不是想接你爸爸的电话？”

“没，没有啊！”我眨巴着眼睛愣了下，口是心非地说，“那先放你这儿吧，我去洗澡了。”话毕，我就转身走出了房间，顺手把房门关上了，在关门前的一刹那，我听到我的手机铃声又响了起来……

时间到了十点半多，哥哥回来了。他见我还在他电脑上玩Q宠，就叫我别玩了，洗澡睡觉去。我说我澡早已经洗过了，然后把刚才爸妈的事情告诉了他，他听后就去爸妈房间找妈妈去了，我没有跟去，因我还要为我的Q宠洗个澡，逗它乐呵乐呵呢！

大概十一点多，哥哥从妈妈的房间出来，一脸沉郁，我问他怎么了？他就很严肃地说：“不该你问的东西，你就别问。睡觉去。”

我对他无语……

外面不知谁家的公鸡啼叫了，快要天亮了，得睡觉觉了，期盼新的一天一切好好的，爸爸妈妈间没有什么，好好的……

9月10日　周一　　晴

当主持人的囧态

今天是一年一度的教师节，我没准备什么精致的小礼物送给哪位老师的。这不是说我没有那份心意，那份对老师们的感激之情，而是我觉得年年送那些小礼物太庸俗了，我要换种别样的方式去表达我心中对他们的那份感激之情，那就是我今天上台好好表现，好好演讲，可是……

这事儿还是从头讲起吧。

今天一大早，我就按班主任的要求，穿上了自己那件枣红色的、西装模样的冬季校服（说句实话，大热天这样子穿挺热的，挺别扭的），打着领带，把自己整个人打扮得精精神神的，然后就背起自己沉甸甸的书包，骑着自己那辆烂单车背着朝阳往学校踩去。哥哥今天不再骑着他的那辆“瘦马”阴魂不散地跟着我了，我自由了，挺是自在。不过妈妈还是有点儿不放心我自己一个人骑车的，在我出门前她还是千叮咛万嘱咐叫我不要耍酷骑飞车，要遵守交通规则什么的。难道我在她眼里永远都是一个长不大的孩子吗？我想应该是吧！不是有这么一句话嘛：在母亲的眼中，孩子永远都是孩子，永远都是长不大的。

我去到学校后，很多怪异的目光便不出意料地聚焦到了我的身上，我觉得这其中原因有二：一自然是在这大热天里，我身上穿着一件枣红色的冬季校服；二是我帅气阳光的外表。——这儿有点自恋了，不过说句实在话，我的确挺帅气，挺阳光的，我一直都是这么认为的，哈哈……

我想很多人第一眼见到我这样子穿着打扮时，第一个反应就是：这人是不是有病呀？大热天的穿冬季校服。装酷耍帅也用不着这样子吧？然后在心里对我产生一种鄙视之情。

我才不会去理会他们这些，因为没意思。

我走进自个的班级，把沉甸甸的书包放好在座位上，歇息片许，就去拿起班牌——一块用木板跟木条弄成的牌匾，上面写着初1203班——到足球场列队去。我是班主任钦点的班级领队，所以拿班牌这“苦差事”，不得不做……我们在升旗台前列好了队，班主任就叫我把班牌交到了排在最前面的一个女同学手上，然后让我去找钟雪青做演讲准备工作，可我没走出几米，班主任就把我叫了回去，为我整了整衣领，弄了弄我的红领巾，正了正我的校牌，然后拍拍我的肩膀，不苟言笑地望着我说：“不要紧张，上台好好表现，尽情地展现你英姿飒爽的一面，知道吗？”

我愣了几秒，点点头说：“知道了。”

他又拍拍我的肩膀说：“去吧！”

我转身走开，走出了几步，我回头望了一眼他，见他严肃的脸上挂上了一丝淡淡的微笑。我不知道他为何发笑？不过我想他应该是见有我这样优秀的学生而宽心地微笑吧！嘿嘿……

我走到站升旗台左边不远处的钟雪青那儿，见播音辅导员正在离她几米外训练着一个主持升国旗的女生。这女生的声音太扁太僵硬，弄得播音辅导员很焦急，一直叫她把声音弄得圆润点儿，再圆润点儿。可她练了几次还是那个模样，没半点儿改变。这时播音辅导员没了耐性，就把目光投向了我们，向我们招了招手：“你们两个过来一下。”

我们迟疑了一会儿，就走了过去，在她跟前站好。

她的目光在我们两人间来回挪动了几次，随后定格在了钟雪青的身上，抬手指向她说：“这位同学你来试一下。”随即把手中的讲稿递到了钟雪青面前。

钟雪青迟疑了一下，“哦”了一声，把讲稿接过，然后遵循她的意思试了试。试后，她就皱起眉头，直截了当地说：“你这声音还是不行，太软了，没朝气，达不到我的要求。”话一毕，就立马把目光定格在了我的身上，若有所思了几秒，说：“这位男生你也来试一下。——把稿交给他。”

钟雪青随即把讲稿交到我手上，我没有拒绝的理由，便遵循着她的意思试了试，试时心里没怎么紧张，所以试完，自我感觉良好。

播音辅导员抿着她那张可爱的小嘴巴，若有所思地望了我一会儿，就略显肯定地点了点头，然后抬起右手，拍了拍我的肩膀，爽朗般说：“OK，就你了。”

我听后，愕然地呆站在原处，心里面满满的不敢置信，不敢置信我竟然得到这么苛刻的她的认可。

“怎么，你不愿意？”播音辅导员不苟言笑地望着我。

我迟疑了一下，点点头：“没问题。”

“这才差不多嘛！”播音辅导员微笑了一下，说，“你先试着看能不能把刚才读的内容背下来，如果背不完，待会主持时记不得的就拿出来照读。不过你还是尽量地背出来吧！”

“哦，知道了。”我随即便低头背起了稿纸上的内容……

说句实话：长这么大以来，我还是第一次这样子，在这么仓促的情况下，接受这样的任务。真让我有种临危受命的新鲜感，挺有挑战性的，我喜欢咧！

在我背稿期间，播音辅导员给我讲了待会主持时的一些规则和注意事项，我都快速记下……

一阵子后，我们的副校长就拿着个无线话筒急匆匆地走了过来交到了我手上，说：“时间到了，上场吧！”

我晓得他并不认识我，但我认识他，因他的地中海发型（额前到头顶都是光秃秃的，没半根头发，那光秃的地方，看上去像个圆圆的碗口，忒有型……）太给力了，让我印象深刻咧！

我拿着话筒，做了下深呼吸，调整了一下有点紧张的心情，便抬头挺胸，自信满满地往升旗台走去，可就在当我刚抬起左脚，准备踏到升旗台的第一个台阶但脚还未触到第一个台阶上时，干副校长就在原地大声地喊道："走错啦！你走错方向了！应该从那边上。"声音特刺耳，像鬼叫。

全校一千多人的目光一下子就齐刷刷地聚焦到了他的身上，然后又齐刷刷地聚焦到了我的身上……

我的脸刷地一下子红了（我想是这样的，因当时我的脸像被火烤一般，热热的），我真想找个洞来钻进去，不想做人了，丢脸死了。话说上个台有必要这么讲究吗？他怎么就这么不可理喻呢？为何就不跑过来跟我小声说呢？为何要喊着呢？这不是诚心让我当众出丑吗？简直是不可理喻，不可理喻啊！我跟他无冤又无仇的，我们甚至连话都没说过几句，他有必要这样子整我吗？那一刻我真的恨死他了。

我在仓忙中收回了脚，红着脸退了回去，然后从升旗台的后面绕到了另一边走上了升旗台，在此过程中，我的头一直是微低着的，脸一直是灼热灼热的。

上到升旗台后，我心里虽然还满是尴尬，可我还是面带微笑地面对着升旗台下上千张或陌生或熟悉的脸庞。这时候我的双脚有点不受控制地颤抖了起来，我承认这时的我紧张了，心速加快了，手心出汗了，不过我没有就此胆怯，打退堂鼓，我不是这类人。我暗地做了下深呼吸，快速地调整了一下，便开始脱稿主持：升旗仪式现在开始——全体肃立——出旗……升国旗，奏国歌，全体少先队员行队礼……

随即我转身面向国旗，国旗在和煦的晨光下冉冉升起……

旗升完了，我这次的主持任务也就只剩下了最后的一项，那就是请我们的校长上台讲话，把话筒顺顺当当地交到他手上，然后我走下升旗台。话说这时候我的心里是有些高兴的，是有一种小小的成就感的，因我觉得我已出色地完成这个主持任务了。可……可谁知，在这个时候我却犯了一个低级得不能再低级的错误，我把"下面有请我们的郭校长上台讲话"说成了"下面有请我们的郭队长上台讲话"，且说这句话前，我为了防止自己记不住，还连续看了好几遍最后这几句话……

当我这话一出口，升旗台下便是一阵偌大的骚动，我听到了刺耳的笑声，听到了刺耳的私语声，我的脸"刷"地一下子红了（还是那句话：我想是这样的，因当时我的脸像被火烤一般，热热的）。在短暂的时间里，我想不出更好的弥补方法，我只好硬着头发，傻傻地微笑着纠正说："刚刚一时口快，说错，

不好意思。下面有请我们的郭校长上台讲话，大家鼓掌欢迎！”

雷鸣般的掌声响起……

郭校长微笑地走上了升旗台，冲我咧嘴笑了笑，伸出他的大手拍了拍我的肩膀，低声说：“不错，下去吧！”

我尴尬地冲他笑了笑，什么都没说，把话筒交到了他手上，然后就有点儿慌乱地走下了升旗台。

下了升旗台后，我就往播音辅导员那儿走去，这时我的心里是惭愧的，觉得自己的表现辜负了她的信任和器重。我走到她的身边，微低着头，等待着她的训斥，没想到她抬手轻拍了下我的背，只说：“表现虽然有点儿瑕疵，但已很不错了，下回加油！”

我抬头冲她僵硬地笑了一下，然后点点头：“谢谢老师，知道了。”

这时我不经意间见到不远处的干副校长正皱着眉头有点鄙视般望着我，还若有所思地摇着头，好像在说：“咦……照着稿念都念错，这烂水平还主持？你不丢脸，我都替你丢脸哦！以后还是把这种机会让给别人吧，别再上去丢人现眼了……”

我快速地把目光移挪到了别处，不再看他，因他那鄙视的、不尊重人的目光令我浑身不自在，令我觉得我是一个失败者，我讨厌这种感觉，我讨厌被人这样看，我还讨厌他这个人。我现在想到他我的心里都满是愤恨，他作为一个老师，一个堂堂的副校长，对一个表现有些瑕疵的学生，不鼓励就算了，凭什么用那种鄙视的目光来看人，凭什么不尊重人……也对，用哪种目光来看人，要不要去尊重人，都是他的自由，可……罢了，不说他了，说他就心烦，没意思，咔咔咔……

话说我把目光挪移到别处后，钟雪青就拿着演讲稿走了过来，叫我走到了一边，然后低声地问我：“刚才的，不会影响到你吧？”

我轻笑了下：“放心吧！影响不到。”

她说：“那就好，那我们现在来练习一下吧！”

我点了点头，随后我们便小声地练习了一遍演讲稿上的内容。其实这还是我和她第一次在一块儿练习呢，周末那两天，我们可没在一起练习过，只是在Q上交流过而已。

一会儿后，校长讲完了话，我和钟雪青就走上了升旗台，开始演讲……我以饱满的热情把我要演讲的内容讲完，同伴钟雪青也表现得不错，综合来讲，这次演讲得很顺利，很不错。

在走回班级的队伍中时，我见到班主任冲我笑了，那笑容应该是发自内心的，因而别样的灿烂。难道他这是在对我今天的表现，表示着肯定么？不晓得。不过，我希望是吧！

我也冲着他微微笑了笑……

后来，解散回到教室后，我便成了名人，大名人。大伙都在谈论我，有说我表现好的，也有说我表现菜的，他们看我的目光有佩服和羡慕的，也有不屑和妒忌的。不过我没有去理会那些，别人怎么说，别人怎么看，都是他们的事，与我无关，我不可能做到令每个人都满意，毕竟这表现连我自己都有点不敢恭维，更别说满意了。唉……不过有点遗憾的是：竟然没有一个人找我签名，哈哈……

第一天上课，大体上感觉还行，清清淡淡的，各科老师上课都挺有趣……初中也不过如此而已嘛！呵呵……

睡觉觉了，明天还要上课呢！——全世界晚安！

9月13日　　周四　　晴

“三顾茅庐”

下午第二节自习课，班主任喊我去了办公室，我去到办公室后，他就问我：“韩风，上次我跟你提的那件事考虑得怎么样了？”

我一时间想不起来是哪件事，只好皱着眉头问：“是哪件事啊？”

班主任微微一笑，说：“就是让你做我语文课代表那事啊！”

我愣了一下，傻笑着抬手挠挠头：“这个……这个……”

班主任笑说：“又想继续考虑考虑啊？”

我抿嘴可爱般笑望着他，没有说话。

班主任笑了笑，又说：“加上这次，好像已有三次我跟你提这件事了吧？”

我抿着嘴点点头，没有说话，心想：是啊，三次了，前两次我都说考虑考虑来的。其实你不知道，我不是很想做的，因我对做英语课代表更感兴趣，英语老师昨天也邀请过我了，在家里哥哥也给了我建议，说让我做英语课代表，这样有助于我学习英语。我的英语基础太差，做个课代表可能会起到一种鞭策我学好英语的作用……

班主任突然问：“你看过三国吗？”

“啊？”我蹙眉，有些不解，“三国？书吗？”

班主任点了点头，“嗯”了一声。

我摇了下头说："没看完，不过三国杀我玩……"我没有多说一个字，因我觉得自己多嘴了，把自己爱玩游戏这一习惯都透露给了班主任听。我这嘴啊，没把门的。

班主任笑问："你玩过三国杀？"

我讪笑着，勉强地点了点头："玩过一点点，就一点点。"

"哦……那也就是玩过了。"班主任没有责备我的意思，只是微笑地望着我说，"那你应该知道刘备三顾茅庐请诸葛亮出山这个故事吧？"

我点点头："知道。"这一刻，我心里明白班主任什么意思了，他无非是想说：人家诸葛亮这么厉害的一个人，刘备三顾茅庐后都选择出山，辅佐刘备打江山了。你韩风一个学生，我樊健一个老师，一个你的班主任，三次邀请你做我的课代表，难道你还好意思拒绝吗？

班主任说："那你……"

我打断了班主任的话："班主任，你别说了。我答应你做语文课代表。"

班主任淡淡地问："你真的考虑好了吗？是真心愿意做吗？"

我坚定地点点头："是的。我是真心愿意做。"

班主任说："好，那就这么定了，记得我可没逼你啊？"

我咧嘴笑说："看班主任你说的是什么话，是我自愿的啦！当然，也感谢班主任能给我这个机会，这么信任我。"

班主任微笑说："你这张嘴巴挺会说话，我挺喜欢你这点的。不过，你可要做好心理准备，做我科目的课代表可是很辛苦的，有时候可能还要被我骂的哦。"

我愣了一下，心里颤颤的，懵懵的，可我还是硬着头皮说："放心吧，班主任，在我答应你的那一刻，我已做好了足够的心理准备了。"

"那就好。"班主任笑笑，把一大沓语文本放到我面前，说："那现在拿这些作业本回去发了，然后叫同学们今晚回去预习好下一课，把课后的第二、第三小题的答案写在语文本上，明早我检查……"

我愣杵在原处，看着跟前那一大沓作业本，久久没说一句话。

班主任问："你怎么了？"

我摇摇头："没……没怎么。"

班主任说："没怎么就好。刚才我说的，你都记住没？"

我有点尴尬说："能……能再多说一次吗？"

班主任立马严肃了起来，沉声说："你记住了，我这个人说话不喜欢重复，我讨厌重复，因那是在浪费时间，所以从此以后我不想再发生类似的事情。知道了吗？"

我颤颤地点点头："知……知道了。"

班主任脸一变，咧嘴笑说：“你那么紧张干吗？我这次又没说怪你，不知者无罪嘛，下次改好就得了。”

我轻笑着“哦”了一声，没说话。

班主任微笑地望着我，重新把任务说了一遍，就叫我捧着作业本回教室了……我在捧着作业本走出办公室的时候，我的心情是很复杂的，包括现在我的心情也是很复杂的，话说要早知道班主任的性格这么多变，这么喜怒无常，我才懒得做这个语文课代表呢，谁爱做谁做去，省得哪天自己做错点什么事，被他骂个狗血喷头，那就活受罪了。呵呵……其实都是说些气话而已，既然我答应他做了，那我就好好做下去，我一直都自认为自己是一个厉害的人，不然就不会被班主任三次邀请做课代表，弄得我盛情难却。用哥哥的话说：班主任既然如此器重你，那你就应该好好干，别辜负班主任对你的期望！

哈哈……少年，加油吧！别让自己对自己失望了！——这话是对自己说的哦！

9月14日　　周五　　雨

代理班长

早上第三节，上政治课的时候，政治老师见我近些天来在她的课堂上表现积极，就当众喊我当她政治科的课代表，她这话一出，全班所有人的目光瞬间就聚焦到了我的身上。我想这些目光中大部分是羡慕的，小部分是嫉妒、是憎恨的，嫉妒、憎恨的人心里或许会这样想：“凭什么？他韩风凭什么各科老师都喊他当课代表，他不就是口才好点，懂得讨点老师的欢心嘛！有什么了不起的……看来这些老师都是带着有色眼镜来看学生的，哪个表现积极点，哪个有才点，他们就喜欢哪个，关注哪个……上天啊，你能公平点吗？让我们这些表现平平的，不是很有才的学生，也受到老师们关注一下下吧？我们渴望着被关注哪！”

其实当时我很想对他们说：少年，世界上本来就没有公平的，现实点吧！这年头，有实力就任性，哈哈……

那时政治老师见我久久没回她话，她就问：“韩风，怎么，你不愿做吗？”

我刚想说话，我的同桌秦学汉就抢着说："报告老师，他现在已经做了语文课代表了，还有英语老师和数学老师也都叫他做课代表。如果您再叫他做您的政治课代表的话，他就是四科的课代表了。"突然，他扭头神经兮兮地望向我，慢条丝理地说："韩风同学，我很想问你，你做那么多科的课代表，你忙得过来吗？你难道不应该把其中的一些机会让给其他的同学一下下吗？你有必要这么逞强吗？"

我听完后，心里很抓狂，真想一巴掌扇过去，让他知道"错"字是怎么写的。没他这样讲话的，太不尊重人了。不过，我极力地压制住了自己冲动的情绪，故作淡定地笑笑，说："秦同学，你问得非常好，是非常非常得好。你知道吗？我正想跟老师说：我已经做语文课代表了，其他科的我就不做了，我怕我忙不过来，老师您还是另选其他吧！"我把目光从秦学汉的身上移挪到正有点惊讶地望着我的政治老师，灵光一现，我就笑说，"对了，老师，我现在正式向您极力地推荐我的同桌秦学汉同学，让他做您的政治科课代表，其实他很有能力的，你别看他平时上课不专心，说话大大咧咧的，可他一认真起来就不得了了，他就会像头牛一样任劳任怨，您叫他往东，他肯定不敢往西，当然，这也是有原因的，因他被您用无形的绳子穿过他的鼻子，把他牢牢地拴在您的魔掌，不，是手掌之中。换句话讲：纵使他有百般牛功，他也是无法逃出您的手掌心的，您就放心让他当吧，他会把政治科课代表的工作干好的。"

政治老师望着我微笑了起来，然后若有其事般望向了我旁边的秦学汉，问："秦学汉同学，那老师邀请你当我政治科的课代表怎么样？愿意吗？"

秦学汉惊讶地"啊"了一声，挤皱着眉头望向老师："老师，您……您别听韩风胡说八道，其实……"

政治老师冷不丁地打断了他的话，说："你现在只需回答我愿意，或不愿意，其他的不用多说，我不想听。"

"哦……"秦学汉故作沉思了一会儿，认真地说，"老师，我是班长来的，手头要忙的事肯定很多，所以我只好对您说声抱歉了。"

这时候我笑了，班上的其他同学也都笑了，因我们班还没有竞选班干呢！记得周二上体育课的时候，体育老师——干大同干副校长先叫我们排好队，然后就大声地问我们谁是班长？我们面面相觑，N久没人回答，干副校长又大声问了一次谁是班长？这时候秦学汉这奇葩男就自告奋勇地大声回："报告老师，我是班长。"他这话一出，我们全班就都吃惊地望向了他，对他这种厚脸皮的、恬不知耻、自以为是、疯狂的举措表示无语。此刻，他又跟政治老师自称他自己是我们这个班的班长，看来他对我们班班长的这个职位、这个称呼着实太情有独钟了，简直可以用"痴迷"来形容。

政治老师见我们都在笑，就好奇地问我们在笑什么，我们还没人回答，秦学汉就大声说："报告老师，他们都是一帮可爱的人，所以笑笑很正常，没什么的。"

政治老师笑了笑，没有再纠查下去，后面便不再提课代表的事儿，重新上起了课……

时间晃眼来到下午第三节，班会课。班主任先跟我们总结完一周的工作，然后就陪我们聊天，聊着聊着就不知怎么的聊到了秦学汉的身上，他微笑地望着秦学汉说："我们的秦学汉同学，看上去挺有领导风范的哦，大家说是不是啊？"

我们间有些同学立马附和说："是。"

秦学汉腼腆般微低下了头——他这么厚脸皮的人，不知这一刻，他是否是装出来的？——然后蠕动他那两片厚厚的腊肠唇，用有点忸怩的口气说："班主任，你这样说人家，弄得人家都不好意思了。"

班主任笑说："哟哟哟，我们秦学汉同学都有害羞的时候哦，你们相信吗？"

这时我们异口同声笑着回："不相信。"

秦学汉又用有点扭捏的口气说："老师啊，人家也有害羞的时候的啦！"

他这话一毕，偌大的爆笑声立马响起，是我们集体发出的……

班主任压了压手，示意我们安静下来。我们会意，爆笑声立止。

班主任开始微笑地望着秦学汉同学，说："我听几个老师讲了，你跟他们说你是我们班的班长，对吧？"

秦学汉点点头，没有说话。

班主任问："你这么喜欢当班长？"

秦学汉一改前面的害羞忸怩，抬头挺胸，目光坚定地望着班主任，认真地说："不想当将军的士兵，不是好士兵。"

班主任突然严肃起来，盯着他望，沉声说："谁说的？"

秦学汉愣颤了一下，有些害怕般冒出了一句："是……是我爸教我的。"——也不知怎么的，他突然低垂下了他那高昂的头颅。

班主任突然"扑哧"一笑，莫名其妙地鼓起了掌，说："好，真是个听话的好孩子。你说的那句'不想当将军的士兵，不是好士兵。'说得很对，大家就应该要有这种思想和觉悟，有了这种思想和觉悟，才会有竞争，才会懂得努力去拼搏……"

这时候，秦学汉突然打断问："那班主任你想过当校长吗？"这话一出，全班瞬间鸦雀无声，一束束期待的目光"刷"地一下聚焦到了班主任的身上，看看他怎么回话。

班主任愣了一下，说："这个……这个问题问得好，我想过当校长吗？其实我想过当，就连做梦的时候都想当，因那是我从事教育事业的目标，为之奋斗的目标。”

秦学汉神经兮兮地笑笑，然后说：“班主任，你的目标也太低了，我还以为是教育局局长呢？”

班主任笑了：“那教育局局长也是我的目标，只不过那是我的长远目标而已。你们在座的每个人都应该要设定自己的目标……”随后班主任说了关于目标这话题的一大堆话，什么人要设定短期和长期目标呀，设定了目标就要为之努力，为之奋斗呀，等等！接着他话锋一转把话题转回了秦学汉身上，他望着秦学汉说：“秦学汉，见你这么喜欢当班长，那我今天就满足你这个小小的愿望，先封你做我们班的代理班长，你愿意吗？”

秦学汉愣了一下，连连点头说：“愿意，愿意……”

班主任先是咧嘴一笑，然后扫望了一下教室说：“我封秦学汉同学做我们班的代理班长，有谁不同意的，请举手。”

没有任何人举手，也没有任何回音。

班主任又说：“那就这么定了，从现在起秦学汉同学就是我们班的代理班长了，大家鼓掌！”

一阵雷鸣般的掌声瞬间响起……

待掌声停止，班主任就笑说：“秦学汉同学，都做代理班长了，不打算起来跟同学们说几句话啊？”

秦学汉“哦”了一声，“嗖”地一下站起了身，没有半点的犹豫，起身后却突然像枪卡了壳一样，半天没说出一句话。

班主任蹙眉苦笑，忍不住说：“你怎么了？说话啊！”

秦学汉愣了一下，“哦”了一声，若有其事般清了清喉咙，说：“这个……这个……谢谢班主任的信任，谢谢同学们的支持，让我当上了班长……”

班主任冷不丁地打断纠正：“是代理班长。”

秦学汉愣了下，说：“对对对，班主任说的对，是代理班长。我非常感谢你们让我当上了代理班长，在此，请你们放心，也请你们监督，今后我一定会干好班长，不，是代理班长这职务的工作的，然后争取早日成为正牌班长，再然后就是我会跑在最前面带领着同学们勇往直前，开创我们……我们班的美好未来的，大家给我点力量吧！”说得慷慨激昂的，还特逗地展开了双手，像要去拥抱整个世界一样。

班主任冷不丁来一句：“韩风你起来跟他拥抱一下，给他点力量。”

“啊？”我愣了一下，讥笑说，“班主任还是你来跟他拥抱吧，他更需要你那暖心的正能量。”

我的话音刚落，秦学汉这癫仔就激动地转身熊抱住了我，抱得紧紧的，弄得我差点儿喘不过气来，他还癫癫地说：“同桌，我还是觉得你的正能量最暖心。”

我听后差点没晕了过去，我一边挣扎着推开他，一边说：“去去去，快松开，我快被你抱到断气了。”

班主任笑了，秦学汉这奇葩男笑了，其他同学笑了，连我自己也笑了……整个教室一下子被快乐的笑声充满，撑破……

笑笑班会，笑笑人生，我就这样子不明不白地成了制造笑料的一分子了——囧！

差不多一周了，妈妈和爸爸的关系今晚总算有了一点儿缓和，妈妈终于肯让我接爸爸的电话了，不过她依旧不愿意跟爸爸说话，其中原因我没问，因为问了他也不会说，所以我就不知道了。

说句实在话，我其实挺想知道他们间到底怎么了，只是没人愿意告诉我，问哥哥的时候，哥哥总是守口如瓶的，还说我小屁孩一个，大人的事少管什么的。对此，我挺无语的。

大人的世界我不懂，我也不想去懂了，但小孩子的世界你们大人又懂了么？想必你们也不懂吧？呵呵……

终于又到周末了，明天又可以睡懒觉了，哈哈……全世界晚安！

9月15日　　周六　　晴

夜里不允许出门

晚上七点多，我在哥哥的电脑上玩游戏，冻菜打来了电话，他问我有空吗？去汇华广场（从我家步行到那儿大概十来分钟，不过得穿过一条大马路……）聚聚，说他一个人在家无聊死了。

我回他：“有吧，叫上胖哥一起呀！”

他说：“叫过了，胖哥家人不让他晚上出家门呢！”

我说：“我家人可能也不让我出去的。”

他听后，有些不爽，说：“你们的家人也管得太严了点儿吧？简直是在限制你们的人身自由，我为你们感到悲哀啊！”

我笑说：“那是你感受不到的幸福。其实都怪这个社会太黑暗……”

他打断我说：“我晕，一眨眼工夫，扯到社会黑暗去了都，你干吗不直接说，都怪这个社会色狼太多，弄得人心惶惶呢？”

我笑说：“我刚想说来的，你却抢着帮我说完了。——谢谢！”

他说：“谢个屁，给句痛快话，到底出不出来？”

我说：“这我得先问过家人啊！”

他说：“晕死……好吧！问好了，给我电话。”

我说：“耐心等待。”

他说：“最迟七点半钟给我电话。”

我说：“OK。”

随即我便挂了电话……

七点四十多的时候，冻菜又打来了电话，他问我为啥不给他打电话，我没有说我刚才玩游戏玩得太入迷了，把那事给忘了，只编说：“手机刚好欠费，只能接不能打，所以……”

他说：“理由真多。那你问了没有，能出来吗？”

我没说我没有去问，只编说：“我妈刚刚从外头回来，我刚准备去问，你就来电话了。”

他听后，很不爽地说：“我真服了你了……得得得，你快去问吧，五分钟后我再给你电话！”

我有些无奈地说：“你现在真的有那么无聊吗？”

他说：“一个人在家，电脑上不了网，只能听听歌、玩玩牌、排排雷，你说无聊吗？快无聊死了都。你快出来吧！不然你就要少一个兄弟啦！”

我苦笑说：“待我先问问吧！”

随后我挂了电话，把游戏一一退完，关上电脑，走出房间，来到了大厅，见妈妈正坐在电视机前理枸杞菜，我刚要开口说话，妈妈的声音就响起：“你玩够了？”

我吐了一下舌头：“够了。”

妈妈说：“你的作业写完了吗？这周学的英语单词你都背下来了吗？”

我说：“差不多了。我……我现在想去汇华广场见几个小学同学，跟他们交流交流学习，可以吗？

“现在？”妈妈眯着眼望着我，“去交流学习？”

我点点头，说：“就是纯纯地交流学习，不干坏事。”

妈妈说：“那要去多久？”

我想了下，说：“九点半前一定回到家。你就放心吧！”我这样说，是因为妈妈有一个习惯，我一个人晚上出去玩的话，九点半前一定要回到家，不然她就不让我出去，有时候回来得晚一点点，我的手机都会被打爆，回到家后还要被臭骂一顿，她甚至用禁止我在一段时间内晚上不得单独外出来作为对我的惩罚……我不知道妈妈为啥会养成这种习惯，我没问过，可我想应该是妈妈担心我一个人在外头的安全问题吧！

妈妈点点头说：“那好吧，那你过马路时一定要注意安全啊。”

我说：“妈，你就放一百个心吧，我懂的。”

妈妈没有再说什么，我喝了点水，便出了门……

其实我觉得妈妈管我也不是特别严啦，跟胖哥他妈妈比起来差远了。胖哥妈妈晚上几乎都是不让胖哥独自一人出去玩的，要他好好呆在家里做个乖儿子。话说，假若妈妈像胖哥妈妈管胖哥那样管我，我会疯掉了的。想想，这样子的我挺幸福的！呵呵……

八点多，我和冻菜在汇华广场碰面，一碰面冻菜就给我来了个大大的熊抱，然后耷拉着一张愁苦脸，像个快断气了的人见到了生的希望，操着颤颤的声音说：“风啊，我可算见到你了，你让我想死了。我……我爱死你了……”说完，还嘟起一张臭嘴想凑过来亲吻我，恶心得要命。我见状，赶忙抬起一只手去推开他那不断向我逼近的臭嘴、臭头：“滚滚滚……你能正常点吗？”

冻菜娇娇地“嗯”了声，然后娇娇地说：“人家爱你嘛！”

我夸张地颤抖了一下身子，说：“变态。”

他咧嘴笑了，抬手轻捶了一下我的左胸膛，变回正常的声音说：“嘿，在新学校过得咋样？”

“还行，挺好。”我抬手削了一把他额前的那坨富含标志性的长毛，笑问，

“嘿，你这一坨长毛怎么还留着啊？”

他抬手神气地轻摸了一下那坨富含标志性的长毛，然后正儿八经地说：“是这样的，老师说它是我这人的专属标签，不给剪；教官说它让我看上去更阳光，更有血性，也不给剪；女生说它很拉风，让我看上去很酷，很有男人味儿，所以我就一直留着了。”

我说：“你还漏了一句：男生说它很恶心，让你看上去，很欠揍。”

我又问：“对了，难道我们就一直站在这儿吗？就没有什么活动吗？”

“必须有的啊！”冻菜扫望了一下人头攒动的广场，说：“我们去吃烧烤吧？”

我摇了摇头说：“我没带钱。”

他一拍胸脯：“我带了，我请你吃……吃一串韭菜。”

我听后，忍不住笑了：“我……我怎么好意思呢！”其实我在心里想：哥们你也太抠了吧？韭菜才五毛钱一串，你就不能说请我吃一根两块钱的热狗吗？下回我请回你不得了，晕死！

他说：“我去，跟兄弟我还有什么不好意思的。——走，吃烧烤去。”随即便揽着我的肩膀往不远处的烧烤摊走去……

去到烧烤摊那儿，他掏出十块钱要了两串韭菜，一串给我，一串留给自己。话说他掏出钱给那摊主的时候，摊主笑了笑问：“小伙子，就买这两串韭菜啊？”

他点了点头，“嗯”了声，没说啥话。

摊主又说：“就不想再来两串鱿鱼啊，鸡翅啊，热狗啊，什么的啊？很好吃的！”

他咧嘴微笑，冒出一句：“你送我就要。”

我听后都忍不住笑了，回答得太经典了。

摊主愣了一下，莫名其妙地大笑起来夸道：“你这小伙子太会说话了。哈哈……”

他即刻摆出一副含羞、谦虚的模样：“一般般，一般般啦！呵呵……”

摊主把钱找给了他，我们便边吃着韭菜边在广场悠哉悠哉地走了起来，他问我：“你们学校是不是不用上晚自习的啊？”

我回：“是啊！你怎么知道的？”

他说：“听人说的，我真的好羡慕你们。我们学校每晚都要上，累得半死，有时我都想转学了。”

我笑说：“那就转啊，转来我们班，到时候我跟你坐一桌。”

他笑笑说：“考虑中。”

我无语。

其实我觉得我们学校的初中部不用上晚自习，挺神奇的，太与众不同了。

为啥这样说呢？因据我了解，其他学校的初中部都是要上晚自习的。这里真不知是我们太幸福了，还是太悲催了？

后来，我和冻菜在汇华广场瞎逛、闲扯到九点多，我们就各自回家去了……

9月16日　　周日　　雨

不抛弃

有些事情的发生总是会让人始料不及的，就如今天下午发生的一件出乎我意料的事，班主任突然打来了电话，告诉我说播音辅导员蒋红梅蒋老师让我明天早上，就是下周一早上继续当升旗仪式的主持人。

这事很奇葩，让我很惊讶，简直不敢相信，毕竟上周一的早上我那糟糕的、令人失望的表现，着实让我不敢有过多的奢求。只是没想到，这种神奇的事情竟然真的发生了。

在班主任来电话告知我这件事的时候我还傻傻地这样问他：“班主任，这……这是真的吗？”

班主任有点不高兴地反问：“你以为呢？我很闲吗？”

我只好傻笑说：“那……那一定是真的，呵呵……”

班主任问：“高兴不？”

我笑说：“必须的。简直高兴到爆了。”

班主任说：“那下周一就好好给我表现，别再犯周一那种低级错误了。”

我说：“哦……知道了。”

班主任说：“那就好。我跟你说，这可是人家蒋老师器重你，相信你，才愿意再给你这样一次证明你自己的机会，你可得好好准备，到时好好表现，别再让她失望了，知道吗？”

我说：“哦，知道了。”

话说即使班主任不这样叮嘱我，我也会好好准备，到时好好表现的啦！我一向认为我可不是那种不懂得感恩的人，既然人家蒋老师那么器重我，愿意再给我这样一个证明自己不菜的机会，我哪能不去好好准备。

不过我想蒋老师继续找我当主持，是有其他原因的。一是因她还未在这偌大的校园中找到一个比我声音更好的，比我更适合当这个主持人的人；二是因

我那遇事不惊的精气神儿令她深深佩服；三是因我的玉树临风、风流倜傥；四是因什么，我就不得而知了。哈哈……我就是这么自恋。耶耶……

9月17日　　周一　　晴

请校长上台“打架”

早上6点25分我就起床洗漱了，因为今天是周一，我要提前去学校做一些主持前的准备工作。我可不想再犯上周一那种低级的错误了，毕竟太丢脸了。

洗完漱，吃了妈妈早早起来帮我煮好的鸡蛋面，便在妈妈的叮嘱声中拎着书包出了门……

早上的空气异常的清新，红彤彤的朝阳在向早起的人们打着暖心的招呼，送上她最真诚的微笑，预祝着人们有一个开心美好的一天。可我想大多数人心里更希望她今天最好能躲起来，不见人了，因她中午、午后的时候总是太热诚，弄得整个大地像一个大火炉，人就像火炉里烘烤着的东西，被烤得大汗淋漓，燥热难耐的，就差没歇菜了。不过她躲不躲起来，我都无所谓，因教室有吊扇，且我刚好坐在吊扇的下面，两个字：凉爽。在托管中心那儿又有空调，两个字：舒服！所以……

我独自一人踩着自己的那辆烂单车，背着朝阳，吹着爽爽的晨风往学校骑去。这个时候我的心情是惬意的，是美好的，是对新的一天充满着期盼的。到现在我还没找到一个早上一起骑车上学的同伴，因住家附近跟我熟点儿的同学不是要父母接送（像胖哥），就是我们出门的时间点不一样……不过我发觉我已慢慢地喜欢上了这种独自一人踩着单车去上学的惬意的感觉，且并不觉得有半点孤独。也不知这样子，是好是坏？

我去到学校后，便去校播音室找到了蒋老师，然后在她的督导下反复练了好几遍那些主持时要说的话。在此过程中她叮嘱我上台后不要紧张，不要去想上周的那点小错误，要放平心态去主持什么的，我当然一一点头答应，不过我自始至终没跟她说过一句让她尽管放心之类的话。我不会那么傻去说那样的话，因以往少得可怜的经验告诉我不要去随口说打保票之类的话，毕竟这不是浓烟滚滚的战场，也无须那破釜沉舟的精神，话不能说得太满、太绝对，免得事后没了说话的余地。当然，这不是说我没有把这事做好的决心，而是有时候说话得聪明点，给自己留条后路……哥哥常常跟我讲："说话可是一门大艺术，学好这门艺术会让你终生受益。"真的是这样么？我不知。

7点30分，全校的学生成群结队地走到足球场上列队集合……十五分钟后，也就是7点45分，升旗仪式开始，我便以饱满的热情微笑地走上了升旗台，双脚不再像上周一一样不受控制地颤抖，我开始淡定自若地主持。先是主持升旗仪式，然后请六年级的两位学生代表上台做国旗下的演讲，再然后到请教务处主任上台对上周的工作做总结和对这周工作的安排，主持这些时都很顺利，没有出现什么错误，我心里挺高兴的。主持完前三项内容，接下来就只剩下最后一项了，那就是邀请郭校长上台讲话，有了上周的经验，我在说"下面有请我们的郭校长上台讲话"这句话时，刻意地把语速放慢了一些，说到"郭校长"三字时，我还特意把音咬得准准的，重重的，以避免再犯错说成"郭队长"。只是上天这时又跟我开了个天大的玩笑，当我高兴地以为我能很好地完成这次主持任务，不再犯错的时候，我却不知怎么的把"郭校长"后面的那四个字"上台讲话"说成了"上台打架"，且声音提得老高老高的。我这话一出，升旗台下面立马爆笑声阵阵，真是丢脸丢到家了，没脸见人了……没了辙，短暂的停顿后，我只好红着脸，厚着脸皮勉强镇定下来，快速组织语言说："大家安静一下，刚刚只是我跟大家开的一个小玩笑而已，大家别当真，也别把自己的大牙笑掉了，那样可不划算哦！——下面请大家以最热烈的掌声请我们的郭校长上台给我们讲话。"

雷鸣般的掌声响了起来……

郭校长微笑地走上了升旗台，走到了我的跟前，抬起他的大手，拍了拍我的肩膀，低声说："小子，挺幽默的嘛！"

我尴尬地笑了笑，心想：校长你就别夸我了，我现在都丢脸死了，恨不得找个洞钻进去，不见人了。

可我什么都没说，只微点了下头，便低头站到了升旗台的一边，等待着校长把话讲完，然后我再说上几句话，闪人……

这时候，我不经意间见到站在升旗台下的干副校长正怪怪地望着我，那目光中我觉着蕴含着鄙视、嘲笑——或许这是因我心理作用的缘故，也或许实情就是如此，他就是这么样一个可恶的人。我冲他干瘪地笑了笑，什么都没说。他突然走了过来，让我俯下身。我照做俯下了身。随后他莫名其妙地跟我低声说："你以为你刚才那样子做很帅吗？自作聪明，殊不知比猪还笨。"

我勒了个去，这是从一个副校长口中说出的话吗？咋就这么伤人呢？如果不是我心理承受能力强点，我想我当场就被他气死，或者说被他气得撞升旗杆寻死去了。我嘴痒痒的，真的很想回他一句："我喜欢这样子，我就爱这样子，怎么了？这个跟你有半毛钱关系吗？"

可这话也只停留在想想的层面上，我没有说出口，且我什么话都没说，只冲他干干地笑了笑，便站直了身，看向了远方，不再看他一眼……

十几分钟后，校长讲话结束，全体解散，我走下了升旗台，这时不远处的蒋老师向我招了招手，示意我过去。我便抬步走到了她的跟前，然后微低下头，不敢去看她的脸，静等着她的训斥。

她压着声音低声质问道："刚才你是怎么回事？"

"我……我……"我一连"我"了好几个"我"都没有说出下一个字。

"说话，别吞吞吐吐的。"蒋老师显得有点不耐烦，甚至可以说是有点生气，"我需要你的一个解释。"

"我……我刚才……刚才把'讲话'说成了'打架'，我为了弥补那个错误，只好编说出那样荒唐的理由出来了。"我抬头望了眼面无表情的蒋老师，傻傻地问，"蒋老师，你……你不会怪我吧？"

蒋老师反问："你说呢？"

我说："蒋老师其实我刚才真的没有故意去说错它，而是……而是我也不知道到底怎么了，或许是上天跟我开了一个小玩笑吧！我……"

蒋老师打断："停！——我不想听那么多理由。记住：错误面前是没有理由可言的。"

我说："哦……下一次我会注意的。"

蒋老师说："你还想有下一次啊？"

我愣了一下，心想完了，在这所学校的主持生涯就此结束了。我说："哦……我明白了。"

蒋老师说："你明白什么？你什么都不明白。"

我说："哦……我不明白。"

蒋老师说："明白也好，不明白也罢。待会解散回去好好反省反省，今早为啥还会犯这种低级的错误，是太紧张了，还是太得意忘形了，还是怎么的？"

我说："哦，知道了！"

蒋老师后面没有再说什么，就走开了，她自始至终都是面无表情的。说实在的真的有点想问她这样子老板着一张脸，累吗？不过我想应该挺累的，反正我看着都累，而且还有点害怕……

蒋老师刚走开，班主任就走了过来，微笑地拍了拍我的肩膀，说："小子，临场应变能力不错哦，下次继续加油。"

我愣了一下，说道："还能有下次吗？"

班主任笑了笑："应该会有的。——好了，只是又犯了一点小错误而已，而且你都及时补改过来了。过去的就让它过去吧，别让它再影响你的心情。"

我说："还没过去，蒋老师还要让我回去反省反省呢！"

班主任顿默了一下，说："这个……蒋老师说的也对，做错事情的时候就应该学会反省，懂得反省，才会有进步。"

我说："班主任你好多变哦？"

班主任问："怎么个多变法？"

我挠了一下头："我也不懂怎么解释，你自己想吧，我回教室了。"

班主任轻轻一笑，对我挥了下手："回去吧！你个小子……"

我假笑了一下，没再说什么，往教室的方向走去……

回到教室后，同学们就开始纷纷讨论我刚才的"光辉事迹"，我又再一次成了班里的"名人"，我又再一次成了班里的话题人物，又再一次让所有人的目光都聚焦到了我的身上。不知这该高兴，还是该心伤？呵呵……干瘪苦涩的微笑。

他们有些人还屁颠屁颠地跑过来这样子问我："嘿，韩风，你是不是下周准备说校长上台喂猪了？""韩风，你下周该说校长上台抢劫了？""韩风呀，你的幽默细胞怎么这么多呢？逗得我们个个都捧腹大笑。""韩风，你能给我签个名吗？"……五花八门的，问什么的都有，这些人唯一的共同特点就是脸上都挂着那耐人寻味的笑容，略带着几分嘲讽。我这人脸皮厚，我不躲不闪，就脸不红气不躁地坐在自己的座位上，别人来问什么，我就答什么，有时甚至神经兮兮地哈哈大笑起来……

我癫吗？有时我也觉得我自己挺癫的。哈哈……癫不是罪过，癫是一种个性。

主持时犯的那点小错误，几乎影响了我一个上午的心情。其实我发觉我这人有时对有些事情还是不能做到那么坦然处之的，还得改进。

中午放学后，我以为这事过了，告一段落了，一切阴郁都随风飘去了，可回到托管中心后，我才发觉我错了，这事还没完，还有后续呢！

我一回到托管中心，还未走进我那宿舍，就有一个其他班的女生——当时我还不知她叫啥名，可我知道她是我们初一的，长得小巧玲珑，挺可爱的——屁颠屁颠地走了过来，说："韩风，你今早上好帅哦，能告诉我，你是怎么做到的吗？"脸上挂着可爱的微笑。

我先是一愣，然后皱眉苦笑说："就是……就是那样子做到的啦！"其实我心里想：美女，你怎么会问这种可爱到近乎白痴的问题呢？你叫我怎么回答你呢？

女生说："那是哪样子呀？"

我说："就是……就是我想让大家笑笑啦！呵呵……"

女生微笑着突然又莫名其妙地冒出了一句："韩风，你好帅哦！"话毕，没等我说话，她就微笑地转身走进了女生宿舍……

我愣站在原处，傻傻地笑着，不知道她这是啥意思？难道就是为了来夸我帅的吗？那也太神奇、太可爱了。难道说她迷上我了？哈哈……有点自恋了。

这时峰兄从宿舍里走了出来，拍了拍我的肩膀，阴阳怪气地说："疯子，你福气不浅呀！"

我苦笑："这算哪门子福呀？"

峰兄淡淡地说："自己想去。——嘿，该吃饭去了，吃饱了好睡觉。"说完就从我的身边往厨房走去了。

我望着他修长的背影，自娱般笑了笑，便走进了宿舍……

几分钟后，我从宿舍出来，刚好撞见刚才问我话的那可爱女生从女生宿舍走出来。她冲我笑了笑："嘿，你还不去吃饭啊？"

我僵硬地回笑了一个："现在就去，你吃啦？"

她笑说："怎么可能，现在正要去领来吃呢！"

我傻笑说："一样的哦！"

她笑笑，没说话。

随后我俩就一起走进了厨房，领了各自的饭菜……今天中午的伙食还不错，一个人一只炸鸡腿，还有排骨汤。

在我们俩捧着饭菜走出厨房时，她突然问我："嘿，你饿吗？"

这话让我感到莫名其妙，摸不着北了，我心想：废话，都这个时间了，能不饿吗？再说，不饿，我来领饭吃干吗？这女生问的问题怎么总是那么可爱呢？可爱得都有点白痴了。

我僵笑了一下，说："饿啊，必须饿的。"

她说："那你还想吃鸡腿吗？"

我愣了一下，"啊"了声，表示费解。

她笑说："你反应那么大干吗？我是想问你还想多吃一个鸡腿吗？"

我木木地摇了下头："我不明白你在说些什么。"

她笑笑："你有时候好笨哦！"

我皱起眉头，更费解："啊？"

她嘟嘟嘴："我说你有时候好笨哦！"

我愣了一下："那是因为你表述不清。"

她嘟着嘴，可爱地望了我几秒，然后说："我是想说我今天不想吃太油腻的东西，想叫你帮我把我的这只鸡腿吃了。你愿意吃吗？"

我皱眉打量了一下她苗条的身子，说："你这么瘦，还要减肥啊？"

她"扑哧"一笑："晕死……没有啦！就是今天不想吃太油腻的啦！——你要不要啊？"还未待我回答，她就把她饭碗里的鸡腿夹到了我的碗里，然后嘿笑着快速说："如果你不吃，就帮我拿回去还给煮菜阿姨。谢啦！"她冲我做了一个鬼脸，然后抬脚往自己宿舍走去。

我忙说：“你等等。”

她停下，眨巴着她的眼睛望着我：“怎么啦，不愿意啊？”

我说：“不是，你叫啥名啊？”

她说：“想知道啊？可是我不想那么快告诉你。”

我笑说：“那我叫你鸡腿妹得了。”

“你……”看得出我那话把她气得半死，可她又不愿发飙，只咬着下唇，瞪了我一眼说，“人家叫李米米啦！讨厌。”话毕，走进了她的宿舍——女生宿舍除了门外，还有一块不透明的大布遮着门口，让外头的人看不到里面——消失在了我的视野里……

我嘿笑着低吟了几遍她的名字，便抬步往自己宿舍走去……

走进宿舍后，我就走到峰兄身边坐下。

这些天来，在这偌大的托管中心我只跟峰兄聊得来，当然，他也只跟我聊得来，他几乎不跟宿舍其他的人说话的。他午休几乎是不睡觉的，他拿这些时间不是玩手游看网文，就是看着天花板发呆。我问过他为啥不午休，他回：“不想睡。”

我说：“你这是病，得治。”

他说：“你才有病。”

我说：“你这病还不轻，不骗你。”

他说：“我看你已病入膏肓，开始胡言乱语了。”

我苦笑无言。

他跟我说过他晚上经常看网文看到一两点，我问他：“你家人让你这么放纵啊？”

他说：“家人对我这个爱好暂时没约束。”

我说：“那你也太爽了，如果我家里人管我管得那么松就好了。”

他说：“管得严未必不好。反正各有各的好吧！”

我笑笑：“难不成你近视都是看网文造成的？”

他说：“只是其中一部分原因而已。”

我说：“网文有什么好看的？还不如看动画片呢！”

他就神秘兮兮地说：“里面有你这种童真无趣的小孩儿没见过的东西。”

我笑说：“毛线。”

他笑而不语。

对我来讲，到目前为止峰兄他这人还算是个迷，他太另类了，他的世界我还是不懂，看来还得慢慢去了解……

9月19日　　周三　　雨

迟到的味道

昨晚下半夜下起了雨，直到今天中午时分才停。这雨下得很不够意思，弄得今早过得很糟糕……

早上6点50分闹钟准时响起，把我从沉睡中惊醒。我吃力地睁开我惺忪的睡眼，然后习惯性地望望窗外——我睡觉是不拉窗帘的，见外面的天还是黑漆漆的，还下着滴滴答答的雨。我没有起来，床太舒服了，还有那时我心里认为是闹钟烂了，所以我继续蒙头大睡，可谁知这一睡就睡到了7点20分，妈妈进来叫了我才醒。我们初中部的早读可是7点30分开始呢！

我急急忙忙爬起了床，还怪妈妈干吗这个时间才来喊我。妈妈就说：“我见外面下着雨，想让你多睡会儿。”

我苦笑不得：“妈，我的好妈妈，你这样会让我迟到，会让我被班主任骂的。”

妈妈不急不慢地说：“下雨天，你班主任会理解的，不会骂你的。”

我刚想说话，不知道何时起了床的哥哥走了过来说：“妈，你这样子做会把他惯坏的。”

我极力支持：“我赞同。”

哥哥笑了笑，冒出了一句：“不过你这样子做也好，谁叫他自己不懂调闹钟，如果被骂了，那也是他活该，顺便让他长点记性。”

我说：“我调了。”

哥哥说：“你调了，那干吗不起来？”

我说：“我……我见天黑，以为是闹钟坏了。”

哥哥笑了，妈妈也笑了。

哥哥说：“下回如果再遇到这种情况你就会记得不是闹钟坏了，而是你脑子进水了。”

妈妈拍了一下哥哥的肩膀，责备道：“有你这样子教育弟弟的吗？”

我笑着附和：“妈妈打得好，再打多几下。”

“哟，嘴巴厉害了！”哥哥笑笑，“原来刚才的急都是是装出来的，其实你是想最好一个早上都不去了，是吧？”

妈妈看向我，笑说：“快点洗脸刷牙去，听不出你哥哥在说反话吗？”

我没有说话，急急忙忙地往卫生间走去……

待我洗漱完毕，妈妈就喊我喝她为我煮好的皮蛋粥。我边忙着穿鞋边说：“我不吃了，时间赶不急了。”

妈妈说：“那你早餐吃什么？”

我说：“我到学校门口那里买个包子来吃就得了。”

妈妈说：“那这粥呢？”

我说：“你吃了。”

妈妈说：“看你说这话，你快过来吃了，不迟到已经迟到了，迟到多几分钟也没什么的。”

我说：“老师教导我们要学会珍惜每一分每一秒……”

我话还没说完，哥哥就从他房间里走了出来说：“你用这说话的时间都可以把这粥喝完了。快点喝了吧，我今天搭你去。”

我愣了一下，笑说：“你早讲啊！”

哥哥说：“妈妈没告诉你吗？”

我说：“没有啊！”

哥哥说：“那就是你没有问了，赶紧去把粥喝了吧！”

我说：“哦，马上！”

不知为啥听到哥哥要搭我去学校，我的心里就异常的高兴，或许是因哥哥“太久”不搭我去学校了，突然很想偷回懒，想感受一下坐电动车上学校的感觉吧；又或许是因这下雨天加上时间紧迫的原因，弄得我不想自个骑单车了吧。

随后我去喝了粥，便背起书包，跟哥哥出了门……我坐在哥哥的“瘦马”的后座上，身上穿着妈妈为我准备的雨衣……“瘦马”在少车的马路上飞驰，弄得水花飞溅的……哥哥大声问我：“雨打在脸上的感觉爽吗？”

我说：“还行。”

哥哥说：“有我这样一个哥哥，好吗？”

我说：“还行。”

哥哥说：“你说这次迟到，你班主任会罚你吗？”

我说：“还行。”

哥哥说：“你个小子，怎么都是‘还行’啊？”

我说：“你能开快点吗？”其实我的心里一直都挺着急的，希望能尽快一点到学校。

哥哥说：“急也不急这一时半会，反正都已经迟到了。”

我说：“照你这样说，到上最后一节课的前一分钟去意义也是一个样的喽？”

哥哥没有回我，只问：“你是不是经常为了赶那么几分钟，骑飞车啊？”

“怎么可能，安全第一。你慢慢开。”我把话题转移开，“哥哥，你说你以后交女朋友了，也是这样的下雨天，你也用这辆瘦马来搭她，你说会是何等景象呢？”

哥哥沉默了一会儿说：“没景象，坐好了。”“瘦马”的速度突然加快了，他没有再说话，我也不再说话……

当我来到学校时，已经下了早读。可班主任依旧在教室前门那儿杵着，我远远见到，就低下头，想无声无息地从教室的后门溜进教室去，可谁想，我前脚刚踏进后门口，班主任沉沉的声音就响起：“韩风，你过来一下。”

我只好乖乖地走了过去，走到他跟前，然后无声地微低下了头，像个做错了事的小屁孩，等待着大人的训斥。

班主任说：“把头抬起来，看着我。”

我没办法，只好听话地抬起了头，看向他，可没看够五秒，我就快速地把目光挪移到了别处，因他的目光太犀利，像要把我刺穿似的。这时候我的心里是紧张的，是忐忑不安的，我很怕他劈头盖脸地就训斥我一番，声音大大的，然后引来无数双看热闹的眼睛，那样就丢脸死了。

不过当班主任低沉的声音响起时，我紧张、忐忑的心就平静了不少。他说：“知道我为什么喊你过来吗？”

我说：“知道，我……我迟到了。”

班主任说：“为什么别人都不迟到，就你迟到？”

我说：“我……我睡过头了。”

班主任说：“为什么别人都没睡过头，就你睡过头？”

我说：“我……我不知道。”

班主任说：“我需要一个理由。”

我说：“我……我找不出。”

班主任说：“找不出，也得给我找。今天用课余时间写一份检讨，字数一千，明早上早读前交给我。”

“啊？”我很惊讶，想不到他会这样子罚我，还罚写一千字。我以前写检讨可最多三百字呢！

“我讲得还不够清楚吗？”他面无表情地望着我。

“清……清楚。”

“清楚就好，其实我是念你初犯我才罚你那么轻的，不然……”他没有说下去。

我傻傻地追问：“不然怎么？”

班主任说：“没有不然了，回教室准备一下，上课吧！”

我没有走，呆站在原处，傻傻地望着他，但一句话都没说。

他见到，就说：“你看着我干吗？怎么还不进去？”

我挤皱着脸说：“我……我能问一下，还有其他同学迟到吗？”

他说："有啊，可你是最迟的那个。"

我说："那……那其他同学也挨罚写一千字吗？"

他说："没有，但都口头教育过了。"

我百思不得其解："那……那我为什么挨罚写这么多字的检讨呀？"

他说："因你是最后一个，迟到最久。"

我觉得很无语，我说："班主任我……我觉得你……你这样子对我不公平，为什么他们……"

我后面的话还没说出口，班主任就冷冷地打断我："没有为什么，我想怎么罚哪个犯错的学生，不用你来教。还有，犯错了就别怕被罚，有本事你就别犯错。"

我哑口无言……

话说我怎么就摊上了这么一个狠班主任呢？还对我这般特殊照顾。

班主任说："你还有什么话想说的吗？"

我说："有。能……能写少一点点吗？"

班主任脸上露出一丝阴笑："那就两千呗，顺便锻炼一下你的写作能力。"

我苦笑说："那……那还是一千吧！——对了，班主任，能……能改成抄书吗？"

班主任反问："你说呢？"

我说："那还是算了吧！当我什么都没问过，我写就是了。"

班主任说："这就对了嘛！"

随后我没有再说什么，走回了教室……

说句心里话，有时候班主任还是挺令人讨厌的！特别是在处理迟到的这件事儿上，他凭什么单单那样罚我？我心里满满的都是委屈咧！话说同是学生，同为迟到，为啥唯独我一人的待遇不一样，难道是他在"高"看我吗？我可不想被他这样子"高"看，我经受不起咧！

唉……事已至此，抱怨太多也无用，谁叫自己有错在先，用哥哥的话讲，我这叫"活该"！

好好写检讨去吧！

9月21日　　周五　　阴雨

相　识

今天这样的阴雨天气，你的心情好吗？你微笑了吗？我的心情可很好哦，我也微笑了哦！如果你的心情如今天的天气一样糟糕，那你就微笑一下吧，这样子心情可能就会好起来的——致那些我爱和爱我的人！

世界上的好多事儿就好像上天早早安排定了一个样，总在你不经意间发生着，给你带来异外的惊喜或意外的忧伤。如今天发生的一件神奇的事儿，我竟然在毫不知情、毫无预料的情况下稀里糊涂地就和她——那眼睛大大的女生相识了，交流上了。事情是这个样子的：

下午第三节上班会课，我在班主任的要求下上讲台朗读了我写的那一千多字的检讨书，然后在阵阵“虚伪”的掌声中和异样的目光中走回了自己的座位。班主任说我写的检讨写得很好，很深刻，很具有代表性，然后号召那些那天迟到但不用写检讨书的同学向我学习，从心灵深处认识到迟到的错误性和严重性，且要端正自己的态度，杜绝再迟到……我真没想到自己一个犯错误写检讨书念检讨书的人竟然会得到“表扬”，着实让我有点儿受宠若惊！

上了大概半节课的时候，班主任把我叫出了教室，跟我说：“你现在去播音室一趟，蒋老师找你。”

“啊？”我呆愣着，以为自己听错了，“蒋老师找我？”

班主任面无表情地看着我，没有回话。

我马上反应说：“哦，我知道了。我现在马上去。”

班主任脸上露出了一丝淡淡的微笑，但是却什么话都没说。

我僵笑了一下，无声地转身往播音室走去……其实这个时候，我的心里面还是有些许迷糊的，我不知道班主任叫我去找蒋老师干吗？难道又是关于下周一主持的事儿吗？可我觉得应该不可能的，毕竟我这个周一又犯了那样的低级错误。可不是找我做下周一主持的事儿，又是找我干吗呢？不知。

我怀着迷糊的心理去到播音室，找到了蒋老师。蒋老师语气平和地跟我说下周一的主持工作将由我和一个一班的叫叶雨萌的女同学共同完成。我听后很惊讶，惊讶的原因有二：一是竟然她对我周一时犯的错误不追究，还继续让我当主持；二是竟然还找了个女生来做我的搭档，神奇。

蒋老师把两份主持稿交到了我手上，然后叫我去一班找到叶雨萌同学，把其中一份交给她，这两天抽空跟她练练。我没有问什么，拿着主持稿便走出了播音室，然后直接往一班的教室走去……在此间我的心里不由得在想：这个叫叶雨萌的同学是何方神人啊？长得是美是丑啊？人的品性怎么样啊？好不好接触啊？等等，一大堆。

我走到一班教室的后门，见一班内没老师，有点吵，我便轻轻从后门探了半个身进去，然后低声叫第一组最后一桌的靠墙的那位男同学帮喊叶雨萌出来一下，可谁知这位男同学是个激动男，且嗓门又大，我的话音刚落，他就放开嗓子喊："叶雨萌，有帅哥找。"那声音大得就差没把我的耳膜震破了。

瞬间，这个班的所有人（我想应该是的）的目光都聚焦到了后门那儿，我的身上。我傻愣愣地讪笑了一下，然后就硬着头皮说："刚……刚刚这位同学声音有点洪亮，如果惊到大家了，不好意思啊！我……我有点事想找一下你们班的叶雨萌同学，她在吗？"

我的话音刚落，很多人的目光就从我的身上挪移到了一位正红着脸，略显含羞地望着我的眼睛大大的女生，这女生不是谁，正是我一直想找个合适的机会想亲口问她名字的那位眼睛大大的美丽女生。

我愕然，竟然感到莫名地紧张，我心里不由自主地自问起来："会是她吗？难道她叫叶雨萌吗？难道天底下真的有这么巧的事儿吗？还是上天在跟我开一个可爱的小玩笑？"

突然，她站起了身，向我走来……

"是她了，就是她了。"我在心里有点慌乱，又有点小激动地嘀咕，"她真的就叫叶雨萌。我可一直想着找个合适的机会亲口问她来的，可谁能想到今天竟然就这样子以这种稀里糊涂的方式知道了，太好笑，太不可思议了。"

我很不自然地（我想是这个样的）冲她笑了笑，然后无声地转身走开，在门口外的走廊等待。

她走出了教室，走到我的身边，然后轻抿着下唇略显拘谨地眨巴着她那双大眼睛望着我，但却半天没说话。弄得气氛有点儿压抑。这时我的心扑通扑通跳得飞快，我想那一刻我的脸一定红了的。我试图开口说些什么，打破这压抑的气氛，可我的脑子却一下子短了路，竟然一时间不知道说些什么了。

突然，吵哄哄的声音从她的教室里传出，也不知为何？

她扭头望了眼教室内，然后略显拘谨地对我笑了笑，打破沉静说："有什么事，过来这边说吧！"话毕，就往旁边的楼梯口走去。

我愣了一下，跟了过去。

她走到楼梯口扶栏边站住，眨巴着她那双大眼睛望着我，有点拘谨般笑了笑，说："讲吧，找我有什么事？"

"就是……就是播音处的蒋老师叫我……叫我把这份下周一主持的主持稿交给你。"我略带笨拙地把其中一份主持稿递到她面前，"让你回去练练，不，说错，是让我们俩这个周末有时间的话，一起练练。”

“哦，知道了。”她接过主持稿，望了眼，冷不丁来一句，“还有什么其他事吗？”

我狂晕，那口气听起来像赶街似的，忒寒人心。我话还没说上两句呢，她就……真是想不通，她有必要那么着急么？

我迟疑了一下，说：“没……没有了。”

她说：“那我先走了，拜！”随即迈步往她的教室走去，我赶忙说：“等等！”

她驻足，回身疑惑地望着我，说：“你不是说没有其他事了吗？”

我愣了一下，有点紧张加慌乱：“你……你还不知道我叫什么名呢！我先自我介绍一下吧，我叫韩风，三班的。很高兴认识你。”

她抿着嘴，淡淡地笑了下，说：“我也很高兴认识你。其实……”不知为何，她突然顿住，没有说下去。

我不知突然哪儿来的冲动，接过话头就说：“其实……其实我们早就认识了，对吧？只是我们都没机会一起好好说过话。我连你叫什么，也是刚刚才知道的。呵呵……”

她愣看了我几秒，但没有再笑，只说：“其实我早知道你叫什么了。”

我装出一副惊讶样：“喔？怎么知道的？”

她说：“你现在可是学校的‘大名人’，能不知道么？”

我说：“哪来的‘大名人’不‘大名人’的，我就是我，一个普普通通的学生而已。”

她又淡淡地笑了下，说：“你挺谦虚的。”

我微笑说：“过奖了。——对了，你的QQ号是多少？”

她立马警觉了起来：“你要来做什么？”

“方……方便交流啊！”我有点紧张，“蒋老师不是叫我们有空一起交流交流嘛？”

她若有所思地“哦”了一声：“也是哦，那你记一下吧！”

我掏出了手机：“你先说你的手机号码让我先记一下呗！”

她眨巴着她的大眼睛望了我几秒，可爱地问：“也是为了方便交流？”

我点点头：“是的。”

随后她没问什么，就把她的手机号码和QQ号都说给我听，我都记录了下来。我跟她说我回去就加她Q，叫她记得点允许加我，她却来一句：“我很少上Q的。”

我愣了一下，有点别扭地傻笑说：“那……那你上Q时再加我。——其实我……我也很少上Q的，在这点上，我觉得我们还是挺相像的。呵呵……”

她又淡淡地笑了下：“那我先回教室了。”

我不好意思再挽留，只微笑说：“好的，拜！”

她随即转身往教室的方向走去，我望着她唯美的背影，笑了，莫名其妙地笑了，嘴里神经兮兮地嘀咕道：“叶雨萌，叶雨萌，名字取得挺有意思，挺可爱的，叶子在雨中发萌的样子……呵呵……”

晚上七点多的时候我加了她的QQ，只是到现在（9月22日凌晨12点13分）还未见她加我，难道她真如她所说的那样儿：很少上Q吗？

很想知道，可是无法知道。

我觉得她是一个挺特别的女生，以后有机会一定好好了解她……

9月23日　　周日　　晴

隔空的争吵

晚上七点多的时候，妈妈又关着房门在房间里头跟电话那头的爸爸吵架了。我在外头清晰地听见了她骂爸爸是浑蛋，骂爸爸臭不要脸什么的，情绪异常的激动，还听到了她伤心的抽泣声。我没有去敲门，问她什么，因问了也无用，她不会回答，还有她还会一味地跟我说那些听过N遍的只能哄小孩的废话，什么她跟爸爸间没啥，只是拌拌嘴什么的，叫我不要想那么多，不要想他们间的事，过一阵子他们自然就会好了的……其实我好想告诉妈妈我已不再是三岁小孩了，这种弱智的问题，我一想就能明白，要是你们间能过一阵子自然就变好，就不用三天两头这样对着电话机隔空吵架了……

大概七点四十多分的时候，妈妈打开房门走了出来。这时候的我正坐在大厅里看动画片。我望向了她，见她满眼熏红，一脸哭后的憔悴、忧伤，我说：“妈，你没事儿吧？”

她冲我挤出了有些难看的微笑，说：“妈好着呢，没事儿。你哥还没回来啊？”声音略带沙哑。

我愣了一下，觉得妈妈问得莫名其妙的，我说：“哥哥不是出差去了吗？怎么回来？”

妈妈这才反应过来，说：“哦，妈妈忘记了。——你今晚想吃些什么？”

我说：“随便。”

妈妈说：“那你自己做点东西来吃好吗？妈妈今天晚上身体有点不舒服。”

我说：“哦。——家里有番茄吗？我想做番茄炒鸡蛋。”我这样问，是因我只做过番茄炒蛋，其他的我都没煮过。

妈妈说：“有啊，在厨房那张桌子底下。——待会煮时不要放那么多酱油，知道吗？吃太多酱油不好。”

我说：“哦，知道了。”

妈妈说：“不用煮我的，我待会吃点粥就好了。”

我说：“哦，知道了。”

妈妈说：“好了，别看了，快去煮吧！”

我说：“哦，等看完这集先。还差几分钟就完了。”

妈妈走了过来一把关了电视，说：“动画片有什么好看的？赶紧去煮来吃了，好洗个澡，再看看书，准备睡觉。”

如果换成往常，我一定会去重新把电视打开，可今天不同，妈妈一脸阴郁愁苦的，我怕她冲我撒气，所以只好乖乖地说：“哦，知道了。”我便站起了身……

妈妈说：“对了，你的作业写完了吗？明天可是周一了。”

我说：“写完了。”

妈妈说“开学这些天来，我怎么都不见你早上起来读英语，背英语单词呢？你哥哥上初中那会儿，我可整天见他天还未亮就起来读英语，背英语单词的。”

我说：“我们现在跟哥哥那时候不一样了，学校都安排时间给我们读，给我们背的。”

妈妈说：“你不用来忽悠我，虽然我没上过初中，但是我心里明白一个道理，只有努力勤奋，才会有收获。我等着看你第一次考英语考多少分。”

我说：“你等着吧，应该不会让你失望的。”说这句话时，我心里是没底的，因自己的英语学得咋样，连我自己都不知道，因为教过的那些，我很多都是只会读，不懂写呢！

随后，我抬脚往厨房走去……

二十几分钟后，我费了九牛二虎之力把一小碟香喷喷的——我自认为是香喷喷的——番茄炒蛋做好了。我心里有一种说不上来的高兴。我得意地把那小碟香喷喷的番茄炒蛋捧出厨房，想给妈妈尝尝，顺便让她夸夸我。只是我来到客厅时，见妈妈正目光呆滞、一脸熏红地坐在客厅的沙发上，整个人看上去像是神游他地。她面前的茶几上摆着大半瓶红酒和半杯未喝完的红酒。

妈妈既然独自一个人喝酒了，这是我想不到的，因在我的印象中妈妈只有在逢年过节的时候才会喝上那么一丁点儿酒，庆贺庆贺！

我愣愣了几秒，上前问：“妈，你怎么喝酒了？”

妈妈扭脸望向我，怪怪地笑了笑，然后答非所问地，操着醉醺醺的腔调儿说：“妈妈……妈妈没事儿，妈妈很好！”

我皱巴着脸说：“妈妈你是喝醉了吧？”

妈妈说：“妈妈怎么会……怎么会醉呢？妈妈只是喝了一小点儿而已。”

我说：“你没事喝什么酒呀？”

妈妈说：“妈妈只是突然很想……很想喝而已。——你……你做的番茄炒蛋好吃吗？拿过来给妈妈尝尝。”

“等等！”我去拿了双筷子来，“妈，我夹给你吃吧！”

“好的。”妈妈忧郁的脸上突然浮上了一丝宽慰的笑容，“我的小儿子亲手夹他做的菜来给我吃了，呵呵……”随后半开着嘴。

我夹起一小块鸡蛋送进妈妈的嘴里。

妈妈轻嚼了一下，吃了下去……

我略显焦急地问：“怎么样，好吃吗？”心里期盼着妈妈赞扬。

妈妈连连点头：“好吃。非常好吃……我家木木终于长大了，懂得做东西来吃了，妈妈好高兴……非常高兴……”妈妈说着说着，眼泪就像决堤了的洪水一般往眼眶外涌，哗啦啦地往下滚落，莫名其妙的。

“妈，你这是怎么了？干吗哭了啊？”我赶忙把那一小碟香喷喷的番茄炒蛋放在茶几上，然后抽了几张纸巾为妈妈擦拭眼泪，“你别哭了，好吗？”

“妈妈高兴呢！”妈妈抬起她的手像小时候一样扯了扯我的脸蛋，“妈妈见你长大了，所以就忍不住流泪了。”

我说：“你是说你现在流的是幸福的眼泪？”

妈妈泪眼婆娑地点了点头，表示默认，然后声音沙哑般说：“木木你知道吗？妈妈天天盼啊盼啊，盼着你快点儿长大成人，然后妈妈就可以……可以松一口气了……”妈妈啜泣着，说不下去了。

这时候我不知道怎么办，只能边帮妈妈擦拭眼泪，边低声说：“妈妈，你别哭了，其实你儿子我早就长大了，只是你一直把我当成小孩儿而已。”

妈妈连连点头：“嗯……长大了，我家木木已经长大了，妈妈……妈妈以后不会再把你当小孩看了，妈妈把你当大人看……”妈妈边流着那不知是幸福还是伤感的眼泪，边抚摸着我的脸蛋，“我家木木长大了……长大了……”

我边继续帮妈妈擦拭眼泪，边说：“妈，你别哭了，你今晚到底怎么了？”

妈妈仰起头，抬起双手擦了一下双眼，然后重重地呼了口气，不自然地笑说：“好了，妈妈没事儿了，你去吃饭吧，不然蛋凉了就不好吃了。”

妈妈一下子的转变，让我有点儿适应不过来，我愣了一下，傻乎乎地问：“妈，你真的没事儿了？”

妈妈点点头，脸上挤出怪怪的笑容：“真的没事儿了。——去吃东西吧！”

“哦！”我有点不敢置信地望了她几秒，然后有点笨拙地捧起那一小碟番茄炒蛋，“妈，你要吃点吗？我帮你舀饭。”

妈妈摇了摇头，没有说话。

我又说：“妈，那你不要喝酒了，行吗？我怕……怕你醉了。”

妈妈忧郁的脸上挤出了一丝难看的笑容：“放心吧，妈妈不会醉的。”

我说：“可我很担心。”

妈妈说：“傻儿子，你担心什么？不用担心的哦，妈妈再喝点就不喝了，快去吃饭去吧！”

见妈妈这样说，我不知道再说些什么，心里有些担心，有些不是滋味儿地望了妈妈几秒，然后无声地把那一小碟番茄炒蛋捧到饭桌上——饭桌在客厅的另一头，厨房出来就是饭桌——放下，接着进厨房舀饭……

待我舀饭出来，却见到妈妈一手捂着额头，在那儿反常地连连摇着头，一副沮丧、躁动不安的模样。

我忍不住问：“妈，你真的没事儿吗？”

妈妈放下捂额头的手，望了我一眼，说：“没事儿……你快吃东西吧！”

我没有再问什么，也没有说话，心神不安地吃起饭来……

妈妈眼神呆滞、木然地坐在那儿，一动不动地坐着，大概过了五六分钟，她突然长长地呼了口气，然后伸手去拿起那N久没动过的半杯红酒，一口气喝完了，随即她又倒了大半杯，接着又一口气把那大半杯喝完了……

我看着，惊愕了，傻眼了，心想妈妈何时有这么疯狂过呀？好像跟这酒有仇似的。我用力地吞了口口水，傻傻地、担心地说：“妈，你别喝了好吗？”

妈妈冲我笑笑，笑容苦涩而难看：“没事，妈妈没事……你……”打了个嗝，“你……你能给妈妈唱个歌吗？妈妈……妈妈想听你唱歌……”她又想去倒酒，这是要奔着醉的节奏去啊！

我赶忙起身冲了过去，一把拿过那瓶红酒抱在怀里：“妈，你别喝了行不行，再喝你就醉了。”

妈妈又打了个嗝，然后望着我，怪怪地笑了笑，满口醉腔地说：“没，没事儿……妈妈不会醉的，再……再让妈妈喝一点儿，就一点儿……”这时的妈妈忧愁的脸是红红的。

我说：“不给……你，你不是要我唱歌给你听吗？如果我唱歌了，你就不喝了可以吗？”

妈妈望着我，略作沉思，又怪怪地笑了笑，满口醉腔地说：“可以，唱……唱……就唱一首。呵呵……”接着莫名其妙地傻笑，“你……你随便唱一首，给……给……”

我见妈妈说得那么费劲，便接过话头说：“给你听，对吧？”

妈妈有点木讷地点了点头，“嗯”了一声，没有说话。

我想了一会儿，选了首《世上只有妈妈好》唱了起来……

妈妈听着听着，她那双一直望着我的眼睛又莫名其妙地流出了不解的泪水……

我很无奈，只好停下，问：“妈，你又怎么了？”

妈妈抬手抹了把泪，摇摇头：“没……没事儿……你……你跳个舞给我看吧，我……我想看你跳舞，看我的乖儿子跳舞……”

我听后，差点儿崩溃，妈妈今晚怎么想一出是一出呢？怎么就这么能折腾呢？弄得我好生无奈。

“妈，你别哭了，好吗？”我把那瓶红酒放在茶几上，抽了张纸巾去帮妈妈擦眼泪，“你这样子，弄得我都有点儿想哭了。妈，其实……其实你有什么心事，你是可以跟我说说的。”

妈妈木讷地摇了一下头：“妈妈没心事儿……来，坐……坐妈妈身边。”妈妈拉我在她的身边坐下。

妈妈抓起我的手，轻拍了几下，然后莫名其妙地来一句：“如……如果有一天，妈妈和爸爸离婚了，你跟谁？”

我先是愕然，我想不到妈妈会突然问这种奇怪的问题，然后傻傻地问：“妈，你是要跟我爸离婚吗？”

妈妈摇了摇头：“没……没有啊！我刚才不是说如果嘛！如果……如果那样子你会跟谁呢？”妈妈一双熏红的泪眼定定地盯着我望，等待着我回答。

我摇了摇头：“你们我谁都不跟，我只跟哥哥。”

妈妈露出了一丝干涩难看的笑容，问：“为什么只跟哥哥？”

我说：“你们离了，不要我了，我不跟哥哥，跟谁？”

妈妈抬手摸摸我的脸，说：“你哥哥还要找嫂子呢，顾得上你吗？要我说，如……如果那样子你就跟妈妈，妈妈带你回家乡读书……”

这话听起来怎么就那么揪心，像真的一个样儿。我皱巴起眉头，神经兮兮地抬手摸摸妈妈的额头，没烫，不发烧啊！我说：“妈，你是不是醉了？干吗尽说些胡话呀？”

妈妈又露出了一丝干涩难看的笑容，说：“没……没有，妈……妈只是随便假设一下而已。”

我说：“妈，我看你真是喝多了，再怎么假设也不应该去假设这些东西啊，太无聊了。”

“无……无聊吗？妈妈觉得一点儿都不无聊……”妈妈叹了口气，顿了几秒又说，“你说要……要是你爸爸哪一天不要我们，不要我们这个家了，你……你会恨他吗？”

“这个……”我不懂得怎么回答，我皱巴着脸，很无奈，这都是些什么问题啊？乱七八糟的，叫人听了心乱、心焦。我有点不耐烦地说，“妈，你不要问这种问题了好不好？根本不会发生的事儿，你想这些东西干吗呢？我……我吃饭去了。”我站起了身，往饭桌走去……

我坐在饭桌边刚吃了没几口，我放在房间里的手机就突然响了起来，我起身回到房间，拿起手机，见是爸爸打来的，有点不想接，因他弄得妈妈现在变成了这个模样，疯疯癫癫的，可想想，我还是把电话接通了。接通后爸爸就问我学习方面的事情，我就很不耐烦地打断，质问他：“爸，你到底跟我妈妈之间发生什么了？她现在都要疯了，喝了很多酒。你们间到底怎么了？”

爸爸在电话那头沉默了许久，才沉声回：“我和你妈妈间没什么，就是拌拌嘴，过阵子就好了的，你不要想那么多。我……”

我未待他说完，就气愤地打断了他，说：“我能不想吗？我妈妈现在都疯了，哭哭啼啼，疯疯癫癫的。你说……你说你们间没发生什么，没发生什么会弄成这个样子吗？当然，你……你无须告诉我你们间到底发生了什么，我也不想听，我现在……现在只想麻烦你告诉我，我妈妈现在这样子了，我该怎么办？我该怎么办？”后半句的声音我讲得很大声，几乎是吼着出来的。我从来没敢这样子对爸爸说过话，这样子对他吼过，也不知他听后，心里是啥感觉？或许是苦楚、难受，很不是滋味吧！

爸爸沉默了好久，才说：“你现在拿电话给你妈妈听。”

我说：“你想干吗？你还是让她一个人静静吧！也麻烦你好好想想，你自己到底干了些什么，弄得我妈妈变成了现在这个样子，弄得这个本来好好的家乱糟糟、无安宁。”

爸爸又沉默了好久，才说：“你哥哥在家吗？”

我说：“不在。出差了。”

爸爸问：“你妈妈现在还在喝酒吗？”

“不知道。”这时候的我才想起自己刚才又傻傻地把那瓶红酒放在了茶几上，没拿开，“好了，不跟你说了，我要去照顾我妈妈了。”

爸爸说：“快去吧，把那些酒都收起来，不要让她再喝了。”

“知道了。”随即我把电话挂了，然后就急匆匆地奔出了房间，来到了客厅。我望了眼坐在沙发上，用撑在沙发扶手上的手捂着额头，微闭着眼睛，一脸熏红的妈妈，然后快速地把目光移向茶几上那瓶红酒，见红酒瓶内的红酒已所剩无几。我瞬间明白妈妈在我接听电话的这段短得可怜的时间里喝了近乎半瓶的红酒，也就是说她今晚上近乎喝了一瓶红酒。这对于平常近乎不碰酒的妈妈来说，是个什么样的概念？我不敢去想象。

我很诧异地走到她身边，轻声地问：“妈，你还好吗？”

妈妈放下了捂着额头的手，有点吃力地睁开了眼睛望向我，一口醉腔地说：“妈，没……没事！就是头有点……有点儿晕。”

我说：“你干吗喝那么多酒啊？”

妈妈说：“不多，妈妈……妈妈没醉。你……你爸他刚才打电话给你了？”

我说：“嗯。”

妈妈说：“都说些什么了？”

我说：“也没说什么，就是叫我好好学习。”

妈妈说：“又骗妈妈，妈妈刚才都……都听见了。”话音刚落，妈妈就“嗖”地一下站起了身，捂着嘴往厕所的方向跑去。

我还没反应过来怎么回事，从厕所的方向就传来了刺耳的呕吐声。我赶忙赶了过去，走到厕所门口，见妈妈正半蹲着对着那个粪坑口狂吐……

我犹豫了一下，顶着扑鼻而来的呛鼻酒臭味走过去，轻拍着妈妈的背，无奈道：“妈，你也真是的，叫你不要喝那么多你偏不信，现在知道错了没？”

妈妈缓了一口气，难受地说：“去……去帮我拿点纸巾过来。”

我听后马上转身走出厕所，去拿纸巾。几秒后，我拿着包抽纸回到厕所，见妈妈依旧保持着刚才我走出厕所前那个欲吐的姿势，便问：“妈，你好点没？”

妈妈没说话，向我伸出了一只手，我抽出了几张纸巾递到她手上，她拿过纸巾擦拭了一下嘴巴，然后吃力地站直了身子，就在这时她的身子突然莫名其妙地摇晃了起来，有种摔倒的趋势。

我见状赶忙上前扶住她：“妈，你怎么了？”这时妈妈的脸色发白，没任何血色。

妈妈捂着头，摇晃着：“头……头有点晕。”

我说：“我扶你回房休息一下吧？”

妈妈有气无力地说：“好。”

随即我就扶着她回她的房间……她刚在她的床上躺下没几秒，就说口渴，叫我去给她倒杯糖水，我照办……

后来，妈妈又奔去厕所吐了两次，还说了很多很多乱七八糟的胡话，还叫我唱歌、跳舞给她看什么的，折腾得我半死。期间我无奈地打了两个电话给哥哥，向他求助，向他“哭诉衷肠”，哥哥除了责备我没看着妈妈，让她喝成这个样子外，就是责令我照顾好妈妈什么的，其中还说了一句气得我半死的话：你这叫活该，谁叫你不看着她，让她喝那么多的？

这话是一个作为哥哥的人该讲出来的话吗？他怎么讲得出口呢？太令人寒心了。我那时听后都差点儿吐血了，心想我怎么就摊上了这么一个冷血的哥哥呢？一点同情心都没有的。

其实嘛，现在想想，哥哥讲的话很对，我又错啦！要是当时我不那么愚笨，

聪明点，把红酒拿开，藏起来，妈妈就不会喝那么多了，当然，她也就不会醉成这个样子了，我也就不用被折腾得半死了。

话说一切糟糕事情的发生都是有因果的，以后记得聪明点儿。呵呵……

现在——24日凌晨零点四十六分，妈妈在她的房间里睡得很香，我感到很安心。我也该睡觉了，希望明天又是一个全新的一天，忧愁不再，快乐无穷！

噢，对了，那大眼睛的姑娘昨天晚上加我了，只是没有和我聊过一句话，挺神秘的，或许她真的如她所说很少上Q吧！

真的该睡了，不然明早无法早起去找她练习主持稿了……

9月24日　　周一　　晴

冷漠的你

今早六点二十，我在偌大的闹铃声中醒了过来，挣扎着起了床。可能是昨晚睡得有点晚，太折腾的原因，弄得浑身都觉得累累的。我松动了一下筋骨，迷迷糊糊地走出了房间，来到客厅，见妈妈正坐在客厅的沙发上发呆，就问：“妈，你这么早就醒了？”

妈妈扭头望向我，笑了笑，笑容挺自然的，看不出昨晚上的忧伤和愁苦。我不知道这是妈妈强装出来的，还是自然的微笑，当然，我也不想知道，只要见妈妈微笑，我就开心，毕竟新的一天在微笑中开始，总比在愁苦忧伤中开始好吧！反正我是喜欢在微笑中开始的。

妈妈说：“嗯。我已煮好了肉粥，快去洗脸来吃吧！”

我说：“哦，马上。”

妈妈问：“昨晚……昨晚我发酒疯，没吓到你吧？”——妈妈还是提了昨晚的事，我还以为她不提了呢！

我如实说：“吓到了……妈，你以后不要喝那么多酒了，好不？”

妈妈点点头：“妈知道了，昨晚上辛苦你了！”

我咧嘴笑笑：“妈，我们不提昨天晚上的事儿了，毕竟都过去了，一切都过去了。一天之计在于晨，我们该在微笑中开始新的一天，你觉得呢？”

妈妈淡淡一笑，点点头：“好！妈妈听你的。——洗脸去吧！”

随即我没再说什么，就进卫生间洗脸去了……

待我洗完脸从卫生间出来，吃了妈妈为我准备的瘦肉粥，我便收拾东西准备出门，上学去。在此期间妈妈都是一脸木然地坐在沙发上的，说的话加起来不够三句。我心里晓得，此时她的心里还在想着那些乱七八糟的事情，还在忧郁，还在伤痛。

妈妈突然叮嘱："木木，待会骑车记得小心点儿啊！"

我点点头说："知道了。——对了，妈，你别再想那么多了，好吗？"

妈妈冲我微笑了一下，那笑容僵僵的，假假的："好，妈不想了。"

这句话一听我就知道是假的，就像自己伤心难过的时候，别人叫你别伤心难过了，你满口答应，可你心里却依旧在伤心难过。人有时候就是口是心非，可以控制住自己的嘴巴，却控制不了自己的思绪。

我微笑一下，说："那就好，那我上学去了，妈妈再见！"

妈妈说："路上小心，到学校好好学习，听老师的话。"

我点点头："知道了。"

我出了门……

到了学校，我先回教室放下书包，然后就立马往播音室奔去。我本以为自己来得挺早的，可以在播音室那儿悠哉悠哉地等着叶雨萌的到来，然后在见到她来时的那一刻，可以嘲讽般来一句："你来得够迟的哦？"

只是我还未走到播音室门口，就远远地见到了她站在播音室门口的走廊上低头看稿的身影了。我刻意放缓脚步，慢慢地、轻轻地走过去，想在未被她察觉到的情况下突然冲到她跟前，然后猝不及防地吓她一下，让她惶恐地尖叫上一两声什么的。只是我刚走到离她两三米外的地方的时候，她的声音就突然响起了："你神经兮兮的，想干吗？"说这话时，连头都没抬。

我先是一愣，然后有点惊讶地笑说："你太厉害了，你怎么知道我来的？"一副跟她很熟的模样。

她没有回答我的话，而是说："你来得够早的哦？"话语中充斥着满满的嘲讽。

我愣了一下，心想：妹子，原来我和你的思想是有质的区别的，我刚刚幻想跟你说的话，跟你现在跟我说的话，意思是一个样儿的，都是充斥着满满的嘲讽，可表述却不一样，你的境界比我更高。

我假笑了一下，说："一般般啦！"

她抬头望了我一眼，没有笑，只是淡淡地说："一起练习一下吧？"

我点头："OK，没问题。"

随后我们便开始练习……

在练习过程中，我说话时的语气，说话时的表情，等等，哪儿做得不对或

不够好的，她都会直言指出，甚至亲自演示给我看。我几乎都是在沉默中听取她的意见，我的双眼总是忍不住去看她那张精致的脸庞和那双明亮的大眼睛，她还就此这样问我：“你老盯着我看干吗？”

我略显尴尬地说：“你……你的眼睛好大，很好看。”

她有点讨厌地吐出两个字：“神经。”

我傻傻地说：“那也是你把我弄成了神经。”

她无语地瞪了我一眼：“我……我讨厌和油嘴滑舌的男生说话。”

我讪笑了一下，没有言语。

后来上台主持，我俩配合得挺好，都很好地完成了各自的本职工作，当然，我没有再搞出什么大笑话……

在解散后，我的心情大好，我嬉笑地望着她的眼睛，癫癫地说：“你的眼睛好大好明亮哦，我以后能叫你大眼妹吗？”刚说完，我见她脸色一下子阴沉了下来，就立马改口说，“不不不，口误，是能叫你萌妹吗？”

她白了我一眼，就这样反问我：“那我以后能叫你神经病吗？”

我傻笑说：“我……我像吗？”

她冷冷地抛下一句：“我看挺像的。”然后就头也不回地离开了……

其实嘛，我觉得叫她“大眼妹”，好听又可爱，她为什么会不喜欢呢？这是一个脑残又可笑的问题，没有答案，我也不会去追问……

话说一天过去了，妈妈还依旧沉郁，依旧忧伤，常常无语地发呆，神游他地，弄得今晚上煮的酸菜都煮焦了……对妈妈现在的这个样子，我不知道该怎么办，该说的话我都说了，可不管用，叫她跟我说叨说叨，她又不肯，然后只会说一句：“妈妈没事儿，你放心吧！”

我能放心吗？我无法放心。

刚刚我又打电话给哥哥了，他说他明天就能回来，叫我在家一定要照顾好妈妈，别让她再喝酒了。我答应了他……

呼……希望，希望明天哥哥回来后妈妈就能好起来吧！我还是喜欢那个没有忧愁，没有悲伤的妈妈，那个爱笑的，听我讲起学校的趣事儿就“呵呵”乐的妈妈！

9月26日 星期三 晴

当上大队长

今天是一个值得高兴、值得开心的日子，我当上校学生会大队长（学生会主席）了。这是老师和同学们对我近期的积极表现和超强的工作能力的一种肯定。其实我不怎么喜欢当这个大队长的，因为要做的事情太多，如检查卫生啊，检查仪容仪表啊，巡逻啊，校门口站岗啊，等等，一大堆，有得忙的。不过，既然老师和同学都这么信任我，让我来当，我又怎么好意思拒绝呢？算了吧，既然已硬着头皮随了他们的意把这工作揽了下来，那我就尽其所能把它做好吧！——我忽然发觉我是一个挺内敛、谦虚的一个人的。呵呵……

我得知我当上学生会大队长的事情是在上午，下午班主任就高兴地在我们班上公布了这个结果，还特意在班上夸奖了我，说我为班级争了光，争了荣誉，还号召同学们向我学习什么的，弄得我都不好意思了。也不知道那时候同学们的心里有何感想，是羡慕，是嫉妒，是讨厌，还是深深的佩服？我希望是后者吧！

下午放学后，我和叶雨萌在走廊里不经意间偶遇了，我就很开心地告诉了她我当上校学生会大队长的事儿，本以为能听到她的祝贺之声的，可听到的却只有她冷冷的一句："嘚瑟！不就是当了个学生会大队长嘛，有必要这么激动，逢人就说吗？生怕别人不知道啊？"

我听后，差点儿没吐血，她怎么能这么冷呢？弄得我的心里面一下子飘起了雪花，冷冷的。脸上本来灿烂的笑容也瞬间变成僵硬僵硬的了。

我说："你……你就不能祝贺一下我，让我高兴高兴吗？"

她说："你高不高兴跟我有关系吗？"

我倒吸了口冷气，对她竖起了大拇指："你……你太厉害了。"

她冰着张脸说："那是必须的。"

我嬉皮笑脸说："你……你太特别了。"

她没说啥话，白了我一眼，便走开了……

现在想想她那个冷冷的模样儿，挺可爱挺特别的，呵呵……

傍晚回到家，我就第一时间把我当上学生会大队长这事儿告诉了妈妈，妈妈脸上露出了久违的自然的微笑，看得出来她很高兴，当然我也很高兴，主要是因为妈妈高兴了。哥哥昨天回来后，单独跟妈妈谈了很久的话，谈话后妈妈的心情好像好了那么一丁点儿，可还是忧郁，她的心结依旧解不开，看来她这心病还得她自己治，谁也帮不了。

9 月 28 日　　星期五　　晴

“幽会”与“巧遇”

中午的时候，我吃完了饭，觉得待在宿舍里太无聊，就拿上纸笔到托管中心的学习室里坐着画漫画。这个时候的学习室是空无一人的。

刚画没几分钟，李米米就无声地走了进来，在我的身边坐下。我望了眼她，问：“你不睡觉跑这儿来干吗？”

她微笑说：“看你画画。”然后一手托起腮帮子，认真地看起我画的画来。

我没有说话，继续画我的画。

十几秒后她的声音又响起：“你也喜欢画漫画？”

我说：“纯属兴趣爱好。”

她“哦”了一声，说：“这幅画你画好后，能送我吗？”

我愣了一下，觉得莫名其妙的。我问：“你知道我画的是谁吗？”

她说：“柯南。你知道吗？我超喜欢柯南了，他超聪明，超帅气。”

我笑笑，随口一句：“我还以为你喜欢灰太狼呢？”

她说：“我喜欢懒羊羊，不喜欢灰太狼，它太坏了。”

我说：“灰太狼任劳任怨，你竟然不喜欢？懒羊羊那么笨，你也喜欢？不得不说你这人的思想太另类了。”

她说：“懒羊羊它可爱啊！”

我说：“一般笨的，都会显得很可爱的。”

她噘了下嘴：“不跟你扯这个了，我想问，这幅画画好后，你能送给我吗？”

我无奈般假笑了一下，说：“你给我个送你的理由，我就送给你。”

“那你要什么样的理由呢？”

“这我哪懂你啊！”

“那我说我喜欢它，你送我吗？是纯纯的喜欢。”她用一双充满期待的眼睛对着我。

“这个……这个……”我犹豫了片刻，没好意思拒绝，只好咧嘴笑笑，“好吧，画好后我送给你。不过，时间可能要长点哦！”

她微笑说：“只要你送给我，多长时间都不是问题，我等你。”

我无奈苦笑：“那好吧，那你就慢慢等吧！”我收拾起了纸张……

她忙问：“干吗，你不画了？”

我回：“不画了。”

“是我打扰到你了吗？”

“不是，只是没那种意境了。”

“看来真的是我打扰到你了。”她摆出一副愧疚的模样。

我问：“你现在心里面是不是很自责，挺难受的？”

她认真地点点头：“的确挺自责，挺难受的，不过……”她突然咧嘴嘿笑，用轻佻的语言说，“也不是十分的难受啦！呵呵……”

我听后差点儿没晕过去，我苦笑说：“你……你这人性格太多变了。”

她微笑：“难道你想说我有人格分裂症？”

我说：“我可没这样说。”

她微笑了一下，转移话题：“嘿，听说你当上校学生会大队长啦？”

我愣了一下，点点头：“是的。”

她说：“那恭喜你啦，你好厉害哦！”

我说：“谢谢！其实我一直都这么厉害的。”

她“扑哧”一笑：“切……一点儿都不谦虚。”

我说：“我只是实话实说而已，其实真的我一直都这么厉害啦！”

她说：“好吧，算你厉害吧！”

我说：“什么叫算啊，是本来就是好不？”

我的话语刚落，峰兄的声音就响起：“疯子，你在哪里？”声音未落人已走进了学习室门口。

他见到我和李米米待一块儿，先是一个愕然，然后双手合十，傻笑着说：“不好意思，不好意思，打扰了。”话毕，立马转身退了出去……

我去，他这样子什么意思呀？搞得好像我和李米米在这儿幽会似的。我无奈般苦笑着望向李米米，一下子竟然语塞，不懂得说些什么了。

李米米望着我嘿笑，说：“那……那我先走了，午安！”

我愣站在原处，然后有点痴傻地回了两个字：“午安！”等她走出了学习室门口，我才恍然记起我自己也要走——我对自己刚刚瞬间的痴傻愚钝感到彻底无语。

下午放学后，我推着我那辆烂单车走出校侧门口，在不经意间我看见了叶雨萌推着她那辆崭新的粉红色女式单车走在我前面涌动的人群中，随即我便傻傻地推车上前去跟她打招呼：“嗨，好巧哦，这也能见到你。”

她望了我一眼，皱眉反问：“这也能算巧吗？”

我笑说：“挺巧的啊，这应该就是上天特意安排我们今天在此相遇的吧？”

她没有看向我，只说：“你讲话能正常点吗？”

我望着她：“难道我现在不正常吗？”

她依然没看向我：“一点都不正常，像个疯子。”

我苦笑无语。

她扭头望了我一眼："你家在哪个方向呀？"

"在那边……"我指了指我家的方向，然后傻傻地问，"怎么了？"

她驻足，望着我，皱了皱眉，说："你走错方向了吧？"

我愣了一下，才反应过来自己把路走反了，可是我又不愿意承认自己的错误，只好倔强地说："我……我没有走反啊，我今天突然想绕远一点儿走。"

她冷冷一句："看来你病得不轻。"

我刚想开口说话，一长脸、消瘦的女生突然推着单车来到了我们的身边，她望了我一眼，然后笑嘻嘻地望向叶雨萌，说："萌萌，你这可就不对了啊？有了大帅哥的陪伴，就把好姐妹我给忘了。你这叫重色轻友你知道吗？"

我静默着，心里惊呼："哇塞，这女生的嘴巴也太那个点了吧？弄得我都脸红不好意思了。"

叶雨萌脸有点红起来，扭头望了我一眼，说："他就一疯子，别理他。"

我依然静默，心里惊呼："我去，我躺着也中枪，我……我像疯子吗？我像疯子吗？她怎么能这样说我呢？太寒我心了。"

那长脸、消瘦的女生只抿嘴偷笑地望着我，没说话。这时我又怎好意思怯场，一言不出，只好傻笑着说："同学，其实我……我有个小外号，就叫'疯子'，呵呵……"

那长脸、消瘦的女生微笑："'疯子'这个外号挺好听的。——你叫韩风吧？"

我点点头："是的，怎么称呼你呢？"

"我叫叶青青，跟萌萌是从小玩到大的好姐妹。"她微笑着向我挥了挥手，"很高兴认识你，疯子同学。"

我只微笑说："叶晶晶同学……"

她立马纠正："是叶青青，不是叶晶晶。"

我说："哦，叶青青同学，我也很高兴认识你。"

叶青青微笑着，刚想说些什么，叶雨萌就冷不丁地插话："青青，你走不走啊？那么多话的。"

"哦，走啊！"叶青青看向我，"疯子同学同路吗？"

叶雨萌立马抢着说："不同。"

我苦笑着，心想："美女，你有必要这么激动吗？好像我很想跟你们同路一样，那可得多踩十几分钟的车呢。"

叶青青愣望了我一会儿，问："是这样子的吗？疯子同学。"

我含笑着点点头："嗯，是这样子的。我家住在黄土高坡。"

叶青青愣了一下，"扑哧"一笑："你把它唱出来更好听。"

我微笑说：“下次有机会的。”

叶青青笑说：“那我可就期待着，我们先走了，拜！”

我微笑着挥了下手：“拜！”

我把目光投向了叶雨萌，见她依旧一脸绯红的，她没望我一眼，什么也没说，就推着单车走开了，好像我很令她讨厌的样子……对此，我也只有苦笑无语。

我掉转了车头，刚要骑上单车走人，胖哥就笑嘻嘻地走了过来，拍了拍我的肩膀说：“你还不回去啊？”

我愣了一下，说：“马上。—— 你妈还没来接你啊？”

他说：“还没到呢！”

我说：“你以后骑单车来不行吗？那样子我们就可以一起来一起回去嘛！你整天要你妈妈跑来跑去的，你不觉得挺麻烦的吗？”

他摇了摇头：“我妈妈不让，说太多车了不安全。”

我笑笑：“你妈妈真好！”

他假笑了下：“还行吧！”

后来我们又聊了几句，我便骑着单车跟一帮女同学骑车回去了……

睡了，明天还要补课呢！睡前我还想隔空问一句叶雨萌：“我这人真的那么令你讨厌么？”

9月29日　　星期六　　晴

好冷

明天就放假了，一放就是放八天，中秋假和国庆假合在一块儿放，倍儿爽！下面讲讲今天发生的事儿吧。

下午上自习课的时候，班主任说中秋国庆长假回来全年级要进行一次月考，叫我们放假回去好好复习，他还说这次月考的成绩将在接下来的竞选班干中作为很重要的参考部分，希望我们认真备考，认真对待。

从他的这些话语中，我知道他也是蛮看重成绩的。也是，这年头，有哪个老师不看重成绩呢？成绩可是衡量一个学生在学习方面用不用功的一种最直接的方式！记得班主任曾经说过一句很有深度的话：我这人不十分看重你的学习成绩，但我很看重你对待学习的态度。

看来接下来的八天也没多少时间好好玩耍了，不但要复习，还要去参加毛笔兴趣班学毛笔字……

八天里具体会有啥活动，一切都还在安排中。

今晚又跟爸爸通电话了，他问了我的学习情况，又跟我说他过几天回家一趟，我问他是哪天，他却说还在安排中。对此，我有些无语。其实听爸爸说要回来，我是打心底里高兴的，因为我觉得他跟妈妈是该找个时间来面对面地交谈一次了，把彼此间存在的问题好好解决一下……总的来说，希望爸爸妈妈能和好如初吧！我不想再见到他们隔空地吵吵闹闹了，也不想见到妈妈整天愁眉苦脸，情绪低落的了。说句实在话：我挺担心他们就此分离了的。我不敢想，也不愿去想，如果他们分离了，这个家会变成怎么个样，我的生活会发生什么样的变化，相信……不不不，不会有那么一天的，爸妈都是老夫老妻了，怎么会因一点儿小事情就分离了呢？不会的。可他们间真的就只是因一点小事情闹成现在这个模样吗？真的是这样吗？我自己都有点儿不愿去相信……罢了，这种问题我不想再去想了，想得太多，累人，且又不会有任何的答案，一切都还是个未知数。

好了，不再去讲烦心的事儿了，讲一下开心的，乐呵乐呵。

下午下第二节课后，我就拿上从蒋老师那儿拿来的一份下周再下一周周一早上的主持稿去一班找叶雨萌，我走到她教室的后门口时，她正好从她的教室里走出来，我立马微笑说："你怎么知道我来找你的啊？"

"啊？"她愣了一下，望着我，皱起了眉头，"你是在跟我说话吗？"

我笑说："你这话问得太可爱了，这里除了你，还有其他人吗？"

“哦。那你找我有什么事？”她走到走廊外停下，目光落在正校门口那儿。

“这是蒋老师让我交给你的下周再下周周一的主持稿，你拿好。”我走到她身旁，把主持稿递到她面前，“蒋老师说了，有时间叫我们一起练练。”

“哦。”她接过主持稿，看了一下，“知道了。”

我刚想问她一些关于中秋国庆长假有啥活动之类的事情，她就冷不丁来了一句：“你还有什么事吗？”

我愣了一下，说：“有啊！”

她说：“有就快点儿说，我还有事。”

我听后，心里挺不是滋味儿的，有一种被人忽视，被人当坏人的感觉。我忍不住开口问：“我……我真的有那么令你讨厌吗？”

她眨巴着她的那双大眼睛定定地望了我几秒，冒出一句：“你有时候真的挺令人讨厌的。”

我愣了一下，说：“比如……”

她说：“没有比如，只是感觉。”

我说：“那么说，你感觉现在的我也很令你讨厌吗？”

她眨巴着眼睛定定地望着我，没说话。

我又说：“看来是真的了。”

她依旧眨巴着眼睛定定地望着我，没有说话。

我咧嘴一笑，耸了下肩，故作轻松地说：“不过我无所谓啦，讨厌就讨厌呗，人长得讨厌又无罪。”

她突然莫名其妙地咧嘴微笑了起来，笑容美美的，但依旧没说话。

我愣望了她几秒，傻笑说：“你笑起来很美丽，以后记得多笑点儿呀！”

她立马收起了那美美的笑容，面无表情地定定地望着我，说：“那也不笑给你看。”

我愣了一下，苦笑说：“你能不把我视为异类，永远排斥在万里之外吗？”

她面无表情地望着我，没说话。

我跟她对望了几秒，微笑说：“你干吗老望着我呀？”

她说：“我有时候就习惯性地喜欢望那些令我讨厌的人。”

我愣了几秒，苦笑说：“好吧，你厉害。——嘿，对了，怎么都不见你上Q呀？打招呼也不见你回。”

她说：“我不是跟你说过，我一般很少上Q的吗？”

“都这么多天了，总该上个那么一次两次吧？你不会一直都在潜水吧？”

“这很重要吗？”

“这……跟重不重要没关系啦！只是……”我下一个字，还没说出口，她就冷冷地打断：“你还有其他事吗？”

我愣了一下，假笑说：“你去忙吧，有事我们Q上再聊。”

她抛下一句：“你还是跟空气聊吧！”就转身走进了教室，把我一个人孤零零地晾在了走廊里，我苦笑无语。

10月5日　　星期五　　阴

想逃离

转眼，假期已过去了一大半，再过两天又可以回学校了。

现在也不知怎么的突然超级想逃离这个压抑得令人窒息的家，想去学校，想去跟那帮同学玩，想见到叶雨萌，想见到她的那双清澈明亮的大眼睛，想见到她的微笑，想听她那冰冷冷的话语……我今晚上上Q见她在线了，我向她打了个招呼，问她去哪儿玩了？她N久才回：“香格里拉。”

我问她那儿好玩吗？她回了个：“好！”

我又问她那里美吗？她回了个：“美！”

除此多一个字都没有，回答得总是那样的干净利落，言简意赅，弄得我心里好生失落，挺不是滋味儿的。话说我长这么大来，还未被一个女生如此冷落忽视过呢！

我强耐着性子，用略显轻松的语气问：“嘿，那你打算什么时候回来呢？”

她依旧不改干净利落、言简意赅的风格，回：“明天。”

我笑了，无奈地笑着问：“那你打算带些什么礼物回来给我呀？好吃的，好玩的都可以的哦！”

过了一阵子，她才回：“你好无聊。88。”

没了后话。

我发了一个龇牙咧嘴的表情过去，道了声拜，便也没了后话。和别人聊Q、谈话，最讨厌的就是被人当成空气，因那一点儿都不尊重人，很寒人心。换成以往和其他人聊，如果像她这样子对我的，我早就不理他/她了，因我觉得别人把你当空气的，你也没必要把他/她当人看，人与人之间的交往应该是建立在相互尊重的层面上的。可不知怎么的，她却让一向倔强的我，一下子改变了这个观点，让我觉得有时候和某个别人聊天时也是可以撇开相互尊重这个原则的。

某些时候我是不是挺厚颜无耻？我觉得是的。呵呵……

一句话：她如此对我，让我快乐并且痛苦着，但我很乐意！

爸爸昨晚回家了，他瘦了很多，头上又增添了些许白发，能想象得到他在外头过得并不是十分畅意。他回到家后，妈妈几乎把他当成了空气，连多看一眼都不愿意，更别说和他好好讲话了。弄得整个家的气氛异常的压抑和别扭。

昨晚，凌晨一点多，爸爸和妈妈不知为啥突然在房间里大吵了起来，声音很大很大，震耳欲聋的。在争吵中妈妈对爸爸骂了很多乱七八糟的脏话，爸爸也对妈妈骂了很多乱七八糟的脏话，可他们为啥吵架，我却不是十分清楚，像是因妈妈怀疑爸爸在外沾花惹草，又像是因爸爸恨妈妈神经兮兮，疑心过重……

也不知道那时候小区里有多少人被他们偌大的争吵声吵醒，反正我从窗户往外看，见到小区里很多房间的灯在那个时候都陆续地亮了起来，有些人甚至趴在窗台往我们家的方向望。

后来，在哥哥的调解下他们才有些不情愿地停止了争吵，安静了下来。

后来的后来，爸爸被妈妈赶出了房间，睡大厅沙发上了。我没有去叫他跟我一起睡，因我不知道那样子做好不好，过后妈妈会不会怪我，当然，爸爸也没有提出说要跟我一起睡……

今天一大早，爸爸就一脸微笑地问我今天想去哪儿玩？他带我去。那一刻从他黝黑的脸庞上我看不到因昨晚他和妈妈争吵残留下来的任何不快和难受。

我愣怔了一会儿，回他：“哪儿都不想去。在家写作业。”我这样回他，是因我不想，也没心情让他带我去玩，毕竟他跟妈妈的关系还僵着，没有半点缓和。我要是让他带我去玩，妈妈肯定是不愿意跟去的，把妈妈一个人晾在家，我心里过意不去。

爸爸望着我沉默了会儿，说：“那待会儿我带你去书店，看看有什么好书，买几本，怎么样？”

我看了眼在无声中忙碌的妈妈，摇了摇头：“不去了，我前几天玩得太疯了，还有很多作业没写呢！我想在家写作业。”

爸爸沉默了会儿，无奈地抬手摸了摸我的头，然后含笑着说：“那好吧，那就不去了，你在家好好写作业。”

我淡笑了下，没有说话。

早上九点多，爸爸接了个电话后，就跟那时正坐在客厅饭桌边喝粥的我说：“木木，我出去办点事儿，你跟你妈妈说中午不用煮我饭了，我在外头吃。”那时候的妈妈正在她自个的房间里不知干啥，哥哥一大早就上班去了。

我说：“哦，知道了。”

爸爸说：“记得在家好好写作业啊！”

我说："知道了。"

爸爸没再说什么，拿着个皮袋子夹在腋下，就急匆匆出了门……

爸爸出门还不够三秒，也可换句话说：关门声还未落，妈妈有点沙哑的声音就从房间里传了出来："木木，你爸爸出去了？"

"哦，出去了。"我捧起未喝完的小半碗粥往妈妈的房间走去。从爸爸昨晚回来到现在，我还没和妈妈聊过几句话呢！

我走进妈妈的房间见到妈妈满眼熏红地坐在梳妆台前的椅子上发呆，就有点诧异地问："妈，你又怎么了？"

妈妈快速地把脸侧到一边，然后有点慌乱地抬手擦拭了一下眼睛，好像她根本没有想到我要进来似的。她扭头望向我，挤出了一丝苦涩、僵硬的微笑，说："没，没怎么。你爸说他去干什么没有？"

我摇摇头："没有。——妈，你昨晚为何又和爸爸吵架呀？"

妈妈假笑了一下："心烦就吵了。"叹了口气，"都过去了，没事儿了现在，不提了。"

我不相信地问："真的是没事儿了吗？"

妈妈右手肘撑在梳妆台上，瘦瘦的右手捂着额头，一脸的沉郁，沉默着，忧愁的目光定格在梳妆台面上的那个淡粉色的、有点陈旧的小闹钟上。

我望着妈妈，沉默了一阵子，然后忍不住开口说："妈，你不是说我长大了吗？那你能跟我说说你和我爸之间到底发生了些什么吗？"

妈妈扭头冲我淡笑了一下，笑容是苦涩难看的，她弱弱地说："没，没什么。你别想那么多，我……"

我很不礼貌地打断："我不想再听这些话了，这些话我都听腻了。我只想听你说句真心话。"在我的印象里，我长这么大以来，还是第一次用这样的语气，用这样的腔调跟妈妈讲话。

妈妈呆呆地望着我，久久没有说话。

我忍不住又开口说："是不是我爸爸在外头有小三了？不想要我们这个家了？"

妈妈呆呆地望了我一小阵子，然后重重地呼了口气，语气平和地说："这是我和你爸爸之间的事情，你不该管，你也不该过问，我会处理好的。现在你的主要任务就是学习，其他的，你一律不用管。"

我笑了，无语地笑了。我说："你还是把我当小孩，什么事情都不愿跟我说。"

妈妈说："你在妈妈的眼里永远都是小孩。"

"哦，我知道了。"我心里超级无语，"我现在只是想问：你们整天这样大吵大闹的，你叫我怎么安得下心来学习？"

妈妈说：“妈妈以后会尽量控制着不再跟你爸爸吵架了。”

我苦涩一笑：“希望吧！”

妈妈说：“好了，你去写作业吧，妈妈想一个人静静。”

我没有再说些什么，便满心不是滋味儿地走出了房间……

现在——夜里11点58分，想想妈妈不愿告诉我太多，不愿让我搅进她和爸爸间的事情，无非是想让我活得自在轻松点，活得单纯点儿。只是这一切都是她一厢情愿罢了，我这样活得超憋屈，一点儿都不单纯，什么事情都是懵懵懂懂、迷迷糊糊的，这种感觉超不好，我讨厌这种什么事情都被蒙在鼓里的感觉，而且非常非常的讨厌。

傍晚时分，妈妈做好了一桌子菜，见爸爸还未回家，就叫我打电话给他，喊他回家吃饭。——这种狗血的苦差事，妈妈总能第一个想到我，我也是醉了。

对此，虽说我心里有些不乐意，但见到妈妈这样子，我还是有些许高兴的，毕竟我见到妈妈对爸爸的态度发生了变化，不再那么冷了。

随后我拿起手机拨打了爸爸的电话，可他的手机铃声刚响两声就被挂断了，我心里很迷糊，很不解，就又拨打了过去，只是依旧是不响够两声又被挂断了。

我苦笑嘀咕：“什么意思啊？”随即，又很不服气地再次拨打了过去……

这时候偌大的敲门声突然响起，我问：“谁啊？”

门外传来爸爸浑厚沉重的声音：“我。开门。”

我走去打开了门：“爸，你回来了，怎么不接我电话呀？”

爸爸边换鞋边说：“都到家门口了，就不接了。”

我说：“哦——我妈煮了好多好吃的，快洗手吃饭吧！”

爸爸望了一眼饭桌上的饭菜，又望了一眼在客厅里吹着电风扇的妈妈，略显疲惫地说：“你们吃吧，我刚刚在外头吃过了。”

我愣了一下，先望了眼在客厅里面无表情地吹着电风扇的妈妈，然后把目光移挪到了爸爸的身上，说：“爸，你在外头吃，干吗不早点给个电话回来呀？弄得我妈妈现在做了这么多菜，怎么吃得完啊？”

“吃不完就倒了。全倒了。”妈妈发起飙来，生气地说，“韩宇，我告诉你，从此以后你别想让我再煮你的饭了，你爱去哪儿吃就去哪儿吃，我不管，我煮的东西你也不要吃……我……木木，你还站在那儿干吗？拿碗吃饭啊！”

我无缘无故地被呵斥，心里很憋屈，可又不敢说什么，只好呆呆地“哦”了一声，然后无声地往厨房走去。

“阿龙，你还在房间干吗？出来吃饭啊！”妈妈边起身走了起来，边冲哥哥的房间大声嚷道，声音里充满着火气，“不然待会我吃完我就把菜全部都倒了，我说给你听……我辛辛苦苦把饭菜煮好了，还要我一个个请你们，你们是不是还要我喂呀？……我以后老了，我看你们怎么对我……”妈妈解下还围在身上

的那条有点破烂脏兮的围裙，然后一把砸到了厨房边——她房门口外的凳子上，好像跟那围裙有大仇似的。

我傻愣地站着，看着，不敢哼一声，我害怕“引火烧身”，被妈妈当成出气筒撒气。

哥哥走出了房间：“妈，我知道错了，我现在出来吃了。——你想吃点什么？我帮你舀。你消消气。”

妈妈没有说话，生气地走回了房间。

哥哥望向不知何时无声地呆坐在客厅沙发上的爸爸，语气平和地说：“爸，你真的吃过了吗？”从哥哥的脸上我看不到半点的生气。

爸爸深沉的声音：“吃过了，你们吃吧！”

哥哥说：“爸，不是我说你，你这就做得有点不对了，你在外头吃，怎么也该先给家里来个电话吧，你看现在煮了这么多菜，怎么吃得完？”

爸爸沉默着，没有说话。

妈妈这时走出了房间，厉声说：“阿龙你怎么这么多废话，你要再不吃，我待会就把菜统统都倒了。”

哥哥马上说：“知道了，现在马上就吃。”说着往厨房走来……

也奇怪，随后妈妈干的每一件事的动作都夸张得很，比如拿个碗，拿双筷子，放个碟什么的，都要用力地掷那么一两下，非得弄出点刺耳的声响来，可我们谁都没有说她半句，任由着她这样子做，害怕说了，她就把肚子里窝着的火气、怨气统统向我们身上撒了，那场面应该是有点儿恐怖的。

整个家庭的气氛一直都是压抑着的，直到现在——夜里凌晨 12 点 22 分都还是压抑着的。刚刚我出去倒开水的时候，见到爸爸独自一人斜躺在光线幽暗的客厅的沙发上——那时客厅的大灯是关着的，只有电视屏幕散发出来的光线，所以整个客厅比较幽暗，脸向着开着的电视，纯一副看电视的认真模样。我随口轻声问：“爸，你不睡觉啊，还看电视？”

没有回音。

我觉得奇怪，就傻傻地走了过去，可见到爸爸的双眼是闭着的，我才明白过来：原来他是睡着了。

我无语般苦笑了一下，伸手去把他摇醒，然后说：“爸，你干吗不回房睡啊？”

爸爸抬手抹了把脸，回：“房间太热了，客厅凉快……现……现在几点了，你怎么还不睡呀？快回去睡吧！”

我愣了一下，“哦”了一声，没再说什么，就转身回了房。如果我没猜错的话，爸爸肯定又是被妈妈赶出房间了，所以才……

说句实话，看着爸爸和妈妈的关系一直都这么糟糕，没有半点的改变，还像个定时炸弹一样，随时都有爆炸大吵的可能，心里挺不好受的。我……我要向窗外那轮朦胧的月祈祷，祈祷父母能够尽快地、平和地解决彼此间存在的问题，不要再爆炸大吵了，家需要安宁，我也已厌恶透了那种刺耳的争吵声！

10月6日　　星期六　　雨

有些不平静的谈话

现在是晚上十一点十四分，窗外下着滴答的雨，我坐在房间的写字桌前开始写今天的日记……

今早上八点半钟我就自个出门坐公交去武夷路蒋玉明蒋老师那儿学了两个多小时的毛笔字，学完毛笔字回到家后到现在我都没出过门，因这雨几乎下了一天了，没晴过，外面都是湿漉漉的，不好玩，但最主要的是没玩伴。

爸爸今天很反常，差不多一天都是坐在客厅里看电视，和妈妈没有任何的交流。其实爸爸有几次是想找妈妈说说话来的，可妈妈却把他当成了空气，面无表情，一声不吭的，弄得彼此间的关系超级的僵，气氛超级的压抑。我一个小孩儿（在他们眼中）有心想去缓解他们俩僵硬的关系，却不知道该怎么去做，好生无奈。难道叫我去跟妈妈说——妈，你跟我爸爸好好聊聊吧！有啥问题，就解决啥问题么？这行不通的，妈妈是不会听我的，现在唯一的办法就是妈妈她自个愿意去跟爸爸好好聊聊，然后把该解决的问题，解决掉。不过就现在他们俩这种糟糕的关系来看，这个唯一的办法也只有在做梦的时候才可能行得通了。

就刚才，晚上九点半多的时候，我在我房间里画漫画，爸爸门都不敲就推门走了进来，我问他有什么事？他没回答我，只是冲我笑了笑，然后走到我身边低头看了看我画的漫画，就点头赞道："哟，你画画的水平又提高了哦！"

我顺口道："必须的，人都是要不断进步的嘛！"

爸爸微笑说："讲得很对。"随即走到我的床边一屁股坐到了床上。

我呆望着他，不知道他到底想干啥？

他先环望了一下我的房间，然后望向我，淡笑了一下，说："你继续画你的啊，我就在这儿坐坐，不会说话的。这样，不会影响到你吧？"爸爸这话说得怪怪的，弄得我听得好生别扭，还误以为自己产生错觉了呢！

我呆愣了几秒，假笑了一下，说："爸，你是有什么话想跟我讲吧？如果有的话，你就讲，我听就是了。"

爸爸淡笑了一下，说："其实也没什么，我来就是想跟你说，我明天早上就得走了，你在家好好听哥哥和妈妈的话，好好学习，其他的事儿，你别想那么多。"

我望着他，呆愣了一小会儿，问："怎么这么快啊？"

爸爸说："我也想多留几日陪陪你们的，可那边的生意出了点状况，急需我赶过去处理，所以就这么快了。"

我说："那……那你和我妈妈间的问题要等到什么时候才处理？"

爸爸静默了好几秒，才说："木木，其实我和你妈妈间根本就不存在什么问题，很多事情都是你妈妈多疑瞎想出来的，根本就没有那些事……"

我蹙眉，有点不敢置信地反问："真的是这样子吗？"

爸爸点点头："是的。你妈妈她没多少文化，这点我理解，我不会怪她的。我也希望你哥俩有时间就去好好开导开导她，别让她再瞎想那么多了……"

爸爸这话听起来让我心里感到很不爽，恍若他一点儿错都没有似的，好像这一切的一切都是因妈妈多疑瞎想造成的。可事情真的就是如此吗？我不知道。

我皱起了眉头，疑惑地望着他，问："这事你跟我哥哥说过吗？"

爸爸说："你指的是哪件事？"

我说："就是开导我妈妈这件事？"

爸爸说："没有，过后我再说。"

我望着他，沉默了很久，才说："爸，我想问你一个问题，可以吗？"

爸爸说："可以，问吧！"

我轻呼了口气，说："你是什么时候开始嫌弃我妈妈文化少的？"

爸爸诧异地望着我，沉默了片许，说："你干吗突然这样问？"

我说："因我长这么大从来没听你说过我妈妈文化少的，我感觉你现在好像变了。"

爸爸又沉默了片许，说："好了，不谈我和你妈妈之间的事情了。你放心，我会处理好和你妈妈间的事情的。"

我假笑了一下："希望吧！"

爸爸说："早上我打电话给你班主任了，他说你最近在学校的表现很棒，希望你再接再厉，更上一层楼。"

本来听到这些话我应该满心欢喜的，毕竟班主任跟父亲夸我了，可这个时候我却一点儿都欢喜不起来，也不知为何，心里总是闷沉沉的。

我假笑了一下，说："哦，我知道了。"

爸爸望着我静默了一小阵子，然后故作轻松地笑问：“在学校里遇见喜欢的女孩子没？”

我愣愣住了，满心的疑惑，我想不到他会突然问我这种问题，以前他可从来没问过呢！

爸爸或许看出了我心里的疑惑，便微笑地补充说：“其实像你这个年纪有个自己喜欢的女孩子也不奇怪，萌动期嘛！跟我讲句实话，到底有没有？”

傻子才会说有，我才不那么傻呢！我假笑了一下，摇了摇头，说：“没有。”

爸爸反问：“真的吗？”

我说：“这个我没必要骗你。”

爸爸笑了笑：“那就好，爸爸相信你。”

我直接问：“爸，你是不是怕我早恋啊？”

爸爸点点头，说：“是的。早恋了会影响到你和你喜欢的人的学习，换句话讲会影响到你们的前途，所以爸爸不希望见到你早恋。”

我很肯定地说：“爸，你放心吧，我是不会早恋的，我要等到以后上大学了才谈恋爱呢！”其实说这话的同时，我心里是这样想的：现在很多年纪比我小的都恋爱了，我要是不恋爱是不是有点落后了？跟不上时代的步伐了？

我忽然发觉我讲谎话的境界已达到了炉火纯青的地步，脸不红、心不慌的，还能装出一副极为认真的模样来。

爸爸点点头，说：“嗯，有这种思想很好，目光很远。其实你以后去到更高的学府学习，见到更多的人，视野更开阔，你就会发觉原来外头还有那么多美丽优秀的女生……”

我在心里嘀咕：爸，人家都讲要珍惜眼前事，要珍惜眼前人。如果现在都不懂得珍惜，又何谈未来，何谈以后呢？我小小年纪都晓得好多东西错过了，就会永远地错过了，回不去了的。

当然，我不会傻到把这些话说出来给爸爸听，因说出来了，说不准会被骂的，还会向他证明了我有谈恋爱的意向和冲动。

我说：“知道了，你就放心吧！你儿子我的目光一向放得很远咧！”

爸爸宽慰地笑了笑：“相信你。”

接下来爸爸就跟我谈怎么和同学相处方面的情况，他叮嘱我说遇到问题，自个解决不了的，就找老师来解决；还跟我说千万不要跟同学打架，一切都要文斗，不要武斗。如果实在有同学要来打你的话，你就跑，一定不能跟他们缠斗，能跑多快就多快，跑去找老师，跑去找大人，让他们来帮忙解决……

我听完爸爸说这些话，就笑问他：“如果要是一个比我弱小的人来打我，我是不是也要撒腿就跑，不跟他缠斗呀？”

爸爸很肯定地回：“也要跑。”

我不解："为什么？这也太懦弱，太没血性了吧？好像我怕他似的。"

爸爸却来了句："你不跑要是把人家打伤打残了怎么办？到那时事情就摊大了，后果就会很严重的，你知道吗？"

我差点儿晕厥，真想不通爸爸这是什么逻辑？我苦笑说："爸，如果被人家骑在脖子上欺负，还要那么忍气吞声，你不觉得那样太废物了吗？"

爸爸望着我沉默几秒，咧嘴笑了，笑容很灿烂，他说："你懂的东西还真不少。反正一句话：尽量不要跟人家打架、结仇，多一事不如少一事。知道吗？"

我说："爸，你放心吧，我又不是吃饱了撑着，没事跑去跟人家打架，结仇干吗？我懂得和气生财的道理，这就像一个家庭里的人能够和和睦睦地相处，那一家人就能快快乐乐地生活，做什么事情就会顺心很多。我说得对吧？"

爸爸愣了几秒，僵笑一下，点点头，说："很对。"

后来爸爸又跟我聊了十几分钟的话，才起身走出了我的房间……

也记不清，有多久没有和爸爸这样子聊天了，在聊天中我感觉得到爸爸他还是像以前一样关心我，爱我的，这点上他没有改变……

好了，不写了，累了！晚安！

10月7日　　星期天　　阴

父亲的离开

早上八点多的时候，我起床走出了房间，见客厅的饭桌上摆着几盘已煮好了的菜肴，我就傻傻地问正在厨房里埋头忙碌的妈妈：“妈，一大早你做这么多菜干吗？”这句话刚说完，我才忽然想起爸爸今早要走了，要去云南那边赚钱去了。

妈妈望了我一眼，没回答我的话，只说：“快刷牙洗脸去，准备吃早饭吧！”

“哦，马上。”我没有再说些什么，便抬步往卫生间走去。这时候我的心里是有一种说不上来的高兴的，因我恍若见到爸妈已重归于好了。可妈妈这种急速的转变又让我心里感到有些许的不踏实，毕竟才一夜之间呢，时间太短了……

十几分钟后我刷完牙洗完脸，来到客厅，见爸爸和哥哥已坐在饭桌边开始吃早饭了，我就问：“爸，几点钟的车啊？”

爸爸说：“昨晚不是跟你说过了吗？九点十五分的。”

我说：“哦，我待会送你去呗！”

爸爸说：“不用了，你哥哥送我就得了。”

我说：“哦，那好吧！”

爸爸说：“你快去盛饭来一起吃吧！”

“嗯，好的。”我没看到妈妈的身影，便随口问，“我妈呢？”

爸爸回：“她在你的房间里。”

随后我便往我的房间走去，进到房间，见妈妈正坐在我的床沿认真地缝我的一条爆线了的裤子，我就问：“妈，你不吃早饭啊？”

妈妈抬头望了我一眼，说：“我刚刚吃了一碗粥，不饿，待会再吃，你去吃吧！”

我走到妈妈的身边，压着声音说：“妈，我爸爸待会都要走了，你不去一起吃个饭，为他送送行啊？”

妈妈望了我一眼，淡笑了一下，说：“人小鬼大……你快出去吃吧，我就不去了。”那笑容很自然，不像强挤出来的。

我愣了一下，心里半是欢喜，半是疑惑，问：“妈，你跟我爸和好啦？”

妈妈反问：“你说呢？”

我说：“像是，可又像不是。”

妈妈淡然一笑，说：“得了，别瞎猜了，快出去吃饭吧！不然你爸都吃饱了。”

我很认真地说：“我希望是。”

妈妈又淡然一笑，挥了挥手，示意我出去。

“妈，我真的希望是。”我又神经兮兮地说了一句，然后才转身往外走。可我刚走没两步，妈妈又把我叫住了，把我叫回到了她的身边，接着她压着声音问：“待会你不送你爸爸去车站啊？”

我说：“爸爸说不让我送，让我哥哥送就得了。”

妈妈说：“哦，妈妈今早买了些苹果，洗好了放在厨房桌子的那个篮子里，你待会就拿两三个保鲜袋来装几个给你爸爸，让他在车上肚子饿了就拿来吃。”

我皱眉，有点为难般说：“妈，这事我觉得还是你去做比较好一点吧？我……”

妈妈有些没好气地打断我：“我什么我，叫你做这么一丁点儿事，都为难了？”

我说：“没有，只是……”

妈妈又打断：“你还听妈妈的话吗？做妈妈的乖儿子吗？”

“放心吧，我知道怎么做了。”我苦笑般摇了摇头，“你们大人的世界真的很复杂。”

妈妈咧嘴微笑着对我挥了挥手，示意我出去。我含笑着又神经兮兮地来了一句：“真复杂。”然后才退出了房间……

八点四十多，爸爸要出门了，我按妈妈的吩咐用保鲜袋装了几个洗干净的苹果交给了爸爸，并对爸爸说：“这是妈妈让我装好给你的，她叫你在车上饿的时候就拿出来吃。”

爸爸拿着那袋苹果，咧嘴笑了笑，笑容看上去很真很幸福。

我说：“爸，你不去跟我妈说声拜拜啊？”

爸爸摇了摇头：“不去了，说过了。”接着他又不厌其烦地叮嘱了我几句好好学习，在家听话之类的临别话语，随后就和哥哥一起走出了家门……

他刚走出家门不够半分钟，妈妈就从我的房间里走了出来。我见到，说：“妈，你终于舍得出来了？”

妈妈说：“什么叫舍得啊？好像我躲着谁似的。”

“难道你没有躲吗？我觉得你在躲我爸爸，不然你就不会一直都待在我的房间里，不愿出来了。”

“乱说，我不是在为你缝你爆线的裤子吗？”

“那可以选择其他的时间缝吧，我又不急着穿。”

妈妈冲我笑了笑，没有说话，走到神台那儿点了几根香，然后就对着神台嘀嘀咕咕地说了一些保佑爸爸出行平安的话……

见到妈妈这样子，我会心地笑了，我心里的一些问题在这一刻解开了。他们和好了，这是我综合分析得出的，至于他们是怎么和好的，我不知道，我也不想知道。在我眼里，他们只要和好就得了，我就心安，高兴了！

呵呵，忽然发觉妈妈这人有时候还挺可爱，挺让人琢磨不透的。你说她这么爱，这么在乎爸爸，爸爸要走了，她为啥还要装得像个害羞的女孩子一样躲在房间里，不愿出来为爸爸送行呢？我想不通，当然，我也不想再去想通了，因那没意思。

话说爸爸这一走，不知又要到何时才能回家一趟了。他回家的这两天半时间里，几乎所有的时间都是在和妈妈的争吵和冷战中过去的，想必他都没过过几分钟的舒心快乐的时光，也不知道他心里是啥感受？

我也不知怎么的了，爸爸一走，我就觉得家里冷清了很多很多，心里就莫名其妙地产生一种说不上来的忧伤，这种感觉以前是从未有过的，难道是因我的年纪长大了点儿吗？不知……呼，不说这了，一句话：希望爸爸他在云南那边一切顺利吧！

10月7日　　星期天　　阴

纯纯的亲

晚上八点多的时候，我在哥哥的电脑上上网玩Q宠，蒙晓琪突然Q我，这令我感到有些意外，也有些惊喜。意外是因这时候的我隐着身呢！惊喜是因假期都要过去了，终于有那么一个女生主动向我打招呼了。看来我还是有那么点儿魅力的嘛，哈哈……

她问我：“在干吗？”

我如实回：“玩Q宠。”

她随后问我：“这几天你去哪儿玩了？”

我回：“在家，你呢？”

随后她发来了一张一棵长得挺奇特的松树的照片，她问我：“你知道这是哪儿吗？”

我看了一下，那松树似曾见过，可又记不得在哪儿见过，便回：“不知道，哪儿呀？”

她：“真的不知道，还是假的不知道啊？”

我：“你说呢？”

她：“你真笨，这是黄山的迎客松啦！”

我：“你才笨，我一眼就看出来了。”

她：“晕，你就装吧！”

我：“我向来不会装的。你去黄山抓到松鼠没？听说那里很多松鼠的。”

她：“……”

随后她发来了一张她和一个光着上身，一头黄卷毛，满脸黄胡碴儿的外国老头站一块合影的相片过来。

我：“哇，你爷爷好帅哦！”

她：“（几个敲打头的表情）“你才有这样的爷爷呢！”

我：“难道他不是你爷爷吗？我见你跟他好像哦！”

她：“你嗑错药了吧？”

我：“我今天没吃药。话说你是怎么找到你爷爷的啊？”

她：“你能正常点吗？”

我：（一个龇牙笑的表情）“那你说说看，你发这张图片过来什么意思呀？别跟我说你是发错了呀？”

她：“……”

我：“难道是向我炫耀你能和一个外国佬合影？”

她：（一个害羞的表情）“我漂亮吗？”

我感到莫名其妙：“如果和这个外国佬做对比的话，那肯定是你漂亮啦！不过你选的对比对像也太那个了吧，主要他还是老男人……”

她：（一个敲打头的表情）“你超讨厌……”

随后她一下子就发了几张她个人的美照过来，每张照片上的背景都不一样，有奇特的山峰，有人潮涌动的街道，有密密麻麻的竹子，有别致的木楼，有绿草如茵的广阔的山野……

每张相片上的她都摆着各种搞怪的表情，看上去超可爱。我看完，笑问：“你这几天到底去了哪几个地方玩啊？”

她：（一个可爱的表情）“你先告诉我，我漂亮吗？”

我无语：“这很重要吗？”

她：“非常重要”（一个可爱的表情）。“我很喜欢听你说我漂亮的”（一个害羞的表情）。

我：“可我偏不说，哈哈……”

她：“讨厌，你就一头猪猪猪猪猪……大笨猪。”

我：“来咬我啊？”

她：“切！懒得理你，免得脏了我的嘴。”

我：（一个龇牙的表情）“说吧，到底去了哪几个地方啊？”

她：“想知道？”

我：“说我就听，不说我不听。”

她：“又是这句，不说，都不觉得有那种想听的欲望的。”

我：“废话，没有那种想听的欲望我问你干吗？我无聊到手痒呀？”

她：“我看本来就是的”（一个坏笑的表情）

我：（一个抹汗的表情）

她：（一个可爱的表情）“告诉你啦，我这几天去了两个地方，安徽的黄山，云南的西双版纳。”

我：“哇，看来你玩得好爽哦！”

她：“爽是爽点啦，可是挺折腾的，很累……”

我：“去玩了还嫌累，我都没机会去玩。”

她：……

后来我又和她聊了十几分钟，才有点不舍地终止了聊天。这里我为啥说“不舍”呢？因我觉得我跟她还有很多话要聊呢！可她说明天要上课了，她要去洗个澡，休息了！当然，她也有叫我早点休息啦，所以……

话说和她一聊起天来，就没完没了，没边没际的，且还挺有意思的，可以随便和她开玩笑，她也从不生气。嘿嘿，我觉得她跟我还挺亲的咧，当然，这是老朋友之间纯纯的亲啦！

好了，该睡了，明天要，不，应该是又可以去学校了，呵呵……晚安！

10月11日　　周四　　晴

班里的哭声与笑声

近几天都是在紧张的复习和考试中度过的，一个字：累。

不过今天总算全部考完了，明天不用再考了。至于各科的成绩嘛，现在还一无所知。我想除了语文和历史的成绩应该可能好点外，其他科目的都或许大概超差，特别是英语，更是考得一塌糊涂，有三分之二以上的题目是不懂乱写的。要是想英语这科及格，除非是那改卷的老师眼花了，否则门儿都没有。祈祷那改卷的老师头晕眼花吧，哈哈……我这思想是不是太龌龊了点儿？

今天下午考完试后的那节自习课，班里发生了一件超逗、超无语的事情：陈茜茜她又哭了……

事情是这样的：

上自习课后，陈茜茜就自个换座位去和班上的“肥婆”林盼盼（林盼盼身高一米七左右，又肥又大，我们班几乎所有的男生，包括我在内，都叫她肥婆，她原先对这个外号很不爱，为此还生气地四处追过喊她肥婆的人，想抓他们来打，只是从未有一个人被她追上过，后来见很多人都这样子叫她，她也就慢慢地接受了这个难听的外号，不再因此生气难受了……）坐。陈茜茜和肥婆最近处得还不错，几乎是形影不离的，就连上个厕所都要黏在一块儿手挽着手去，超亲密！

她和肥婆坐一块没几分钟，就突然莫名其妙地大哭起来。弄得全班人的目光一下子都聚焦到了她的身上，这些目光中有惊讶的，有不解的，有讨厌的，有神经式的同情的，也有嘲笑讽刺的……（这个时候班上是没有老师坐镇的。）

这时在她身边的肥婆边慌乱地轻拍着她的背，边安慰说：“怎么了？别哭了……别哭了，好吗？……同学们都看过来了，别哭了……”肥婆这话听起来好像她也不知道她为啥哭似的。

陈茜茜并没有停止哭泣，而是继续大哭，哭声好像比先前还提高了一点点。

王子（王忠信，“王子”是班主任亲自给他起的外号，原因很简单，他姓王。他的身高跟我差不多，人瘦瘦的，眼睛小小的，他还戴着一副黑边眼镜，看上去一副斯斯文文的模样）搞怪妖娆的声音突然响起：“肥婆，你干吗打我们家茜茜啊？把她打得哭得那么伤心的，你不知我心疼吗？讨厌你哦！”

他这话一出，逗得我们个个都爆笑。

肥婆的脸“刷”地一下红了，气急慌乱地说：“看……看你们一个个的，还笑得出来，有没有一点同情心啊？”

王子搞怪妖娆的声音又响起："就你有，肥婆，平白无故地就打我们家茜茜。"

肥婆气得半死，瞪着王子："你……你……你……你个浑蛋，王忠信。"

王子没有半点的生气，搞怪妖娆的腔调依旧："矮油，肥婆，你好凶哦！看……看……看以后谁敢娶你，谁不怕被你压成饼干去，你那么肥。"

这话太伤人了，赤裸裸的人身攻击呢！如果换成是我的话，我肯定立马抡起拳头找王子"火拼"去了。只是女生终归是女生，处理起这种事来，都会比较"柔顺"点儿。肥婆是这样做的：她火冒三丈地"嗖"地一下从她的位置站起来，然后随手抓起一本语文书，就咬牙切齿、气势汹汹地往王子的位置走去。

王子见状，搞怪地将双手交叉护在胸前，摆出一副惊恐不已、不知所措的害怕模样儿："你……你要干吗……你要干吗……我跟你说：好女不跟男斗……"话刚说到这儿，肥婆手里的语文书已噼里啪啦地落到了他的身上，他一边慌乱地挡着来袭的书本，一边还不忘用搞怪的腔调求饶："不……不要……肥婆，好痛哦！不要……不要啦……"

肥婆或许见用一本书打不过瘾，顺手把语文书往他身上一砸，然后立马气急地伸手去捧起王子书桌上的一大沓书就恶狠狠地向王子砸去，一切动作一气呵成，没有半点犹豫，一个字：牛。对了，在砸的同时她嘴里还不忘恶狠狠地骂道："你个死变态，去死吧！"

王子慌乱地躲闪着，可是那一大沓书还是毫不留情地在他的身上开了花，他的眼镜也被砸掉地上了。局面异常的火爆……

我还以为肥婆会趁热打铁继续去打王子呢，可没想到她却突然大哭着掩着面奔出了教室。这时从未停止过哭泣的陈茜茜也站起身来，往教室外奔去，追肥婆去了……

刚刚还热闹非凡的、爆笑声阵阵的教室，也不知怎么的，突然奇怪地安静了下来，安静得连支笔掉地上都能清晰地听清。好多人的目光这时都很有默契地聚焦到了王子的身上，愣愣地盯着他望……

王子眨巴了几下他那双小眼睛，说："你们一个个看着我干吗？我身上又没长金子。"说着弯身捡眼镜捡书去了。

我一时口快，说了句："你身上长有果子啊！"弄得班里又是一阵爆笑声。可我想不通我这句话有什么好笑的。

刚刚笑得最大声的，情绪最激动的秦学汉同学，我的同桌，我们的代理班长突然一脸正经地、大声地来一句："安静，别吵了！"

吓了我一小跳。

他的话起到了一丁点儿作用，教室安静了几秒，可几秒过后，各种细碎声就立即响起："好像自己不吵了似的""就会装，恶心""马后炮""不就是

当了个代理班长吗？瞧那嘚瑟样，我吐”……

秦学汉没有理会这些细碎声，而是一脸正经地望向王子，然后说：“王忠信同学，这次你玩大发了。”

王子边弯着身子捡洒落在地的书本，边回他：“知道了，谢谢你的提醒，代理班长。”最后“代理班长”那四个字的读音咬得重重的，准准的，蕴含着一种嘲讽的味儿。

秦学汉用教导式的语气说：“不是我说你，王忠信同学，你怎么能这样子去伤害一个女同学呢？”

王子咧嘴轻蔑一笑，用轻佻的腔调儿说：“这跟你有半毛钱关系吗？——代理班长。”

秦学汉像个傻子一样假笑了一下，然后大声说：“好了，大家都安静地学习吧！别再吵了啊！”

王子刚想开口说些什么，一脸严肃的班主任就突然从前门走进教室，大声吼道：“都吵够了没有？”看得出这时的他很生气，是非常非常的生气，脸都涨红了。

教室瞬间鸦雀无声，没有半点的回音，所有人的目光一下子就齐刷刷地聚焦到了他的身上。

他随即面无表情地扫视着整个教室，那目光像把无形的利剑一样扫过每一位同学的脸，好恐怖。他厉声道：“老师不在一分钟就把教室弄得像个菜市场一样，你们想干吗？你们一个个都多大了？天天要老师看牛一样看着，你们觉得好意思吗？啊？觉得好意思吗？”

教室依旧鸦雀无声，没有半点的回音。

他又面无表情地扫视了一下整个教室，随后目光定格在王子身上：“王忠信，你跟我出来一下。那个代理班长维持好课堂纪律。有谁讲话的，把名字记下来，下课交给我。”话一毕就转身走出了教室，王子起身无声地跟了出去……

愣了小半天的秦学汉突然神经兮兮地小声自言嘀咕：“既然这样说‘那个代理班长’，连名字都不叫了，这……这什么意思啊？我……我有那么令人讨厌吗？这……这也太伤人心了……”他伸手一把揽住我的肩膀，神经兮兮地小声问：“风，你说我这人有那么令人讨厌吗？”一双期待的小眼神怔怔地望着我。

我愣了一下，认真地点点头：“有。”

他一把推开我：“连你也这么认为。这太寒人心了，简直没有天理呀！”

我抬手拍了拍他的肩膀：“接受事实吧，长得讨厌没人怪你的。”

“滚，不认识你。”他埋头看起书，一脸的不爽。

我笑了笑，也埋头看起了书……

十几分钟后，王子含笑地走回了教室，从他高兴的模样分析，他这次出去应该没有受到班主任的批评，还有点像是被表扬了。可事情真的是这样吗？不是。后来了解到，他这次出去被班主任狠狠地训了一顿，至于他为什么还笑得出来，只能解释他在装吧！

王子刚走进教室不够一分钟，陈茜茜和肥婆也相续走进了教室，这时她们的眼睛还是熏红熏红的，脸上还残留着哭过后的痕迹。在她们回到自己的座位坐下后，班主任便面无表情地出现在了我们的视线中，他走到讲桌旁站住，先扫视了一下偌大的教室，然后沉声说：“等这次成绩出来后，你们是什么料子，我就一目了然了。会有你们的好果子吃的。”

全班肃静，没有半点儿声响。

班主任随后就刚才发生的事情点名批评了王子，说他嘴贱，不懂尊重同学，他还表扬了肥婆，说她很有同情心，懂得关心同学，是个好学生。不过对事情的引起者陈茜茜他没有批评也没有赞扬，只说：“以后谁因什么鸡毛蒜皮的小事想大哭的话，麻烦去厕所哭，不要再在教室哭，以免影响其他的同学学习。”

他说这句话的时候，陈茜茜低下了头，好像又开始无声地哭泣了起来。

班主任有些不耐烦又有些无奈地望向她，问：“陈茜茜同学，你又怎么了？”

陈茜茜哽咽着说：“没……没什么。就……就是心里有些难受。”头是始终低着的。

“那你好好调整一下吧！”班长任解释说，“其实老师刚刚说那话没有针对你，也没有针对班里的哪位同学的意思，你别想那么多。”其实班主任说那话傻子都能听得出是针对陈茜茜的，他这样解释，真是低估了我们的智商。难道在他眼里我们都是一群弱智学生么？无解。

陈茜茜连连点头，低沉略带沙哑的“嗯嗯”声从她嘴里发出……

班主任换了种较轻松的语气说：“其实陈茜茜同学刚才是因她这次月考感觉考砸了，怕愧对家里年迈的老奶奶，所以才一时情绪失控，痛哭流泪的。从这点上看陈茜茜同学是一个很有感情、很懂事的好学生……”

随后班主任便说了一堆有悖于他刚进教室时说的那句“等这次成绩出来后，你们是什么料子，我就一目了然了。会有你们的好果子吃的”的话语，比如这次月考其实只是一次小型的考试而已，考好考差都已成事实，大家要往前看，不要沉溺在考差的忧伤或考好的喜悦中……

有时候我就在想，班主任是不是有健忘症啊，说话颠三倒四的，一时说的话暗喻着他自己很在乎成绩，一时说的话又表示着他自己不是很在乎成绩，乱七八糟的，把人都搞得思想混乱，快成神经质了。话说班主任他不会是个多重性格的人吧？如果是，那也太恐怖了。

最近这几天，我和叶雨萌每天都会碰上几次面，有些是因主持方面的事儿，有些是我特意制造的，有些是无意间的，可在这么多次的碰面中，除了因主持

方面的事儿我们还有些话聊外，其他的不是只言片语，就是连只言片语都没有。这不是因我没话跟她聊，而是她总是对我冷冷的，爱理不理的，让我去感受那种透心凉的、被忽视的、被当空气的感觉。不过我却觉得这种感觉挺好挺刺激的，对这样的自己，我也是醉了。

10 月 17 日　　星期三　　晴

成绩出来

月考的成绩，今早总算全部出来完了。我的语文 111 分，数学 92 分，英语 39 分，历史 78 分，政治 63 分，地理 61 分，生物 77 分，总分 521 分。（语数英为 120 分制，其他的为 100 分制）

我这成绩在班里排名第九，校里排名不知。其中我的语文成绩是全班第一，没有愧对语文课代表的这个称呼。数学、历史、生物都是全班前五，还行。其他三科，除了英语倒数前十外，其他两科都排名中上……

这次月考我们班的总分第一名是峰兄，这个深藏不漏的学霸、怪才。第二名是吴丽丽同学，她是我曾经的小学同学；第三名是陈茜茜同学……当代理班长的同桌秦学汉总分 284，排名全班第八，说的是倒数的，呵呵……

话说要不是我语文牛叉点把第一拿走，那各科的第一就全都被峰兄这个学霸、怪才拿走了。其实每科成绩知晓的那一刻，我都有点傻眼，都有点不敢相信了。我想不通峰兄他一个一回到宿舍不是玩游戏就是看小说的人，怎么会考得那么好？且每科都是那么好？有种让人望尘莫及的感觉。

今天中午午休的时候，我见他斜躺在床上玩手游，我就打趣地对他说："嘿，真看不出你那么厉害！"

他一脸专注地玩着手游，没有扭头看我，只反问："指的是哪方面？"

我说："学习啊！全班第一。"

他说："哦，不是我牛，而是你们太菜。"

我苦笑，对他竖起了大拇指："这话说得太有技术含量了，呵呵……嘿，能悄悄地问你一下，这一切你是怎么做到的？"

他说："什么怎么做到？"

我说："就是你是怎么学习得那么好的？"

他说："怎么，想听？"

我说："废话，不然我问你干吗？"

他冲我咧嘴一笑："你叫我声师傅，我就告诉你。"

我说："去你的。那是不可能的事。"

他说："那我就不告诉你了。"

我说："不告诉就算了呗，我也不是很想听。"

他说："口是心非。"

我说："你又知道？"

他阴阴的一笑："我懂你啊！"

我苦笑："滚！说得那么肉麻！"

他笑说："我现在告诉你我是怎么学习的，怎样？还想听吗？"

我说："说的话，就将就听一下喽！"

他神经兮兮揍近我，压着声音认真地说："我是这样学的：上课的时候就认真一点听、做笔记，下课的时候呢，就多看一点小说，多玩一点游戏，就是这样子了，别告诉别人哦，这可是我的学习小窍门，得保密的。"

我点点头，摆出一副很认真的模样："哦，我知道了，谢谢！谢谢你同我分享你的学习方法。"

他伸手轻拍了两下我的肩膀，一副认真的模样："别客气，记住不要迷恋哥，哥只是个传说。"

我眨巴着眼睛望了他几秒，无语苦笑："自恋狂，睡觉。"

他咧嘴嘿笑了起来，说了句："白天不懂夜的黑，午安！"随后，继续埋头玩他的手机去了……

讲句实话，如果你不看成绩，你很难把峰兄这么一个沉迷于游戏和小说的人跟全班第一名挂钩在一起，毕竟他太不像了。也不知道班里那些天天像头牛一样不知疲倦地埋头学习的人，如果知道峰兄是这么一个沉迷于游戏和小说的人，心里会是什么感受？会不会有一种深深的挫败感？会不会觉得这个世界太不公平了，有种想一头撞死的想法？会不会觉得峰兄他是来自外星球的怪物，不是地球人，长着一颗另类的脑袋？会不会……这一切都很难说，但我敢肯定他们一定都会很迷糊，有一种想不通的感觉，就像想不通我这么一个要帅气没帅气，要身高没身高，要才华没才华的人一来到学校怎么就得到那么多老师的赏识和抬爱一样，哈哈……我发觉有时我挺谦虚的。

家里的妈妈和哥哥，还有远方的爸爸自从这次月考考完的那天起，就开始问我这次月考考得怎么样，成绩怎么样，好像他们特别特别在意我的成绩好坏一样，挺烦人的。比如傍晚的时候，哥哥下班一回到家，一见我在客厅看《喜洋洋和灰太狼》，他就问："木木，今天试卷发完没？"

我迟疑了一下，撒谎道："还差英语。"其实英语昨天下午就发了，可我一直都不敢告诉他们我的英语成绩，因太差说不出口。

哥哥说："又差英语呀？那其他科的考得怎么样？"

我说："还行吧，都是全班前几。"

哥哥说："又是六七十分啊？"

我说："别说'又'好不好，那么难听。"

哥哥笑说："那你叫我怎么说？谁叫你都是考的六七十分的。"

我没有说话。

哥哥又说："那些发下的各科目的试卷你都拿回来了吗？"

我摇摇头，没有说话。

哥哥苦笑说："又是老师统一收回去了？"

其实前几天我都是编说那些试卷被老师统一收回去登记分数了，主要是我不想给他看我的试卷，因他有一个坏习惯见到有些简单的题我写不对的，他就会说我弱智，说我笨，那种感觉超不爽，超令我讨厌。我不想被别人说我弱智，说我笨，我也相信世界上没有一个人愿意听别人说自己弱智，说自己笨的。

我点了点头，又摇了摇头："语文的我拿回来了。"

哥哥笑了笑："那待会拿给我看看，看是不是考了111分。"

我无语苦笑："原来你一直都不相信我会考那么高分的？"

"我只相信我双眼看到的。"

"待会让你相信是真的。"

"希望如此，就只拿语文的吗？"

"是的。"

哥哥有点不愿相信似地望着我，冷不丁地来了一句："英语真的还没发下来吗？"

我毫不犹豫地点了下头："是的。"

哥哥说："我怎么感觉你在撒谎呢？"

我说："你爱信不信，反正就那个样子。"

哥哥笑说："你是不是考得太差了，怕说出来丢脸啊？其实……"

"打住。根本就没有那回事。如果发了，我一定会说的，无论考得差还是考得好，我都会勇敢地去面对的。"我拍了拍自己的胸膛，语气坚定地说，"我是一个敢于面对现实的人。"

哥哥笑笑："这话讲得不错，老师教的啊？"

我白了他一眼说："跟你没有共同语言。"

哥哥笑话了我少许，说：“就差英语的成绩不知了，你预测一下你的总分在班上大概排名多少。”

我愣了一下，问：“这个很重要吗？”

哥哥说：“有上进心的人，爱好学习的人，都会觉得很重要的。”

我说：“那你就算我是个没有上进心，不爱好学习的人吧！其实在我眼里，这次月考已成为历史，已成为过去，好与差我已经不是很在乎了，我的目光，我的心思已放到了下一次的考试中。”我说着谎话的时候，竟然淡定得要命，脸不红，心不慌的。

哥哥笑说：“哟哟哟，说话越来越经典了哟！”

我说：“那是必须的。你也不看我是谁。”

哥哥微笑着，没有再说些什么，转身走开了……

说句实在话，我并没有像我跟哥哥说的那样那么放得开，那么目光长远，能那么淡然地去接受一次成功或失败。我喜欢成功，我喜欢真诚的掌声和那种被人夸的感觉。我害怕失败，我也讨厌失败，就像我考得不好的时候，我讨厌，我害怕家人查我的成绩，因我觉得那样子挺丢人、挺惭愧的，且我又是一个脸皮薄，又爱面子的人。

我自己也不知道我什么时候才会把我那糟糕的英语成绩告诉他们，或许永远都不会，或许明天就会告诉了，又或许他们根本就不用我费口水去告诉，他们直接打老师的电话问，如果要是这样子倒也省事，免去了我纠结着怎么开口去跟他们说。

唉……也不知道他们知道我那烂英语成绩后，会是个什么反应？不愿相信？一副淡定，早已知晓的模样？严厉地训斥我？打我？安慰我？鼓励我……我想除了打我不太可能外，其他的都是有可能的。

10月18日　　星期四　　雨

还未开始便已结束

现在是夜里十一点多，我正怀着悲痛、难受的心情听着《曲终人散》这首忧伤的歌，手里拿着笔，对着桌面上的日记本发呆……

我和叶雨萌今天算是彻底结束了，我和她从此以后只是同学关系，我不会再对她痴迷，不会再去幻想和她的一切，也不会再去打扰她。

真的，真的是想不到我和她会这么快结束，还没开始呢，就结束了。真是可笑，笑掉大牙去了。哈哈……干涩痛苦的笑容。

下面，我将怀着悲痛、难受的心情把这事儿从头到尾梳理一下，然后把它记录下来，记录在这个日记本上，因我觉得它值得被记录下来，毕竟它算得上是我人生旅途中浓重的一笔，不可或缺的一笔，虽然很惨淡、很痛、很伤……

早上第三节下课，我怀着高兴的心情拿着我画好的一幅漫画去找她，我想把画亲手送给她，让她高兴高兴，想见到她收下画后那惊讶迷人的微笑，想听她对我说声：谢谢！

我来到她的教室前门外，见她正趴在她自己的桌子上无目的地转着笔耍，样子很萌，很安静。如果不是亲眼所见，我还真是不太愿意相信她的转笔功夫这么厉害，可以让那笔自如地游走在各手指间，却不掉落，就好像她纤细的手指有沾黏剂一般。

我托了她班里的一个同学帮忙去叫了她，她先在她自己的位置上扭头望了我一眼，然后才有点不情愿地站起身，走了出来……

我走到她教室前门外的走廊处等她。

她走到我的身旁，望着我，有些不耐烦地问：“又有什么事啊？”

我脸皮厚，忽略她的不耐烦，望着她，微笑说：“没事就不能找你吗？”

她面无表情地说：“我一直都很忙，所以不能。”

我说：“玩笔也算吗？”

她愣了一下，点点头：“我做事情的时候，不想被别人打扰。”

“发呆玩笔也算是在做事情吗？”

“我那是在沉思。”

“沉思些什么啊？”

“这关你事吗？”

“说出来就关了。”

她白了我一眼："你有病吗？"

我微笑："我好着呢！"

她又白了我一眼："有事就说，没事我就回去了。"

"你急什么，肯定有的，不然敢来找你啊？"

"说，什么事？"

"你猜猜。"

"没心情，快说。"

"怎么会没心情呢？"

她一副忍无可忍的、极不耐烦的模样，冷冷地瞪着我："你不说就算了，我回教室了。"话一毕，就干净利落地转身往教室走去。我赶忙伸手把她拉住，同时说："等等，我马上说。"

她拨开我拉她手的手，冰冷地说："那就别磨叽了，说！"

"你的性子好急。"我望着她微笑，"我呢，先给你看样东西。"

"什么东西？"

我把我带来的漫画展开在她面前，然后问："漂亮吗？"

她随便瞄了眼展开的漫画，就冷冷地来一句："什么意思？"

我愣了一下，厚着脸皮嬉笑说："你不觉得这画画得挺漂亮的吗？我画的哦！我……"

她冷冷地打断："我问你什么意思？"

"我……我……"我也不知怎么的突然一时语塞，不懂得说些什么了。

"我什么？你是在跟我炫耀你画得有多好看吗？"

"不是……我……我是，我是想……"我抬手拍了一下自己的嘴巴，以表示对自己突然莫名其妙的口吃的不满和厌恶。

她冷冷一笑："你这样子自残给谁看呀？"

"给你看啊！"也许是刚刚的那一拍，让我的嘴巴又顺溜回来了，"这幅画我想送给你，你喜欢吗？"

她望着我，沉默几秒，没有回答我的话，而是面无表情地说："你找我出来就是为这事？"

我微笑着点点头："是的。这画你喜欢吗？喜欢的话，就收下呗！不用谢我的。"

她望着我，又沉默几秒，说："对不起，我不太喜欢画。"话一毕，就转身往教室走去，我忙说："你等一下，还有事。"

她驻足，没有回头，只冷冷地问："还有什么事？"

我说："你说的是不太喜欢，又不是说讨厌，你给个面子，先收下，好吗？"

她抛下一句："无聊。"就径直往教室里走去，我没有再厚颜无耻地上前

伸手去拉住她或对她说些什么，因我觉得已没那个必要。

那一刻我笑了，自嘲般笑了，我突然感到自己好白痴，好傻，既然做了这种自找没趣的事儿，事前还痴痴地去幻想着她会喜欢，她会收下，她会冲我微笑，她会跟我说声谢谢！可……可结果一切都是自己太自作多情，太自以为是了，人家不太喜欢画咧！

这时，他们班的叶青青突然走了过来，嬉皮笑脸地向我打招呼："嘿，疯子大帅哥，又来找我们家萌萌啦？"

我冲她假笑了一下："嗯！"

她说："找她有什么事啊？又是主持的？"

我说："一点私事儿。"

她问："什么私事儿啊？"

我说："私事顾名思义就是不能告诉他人的事。OK？"

她摇了摇头说："太复杂了，我听不懂，哟，你手上拿的这幅漫画是你画的呀？"她的目光全部聚焦在我手上的那幅画上。

我说："是的，好看吗？"

她若有所思地点点头说："嗯……简直是艺术珍品……哟，还签上你的署名了。"

我问："你喜欢吗？"

她愣了一下，点点头："喜欢。"

我说："那送给你呗！"

她惊讶："哇，这么珍贵的东西，我怎么好意思收呢？"

我说："不收算了，我走了，拜！"

她慌忙伸手拉住了我："等等，你急什么？我刚才说的话，只是想表示我谦虚，不怎么好意思而已啦！其实你要是真愿意送给我的话，我是很乐意收下的。呵呵……"

我无奈苦笑："你是不是想说'盛情难却'？"

她嘿笑着点点头："对对对，就是盛情难却。"

我在心里感慨："要是叶雨萌也懂得什么叫盛情难却的话，那就好了，那我也就不用如此心痛，如此心碎了。"

我把画递到了叶青青面前，说："那它送给你了，好好珍藏呀！"

叶青青嬉笑着接过画："一定的，放心吧！"

我假笑了一下，没有说话。

叶青青突然神秘兮兮地低声问："这画你本来是想送给我们家萌萌的吧？"

我眨巴着眼睛，摆出一副听不懂她在说些什么的模样："不知道你在说什么。"

这时候上课的铃声响起了……

叶青青嘿笑着说："你别装了，刚才我都远远的看见了。不过我们家的萌萌却不懂风情……得了，不说了，回教室上课喽！拜！"

我假笑了一下，没说什么，心里百味陈杂。我叹了口气，转身往自个教室那头走去……

话说叶青青的脸皮也真够厚的，明知道那画是我本打算送给她的姐妹叶雨萌的，她竟然也愿意欣然收下。真不知道她的心里是怎么想的？

从找叶雨萌回来后，也不知怎么的，我的心情一直都很糟糕，且满身都觉得不自在，心里憋得慌，还有一种想去找叶雨萌表明心意，求一种解脱的冲动。可心底又有另一个声音在提醒着自己说要自己冷静，还未到表白的最佳时机。弄得我很矛盾，很纠结，很痛苦。

这种矛盾，这种纠结，这种痛苦几乎折磨了我大半天，弄得我吃不饱睡不着，也听不下课，直到下午的第三节自习课我横下心来跑去找她时，这种折磨才算结束，但另一种忧伤却笼罩住了我。

下午第三节，他们班跟我们班一样都是自习课。刚上课不久，班里没有老师，闹哄哄的，我心一横就胡乱拿起本写着些乱七八糟东西的笔记本走出了教室，然后直奔她的教室。可去到她教室外时，却见到他们的班主任正在讲台上给他们讲话，没辙，我只好折身返回了教室。

回到教室后，我闷坐了十几分钟，然后又重新起身出了教室，直奔她的教室。这个时候我们班里依旧是没有老师，依旧是闹哄哄的。

我去到她的教室外，见她班里已没老师的身影，且静悄悄的，我就小声叫她班一个靠窗的女同学帮忙传话，叫她出来……

一阵子后，她从教室的后门走了出来，然后面无表情地望向我，很不耐烦地小声问："你又有什么事？"

我回："有急事，跟我走。"我即刻往旁边无人的楼梯走去，摆出一副很焦急的模样。

她跟上，问："这是去哪儿？"

我回："你跟着就是了。"

她问："老师叫的啊？"

我没有回话，快步往楼上走去……

我一口气上到了空无一人的三楼——这时三楼的所有教室都是空置着，没有人的，听老师说过它们是留到明年接收新生时，给新生当教室用的，她也一口气跟着我上到了三楼。在此间她没有问过我什么，我也没有对她说些什么。

她双手叉起她的小柳腰，微喘着粗气，一脸疲惫和茫然地望着我："你……你叫我上来干吗？老师呢？"

我望着她因爬楼而有些微红的脸，心"怦怦"地乱跳。我调整了一下呼吸，平复了一下自己原本有点慌乱的心情，然后微笑地说："没有老师。只是我找你有点事情。"

她愣了一下，然后生气地瞪着我："你就一个神经病。"话毕，欲转身往楼下走去。

我赶忙伸手拉住她："你等等，等我先把话说完了，再走，好吗？不会耽误你几分钟的。"

她拨开我的手，冰冷地望着我："说吧，我听着。"

我无奈地笑了笑："我有那么令你讨厌吗？为什么你对我总是那么冰冷，对别人那么热诚呢？我记得刚开始的时候你对我不是这样子的，对我还是有说有笑的，可……你能告诉我这是为什么吗？"我怔怔地望着她，等待着她的回答。

她面无表情地望着我，久久地才冒出一句："我喜欢。"语气依旧是那么的冰凉。

我望着她沉默几秒，心里百味陈杂地点点头："知道了。我……我找你上来，主要是想告诉你……告诉你……"后面想说的话都到嘴边了，却不知怎么的就是说不出口。

她望着我，呼了口气，轻声说："想告诉我什么？讲吧，我听着。"也不知怎么的，她说话的语气一下子就柔顺了许多，脸也不再绷着，弄得像我跟她有仇一样了。

我轻咬着下唇，深情地望着她，暗地里快速地调整了一下语气，然后说："我……我喜欢你，做我女朋友好吗？"——这话其实在我心里已反反复复练习过不下百次，此刻终于对心爱的她说出口了，心里有一种说不上来的轻松和释然。

我静静地望着她，等待着她回我的话。

她一动不动地眨巴着她那双大眼睛望着我，久久没说一句话。

我忍不住开口又说："反正我就是喜欢上你了，喜欢上了你的一切，你明亮的双眼，你精致的脸庞，你迷人的微笑，甚至你对我的冰冷……愿意，还是不愿意？你给我句痛快话吧，让我心里敞亮。"

她眨巴着她的那双大眼睛望了我一会儿，然后蠕动了几下她的双唇，柔声说："其实我也有些话想当面跟你讲清楚的。"

我说："你先回答我的问题，愿不愿意做我的女朋友？"

她望着我，咧嘴微微一笑，说："你知道我为什么总是冷冰冰地对你吗？"

我说："你不是说你喜欢吗？"

她说："其实……其实我早就感觉到你喜欢我了，可我不想那么早谈恋爱，我想好好学习，所以我就总是冷冰冰地对你，想让你讨厌我，远离我，可谁想你这人那么怪，我对你越冷，你就对我越热情，缠得我越厉害……你知道你有时候很讨厌吗？是真的很讨厌……我明明都那样子对你了，你还……你还总是嬉皮笑脸的，你的脸皮怎么那么厚呀？你……你……"她抬手轻掩着嘴，没有再说下去，双眼也不知怎么的就熏红了起来，一副伤感欲哭的模样。

我怔愣片许，然后傻傻地、可爱地来一句："你说这些，是在接受我吗？"

她定定地望了我几秒，然后仰起头用力地呼了口气，调整了一下情绪，再然后一脸正经地望着我说："不好意思，我还不想那么早谈恋爱。"

我愣了几秒，然后点点头："好，我知道了。谢谢你对我这般坦诚。那能问你一下，你打算到什么时候才谈呢？"这时候我的心情也不知怎么的，超级的平静。

她愣了一下，回："上大学以后吧。"

我说："哦，知道了。那我们还能做朋友，一起玩耍吗？"

她微笑了一下，说："我们是同学。"

我抿着嘴点了点头，假笑着说："知道了，我们是同学。对，我们是同学，本来就是同学嘛！呵呵……"

她淡淡地微笑着，没有说话。

我轻呼了口气，调整了一下突然间变得有些沮丧别扭的情绪，又说："能最后问你一个问题吗？"

她语气平和地说："问吧！"

我说："你真的很少上Q吗？"

她眨巴着眼睛望了我一会儿，淡笑地点了点头："是的。"

我点了点头："好了，没……没什么了，你回去学习吧！"

她僵硬地假笑了一下："好，拜拜！"话毕，就转身离开。她刚走没几步，我又慌忙叫道："你等一下。"

她驻足，慢慢地回了个身，脸带着迷人的微笑，轻声问："怎么了？"

我笑了一下："我只是想跟你说，请你放心，以后没什么事，我不会再死皮赖脸地去打扰你了，我还你平静。"

她抿着嘴，眨巴着她那双大眼睛望了我一会儿，然后蠕动了几下双唇，想说些什么话的样子，但最后却什么都没说，只是点了点头，就转身往楼下走去了。

我没有再去喊她等等，只痴痴地、呆呆地目送她离开，很快她那唯美的身影便消失在了楼道的拐角处……

我没有立马离开，而是傻傻地站在原地，目光定格在她那唯美的身影最后消失的那个地方，慢慢的，我的视线模糊了，模糊了……我哭了，我伤心欲绝地无声般哭了，伤心的泪水开始不受控制地往眼眶外涌……

结束了，一切都结束了。我和我迷恋了很久的叶雨萌，这一刻算是彻底结束了，我们连朋友都做不了了，只能是同学，呵呵……我们是同学，我们只是同学，多么可笑，多么可笑……难道……难道把一些事情道破了，就不能再在一起好好玩耍了吗？就只能是陌路吗？答案：是的，只能是陌路。呼……好像，好像我们本来就没有在一起好好玩耍过。呵呵……这是一件多么可悲可笑的事儿呀！

我呆站在原处，任由着伤心的泪水无拘束地流了一阵子后，才抬手把泪水擦干，然后对着空气强颜微笑了几下，接着用力做了两次深呼吸，调整了下心情，才抬步往走廊的另一头走去，因我不想从她消失的地方离开……

后来我到厕所洗了把脸，把脸上的泪痕洗去，才回教室，因我不想让别人知道我哭过，然后说些乱七八糟的话。

我回到教室后，刚在自己的座位上坐下没够一分钟，下课的铃声就响起了。这时同桌秦学汉抬手拍了下我的肩膀，说：“嘿，待会借你单车用十几分钟，咋样？”

我没有搭理他，就连看都没看他一眼，把他当空气，只无声地收拾着东西。

他见我没搭理他，就很随意地伸手小推了我一把，说：“到底借不借啊，回句话行不？”

我突然很生气，用力地将书本往书桌上一拍，然后怒气冲冲地瞪着他，大声吼道：“回你妹，别来烦我。”

教室里瞬间一片安静，个个都向我投来了惊讶、不敢置信的目光。

秦学汉愣了几秒，突然咧嘴僵僵地笑说：“你今天嗑错药啦？火气那么大。”

我没有搭理他，也没有搭理班里任何一个人，无论他们说些什么。我喘着粗气重新收拾起东西来。

秦学汉见我没搭理他，就莫名其妙地笑着自言自语起来：“真是疯了，这个世界都疯了。呵呵……真是全世界都疯了……”随即拎着书包走了。

我收拾完东西后，没在教室多待一秒，也没跟任何一个人说过一句话，就无声地背着书包走了……在回家的路上，无论谁向我打招呼，我都装着没听见，没去搭理，因我心情很糟糕，十分的糟糕。

回到家后，我跟在家的妈妈随口打了声招呼，就回自己的房间反锁上了门，拉起窗帘，然后趴在床上无声般痛哭了起来，任由着压抑已久的泪水无拘束地往外飙，那时我多么希望这些泪水能把我心中的痛带走一点点，只是好像没什么用，心依旧那么痛，痛得那样撕心裂肺的。

我已记不清自己当时到底在房间里无声般哭了多久，反正等我停止哭泣时，外面的天已差不多黑了。在此间妈妈敲门叫过我两次，不过我都说我在忙着写作业，叫她别打扰。想必妈妈那时听后心里一定很高兴，认为我懂事了，懂得努力学习了，殊不知……

后来我从我的房间出来后的第一件事就是去哥哥的房间打开电脑上Q，然后把她的QQ彻底删除了。当然，我也拿过手机，把她的手机号码和曾经与她交流过的少得可怜的短信一并删除了。在删除这些东西的时候我就在心里对自己说："从此以后，我的世界里不再有你，不允许再有你，有关你的一切将会从这一刻起从我的世界里全部剔除，不留一丁点儿。我不再痴痴地想你，傻傻地去幻想和你的一切，我不再喜欢你了。叶雨萌，你听到了吗？我会还你平静的。"

只是，只是直到现在，我满脑子都还是她，满心都是她。我还是想着她。我忽然发觉有些东西不是说忘就能立马忘的，它好像还需要一个时间，一个过程……

这时，我的泪水不知怎么的又不受控制地往眼眶外涌了……

呼……不写了，希望明天太阳升起的时候，一切都是全新的吧！

今晚注定是失眠夜……

10月19日　　星期五　　晴

无声的隐退

精神依旧恍惚，心情依旧那般低沉，脑子里依旧全是她的影子……想控制不去想，极力忘却，可却发觉很难……我本以为自己是一个拿得起放得下的人，能够很快就把这段还未曾开始的恋情画上一个句号，可现在我却发觉我并不是那样的人，或许这一切是因她已住进了我的心里了吧！

上午第二节下课，我捧着一沓语文作业本往二楼班主任的办公室走去，在挨着她一班教室的楼梯中间的转台处我遇见她了，这是不经意间的巧遇，因我没有像往常很多时候一样刻意去制造与她相遇。

我莫名其妙地驻足冲她僵僵地假笑了一下，然后神经兮兮地说："刚下来啊！"

她冲我淡淡地笑了笑，什么话都没说，就从我身边走过，往楼道下走去……

我望着她离开的背影自嘲般笑了笑，心里是各种说不上来的滋味儿，那一刻我觉自己就是一个不知趣的傻子，一个大笨蛋，昨天都说不再打扰她了，可这时却厚颜无耻地向她打招呼，还笑嘻嘻的，说那话就好像人家跟自个很熟一个样儿。也多亏她给自己留了点面子，没有来一句：“我跟你很熟吗？”要不然自己就可以去撞墙了，太丢脸，太没尊严了。

下午，按照往周的惯例，下第一节课后，我就去了播音室找蒋老师，看她有什么安排。去到播音室后，蒋老师跟我说近期学校要弄一个“校园之声”广播站，在课间给同学们念些励志的小故事、播放些轻松的音乐、读些热点新闻什么的，以丰富同学们的校园生活。因此近两周会在全校内征选几名有能力、普通话标准的播音员，叫我到时记得报名。我没有拒绝的理由，只好点头应承。

随后她就把一份下周一的主持稿交给我，然后像往常一样叫我周末回去把稿背下来。我应承，可心里却满是疑惑，想不明白为啥这周只有一份主持稿，而不是两份。我迟疑了好一会儿，还是忍不住开口问：“蒋老师，叶……叶雨萌的那份，她来拿回去啦？”

蒋老师望了我一眼，说：“忘记告诉你了，以后像这种升旗啊，周二、周四的做操啊，没什么特殊情况的话，都由你一个人来干了。”

我心里犯迷糊，问：“那她呢？”

蒋老师说：“需要她干的时候，自会叫到她的。”

我心里依旧犯迷糊：“是……是她来跟你说什么了吗？”

蒋老师愣了一下，疑惑地问：“你这话什么意思？”

我傻傻地说：“她……她主动来跟你说她不愿再干了吗？”

蒋老师脸一沉，严肃地说：“什么乱七八糟的东西呀？刚刚不是跟你说了，需要她干的时候，我自会叫她来干的，怎么你……”她没有说下去，一副不悦的模样。

我自知话多，忙连连点头：“哦，我知道了，不问了。”

蒋老师说：“你今天说话怎么这么怪啊，是不是她跟你说什么了？”

我连连摇头：“没……没有的事。我只是好奇，随口问问而已。”

蒋老师有点不相信地盯望了我几秒，然后莫名其妙地咧嘴一笑，说：“得了，没什么了，你回去吧！”

我“哦”了声，便迈步走出了播音室……

后来我没有再去找叶雨萌问些什么，因我觉得已没那个必要……

其实到现在为止我心里依旧觉得她不当主持是她主动跟老师提出的，而不是老师不让她再当了的，这原因有二：一是她的主持水平比我好，反正我是这么认为的；二是她这人其实挺温柔、挺善良的，她可能会觉得跟我站在一块儿主持，特别扭，因此过不了她心里头那一关。

真相是不是这样子？我不知道，我也不想知道。反正此刻我心里满满的都是愧疚和难受。

好了，不说她了，再说又要无边无际地乱想了……讲讲今天调座位的事儿吧。

下午第三节自习课，我们调了座位，我被调到了第三组第四座，同桌不再是秦学汉，而是黄阳宇同学。黄阳宇个儿跟我差不多，但比我瘦，他长着一张大众脸，但头发挺有型，都是竖起来的，像刺猬的刺儿一样，我伸手摸过，还挺扎手。跟他已做了个把月的同班同学，发觉他这人还挺好相处的，有时候还挺逗，比如今天我一搬去跟他坐，他就笑嘻嘻地拍拍我的肩膀，用一种特轻快的腔调说："嘿，韩风同学，以后记得罩着点小弟哦！"

我一头雾水地说："什……什么意思啊？"

他一脸正经地说："你看，你做了那么多官，又是主持人，又是课代表，又是校学生会大队长，权力大大的，还有你的学习又那么好，全班排名第九……我呢？到现在一个官儿都没捞着，学习又不好，所以就希望你以后罩着点我喽！"

我无奈苦笑："'亚历山大'哪！"

他拍了一下我的肩膀，神经兮兮地说："一句话：罩，还是不罩？给句痛快话。"

我说："三句了。"

他说："别扯那个，到底罩还是不罩？"

我无奈："你叫我怎么罩？"

他说："我只问你罩，还是不罩？没问你怎么罩。你现在只需回答我，到底罩，还是不罩？"

我听后，真想一头撞死去，见过傻的人，可没见过像他这么傻的人。我苦耐地摇一下头，回："不罩。"

他一脸的失落，说："为什么不罩？"

我说："我不懂怎么罩，所以我说不罩。等哪天我想明白了怎么罩，我再罩你，好吗？"

他幽幽地说："你知道吗？我现在很伤心，是特别特别的伤心，你说你回一个'罩'字，让我高兴一下下不行吗？即使说是违心的我也会很高兴的。可你为什么要回'不罩'二字，让我伤心难过呢？我的心，现在都快碎了，快碎了……"他煞有介事地抬起左手捂着自己的右胸膛，装出一副很难受的模样儿。

我苦笑："心在左边好不？"

他愣了一下，说："你不懂，我捂的是胸，不是心。"

我嘿笑，没有说话……

话说像我这么一个善于交流、喜欢交朋友的人，相信以后一定能跟黄阳宇和睦相处，共同进步的。

呼……累了，准备睡了。希望今晚不要梦见她，也希望自己明白她只是自

己年轻生命中的一个过客，走了，就让她走吧！没必要再去挽留，再去想她……韩风，你记住了吗？不要再去想她了，她只是你生命中的一个过客！

10月21日　　星期日　　晴

彻底放下

明天又是周一了，时间好快，一转眼两天就没了。这两天我都窝在家里，足不出户。这些时间里，除了吃喝拉撒和把各科老师布置的周末作业写完，还有背了背那个挺短的主持稿外，其他的所有时间我都拿来睡觉了，我没有玩电脑，也没有玩手机，因为一玩，我就会不由自主地想到她，想到她那张熟悉的、精致的脸庞，那双清澈的大眼睛，一想到这些，我又会陷入无边无际的乱想中，弄得难以自拔，那感觉特不好受，我一点儿都不喜欢。

话说还不如睡觉做梦好呢？还别说，这两天睡得多，梦也超多，且都是些乱七八糟的梦，有被非洲那些牙白皮黑的黑鬼追着打的；有坐直升飞机跳海的；有掉一蛇窝里，跟大蛇缠斗的；有去跟成龙伯伯合拍功夫电影的；有……当然，也有梦到她，且梦到超多次，只是每次梦到她，我醒后，心都会很痛，因为梦到的都是些美好的，都是现实中已不可能发生的。这让我想到了一句话：梦固然很美好，但现实却很残酷。

我现在真心地想问自己几个问题：

我喜欢她吗？

我是真的喜欢她吗？

那我喜欢她些什么呢？

那她喜欢我吗？

好像没有吧？

那我还有必要去想她吗？

想她了，有用吗？

想她了，她能喜欢自己吗？

想她了，她能和自己一起好好地玩耍吗？

好像一切都不可能吧？

那我何必再去想，再去痴痴地、徒劳地喜欢呢？

为何不能像个男子汉一样，坦然地放手，让自己活得更自在，更快乐一点儿呢？

有一句话不是说“天涯何处无芳草，何必单恋一支小菜花”嘛！我何必单恋呢？

放下吧，前方还有很多很多美丽的花儿等着你呢，怕什么呢？

放下吧，不要再去喜欢一个不喜欢你的人，再去想一个不喜欢你的人？因那不值得。

放下吧，从这一刻放下吧，让她从此在你的世界里消失，不要再去想她一丝一缕了……

我相信我能放下的，我可一直都是一个说到做到，做事干净利落、出类拔萃的人咧！哈哈……干瘪苦涩的微笑！

10月22日　　星期一　　阴

我们是同学

今天，我又去找她了……

早上，我孤零零地主持完升旗后，我就怀着有点凄楚的心情往教室走去。在经过一班教室门口时，我凑巧遇到了她和叶青青手挽着手往一班教室里走，我就向她们，不，应该确切点说是向叶青青打招呼：“巧啊！”

叶青青咧嘴嘿笑地回应了我：“挺巧的。”

我望了眼她身边的叶雨萌，只见她一脸淡然地望着别处，没有望向我，那一刻一种莫名的苦涩感和钝痛感又不受控制地漫上了心头……

我冲叶青青僵僵地假笑了下，微点了下头，没有再说什么，就无声地往自己的教室走去。在我快走到自己的教室的后门口时，叶青青突然从身后追了上来，叫我跟她去一个地方，我一脸的茫然，不解地问：“去哪儿？”

她回：“去了你就知道了。”

我说：“你不说，我不去。”

她说：“我有点话跟你讲。”

我愣了一下，说："有什么话，在这儿不能说吗？"

她说："不方便。走吧！我又吃不了你。"

我没有再说什么，便跟着她走到了走廊的尽头处那间紧闭着门的，紧关着窗户挂着窗帘的，从走廊外头无法看到里头的图书室的门口旁。那个时候，那儿是无人的，是安静的。

我见她凝望着我，却久久没有说话，便开口说："你到底有什么话要跟我讲啊？有的话就讲啊，我听着。"

她蠕动了一下双唇，说："你上周四跟我们家萌萌表白啦？"

我愣了一下，觉得莫名其妙的："这……这跟你有关系吗？"

她咧嘴一笑，说："有点关系，但也没啥关系，我只是好奇。"

我假笑了下，说："好奇能吃吗？"

她答非所问："你知道她为什么拒绝你吗？"

我说："明知故问。好了，我不想再谈论这个问题了。如果你没什么其他的话要跟我讲的，我就先回教室了。"

她说："你急什么？还有好几分钟才上课呢？"

我说："那你有什么话就讲啊！"

她突然来了句："你是真心喜欢她吗？"

我有点不耐烦："我都说我不想谈论这个问题了……"

她打断我："好好好，不谈论了。那我最后给你一句忠告吧：女生有时候就是表里不一的，嘴上说不喜欢，其实心里却是喜欢着的。如果你是真心喜欢她，就不要轻易放弃。我觉得你们两个郎有才女有貌，挺般配的。"

我说："什么乱七八糟的，走了。"

我抬腿就走，她跟了上来："如果一次失败你就放弃，你一辈子也别想追到你心仪的女生。"

我笑："哟，你好有经验哦！"

她说："如果你不放弃，继续追的话，我是可以做你内应的哦。"

我突然收脚站住了，凝望着她："你……你说这话她知道吗？"

她笑说："只有天知地知，你知我知啊！"

我说："你能告诉我你为什么要这样子做吗？"

她说："我觉得你们俩般配啊，所以就做点我力所能及的事儿啦！"

我咧嘴笑说："你这女人太有心计了，思想太成熟了，好恐怖。"说完，我撒腿就跑。

她生气地站在原处伸手指着我，喊道："疯子，我恨你！"声音超大，弄得我都有点不好意思了。

我嘿笑地扭头望着她，刚想开口说些什么，却突然撞到了人，我赶忙说"对不起”，同时慌乱地回头，想看看撞到的是谁，不看还好，一看差点没把我吓晕，撞到的竟然是班主任。这时的班主任正一脸严肃地瞪着我，我愣愣了小半许，强挤出一丝尴尬的微笑，说：“班……班主任好！”

班主任沉声说：“你慌慌张张的干吗？欺负那个女生啦？”

我支吾说：“没……没有啊？”

班主任蹙眉：“没有？那她为什么说恨你。”

我支吾说：“她……她是说恨疯子而已，不是我。”

这时候叶青青走到了我身边，可爱地向班主任告起了状：“报告老师，他叫我女人。”

班主任愣了一下，来了一句：“难道你不是女人吗？”

我强忍着不让自己笑喷，叶青青瞪了我一眼，用力地跺了一下脚，说：“老师你也好讨厌，人家是女生，不是女人啦！”话一毕，就有点气冲冲地走开了。

我望着她走开的背影，煞有介事地说：“老师，她是女生，不是女人啦！”

班主任板着脸呵斥：“这我不懂吗？滚回教室去，废话那么多。”

我愣了一下，说：“哦，你真的懂吗？”这话一毕，我就撒腿往教室跑去了。至于班主任听完我那句话后，是啥反应，我就不知道了。

随后的两节课我都是在神游中度过的，我不受控制地去想叶青青的话，想她，想些乱七八糟的东西，弄得我心里乱得慌，憋得慌，简直可以说每一分每一秒都过得非常的煎熬。

第三节一下课（周一的第一节是没有课程安排的，这些时间都归属为升旗时间），我脑子一热，就神经兮兮地跑去一班找叶雨萌了。那一刻我甚至不知道我去找她干什么，只是心里就是有一种令我无法抵制的东西让我那样子去做，挺怪的。

我去到一班托人把她叫出了教室，我一见她出来，还未待她开口，我就说：“有事，跟我走。”

她愣了一下，没问什么，就无声地跟着我往楼上走。一会儿后，我们就无声地上到了空无一人的三楼，然后我就像个傻子一样驻足凝望着她，很久没说一句话。我也不知道当时那一刻我是怎么了？脑子一片空白的，根本就不知道要跟她说些什么。

她眨巴着她那双大眼睛平静地望着我，蠕动了几下双唇，最终还是忍不住先开口打破了我们彼此间的沉静：“你找我有什么事？说吧！”语气很平和。

“我……我……”我支吾着，“我……我想……”

“你想干吗？”

“我……我想……”我心一横，痴痴地来了一句，“我想跟你说这几天来我想了很多，我觉得有些话还是得跟你讲清楚，不然我吃不饱睡不安。”

“那就讲吧。”

“你……你上次说你不想那么早谈恋爱，要等到大学再谈。其实我也不想那么早谈啦，我……我等你，好吗？”

“啊？”她怔愣一下，“你在说什么？”

“我……我说我等你，等你上大学了，你想谈了，我再和你谈。”

“你……你没嗑错药吧？”

“我没有，我说的句句是真心话。”

“你为什么要等我？”

“我……我喜欢你啊！”

她沉默了一会儿，咧嘴微微一笑：“可我不需要。”

我呆愣了一下，说：“你……你就不能给我一点点希望吗？”

她摇了摇头：“不好意思，不能，我们是同学。”

我苦笑：“我知道，我知道我们是同学，可是……”

她立马打断了我：“没有可是。我们只是同学。我不需要你这样子，我也不会给你任何承诺或希望。做好你自己吧，好好生活，好好学习，别整天想这种东西了。以后也不要再因这种东西来找我了，我很忙的，希望你能理解。”

我凝望了她几秒，摇了摇头：“我不理解，我喜欢你，我知道你也喜欢我的。”

她咧嘴苦笑：“你不要再说喜欢来喜欢去这种东西了，好不好？难道你不觉得这东西很虚吗？”

我说：“一点都不虚，它很真。”

她说：“那我问你一句，你知道什么叫喜欢吗？”

我说：“就是我整天想着你，念着你啊！”

她说：“这是喜欢吗？”

我说：“难道不是吗？”

她说：“不是。”

我说：“那是什么？”

她说：“喜欢是让你喜欢的人过得幸福快乐，喜欢是一种理解。”

我说：“你妈妈告诉你的啊？”

她说：“这不关你事。”

我说：“可我觉得喜欢应该是：陪伴在你喜欢的人的身边，陪她一起快乐，一起玩耍，一起进步。”

她说：“有时候喜欢是一种放手，好不？好了，不跟你谈论这个问题了，你就一个疯子，一个神经病。”

我说：“那也是因为你。”

她有点抓狂地抬起一手指向我："你……你就一无赖。我告诉你以后别再因这种乱七八糟的事情来烦我，不然我就告诉老师了。"

我凝望了她几秒，苦涩地笑笑："难道你真的一点都不喜欢我吗？"

"你真的就是一个疯子，懒得理你。"她转身欲走，我伸手一把拉住了她，说："等等。"

她甩开我的手，没好气地问："还有什么事？"

我见她一脸的不悦和不耐烦，把到嘴边的"你是不是主动去找蒋老师说你不做主持人了？"这句话咽回了肚子里，改口说："没……没什么事了，就是想跟你说，放心吧，我以后不会再打扰你了。"

她不敢置信地望着我："你的话还能相信吗？我记得上周你也这样子说过，可结果呢？"

我咧嘴傻笑了一下："我今天嗑错了点药，所以……"

她冷笑："如果有下回，你还会这样说吧？"

我没有说话。

她又说："你这人的话根本就不能信，满口谎言的。"

这话从一个自己喜欢的女生嘴里出来，真的很令我伤心。我咧嘴干干地笑了一下，蠕动一下双唇，说："信，或不信，都随你，反正话我都说了。"

她望了眼我："那我拭目以待吧，再见！"

我说："等等。"

她有些抓狂加不耐烦："又怎么了？"

我咧嘴淡淡笑了一下，说："谢谢！"

她一脸茫然："谢我什么？"

我说："谢谢你跟我废了那么久的话。"

她愣了一下："客气了。"

我笑了一下："其实……其实我觉得我们是可以成为很好的朋友的。"

她眨巴着她那双大眼睛，望了我好几秒，怪怪地淡笑了一下，说："我们是同学，拜！"

我点点头："好吧，我们是同学，拜！"

她转身往楼下走去。我冲她的背影傻傻地又说了句："相信我，我这次会说到做到的。"

她没有回头，也没有回话，消失在了我的视野里。

这时，上课的铃声响了起来，我仰天大呼了口气，抬步往走廊的另一头走去……

和她交谈后，我反复想了跟她交谈过的话，不知怎么的，我的心情突然平静了，是从未有过的平静，也可以说我心里突然释然了，是从未有过的释然。

现在我可以很认真、很平静地说：我和她就这样子了，没然后了，我不会再去痴痴地想她，再去傻傻地念她，因为那没意思了。从此以后我也不会再去像个疯子、像个神经质一样去打扰她，我得为自己留份尊严。是你的总会是你的，不是你的强求也无用，死缠烂打还不如潇洒放手，让彼此都活得轻松自在点儿。

呼……我放下了，彻底地放下了。叶雨萌，你听到了吗？我放下了，我彻底地放下了，我不再想你，我不再念你，我不再去打扰你了。你快乐了吗？我们是同学哈！

10月23日　　星期二　　晴

母亲的崩溃

感情上的事儿处理“通”了，本以为可以过上几天平静的、舒心的日子，可谁又能想到刚平静没多少日子的家又“闹腾”起来了……

晚上七点多，我在客厅里逗鹦鹉玩，突然妈妈那放在客厅茶几上的手机就响了起来，我没有走过去接，而是冲厨房的方向喊：“妈，你的手机响了。”可能是我的喊声太大的原因，鹦鹉都被我吓呆了，开始眨巴着它那双小眼睛呆呆地望着我，好像在说:“主人，你温柔点不行吗？吼那么大声干吗？吓坏我了。”样子超可爱。

我冲它笑了笑，然后脸一沉，冒出一句：“看什么看？再看我把你煮了吃了。”

它好像听懂了我说的话似的，愣了一下，然后就在鸟笼里急躁不安地抗议般叽喳乱窜了起来……这鹦鹉养了也不少日子了，可看上去却还像刚买回来时那么大，也不知这是不是已到了它的生长极限了？如果是，那它也太小了。它现在依然是只会叽叽喳喳乱叫，不会说话……

茶几上的手机依旧在响，可我却没有听到妈妈的回应。

我只好把声音提高了一些，又喊：“妈，你的手机响了，出来听电话。”

这下妈妈回应了：“我在洗菜，你接就得了，看看是谁？”

“我不接，你自己出来接。”我这样说，是因为我心里认为是爸爸打来的，这时我已厌烦了接爸爸的电话，因整天都跟他通电话，我都不懂得跟他说些什么了，还有一接他的电话，他就东问西问的，问得人都心烦。

妈妈有点不好气地嘟囔：“喊你接个电话怎么那么懒呀？你来洗菜。”

我只说：“肯定是我爸打的，你快出来接吧！”

妈妈说：“你爸爸打来的，就接不了啦？”话音未落，妈妈已走到了客厅。

我说：“他肯定是找你的，我接了又没什么跟他讲，最终还不是得把电话交给你听。你快接吧，不然停了。”

“就你理由多。”妈妈拿起手机，铃声却突然停了。妈妈边翻看起手机，边叨叨：“看见没有？都停了，喊你接你不接……”

我说：“你再打过去不就得了。”

“这不是你爸爸打来的。”妈妈凝望着手机屏幕，“这号码我没见过，好像是外省的，你过来看一下。”几年前的一个秋天，妈妈刚拥有自己的第一部手机——一部小巧玲珑的诺基亚后不久，她就被骗子耍电信诈骗手段骗走了七百多块，弄得她心痛、自责、懊恼了好久。从那以后，对陌生来电她都会权衡再三才决定接不接，权衡再三的结果是大部分她都决定不接，这样她的手机上就常常有很多的未接来电。也不知怎么的她对这些未接来电慢慢的就产生了一种浓浓的兴趣，还在不知不觉中养成了一个很有意思的习惯：常常拿着手机来翻看那些陌生的未接来电的号码来“研究”，且有种乐此不疲的感觉。可她“研究”来“研究”去，往往都只会得到一个结果：这是骚扰电话，是些骗子打来的。她还会时不时拿出她的“研究”成果来跟我和哥哥分享，然后让我们不要接陌生电话，提防骗子骗钱什么的。对此，我只能说妈妈好可爱！

我没有过去，只说：“不看，不就一个骚扰电话嘛，有什么好看的。”

妈妈说：“要是熟人打来的怎么办？”

“是熟人的话肯定会重新拨打过来的。”

“你又知道？”

“我以前打熟人的电话，如果第一次不接，我会毫不犹豫地拨打第二次、第三次、第四次的。”

“那是你自己，不是别人。”

妈妈的话语刚落，妈妈手里的手机又响了起来。

我得意扬扬地笑说：“看见没，不单单是我，别人也一样。呵呵……”

妈妈没搭理我，望着手机屏幕说：“又是刚刚的那个号码。”

我说：“那就接呗，看看是谁的。”

妈妈迟疑了一下，随即把电话接通了：“喂，是谁了？”用的是家乡话。

妈妈无声地听了十来秒后，就把手机递向我：“这人讲的话太快了，我都不知道她在说什么，你过来听听看。”其实妈妈的普通话一直很烂，像讲得快一点儿的，舌翘多点儿的，她都听不太懂，她平常出去都是讲半土半洋的普通

话的，在家跟我们都是讲家乡话……

我过去接过了手机，就对着手机道：“喂，请问你找哪位？”

随即一个女人的声音从手机里传出：“你是谁啊？我找管芬芳，你把电话交给管芬芳，她……”语速很快，噼里啪啦的，又超翘舌，满口的北方腔调。

我打断说：“你是谁啊？把话说慢点，听不清楚。”

那个女人放缓了语速：“我是谁不重要，你把电话交给管芬芳，我有话跟她讲。”

我皱眉望了眼妈妈，然后用家乡话对妈妈说：“妈，她找你的。”

妈妈问：“是谁啊？”

我摇摇头：“不知道，她没说。”

妈妈说：“你问她是谁，我都没认识讲这种话的人。”

我用普通话问手机那头的女人：“你先说你是谁？你怎么认识她的？”

手机那头的女人说：“你是她小儿子吗？”

我愣了一下，说：“这跟你有关系吗？你再不说我挂了啊！”

手机那头的女人说：“你是韩风，对吧？我是你阿姨啊！”

我又愣了一下，心里犯迷糊，想不出自己什么时候多了一个讲这种话的阿姨。我不解地问：“我认识你吗？”

手机那头的女人说：“以后会认识的。”

我感到莫名其妙：“你到底是谁啊？你怎么认识我的？”

手机那头的女人说：“你爸爸告诉我的。”

我感到更加的莫名其妙：“我爸爸告诉你的？”

手机那头的女人说：“是的。你现在先把电话交给你妈妈，好吗？阿姨有些话想跟你妈妈讲。”

我望了眼妈妈，见她一脸的茫然，便对电话那头的女人说：“我妈妈听不懂你讲什么，有什么你告诉我，我来转述给她听。”

手机那头的女人沉默了少许，说：“有些话你转述不了的，你还是把电话交给你妈妈吧！我会把语速放得慢慢的，把舌头捋得直直的。”

我说：“那好吧！你等等。”随即我把手机递到妈妈跟前，“妈，你接吧，她说她有话跟你讲。”

妈妈有点茫然地拿过手机，然后略显慌乱地操着一口半土半洋的普通话对着手机说：“喂，你是谁？”

妈妈听了几秒，皱眉凝神地对着手机问：“你到底是谁，你怎么知道我的名字？”

我好奇地凑到了妈妈的身边，想听听手机那头的女人到底跟妈妈说些什么，只是被妈妈一把推开了，随后妈妈就转身往她房间走去：“你……你到底是谁？

你是怎么认识韩宇的？韩宇到底跟你说了些什么？你怎么还知道我儿子的名字？你到底……”

随即是“砰”的一声关门声……

我愣在原地，一脸茫然地望向妈妈房间那扇紧闭的门，我不知道妈妈为啥突然那么激动，反应那么大？也不知道手机那头的那个自称为我阿姨的女人到底跟妈妈说了什么？想必不会有什么好话，要不然妈妈就不会那样子了。

我没有跟过去贴门窃听，我觉得那样子做很神经，也很无趣。当然，我曾经神经过，无趣过，可此一时彼一时，这时我已不想再那样子做了，我觉得既然大人不想让你听见的，那就算了，不听了，没那个必要。

我随后打开了电视，调到了我最喜欢的 CCTV 少儿频道，看起电视来……

时间在不知不觉中到了七点四十几分，我的肚子抗议般呱呱乱叫了起来，我饿了，是很饿很饿了，我望了眼妈妈房间那扇一直紧闭着的房门，忍不住开口喊：“妈，都快八点了，你还没听完啊？”

没有回音。

我把声音提高了点，又喊：“妈，你听个电话怎么这么久啊？”

没有回音。

我站起了身，走到了妈妈房间那紧闭的门前，抬手敲了敲房门：“妈，你在干吗，听完电话没有啊？”

还是没有回音。

我伸手想扭门把，想直接开门进去，只是门被反锁了，我对此好生无语，只好抬手继续敲门：“妈，你到底怎么了，你说句话呀！……妈，你开开门好吗？开开门……”

妈妈略带沙哑的声音响起：“不要敲了，是肚子饿了吗？”

“嗯，饿了。你不饿吗？”

“饿就先喝点粥吧，等会儿我再出去煮。”

“我不想喝，我想吃饭。你现在出来煮不行吗？我又不懂煮那些菜，不然我自己煮了。”

“煮来吃得就得了，我不会说你的。”

“那不行，那么好的菜，被我煮得难以下咽，可怎么办？我可不想吃白饭……”

妈妈突然莫名其妙地、凶巴巴地咆哮道：“那就不吃了，都那么大的人了，煮点菜都怕东怕西的。”声音里充满无名的怒气。

我想不明白她为何突然对我发那么大的脾气，有点丈二和尚摸不着头脑。我愣了半许，说：“妈，你怎么了？谁惹你生那么大气的？”

没有回音。

我又说："是不是那个打电话来的阿姨跟你……"下一个字还没说出口，妈妈就突然超生气般大声打断："什么阿姨？她是你阿姨吗？她就一个烂货，一只破鞋……"

我再一次愣住了，不知"阿姨"这么一个随口的称呼为何会突然引起妈妈的勃然大怒？

我皱巴着脸，沉默了一会儿，说："妈，你到底怎么了？怎么突然生那么大气呀？是那个……那个烂货惹到你了吗？"

"没什么。"妈妈的声音突然变柔和，"妈妈现在想静一静，你自己先喝点粥吧，过一会儿我就出去煮东西给你吃。"

我"哦"了一声，没再问什么，直接去厨房拿碗勺喝粥了……

十来分钟后，我的粥还没喝完呢，妈妈偌大的骂声就突然从她紧闭的房间里传了出来："你就一个浑蛋，你就无耻的浑蛋……你在外头玩就玩嘛！为何要把……要把家里的一切都告诉那个烂货，啊？……为什么？为什么……"随即是妈妈偌大的哭泣声。

我心里满是疑问和不解，我怀着一种不安的心情快步走到了妈妈房间那扇紧闭的门前，刚抬手想敲门，又听见妈妈满口哭腔的说话声响起："韩……韩宇，我……我告诉你，要是我儿子有个什么三长两短的话，我跟你没完？你个浑蛋……一个无耻的浑蛋……我怎么这么衰，嫁给了你这个人渣……你在外面玩就算了，可你为什么要把家里的一切都跟那个烂货说……为什么……你就一个疯子，一个无耻的人渣……"随后都是妈妈的哭泣声，悲痛欲绝的哭泣声。

我抬手扭门把扭不动，门依然被从里面反锁着。我慌乱地敲响了门："妈，你怎么了？你开开门好吗？……妈，你开开门啊……妈，你到底怎么了？干吗一直哭啊……"

回应我的只有那悲伤欲绝的哭泣声。

其实我一串联起妈妈刚刚所讲的话，我心里就基本明白了：爸爸在外面找女人了，且那个女人是刚才打电话来的那个自称为我阿姨的那个女人，不，是那个臭女人。还有爸爸把家里的很多信息都告诉了那个臭女人……

只是我还是有点不愿去相信爸爸他会干出这种混账、无耻又愚蠢的事情来。可事实却让我……

真不敢去想象妈妈刚才接那个电话时，心情是怎么样的？还有接完电话后这段长长的不发飙的时间里，她是怎么熬过来的？

我又敲了一会儿门，对着房间里的妈妈喊了会儿话，可得到的回应只是那悲伤欲绝的哭泣声。

我没了辙，只好跑回房间拿起自己的手机打给哥哥，这时我能想到的人只有哥哥。哥哥的电话通了，我还未待他说啥，就叽里呱啦地把家里糟糕的情况言简意赅地告诉了他，叫他快点儿回来。他回我他已到楼下了，马上就到，随即就挂了机。

几十秒后，大门“嘎吱”一声被打开，哥哥的身影出现在了大门口，我像绝望的人看到了生的希望般对哥哥说：“哥哥，你总算回来了！妈妈关着门在里头都哭半天了，你快想想怎么办吧？”

哥哥说：“你还好意思说，你就不懂得找钥匙来开门进去啊？”

我愣了一下，心里骂自己傻，口上却说：“我怕被妈妈骂。”

哥哥说：“笨就是笨，还找理由？”

我说：“我……你才笨呢！”

哥哥没有搭理我，走去敲了几下妈妈的门，冲房里喊了几句话。妈妈竟然操着哭腔回话了：“龙，你……你爸他……他……”又是悲痛欲绝的哭泣声。

哥哥说：“妈，你先开门好吗？”

我对他刚刚说我笨的话还有点耿耿于怀，我就不无好气地对他说：“看你也聪明不到哪去，拿钥匙开不就得了吗？”

哥哥没有搭理我，又冲房里喊：“妈，你再不开门，我就拿钥匙来开门进去喽？”

回应他的依旧是那悲痛欲绝的哭泣声。

我说：“那么啰唆，快点拿钥匙出来开门吧！”

哥哥一边拿过别在他自个腰间裤头处的那串钥匙，一边说：“妈，我要开门进去喽？”

我对哥哥的磨蹭和啰嗦，很无语，可又不敢说什么，怕被他骂。

哥哥把钥匙刚插入钥匙孔，还未扭动，这时门就突然被妈妈从里头打开了。门一开，妈妈就哭着抱住了哥哥，哭着说：“龙啊，妈不想活了，你爸他……呜呜……”这一幕，令我很震惊，我想不通妈妈怎么会突然变成这副鬼模样——泪眼婆娑，头发蓬乱得像鸡窝，满是泪水的脸上盈满了痛苦和煎熬，像疯了一个样儿，情绪超激动。看到妈妈这个模样，说实在话，我十分的心痛，十分的难受。话说我长这么大以来，还从未见过这副模样的妈妈呢！

哥哥抚拍着妈妈的背，安慰说：“妈，你先别哭了好吗？哭是解决不了问题的。”哥哥看向我，“去拿纸巾过来。”

我没有去，愣愣地呆在原处望着痛苦的妈妈，什么都没做，什么都没说。

妈妈哽咽着很不冷静地说：“龙，你知道吗？你……你爸在外头给你们找小妈了，那个烂货刚才还打电话给我，叫我……叫我跟你爸离婚，说你爸跟我没有感情，说你爸不爱我，跟她才是真爱……还叫我成全他们……你说……你说……呜呜……我不想活了，我不想活了……让我去死了算了……”妈妈开始挣扎着想去撞门框，一副寻死觅活的疯癫模样。

哥哥紧紧地抱着妈妈，大声吼道："妈，你先冷静点，先冷静点行不行？"

妈妈被哥哥的话震慑住了，停止了挣扎，不过嘴里却依旧在念叨："我不想活了……我不想活了……"

哥哥的声音变回了正常，语气平和地说："妈，你想想看，如果你现在不活了，不是正合了那人的意，让她能有机会，不，应该是名正言顺地踏进我们的这个家门，来当我们的小妈吗？你仔细想想看，我说的话，对不对？"

妈妈抽泣着想了半许，略显冷静地点了点头："你说得很对，很有道理。我不能就这样子去死，我要好好地活着，我不能让那个人的阴谋那么容易就得逞，我要好好地活着。"妈妈说这话时，熏红的双眼散发着坚毅又冰冷的寒光，就好像那不曾见过面的人就站在她的跟前，她要跟那人明誓一个样儿。

哥哥松开了抱着妈妈的手，望着妈妈说："妈，你这样想就对了，你一定要好好地活着，坚强地活着，不然那人的阴谋就得逞了，知道吗？以后一定不能再说寻死了。"

妈妈像个小孩儿一样认真地点了点头，然后大呼了口气，说："放心吧，妈妈不会了。"

哥哥说："那就好。"哥哥望了一眼我，"你还杵在这儿干吗？去拿纸巾帮妈妈擦泪呀！"

"不用了木木，妈妈没事了。"妈妈有些平静地抬手抹了把脸上的泪水，望着我，"木木你先去看会儿电视吧，妈妈有点事要跟你哥哥说……放心，妈妈没事了哦！你也别想那么多，待会妈妈就出来煮菜给你吃。"

我愣愣地"哦"了一声，心里在丝丝不悦般嘟囔："又是把我支开，有什么话我不能听的，你还真如你说的那个样：我在你眼里一直都是个小孩。可……可现在我已长大了好不？不再是小孩了……还叫我不多想，事情我都知道了，我都快有小妈了，还叫我不想，现实吗？……也罢，你不想让我参与，我也懒得参与，你不想让我听，我也不屑去听……"

妈妈拉着哥哥走进了房间，随即是"砰"的一声关门声，把我独自一人晾在了门口处。我在原处呆愣几秒，然后有些不快和无奈地摇了摇头，就向客厅走去。我走到客厅的沙发上刚坐下不够一分钟，我的手机铃声就突然响了起来，我拿起手机见是爸爸打来的，我迟疑了一会儿，没有接，而是把手机丢到茶几上，任它响去。

这时，我不想听到他的声音，我觉得他的声音是肮脏的，会污染我的听觉。当然，我也不想跟他说一句话，谁叫他干出了这种混账的事来，把好好的家搞得乌烟瘴气、乱七八糟的。

九点十几分哥哥才从妈妈的房间里走出来，他一脸心事重重的，还很疲惫的模样。

我问他：“妈，她还好吗？”

他回我：“她找你，你顺便倒杯水过去给她喝！”

随后我去倒了杯冷好的开水就拿着走进了妈妈的房间，见妈妈正忧郁地斜躺在床上，目光正呆滞地定格在床头那个小箱子上，恍若她不知道我走进她的房间似的。

我轻声叫了声“妈”。可妈妈却好像没听见似的，没有半点反应。

我伸出手在她的眼前晃了晃：“妈，你在干吗呢？”

妈妈愣了一下，望向我，然后在她忧郁的脸上挤出了一丝僵硬的微笑：“你来了。”

“嗯，你喝水。”我把手中的那杯水递到妈妈的跟前，妈妈接过，然后伸出一手拍了拍她身边的床板，“来，坐下。”

我愣愣地“哦”了一声，便在她身边坐下。

她喝了口水，轻呼了口气，问：“妈妈刚刚那个样子，没有吓到你吧？”

“还好。”我有点傻傻地说，“你……你现在心里舒服点儿没？”

她把杯子放到床边的梳妆台上，然后拉起我的手，若有所思地轻拍了两下，轻叹了口气说：“这件事呢，妈妈会处理好的，你……你不要去想，也不要把它放在心上，你只要好好学习就得了，知道吗？”

又是这话，我觉得很无语，不过我还是假装着乖乖地点头答应：“嗯，知道了。”

妈妈望着我，忧愁的脸上露出了一丝难看的微笑，她抬手摸了摸我的脸，然后眼眶内就莫名其妙地盈满了欲出的泪水，一副欲哭的模样。

我说：“妈，你又怎么了？”

妈妈把脸侧向床内，我视线几乎无法触及的地方，然后抬手擦拭了一下眼睛：“没……没怎么。就是……就是妈妈觉得挺对不住你的，你还那么小，家里……弄得这样子……我……”妈妈的眼泪又开始不受控制般往外涌了。

我忙安慰道：“妈，你不要这样子说，这一切都不能怪你，都是我爸爸那浑蛋造成的，我……”

妈妈打断我：“木木，你不能叫你爸浑蛋，知道吗？他再怎么样，他也是你爸爸，你这样子叫他是不对的，是犯天伦的，会受到天的惩罚的，知道吗？”

我倔倔且费解般摇了摇头：“妈，他都那样子对你了，我骂他句浑蛋，有错吗？难道他干的那些事不是浑蛋才干得出来的吗？”

妈妈泪眼婆娑地望着我：“木啊，你怎么就这么不听话，我叫你不要叫就不要叫了，你……你这样子是想逼死妈妈是吗？”

我愣了一下，满心的疑惑和矛盾，服软般道：“好了好了，我不叫就是了，你别哭了，好吗？”我伸手去为她擦拭眼泪。

妈妈拨开了我的手，自己擦拭：“妈没事，没事儿。你要……你记住以后不要再那样子叫你爸爸了啊？他再怎么样也是你爸爸，知道吗？”

我违心地点点头，没有说话。

妈妈轻呼了口气，突然有点莫名其妙地问：“你是不是很恨他？”

这话听后，我心里彻底无语，觉得妈妈脑子是不是有点错乱了，爸爸都在外面找人了，人都要找上门了，她还问我这种问题，这有意义吗？难道她就那么在乎我对爸爸的态度吗？太矛盾了，简直是无法理解。

我愣了片许，还是迎着妈妈的意，违心地回：“不恨。”

妈妈满是泪痕的脸上竟然露出了一丝令我很费解的微笑，略显宽慰的微笑，她抬手摸了下我的脸，说：“这就对了。他是你爸爸，你是他心疼的儿子，无论发生什么，他的心里都还是爱你的……”

我不想再听妈妈这乱七八糟的“胡话”，便打断道：“妈，你别说了，我懂了的。”

妈妈说：“你真的懂了吗？”

我点点头：“懂了。”

妈妈说：“那就好。其实这都是我和你爸爸间的事情，你不必参与进来……你要相信妈妈一定会处理好的。”

我点点头：“知道了。”嘴上虽这样说，心里却在这般嘀咕：“妈，这还只是你和我爸爸间的事吗？那人都要来当我小妈了，我都要有小妈了，我还能不闻不问，淡然地置身事外吗？现在这种情况已不是我想不想参与进来的问题，而是从一开始我就是一个参与者了，因这件事不仅仅只是你和我爸爸间的事了，而是我们一个家庭的事了，家庭中的每一个成员从一开始都已是参与者……妈，你怎么能变得那么理想主义，那么糊涂呢？”

“知道就好！”妈妈呆愣地望了我一会儿，然后又抬手摸了下我的脸庞，轻声说，“好了，你出去吧，出去洗个澡，准备吃饭，我已叫你哥哥煮菜了。”

“妈，澡我已早洗了，你不记得啦？”

“哦，你看妈妈这记性……好了，你出去吧，让妈妈一个人静静。”

“嗯，那你不要想那么多了啊。”

“知道了，放心吧！”

我随即走出了房间……

后来，哥哥把晚饭煮好了，我就进房叫妈妈吃饭，可妈妈说不饿，待会饿了，自己出来吃，叫我先吃，我也只有顺妈妈的意，退出了房间……后来的后来，我和哥哥又相继去叫了妈妈几次让她吃饭，可妈妈都说不饿，不想吃，总满脸忧郁地躺在床上……

讲句实话，见妈妈那样子，我心里挺难受的，有时候真的想打个电话给那个打了多次我手机我都没接的爸爸，狠狠地骂他一番，出出心里头的闷气，可最终由于种种，都没打……

一个晚上，整个家庭都弥漫着一种压抑的忧伤，这一切的一切都是爸爸这浑蛋造成的，可妈妈既然还叫我不恨他，可我能不恨吗？我能不恨吗？？

这个家还能像以前一样平静吗？我觉得有些难，毕竟这一切好像还只是个开始……

10月26日　　周五　　晴

尘埃落定

明天又是周六了，终于又可以睡懒觉了，我在写下面的文字前是不是该先自娱般乐呵乐呵呀？我觉得应该的。哈哈……哈哈哈哈哈……

我好想问问自己：我是癫了么？我是神经错乱了么？还是发疯了？

答案：不知。反正就是心里挺压抑的，想笑笑，想用笔来替自己笑笑，冲淡一下这种压抑感……

今天下午我们班竞选班干了，曾经的同桌、代理班长秦学汉在无人与他争当班长的情况下，“毫无悬念”地当上了正班长，去掉了“代理”二字。在他当上正班长的那一刻，他就癫癫地发表了一番慷慨激昂的演说，其中有那么一段话超傻，话是这样的：“我，秦学汉，现在转成真正的班长了，不再是代理的了，你们以后记住不要再叫我代理班长了，那样叫真的很难听，每听到你们叫一次，我的心就会痛一次，而且超级难受。希望大家记住了，以后叫我真班长，不，是正班长或班长，不要再叫代理班长了！我在此先谢过了，谢谢各位亲爱的同学，谢谢！”

他这话一出逗得我们个个爆笑，随后就有同学提议以后大家都叫他“假班长”，这个别样的提议竟然瞬间得到了所有同学的鼓掌赞同，最后连班主任都嘿笑着点头默许了，秦学汉他本人当然极力地反对，只是他的反对是无用的。一下课后，我们中的好多人就成心般跑到他身边叫他一句“假班长”，然后笑嘻嘻地离去，气得他半死，他装腔作势般吼了几次，不过半点用都没有，别人还笑话他咧！如果不出啥意外的话，“假班长”这个响亮的外号是要稳妥地安在他的身上了，他想甩都甩不掉了，这就好比某某某被人起了个“傻子”的外号，刚开始时某某某不喜欢，极力反抗，可人人都这样子叫他，且天天都这样子叫他，那用不了多久，某某某就会自然而然地接受这个难听的外号了——这是定律！

副班长有两位，都是女的，她们分别是本次月考第二名的吴丽丽，第三名的陈茜茜，都是牛人咧！峰兄同学这个学霸、怪才在毫无“对手”的情况下，当仁不让地当选上了我们班的学习委员。他当选上后，班主任就特意地叫他站起来讲一两句话，讲什么都行。他很诧异，愣了半晌才苦笑着说：“为……为什么独独只叫我啊？干吗不叫其他的班干也起来讲讲啊？”其他当选上的班干除了秦学汉自己癫癫地起来发表了一番慷慨激昂的演说外，其他的，包括我在内（我当选上了生活委员，确切点说，我是被班主任贬成了生活委员，为什么这么说呢？因我原先是争副班长的，且我的票数比几个竞选这个职位的同学的票数都高，人气旺盛就是没办法。可班主任却说我身上兼有太多的职务了，所以就无情地把我刷了下来，贬我当了生活委员，一个清闲的职位……）都没有主动或被动起来讲过话，发表过什么当选感言之类的。因为挺没劲儿，我是那么觉得的。

班主任笑了笑，冒出一句：“这是对你的特殊待遇。”

峰兄无奈地苦笑：“这……这种特殊待遇，我……我能说我不要吗？”

班主任说：“这你得问同学们愿不愿意了？”

峰兄望了一下我们，然后用诚恳祈求般的语气说：“小伙伴们，我……我不要这种特殊的待遇了，你们愿意好不好？”

话音刚落，我们就异口同声回：“不好。”声音超大，还夹带着几分笑意。

峰兄皱着眉头，煞有介事地来了一句：“你们太坏了。”

即刻我们好多人都笑了，班主任也笑了，班主任边鼓掌，边大声说：“大家鼓掌，有请我们的卢峰同学起来为我们讲几句话……掌声不够热烈，再热烈点……”

哗啦啦的掌声响着，我们所有人的目光（猜的，没有实际留意过）这时都聚焦到了峰兄同学的身上，或安静的等待或起哄式的催他起来说几句。

峰兄略显含羞般站了起来，一手捂住小心脏处，一手抬起，手背向上，手心向下，压压：“安静安静，你们的掌声太激烈了，我的心快有点受不住了。麻烦大家了！”一副有点小夸张的，客客气气的，谦谦君子的模样。

掌声逐渐停止。

他对我们微鞠了下躬，说：“谢谢大家！”随后环望了一下偌大的教室，见我们个个都望着他，他先惊愕，然后讪笑地说：“你们……你们不要这样子望着我，好不好？望得我肾都有点儿慌了。”

他这话音一落，班里便响起了爆笑声……

峰兄一脸不解地苦笑："真想不通，你们到底在笑什么？我说的话真的有那么好笑吗？"

爆笑声依旧……

班主任伸出两手压了压："好了好了，大家安静一下吧，让卢峰同学给我们讲几句话。"

教室随即安静了下来，峰兄抬手挠了一下头，有点难为情地说："班主任，我……我不懂讲些什么？"

班主任说："你就随便讲一下，想到什么讲什么就得了。"

峰兄说："哪方面的呢？"

班主任说："哪方面的都行。"

峰兄皱巴着脸说："不太好吧，那样也太随便了！"

班主任说："那这样，你就跟大家分享一下你的学习方法，说一下你是怎么学习的。"

"这个……这个……"峰兄有点难为情地支吾着，"这个……叫我怎么说呢？"

"你是怎么学习的，你就怎么说。如实说。"班主任说，"我相信大家都很想知道你是怎么学习的，怎么能把每科都学得那么好的。"

"班主任，其实我的成绩也不算太好，还有很多很多需要进步或提升的地方。"峰兄很谦虚地说，"如果这次月考的试卷让其他学校的一些同学来考的话，我相信肯定有很多考得比我好。也可以这样讲我现在的这种水平，跟其他一些学校的好学生比的话，还差很远很远。所以……所以没有所以了。"

班主任率先鼓起了掌："很好，说得很好。大家给点掌声。"随即哗啦啦的掌声又响起……

掌声过后，班主任就语重深长地说："卢峰同学刚才讲的，也正是我准备要给大家讲的。我们每个人都应该把我们的目光放得远远的，大大的，而不是像只井底之蛙一样目光只局限在头顶上的那片小天空里。"班主任随即在黑板上龙飞凤舞地写下了"危机感"三个字，然后继续说，"也就是说我们每个人都应该时刻要有一种危机感，危机感是什么？危机感是一个人前进的动力，一个没有危机感的人，就会变得安于现状，裹足不前，最后等待他的将会是失败、失败、失败。举个例子，某个班的某个同学在一次考试中考得了全班第一，然后他就沾沾自喜，得意忘形，以为自己是个很厉害的人，天下无敌了。这是一种骄傲自满的表现，也是一种没有危机感的表现，那等待他的将会是什么？将会是失败。如果那位同学能像我们班的卢峰同学一样有着一种危机感，懂得班里厉害并不代表着年级里厉害，年级里厉害并不代表着整个江北区厉害，整个江北区厉害并不代表着整个市里厉害，整个市里厉害并不代表着整个省里厉害，等等，也懂得天外有天，人外有人的话，就会知道鞭策自己还需继续努力奋斗，向前冲，不断地超越自己……”班主任叽里呱啦地讲了一会儿话后，突然问了句：“你们听明白没有？”

我们竟然很有默契地异口同声回：“明白了。”说句实话我是听得云里来雾里去的，就不知道其他同学了。

班主任说：“那我说的是什么？”

我们又很有默契地异口同声回：“危机感。”想必这时大家的目光都是注视着黑板上那龙飞凤舞的“危机感”三字的，反正我是望着的。

班主任“满意”地笑了笑：“很好。大家以后就一定要记住让自己的心里时刻存在着一种危机感，让这种危机感源源不断地给我们输送前进的能量和动力，记住了吗？”

我们又很有默契般异口同声回：“记住了。”

班主任说：“很好。下面……”下一个字还未说出口，秦学汉就大声地打断道：“报告，我有话讲。”

班主任有点不悦地望了眼秦学汉，说：“讲。”

秦学汉说：“那样子是不是太累了？”

班主任严肃地瞪着秦学汉，说：“吃饭还要动嘴呢？穿衣服还要伸手呢？你干吗还吃还穿呀？”

秦学汉说：“哦，班主任，我错了。”

班主任说：“错哪里了？”

秦学汉说：“不该说累。干什么事都会累，但还是得去干。”

班主任惊讶：“哟，觉悟还挺高的。不错。”

秦学汉竟然来了句：“都是班主任教导有方。”

班主任望着他无语一笑，没再去搭理他，而是把目光投向了不知啥时候已坐下了的峰兄：“卢峰，谁允许你坐下了？站起来。”

“哦。”峰兄随即乖乖地重新站了起来。

班主任说：“下面你跟大家分享一下你的学习方法吧！”

峰兄苦着脸问：“还要说啊？”

班主任说：“什么叫还要？你都还没有说，好不？”

峰兄“哦”了声，然后是无声的沉默。

我们所有人的目光都聚焦在了他的身上，等着他说话，可等了老半天，却不见他吐一个字，只见他站在那儿眨巴双眼想着些什么。

班主任忍不住说：“卢峰你在想什么，讲话啊！”

峰兄愣了一下，“哦”了一声，接着却又是无声的沉默。

过了一会儿，班主任又忍不住说：“卢峰你再不说话，花儿都要谢了，你见到这一双双期待的小眼神没有？你好意思一如既往地沉默吗？”

峰兄愣了一下，又“哦”了一声，接着却又是无声的沉默。

班主任无奈地笑说：“又‘哦’，现在同学们最怕听到的就是你的‘哦’了。”

峰兄今天可能是“哦”上瘾了，竟然又“哦”了一声，才认真地说：“刚才在组织语言，不好意思。其实我也没有什么好方法啦，就是上课的时候认真一点听，把该做的笔记做好，然后每天放学回去写完作业后，就复习一下每天上课的内容，把不懂的弄懂，然后再简单地预习一下第二天的内容，还有每周周末对一周来上的东西进行一次周复习。”话到此，便没有再往下说。

班主任望着他，等待了好几秒，却听不到他再说出一个字，便说：“继续说下去啊！”

峰兄来一句：“完了。”

班主任愣了一下，竟然自己率先鼓起了掌：“好，说得很好。大家鼓掌！”

雷鸣般的掌声响起……

掌声稍止，峰兄说：“报告班主任，我现在可以坐下吗？”

班主任说：“你还想补充说些什么吗？”

峰兄摇了摇头：“没了。噢，对了，还想补充一点点。”随即他把目光投向了我，目光阴邪阴邪的。我心里犯嘀咕，不知他那样子望着我干吗？

班主任说：“讲。”

峰兄说：“我想请我们的韩风同学起来分享一下他学习语文的方法。”

我苦笑无语，心想：这小子也真够阴损的，这种事也不忘拉我掺和一把。

班主任说：“我也正有此意。韩风，站起来吧，跟大家分享一下你学习语文的方法。”

我只好无奈地先站了起来，然后支吾道：“其实……其实……”

班主任说：“其实什么？”

我说：“其实我想说的，峰兄，不，卢峰同学他都替我说完了。”

班主任皱起了眉头：“你也是像他那样子学习的？”

我坚定地点点头：“是的。”

班主任说：“难道就没有其他不同的？”

我坚定地摇摇头：“没有了。”其实我心底在想：“还能有什么？我本来就没啥方法，就是老师上课我听课，有时还不专心。老师布置作业，我完成作业，仅此而已。剩下的时间不是看动画片，看课外书，就是玩游戏，这些难道也要我说出去吗？我好意思说出来吗？说出来你保证不训我吗？”

班主任有点不敢置信地望着我：“真的没有啦？”

我坚定地点点头：“真的没有了。”

班主任即刻来一句：“那你语文怎么考得这么好？”

我愣了一下，回：“一、班主任你教得好；二、不是我考的好，而是……”我望了眼不远处的峰兄（他坐在第四组第五桌），含笑说：“这里允许我引用一下峰兄，不，是卢峰同学曾经说过的一句话：‘不是我有多牛，而是你们太菜。’”

我这话一出，同学们就用或惊讶、或鄙视、或不屑、或不敢相信、或愤怒的目光望向我，然后是一阵小骚动……

峰兄睁大眼睛瞪了我好几秒，然后略显激动地大声说：“报告班主任，天地可鉴，我没说过这种话，这些都是韩风他自己捏造伪编出来的。”

我苦笑说：“亲爱的卢峰同学，你真的记不清楚你曾经对我说过的吗？”

峰兄反问：“我有说过吗？”

我说：“有。天地可鉴，你肯定说过，且是我亲耳听见的。”

峰兄说：“纯属你捏造伪编。我说过的我肯定记得的，可我现在一点都没有印象了。再说像我这么谦虚的一个人怎么会说出这种伤人的话呢？”一副诚实无辜的模样。

我苦笑无奈，然后也摆出一副诚实的模样，声情并茂地说：“你还记得上一周的那一个阳光明媚的中午吗？你睡在我的床头，我轻声地问你：‘嘿，峰兄，跟我说一下你是怎么学得这么好呗？全班第一哟！’你冲我微微地笑了笑，说：‘哦！不是我太牛，而是你们太菜。’对了，随后你又马上补充了一句：‘不要迷恋哥，哥只是个传说。’我当时……”

“停停停停，什么乱七八糟的。”峰兄打断了我说的话，“大家不要听他的，我真的没有说过那种话，都是他一手捏造伪编出来的。”

这时陈茜茜突然好奇地插话问：“卢峰，你和韩风是同床的啊？”

她这话一出，班里就是一阵爆笑声响起。

我有些无语，抢着回：“什么乱七八糟的，我们只是同一个宿舍的，他的床和我的床只是头对头接一起的而已。”

陈茜茜若有所思地“哦”了一声：“明白了。”

这时很久不说话的班主任，插话说：“你们两个争执了那么久，哪个讲的是真话，哪个讲的是假话，有结果了吗？”

峰兄抢说：“班主任，我讲的是真的，他讲的是假的。”

班主任望向我：“韩风，你反对他说的吗？”

我望着班主任，心平气和地说：“班主任，我一直都相信你长有一双辨别真伪的犀利的眼睛。”

班主任咧嘴微笑：“这话挺中听。好了，现在不讨论你们谁说的是真，谁说的是假了，没意思。现在我想问大家一个问题……”刻意停顿了一下，环望了一下我们，“我想问问大家，刚才‘不是我太牛，而是你们太菜’那句话从韩风同学或卢峰同学口中说出，有什么不妥吗？”

全班默然无声。同学们面面相觑。

班主任又说：“怎么你们一个个都不说话了？刚刚韩风同学说出这句话时，我可是听到有很多很多的厌恶杂碎声的，说他说这话太高高在上，太伤人自尊，太趾高气昂，太目中无人了，等等，什么的都有……现在我给你们一个机会，让你们把对他韩风同学或卢峰同学有什么不满的都说出来，当然也可以说出对我的不满。放心，我在这儿保证，我不会骂你们，你们尽管放心地说，大胆地说。现在可以开始说了，说吧！”

全班依旧是默然无声。同学们依旧是面面相觑。

班主任见半天没人吱声，突然自娱般笑了笑：“你们都不说，那我来说了，我个人觉得嘛，他们两个人不管是谁对大家说出这句话都没有什么不妥的。你们说他们说这话太高高在上，太伤人自尊，太目中无人什么的，那我想问你们一下：让你们中的一人，当着他们，当着在座的每一位，说出那句话，你敢说吗？你好意思说出口吗？你说出口了，不怕被口水淹没吗？可他们为什么敢说，是他们觉得他们这种成绩真的挺普通挺差的，可你们的比他们更普通更差，所以在他们看来你们就是太菜了。换句话讲他们是有底气，有成绩在那儿摆着，像卢峰同学他除了语文外其他科都是全班第一，他就敢那样说，如果你们谁不服的，认为你们不菜的，你们都可以随时向他挑战，用你们的实力，用你们的成绩向他发起挑战。等哪一天你们真的超越他了，你们有底气了，你们也可以随时去跟他说这么一句话，满足一下下你们的虚荣心……说了这么多，主要是想让大家明白：别整天想着人家说的哪句哪句话伤到你们的自尊了，太目中无人、太高傲了，要有本事，你们哪一天也肆无忌惮地对他们说一回，让他们也菜菜呀……你们要记住这个社会是没有绝对意义上的公平的，要想公平，就只有通过你们自己的努力去争取。也别整天怨天尤人，耍嘴皮子功夫，那是没有能力的人才会做的事儿。你不够厉害，就别指望别人夸你好，你不够厉害，你就收起你那可怜的自尊心，不要去在意别人说你菜，有本事你就变得更加厉害，让你自己能去说别人菜，而不是别人来说你菜。总的一句话：他们现在拿的第一名只代表着过去，你们加把劲，老师期待着见到你们哪一个哪一天也能肆无忌惮地对他们说出那句牛气哄哄的话。如果真有那么一天，我会为你们鼓掌，加油的。当然，我也要跟卢峰同学和韩风同学说，你们也要继续努力啊，你们的后面可有一大帮小伙伴们在为赶超你们而努力奋斗着的，不要沾沾自喜，骄傲自满，裹足不前哦，不然就会有很多人跑到你们跟前说出那句话了。知道了吗？”

班主任先望了眼卢峰，然后把目光定格在我的身上。我诚恳地点了点头，说：“知道了。我……我可以坐下来了吗？”

班主任愣了一下，说：“你有那么累吗？我都快站了一节课了，我都不

见累。”

我说：“这不是累的问题，主要是我老站着觉得有点不好意思。”

班主任又愣了一下，说：“解释一下。”

我说：“我这样子站着，看同学们都是俯视，而同学们看我却要仰视，看到的是我的鼻孔，换句话讲：我的鼻孔对着他们，所以……”我耸了下肩，摊了一下双手，没有说下去。

我见到有几个女生挤皱着脸，厌恶般小声说：“说得好恶心哦！”

班主任咧嘴一笑，那笑容怪怪的：“照你这么说，那我呢？我以后上课是不是也得找个凳子来坐着给你们上了？”

我说：“班主任你不同，你都习惯了。可我，还需慢慢练习，把它练成习惯了，那样才能淡然地站着俯视各位同学。”

班主任又是咧嘴一笑，那笑容依旧怪怪的：“好吧！那你还有什么要对同学们讲的吗？”

我听后无语，心想：怎么又是这句啊？能再啰唆点么？

“没了。真的没了。”我拍了拍我同桌的肩膀，正儿八经地说，“我以我同桌黄阳宇的名义保证，真的没有了。”

黄阳宇听得一副云里来雾里去的懵懂模样无声地望向我，好像在说：“什么乱七八糟的，这关我什么事啊？神经……”

我对他微笑了下，没说话，然后望向班主任：“班主任，我可以坐下了吗？”

班主任盯着我几秒，有点出乎我意料地点了点头……

我坐下，黄阳宇就凑过来低声问：“你刚才是不是发癫了，没事干吗扯到我啊？”

我低声回：“我这是为你提高关注度呢！”

黄阳宇说：“这有毛用啊？我小小的劳动委都选不上。”

我说：“这你就不懂了，同学们对你的关注度提高了，往后他们就会对你多加关注多加了解，通过关注了解后他们觉得你这个人还很不错，那下一次竞选班干，你的机会不就是大大的啦！”

黄阳宇愣了一下，问：“话说你……你这一切都是为了我的未来了？”

我说：“那是肯定的。班主任可常教导我们要把目光放得远远的，放在未来，不要鼠目寸光，就是这个意思了。”

黄阳宇高兴地傻笑了起来：“那感谢兄弟了！”

他的话音刚落，班主任的声音就突然从我的身后响起：“感谢这位兄弟呀，感谢他什么呢？”

班主任这举措吓了我一大跳，差点没晕死过去。

班里立即笑声阵阵，是除我和黄阳宇外的其他同学发出的。

我僵僵地回过头望向背着手微弯腰望着我的班主任：“班……班主任你……你太恐怖了，你是什么时候走到这里的，刚刚不是还见你站在讲台上的吗？怎么……太邪乎了，我的小心脏都快要被吓破了。”

班主任嘴笑皮不笑地望了眼我，没说话，然后把目光投向黄阳宇，问：“你感谢他什么？”

黄阳宇僵木地摇了摇头：“没……没什么。”

班主任站直了身，一脸严肃地说：“你们知道我刚才说什么了吗？”

我们谁都没说话。

班主任又说：“你们觉得我在上面讲话，你们这样子在下面开小会，合适吗？你们眼中还有我这个班主任吗？”

我们很有默契地摇了摇头，可谁都没说话。不过我在心里嘀咕：班主任，我不就是一时之间控制不住说多几句话吗？有必要这么上纲上线吗？再说这又不是正式上课本内容，你还不是在跟我们聊天，瞎胡扯……

班主任又说：“你们既然知道不合适，可为什么还要这样做呢？”

我们依旧谁都没说话。

班主任随后又借着我们开小差这件小事情，叽里呱啦地说了一大堆话，说到了课堂纪律，扯到了如何尊重老师，聊到了如何做个好学生……对此，我只能说无语。当然，也为他借题发挥的能力而深深折服。他太牛，理论水平超高……

10月26日　　周五　　晴

126个未接电话

放学后，我回到家，就装出一副特高兴的模样跑到一脸忧郁、愁苦的妈妈身边把我当选生活委员这个消息告诉了她，想让她高兴高兴，最好自然地笑上那么一笑。只是我把这个消息告诉她后，她并没有像我预想的那样，而是伸手摸摸我的脸，然后在忧郁、愁苦的脸上挤出一丝僵硬难看的微笑，低沉地说：“好，加油，妈妈一直相信我家木木是最棒的。”

我对此只有无语的份儿。

两天了，我在家的时间里从没见过她吃什么东西，叫她吃东西时，她总是一句："不饿，妈吃过了。"问她什么时候吃的？她总会说："你和你哥都不在家的时候。"还叫我不要担心她什么的。可她真的吃了吗？我不信，哥哥也不信，因这两天来，她都瘦一大圈了。

在这两天里，我没有见过她跟爸爸通过电话，大吵大闹什么的，也没有见那个人再来电话骚扰，家里还算得上安宁。当然，见她老一副忧愁、心碎的模样，我和哥哥也会时不时地去安慰她，叫她放开点儿，不要去想那么多什么的。不过好像我们安慰的话语对她都没起过一丁点儿作用，她依然胡思乱想，依然会时不时地暗自落泪，独自伤悲，弄得整个家的气氛时刻处在异常的压抑和沉闷中，让人有一种都快喘不过气来的感觉。

讲句实话，见到妈妈现在这个样子，我心里特别难受，可又无能为力。昨晚，在哥哥的房间，我就这事问过哥哥怎么办？哥哥回我："凉拌，我知道怎么办，还用在这儿像个傻子一样犯愁吗？"

我无言。

哥哥又说："这种事你别管，你也管不了，好好学你的习。"

我反问："这种情况下，我还能好好学习么？"

哥哥说："能。不想，不听，不见就得了。"

我说："我是一个有脑子，有耳朵，有眼睛的人，好不？"

哥哥说："你就不能控制一下呀？"

我说："不能。有些东西是控制不了的。"

哥哥说："那你打算不学了，浪荡过日？"

我说："还没到那个地步，只是心烦，心里超烦。嘿，爸爸要是真娶了个小妈回来，怎么办？"

哥哥瞪了眼我："什么乱七八糟的，有可能吗？"

我说："这个你得问爸爸。"

哥哥苦笑无语……

爸爸他真的会娶个小妈回来吗？要是真娶回来了，这个家怎么办？妈妈怎么办？我怎么办？呸呸呸呸……我想这种没有答案的问题干吗，真是吃饱了撑着没事干。

刚才，我翻看了一下手机，见有126个未接电话，这些电话都是爸爸打来的。两天了，我没有接过他一个电话，因我依旧不想听到他的声音，不想和他说话，说白了，我恨他，因这一切都是他造成的，是他把这个家弄成了现在这个鬼样子，是他伤透了妈妈的心，让妈妈变成了现在这副模样的。

10月28日　　星期日　　雨

相信他能回来

深秋的雨夜有些些微凉，我平白无故地失眠了……

傍晚六点多的时候，我从武夷路蒋玉明蒋老师那儿学毛笔字回到家，见妈妈正在厨房里拿着根枸杞发呆，一脸愁苦、沉郁的。我就问："妈，你在想什么？"

妈妈竟然没有半点反应，发呆依旧，恍若没有听到我说话似的。

我伸手在她眼前晃了晃："妈，你怎么了？在想什么啊？"

妈妈颤抖了一下，手中拿的那根枸杞就莫名其妙地掉地上了，是我吓到她了吗？不知。

妈妈边捡起掉到地上的那根枸杞，边有点多此一举地说："你回来了？"

"嗯。妈，你刚刚在想什么？"

"没想什么。学得怎么样了？"

"今天开始学草书了，我升级了……"我开始叽里呱啦地说一些学毛笔字的趣事儿，有些甚至是即兴捏造胡编的，我想逗妈妈乐乐，只是妈妈差不多都是一个表情，就连偶尔的笑，那笑容都是僵硬的，强挤出来的。对此，我很无语也很无奈，我好想跟她说："妈，你不想笑的话，就别笑了，我会理解的。"

待我自己都不愿说下去了，觉得再说下去没意思了，妈妈就叫我去洗手吃个苹果填肚子去，我应承。我去洗了手，然后拿了个苹果，皮也没削，就啃了起来，接着往哥哥的房间走去，我想玩玩电脑。这个时候哥哥不在家，也不知道他干吗去了。

可我刚走进哥哥的房间，妈妈的喊声就响起："木木，过来一下下，妈妈有话跟你说。"

我站在原处问："什么事啊？"

妈妈说："你过来先，我再说。"

我只好无奈地转身出了房，走到厨房里妈妈的身边："妈，你讲吧！想跟我说些什么？"

妈妈抬头若有所思地望了我一会儿，说："妈想问你个问题？"

"讲。"

"妈妈……"妈妈犹豫了一会儿，"妈妈想去找你爸爸。你支持吗？"

我愣了一下，不解地问："为……为什么去找他，找他做什么？"

"妈妈想……想把你爸爸拯救回来，拯救回到我们的身边。"妈妈很冷静

地说，“我们……我们这个家，不能没有他。你支持妈妈这样做吗？”

我看得出妈妈说这话是认真的，是做了很大决心的。可我觉得她这个想法很荒诞，我也不懂妈妈为何要这样子做？爸爸都在外头找人了，都那样子对她了，她却……

我望着她，愣怔了好久，心里满是惊讶和不解：“妈，你真的确定要这样子做吗？”

妈妈点点头，坚定地说：“确定。”

我问：“为……为什么？”

妈妈叹了口气：“你还小，好多东西你都不懂，等你长大点儿你就会明白妈妈为什么要这样子做了。”

我摇了摇头：“这跟年龄有关系吗？”

妈妈点点头：“有。你支持妈妈这样子做吗？”

我望着她，沉默片许，摇了摇头，却没有说话。

妈妈皱眉不解地说：“你为什么摇头，你不想要你爸爸，不想让他回到这个家了？”

我平静地说：“他伤得你那么深，做了那种对不起你，对不起这个家的事……我……”我没有说下去。

妈妈问：“你是不是很恨你爸爸？”

我沉默了一会儿，说：“你想听真话，还是假话？”

妈妈说：“当然是真话。”

我说：“我恨他。现在的他不配做我的爸爸，我心里的爸爸不是这样子的，他不会做出这种混账的事来。”

妈妈的眼睛突然莫名其妙地红了起来，眼眶内盈满了欲出的泪水。她把脸侧向了一边，抬手用手背擦拭了一下眼睛……

我伸手轻轻地拍了拍妈妈的背：“妈，你别这样子，是你叫我说真话的。”

妈妈扭头深沉地望着我，有点哽咽地低声说：“妈没有怪你。妈只想跟你说：不要去恨你爸。你爸他对你一向都很好，都很爱你……是人都会犯错，知错能改就好了。记住了，不要去恨你爸，知道吗？”

我没有点头，也没有摇头，只杵在原地定定地回望着她，心里满是矛盾和不解。

妈妈轻呼了口气，低沉地说：“这两天我想了很多，如果你爸爸他能够回心转意回到这个家，跟那个人撇清关系的话，我就当什么都没发生过，和他继续过下去，如果……”顿了一下，“没有如果了。”

我沉思默想了一会儿，傻傻地说：“妈，我爸那样子对你，你真的一点儿都不恨我爸吗？”

妈妈望着我，假笑了下：“如果妈说一点儿都不恨，那肯定是假的。可是有些事情我们得考虑很多很多东西，这次我选择妥协，不计较，主要是想挽救这个家，我不想因那个人的掺入，我们这个家就碎了，我不会让那个人得逞的。”妈妈红红的眼中莫名其妙地燃烧起了一股熊熊的烈火。

我说：“你们大人的世界太复杂了，我不懂。”

妈妈苦笑了下，说：“你长大点儿就懂了。你支持妈妈去找你爸爸吗？”

我望着妈妈，默想了下，摇了摇头：“不想你去。”

妈妈凝望着我：“为什么不想？”

我说：“你干吗要去找他，你让他自己回来不行吗？如果他真心想要这个家的话，你跟他说了，他会回来的。如果他不想要这个家，你去找他也是无用的。”

妈妈有点不敢置信地望着我：“谁教你说这些的？”

我无奈苦笑：“我又不是小孩了，再说这种事一想就懂了。难道我说的有什么不对吗？”

妈妈愣怔了会儿，摇了摇头：“不行，妈还是得亲自去一趟。无论你爸他想不想回家，我都要把他拽回来。”

“既然这样，也行，我支持你。不过我觉得还是让哥哥陪你一起去吧！”

“不用了，你哥哥在家陪你，再说他还要工作。”

“不用陪的，我一个人能自己照顾自己。”

“整天吃馒头，鸡蛋炒番茄？”

“我出去吃粉啊！”

“你倒想，可妈不放心你一个人在家。”

“人都是要长大，都是要独立的。妈，你就放心吧，我一个人在家会照顾好自己的。”

“说再多也没用，不行就是不行。”

我心想：“妈，我知道你不愿我一个人在家，所以我才那样子说的。其实我心里很害怕一个人在家啦！你想想看，一个人在家多孤单呀，连个说话的人都没有，那样会闷死的。说白了，脑残的人才愿意一个人待在家呢？不过，你儿子从来不脑残，呵呵……”

我说：“那好吧！妈，我觉得这件事，你等哥哥回来，还是跟他再好好商量商量吧，我小孩子一个，也不是很懂，所以……”

妈妈点点头：“妈妈知道了。得了，没什么了，你去做你的事吧！”

我没说什么，转身走出厨房，只是刚走出厨房没几步，妈妈的声音又响起了：“你等等。”

我无奈回身：“妈，又怎么了？”

妈妈望向我，迟疑了一下，问：“这……这几天来，你有接过你爸爸的电

话吗？”

我愣了一下，不知妈妈为何突然问这个问题，如实地摇了摇头：“没有。怎么了？”

妈妈说：“这么多天了，你不想跟他说说话吗？”

我假笑了下，说：“我觉得……觉得没什么话跟他说的。”

妈妈说：“他……他如果再打回来，你就接一下，看他有什么跟你说的，好吗？”

我很费解，但还是顺着妈妈的意，点了点头：“好的。”

“好了，去吧！对了，你的作业写完了吗？”

“还差一点儿，我回头就把它写了。”

妈妈点点头，没再说什么，重新埋头摘起剩下的枸杞……

其实这两天来，妈妈的情绪已有些好转，吃饭的时候她也意思意思般坐到桌边吃点东西了，不过食量还是少得可怜，问她为何不多吃点儿？她只回：“没胃口。”

10月28日　　星期日　　雨

烧焦了的排骨

大概半个钟头后，我正在哥哥的房间里关着门玩Q飞，突然哥哥那偌大的、急促的喊声就从房外传来：“什么东西烧焦了……妈，东西烧焦啦……”

妈妈偌大的、慌乱的声音：“快快快……关火关火……”

“妈，停！千万别倒水。”

“为什么？”

“没为什么，就是不能倒。”

在好奇心的驱使下，我Q飞都不玩了，倏然起身，就往门口冲去，冲到门前一把开了门，这时一股超呛鼻的烧焦味就扑面冲来，弄得我不得不抬手掩鼻前行，到厨房门口见哥哥和妈妈正杵在浓烟翻滚的厨房里呆呆地望着那个还在冒着浓烟的锅，就忍不住傻傻地问：“怎么回事啊？”

哥哥扭头瞪着我望，好像是我把菜烧焦了一个样：“你没长眼睛啊？”

我没搭理他，走进厨房，瞅了瞅冒着浓烟的锅里，见一块块已被烧得黑黑的、分不出是什么的东西，皱眉问：“妈，这煮的是什么呀，怎么都黑了？”

妈妈喃喃地说：“排骨。”

我惊愕地“啊”了一声，说：“还能吃吗？”

哥哥瞪着我说：“问的不是废话吗？没看见都快要烧成炭了？你要想吃，你待会自己拿去吃。”

我忍不住反抗：“哥，我没碍着你吧？你冲我发什么火啊？”

哥哥说：“你玩个电脑你关什么门啊？”

我拽拽地说：“我……我喜欢。”

“你……”哥哥气得半死，抬手指指我，怒瞪着我，欲冲我发火，可不知为何突然又莫名其妙地把火气压了回去，只有些不平和地说，“韩风，我告诉你，如果不是我正好这个时候回来，那就要出大事了，整个房子可能都要着火了。你说你长的是什么鼻子啊？那么刺鼻的烧焦味，你竟然没闻到？”

我说：“房门是关着，所以房间里没怎么闻到烧焦味的。”

哥哥说：“那你玩个电脑关什么门呀？差点弄出大事。”

我真的好想说：“哥，你今天是不是吃错药了，跟我发什么火呀？又不是我的错。”可想想，还是没这样说，服软般点了点头，说：“好吧，我知道错了，下回注意。”

哥哥凶巴巴地瞪着我，说：“你还想有下回啊？这一回还没够啊？”

我没有说话，望向旁边一脸沉郁的妈妈，期望着她说句话。

妈妈轻叹了口气，说：“好了，都别吵了，都是妈的错。妈不该去阳台外面站着。”

我有点不解有点好奇地问：“妈，你刚刚干吗了？”

妈妈回：“没干吗，就是站着站着就忘记在煮菜了。”

我“哦”了声，便沉默着，没有再说些什么。我心里晓得妈妈又是去想那乱七八糟的事儿了。这几天来，她常常都会陷入一种奇怪的发呆中，要大声叫她她才会反应过来。

妈妈又叹了口气：“这排骨可惜了。”

哥哥说：“没什么好可惜的，不就是几两排骨而已嘛！没了就没了，人没事就好。”

我附和：“就是，妈，你也别自责了，就几两排骨而已。再说不是还有枸杞蛋花汤吗？”

哥哥凶巴巴地瞪着我，那眼神好像要吃了我一样，我无奈地低下了头，其实我又不是故意的，心里满是惭愧和无奈。

此时妈妈望向我，微笑了下：“也罢，那妈妈待会再多炒几个蛋。”

哥哥说："妈，你还是去休息一下下吧，待会我来煮就得了。"

妈妈说："你都工作一天了，还是妈来煮吧！"

哥哥说："妈，我不累，你去休息吧！这些东西我会弄好的。木木，拉妈妈去休息！"

我说："哦。好的。"

妈妈没再说什么，解下围裙放下，走出了厨房……

后来在吃饭的时候，妈妈跟哥哥提起了想去找爸爸的事，哥哥反对，理由是妈妈没出过远门，且文化有限，不安全。哥哥还说他会尽可能地说服爸爸，让他回家，不再在那边做了，如果说服不了，他再请假陪妈妈一起去找爸爸，让妈妈先放宽心。他还说解决这一切要有个缓冲的时间，着急是解决不了问题的。

妈妈听后，既没有赞同，也没有否定，她只说容她再仔细考虑考虑。

我心里是赞同哥哥的想法的，原因很简单：一、我认为他的想法是正确的，且很理智；二、我认为妈妈的想法带有冲动性，缺少冷静的思考和分析；三、心急吃不了热豆腐，解决问题得需要时间。

我忽然发觉我这脑子太聪明了，既然一下子就罗列出这么多赞同的理由出来，而且那么有条理性，哈哈……我是不是太聪明了？我觉得是的。哈哈……

外面的雨依旧在嘀嗒地下，我有些犯困了，得睡了，明早还要早起去学校呢！

晚安！这是我对自己说的。

10月30日　星期二　晴

上天开的大玩笑

其实这个世界挺可爱的，总有那么一些神奇的、奇葩的事情会突然在你意想不到的地点、意想不到的时间里在你的身上发生着，让你惊讶不已……

今天早上阳光明媚，秋意盎然。我怀着平静的、还算美好的心情专心地上完了前三节课。在第四节预备铃响起时，同桌黄阳宇就笑嘻嘻地跑回了自己的桌位上坐下，然后把一张折叠好的小纸条丢到了跟前的桌面上，说："一个女生叫我转交给你的，打开看看吧，或许有什么大惊喜在里头哦！"

我愣了一下，然后眯眼望向他："女的？哪班的？叫什么？"

黄阳宇说："是女的，至于哪班的，叫什么，我就不知道了，没来得及问。不过那女生长得挺漂亮的。"

我苦笑："我没有问你她的长相好不？"

黄阳宇说："我知道你不好意思问，真的长得挺漂亮的，苗条的身段，一张精致的脸庞，一双明亮的眼睛，一……"

"停！"我苦笑打断道，"不用你描述得那么仔细，有机会我会自己看的。"

黄阳宇说："也罢。打开看看呗，看看里面写的是什么？"

我说："话说里面写什么，跟你有半毛钱关系吗？"

"切，好心关心你一下而已。"黄阳宇煞有介事地说，"据我初步猜测情书的可能最大。"

我推了一把他："去你的，不可能的事。"

黄阳宇阴阴一笑："万事皆有可能。话说偶尔也有一个长得美丽的女生向我传张里面写着些浓浓情话之类的纸条就好了，我会很高兴很高兴的。"

我苦笑："你就一神经病。"我开始神经兮兮地审视起桌面上的那张折叠好的小纸条，但却迟迟没有伸手去拿……

黄阳宇见到，笑说："我看你就是一个实打实的神经病。不就是一纸条嘛，有必要这样左看看右看看，都不敢拿起来打开看吗？"

我神经兮兮地问："你说这里头会藏着些什么猫腻呢？"

黄阳宇一脸正经地说："或许藏着一种神秘的毒药，你一触碰到就会立马七窍流血，一命呜呼，魂飞魄散，永世不得超生。"

我苦笑："你有必要那么配合吗？"

黄阳宇一脸正经地说："我都是在讲真心话。"

我无语般摇头，伸手去拿起那纸条小心翼翼地打开，这时黄阳宇就兴致盎然地好奇般凑了过来，想看。我一把推开了他：“个人隐私，外人免看。”

黄阳宇说：“不就是张纸条嘛，给看看有什么呢？难不成你真的自恋般认为是情书呀？”

我冲他奸笑：“一切皆有可能，所以不好意思了。”

他一脸不屑地说：“切，瞧你那嘚瑟样，不给看就不看呗，又不是说我没看过。”

我愣了下，指着他，说：“你……打开看过啦？”

他耸耸肩，笑说：“我可什么都没说哦。”

“希望你不会是那么龌龊的、随意偷看别人隐私的人。”我打开了纸条，见纸条上写着几行字，字写得挺秀气的：韩风同学，你好！我是初一四班的林一宛。或许你不认识我，但我认识你。我有点事找你帮忙，下第四节课，我会在我的教室门口等你，希望到时候能见到你！

文字的结尾是一个用笔画的可爱笑脸图案。

看完，我就愣住了，满心的茫然，我不知道这个叫林一宛的女生到底找我去帮啥忙？我跟她又不认识，可她为什么要“大费周章”地这样找我去帮她忙呢？要帮忙的那件事儿，到底是一件什么特别的事儿呀？

黄阳宇趁我不备，突然伸手过来一把将那纸条夺了过去：“我看一下。”

我没有急忙地去把纸条夺回来，也没有说话，任由他看，因我觉得那内容没什么见不得人的。

黄阳宇把纸条的内容看了一遍，或许觉得无趣，就把纸条丢回给了我，然后有点失望般说：“我还以为是哪个美女写给你的浓情蜜意的情书呢，没想到……唉，白让我替你高兴一场。”

我冲他笑笑：“你说我去，还是不去？”

他略想片许，摇摇头：“不懂，你自己看着办吧！”

我说：“如果是你，你会去吗？”

他说：“是我的话，肯定会去的。”

我说：“为什么？”

他突然咧嘴傻笑：“机会难得啊，还有那女的长得挺漂亮的。”

我苦笑摇头：“你这思想能纯点，不那么成熟吗？”

他说：“没办法，都是你带坏的。”

我说：“去你的，我的思想一向很单纯好不？”

他说：“这话或许只有你自个相信，反正我不信。”

我苦笑无语，这时政治老师匆匆忙忙地走进了教室……

转眼间，一节课过去了，可是我心里很是茫然，还有纠结，不知道去还是不去。这时黄阳宇就神经兮兮地凑过来说：“嘿，你还真不去找那个女的呀？人家可在教室门口等你哦！”

我冲他笑笑：“陪我一起去呗！”

他摇摇头：“没空。”

我说：“你说她找我干什么呢？”

他说：“纸条上不是写得一清二楚找你帮忙做事么？”

我说：“你说会是什么事呢？”

他咧嘴傻笑：“我突然发觉你这人有时候挺傻的，你去了不就什么都知道了吗？”

我假笑了一下：“呵呵，没你蠢。”话毕，我就站起身往教室外走去。这个时候的我已决定去赴约，找她，看她有啥事要找我帮忙的，因我觉得既然她通过这种别样的方式召唤我，那我于情于理也应该去赴这个约，这是做人最基本的礼貌。嘿嘿，主要是我觉得她不会对我产生什么生命威胁啦！

我快走到四班前门时，一个扎着马尾的，身材苗条的，身高与我差不多的，长得挺好看的，似曾相识的女生就微笑着向我走来：“韩风同学，你好啊！”

我疑惑地望着她：“你是……”

她微笑说：“我就是林一宛，非常感谢你能来！”

“我们认识吗？”

“我认识你，或许你不认识我。”

“你等等。”我望着她见她老眼熟，“我们应该见过好多次面，只是我不知道你就叫林一宛。”

林一宛微笑：“你的记忆力真好。呵呵，现在知道也不迟啊！很高兴认识你！”

我回笑了下：“也很高兴认识你。说吧，找我有什么事？”

林一宛说：“你先跟我走。”

我没有走，不解地问：“去哪儿？”

林一宛抿嘴嘿笑着说：“你跟着就是了，有事。”

我依旧没有走：“我知道你有事，可什么事你先说啊！”其实我心里在嘀咕：“美女，我跟你很熟吗？你叫我去干吗就去干吗啊？那不是太没有面子了。”

林一宛说：“你跟我走就是，上三楼，上去再跟你说。”

我愣住：“三楼？”

林一宛点点头：“嗯。得啦，走吧！你一个大男生怎么这么磨叽呀？”

“我……”我苦笑，“那好吧，走吧！”

林一宛含笑着，没再说话，走在我前头领着路……

我无声地跟着她上到了三楼，然后又无声地跟着她绕着无人的走廊走了一会儿，我驻足，忍不住道：“林一宛同学，你等等。”

林一宛驻足回望着我：“怎么了？”

我说：“话说你叫我上来陪你逛走廊的呀？”

林一宛微微一笑：“你说话好幽默哦！”

我说：“一般般。说吧，到底有什么事？”

林一宛抿着嘴，含笑地眨巴着明亮的眼睛怔怔地望着我，却很久都不说一句话。

我被她柔柔的，又略带炙热的目光望得浑身不自在，我说：“你……你不要这样子看着我，好不好？弄得我浑身都起鸡皮疙瘩了，瘆人！”

她竟然突然微笑地来了一句：“你好帅哦！”

我差点没昏厥，忍不住苦笑说：“其实你也很漂亮啦！说吧，有什么事？”

“我……”她欲言又止，又含笑地眨巴着明亮的眼睛怔怔地望着我，沉默了起来。

我苦笑：“拜托你不要再这样子看着我了，你讲句话好吗？不然我走了。”

“别走，我马上说。”她突然闭起了眼睛，深深地吸了口气，然后重重地呼了出来，样子好夸张，就好像那些准备去干什么大事的，且异常紧张的人用这种方法解压，调整情绪，放松心情一个样儿。

当时我就在心里不安地嘀咕：“难道她准备要跟我说些什么爆炸性的东西吗？难道是向我表白吗？如果是，她选的这个地方也太那个什么了吧？这可是我曾经被一个女生拒绝过的楼层，话说这可是个伤感的地方呢！难道上天真的要跟我开一个可爱的玩笑吗？美女，你可千万千万不要向我表白呀？我……”

林一宛突然深情地望着我，说：“韩风，我喜欢你，做我男朋友好吗？”一双期待的小眼神。

在那一刻，我惊讶了，我愣住了，我夸张地睁大双眼望着她，良久后才小声傻傻地嘀咕：“还真是向我表白啊？老天爷你也太会跟我开玩笑了吧？”

林一宛皱了下眉头，问：“你在说什么啊？讲大声点，好吗？我听不到。”

我用力地咽了口口水，有点吞吐地回：“没……没什么。”

林一宛真诚地望着我，问：“那你愿意做我男朋友吗？”

“啊？这个……这个……”我一时间脑子一片混乱，不知道该怎么回她。接受嘛，太仓促了，对她一点儿了解都没有；立马拒绝嘛，太神速了，或许会深深地戳痛她的心，主要是她长得挺漂亮，挺可爱的，成不了恋人，应该还可以成为朋友吧？

我这想法是不是太龌龊，太不单纯了点儿？我觉得也挺龌龊，挺不单纯的，呵呵……

她说：“其实我从第一眼见到你，我就喜欢上你了。你……你愿不愿意给句痛快话吧！”

我又一次愣住了，心想这话说得够爽快的，我就喜欢和这种爽快的、快节奏的人打交道。我略想了下，说：“我……我能说……”

还未待我说出下一个字，她就突然打断了我：“等等，你不用那么急着回答我的，等你考虑清楚了再回我，也不迟。我对你非常有耐心。”

我愣了一下，假笑说：“我正有此意。”

她微微笑了笑：“那就好，那等你考虑清楚了再回答我吧，我会耐心地等你的答复的。”

我假笑地点了点头，没说什么话。

她又说：“我这次月考成绩，全班第四，且我知道你的这次月考成绩在你们班排名第九，语文成绩全班第一，英语最差，才排……我的英语还好，考了114 分。如果……如果我们能在一起的话，我乐意帮你补习，共同进步。当然不能在一起的话，作为同学的我也很乐意帮你补习，共同进步啦……你放心，我是一个很懂事、很明事理的女生，如果你能让我做你女朋友的话，我相信我会成为一个很好很好的女朋友的。”

我愣住了，定定地注视着她，心里想：“美女，你这话好感人哦，我都快要被感动到落泪了。我就快要忍不住答应你，让你做我女朋友了。你知道吗？我好想问你：你这话是从网上哪儿看到借鉴的？”

她满怀深情地望着我，突然又来一句：“你好帅！”

我无语苦笑完，讲句实话还从没遇到过有一位女生这么接二连三地夸我帅的呢，我知道我很帅，可……可总夸，弄得我都有点不好意思了。我还真有那么点想问：美女难道你向我表白只是因为我帅吗？如果长得丑一点儿，你是不是就不会这么深情地表白了？我认为这答案是肯定的：是的，不会。

她又来一句：“你真的好帅！”依旧是深情地望着我。

我无奈般苦笑说：“谢谢！我……我见你挺关注我的。”

“那是当然，自从我喜欢上你后，我就开始关注你了。”

“哦。这样的。”

随后我们相对沉默了十来秒，她有些害羞地说：“那……那没什么了，我……我先走了。记住我在等你的答案哦！”

我傻傻地点点头：“好的。”

她冲我笑笑，没再说什么，抬步就走开了……

我望着她消失的背影，心里不由得又想起了那曾经的自己被叶雨萌拒绝的点点滴滴，心里颇多感慨，不过没再有痛，没再有难受，有的只是淡然和平静。

上课的铃声突然响起了，我轻呼了口气，自娱般笑了笑，便抬步走了起来……

这事情不奇葩，不神奇，但是这表白的地点也太奇葩，太神奇了，是让我始料未及的。

下午第三节课的时候林一宛又托人转交给了我一张纸条。纸条上写了她的手机号码和QQ号码，说她今早走得匆忙忘记告诉我了，还叫我有空加她Q，还在最后附上一句浓情蜜意的话语：韩风同学，记住我在等你答复哦！

对此，我无言。话说我现在还没有谈恋爱的冲动，对她也没产生那种爱的感觉。讲句实话：和她交朋友是可以的，至于谈恋爱嘛，让一切顺其自然吧！

10月31日　　星期三　　阴

偷窃贼

今天班里发生了一件大事，一件让人意想不到的大事，这让我，不，是让我们认清了一个人的真面目，一个人的丑恶嘴脸……

下午第三节自习课一上课，班主任就板着张臭脸，气冲冲地走进了教室，那样子看上去像谁欠了他几百万似的，特吓人。他走到讲台前站住，然后无声地放眼扫望起教室来，那目光像把犀利的小刀一样掠过每个人的脸庞，恍若谁都跟他有深仇大恨似的。

这个时候的教室是鸦雀无声的，气氛超压抑。想必在那一刻大伙的心情跟我的差不多，是忐忑不安的，或许还会跟我一样在心里嘀咕：班主任今天是不是嗑枪药了？这么反常。不会是在家跟女朋友吵架了吧？这么凶神恶煞的，太恐怖了……

班主任突然把手上的一本书往讲台桌面上一拍，“砰”地一声响起，同时伴随响起的是几个胆小的同学夸张的惊慌尖叫声。坐在我右前方的陈茜茜甚至夸张地把双手交搭在了胸前，简直是夸张到爆了，要不是有班主任在，我肯定问她：茜茜，你能不那么夸张吗？

“我现在很生气，是特别特别地生气。”班主任生气地大声道，“你们知道我为什么生气吗？”同时两眼凶恶地瞪着我们，等待着我们说话。

教室里鸦雀无声。每个人都正襟危坐着，怕不经意之间自己做错了一个动作或说错一句话，被拿来开涮。

班主任又生气地大声道："我们班出了一个坏人，一个大坏人，一个无耻的盗窃贼。"

大伙面面相觑，随即各种嘀咕声响起："谁呀？""是谁呀？""是哪个呀？"……

班主任大呼了口气，语气平缓了一些些："是谁？现在主动站起来。"

教室内立马一阵小骚动，大伙开始你看看我，我看看你，表情都很怪异，但很久都没一个人站起来。

班主任说："我告诉你们，我现在已经知道是你们其中的哪一个了。是谁？主动站起来。我现在给你一个承认错误的机会……是谁？主动站起来。"

大伙依然是你看看我，我看看你，表情都很怪异，但很久后，依旧是没一个人站起。

班主任冰冷的目光突然莫名其妙地定格在了我的脸上，喊道："韩风。"

同学们怪异的目光瞬间齐刷刷地聚焦到了我的身上，望得我浑身都起了鸡皮疙瘩，恍若我就是那个干偷鸡摸狗勾当的贼似的。我一头雾水，心里还有点小慌乱："诶，怎……怎么啦，班主任？"

班主任来了句："你知道是谁吗？"

我愣了一下，傻笑回："班主任你问得好奇怪哦，我……我怎么会知道是谁呢？"

班主任沉声问："真的吗？"

我点点头："绝对不假。"语气超级坚定。

班主任说："不知道就好。那有谁知道是谁吗？"

没有回应。其实我超想说："班主任你直接指出来是谁，然后劈头盖脸地对他/她一阵臭骂不就得了，这样绕着圈子问来问去，有意思吗？纯属浪费时间，还搞得人心惶惶的。"

"秦学汉，我们的假班长，你知道是谁吗？"班主任冰冷、犀利的目光定格在了微低着头玩着笔盖的秦学汉身上。

大伙怪异的目光瞬间便齐刷刷地聚焦到了秦学汉身上。

秦学汉恍若没听到班主任说的话似的，一点回应都没有，就连头都没抬一下下。

班主任提高了声音："秦学汉，你给我站起来。"

秦学汉愣了一下，然后听话地站了起来。

班主任说："你在想什么？"

秦学汉一脸茫然地回："报告班主任，想……想道数学题。怎……怎么了？"

班主任咧嘴冰冷一笑："好学生哦！"

秦学汉说："还不够好，还得继续努力。"

班主任问：“你知道哪个是贼吗？”

秦学汉一脸茫然地摇摇头：“不知道。你……你们一个个也别用这种眼神看着我，好像我就是那个贼似的。”

班主任问：“你真的不知道吗？”

秦学汉一脸无辜地回：“班主任，我……我又不是百事通，怎么会知道呢？”

班主任突然加重了语气：“你真的不知道吗？”双眼目不转睛地盯着秦学汉看，目光特犀利，像要把他看穿刺透一般。

秦学汉用力地摇了下头，斩钉截铁地回：“真的不知道。”

班主任盯望了他几秒，突然莫名其妙地咧嘴一笑，说：“好，很好！坐下吧！”

秦学汉随即坐下。

“好了，我就不先追问是谁了。”班主任往黑板左边角落的多媒体那儿走去，“现在我放段很有意思的录像给大伙看看，娱乐娱乐。看录像的时候大伙记得睁大你们的眼睛，顺便在上面找一下茬。”

黑板左上方的投影布被放下……

这时候不知道大伙心里在想些什么，反正我心里挺茫然、挺矛盾的，觉得班主任今天都快成“百变金刚”了，喜怒无常的，说的话很多都是莫名其妙的，弄得别人琢磨不透他的心里到底在想些什么。

录像在投影布上一播放，秦学汉那清晰的身影就出现在了我们的视野里，他慌慌张张、东张西望地从我们这栋教学楼的二楼的厕所门口走出来，这时候班主任突然暂停了录像，说：“大家都看到录像左上角标的时间了吗？是10月30日下午六点十分，这个时候离我们初中部的放学多久了？足足二十五分钟了。秦学汉，你那时候怎么还不回家，怎么刚从厕所出来呀？”

大伙迷糊不解地望着秦学汉，等待着他回答。

秦学汉支吾了一下，说：“报告班主任，我昨……昨天下午肚子不舒服，拉稀了。”

一阵笑声响起。

班主任恍然大悟的样子：“哦，原来是这样的。那现在好点了吗？”

秦学汉点点头：“好了，都好了。”

班主任莫名其妙地咧嘴一笑：“好了，大家继续看录像。一定要睁大你们的眼睛呀！”

录像继续播放：秦学汉一溜烟跑上了三楼，走到三楼的男厕所门口停下，神情慌张地东张西望了一会儿，随即就把头探进了男厕所里……几秒后，他把头缩了回来，在原处又神情慌张地东张西望了一会儿，然后他就莫名其妙神经兮兮地对着空气咧嘴笑了笑，笑容有点得意，有点阴险，有点邪恶。接着他突然撩起衣服，从背后掏出一把羊角锤和一把一字螺丝刀，随手在空气中晃了晃，再接着就鬼鬼祟祟地走进了厕所，消失在了我们的视野里……

这时候的很多人（包括我）都表情错愕地望向了不知何时低下了头的秦学汉，杂言碎语随即响起：“他在干吗？”“他拿着把羊角锤，好酷哦！”“难道是他要偷东西么？”“不可能，厕所里有什么东西好偷的？”“难道他是拿着那把羊角锤去拉稀？”“他刚刚的笑容好邪恶哦！”……

班主任沉声说：“好了，大家安静点儿，别吵了，继续看录像，精彩的还没开始呢！”

一片安静！

班主任把录像瞬间快进一些，消失在录像中的秦学汉又重新出现在了我们的的视野里，这时他的手里莫名其妙地多出了一个不知装着些什么的，有点干瘪的黑色袋子。他在男厕门口那儿站着，又神情慌张地东张西望了一下，接着一个转身就走进了旁边的女生厕所，重新消失在了我们的视野里……

各种杂言碎语又响起：“他到底想干吗？”“班长你怎么能这么龌龊呢？”“他好变态哦，竟然进女生厕所，哎呀……”“他手里拿的那个袋子里装的是什么呀？”“咦……他怎么能有这恶心的嗜好呢？”……

班主任沉声说：“不要吵了，先安静地看完。”

又是一片安静！

班主任随即又把录像快进了一些，这时刚刚消失在录像中的秦学汉又重新地出现在了我们的视野中，他鬼鬼祟祟地从女厕所里走了出来，手里拎的那个黑色袋子莫名其妙地鼓胀了一点儿，那羊角锤和螺丝刀依旧握在他手中。他在女厕所门口那儿又神情慌张地东张西望了一下，然后就径直地往走廊的一头走去……录像的画面一下子切换到了隔离B栋三楼的男厕所门口，人物依然是秦学汉独自一人，他站在男厕门口那儿像前面一个样，神情慌张地东张西望了一下，然后就一头钻进了男厕所里，一会出来后又进入旁边的女生厕所……随后画面切到A栋三楼男女厕所那儿，他干的事情几乎跟前面干的如出一辙，先站在厕所门口那儿神情慌张地四周张望一下，然后进出厕所。后面的依旧……不过，令人费解和感到奇怪的是他进出每间厕所的时间都会相应变少些，还有他每进一间厕所出来后，手里拎的黑色袋子都会相应鼓胀不少。待录像的最后他从D栋四楼的女厕出来时，那黑色袋子已是鼓胀胀的一大袋东西了。

投影布上的画面最后定格在秦学汉拎着一大袋鼓胀胀的东西走出D栋四楼的女厕门口往最近的楼道口奔走的那一刻，从画面中可以依稀地看见他满脸得意的笑容。

班主任走回了讲台前，环望了一眼教室，然后沉沉地呼了口气，问：“录像跳着看完了，这录像好看吗？”

我们几乎是异口同声回：“好看。”

班主任问：“精彩吗？”

我们又几乎是异口同声回：“精彩。”

班主任说：“在这录像中你们发现有什么地方令你们疑惑不解或想就此说些什么的，现在我给你们几分钟时间，自由发表言论，现在开始。”

教室内先是安静了几秒，随后就骚动了起来，说什么的都有，乱七八糟的，如“他进进出出那么多个厕所到底干吗呀？方便也不用换着厕所上吧？”“他手里拿的那袋子里装的是什么呀？怎么越来越大呀？”“这是他本人吗？怎么一点儿都不像他？”“是他偷东西吗？可厕所里有什么东西好偷的呀？”“进厕所，拿着螺丝刀和羊角锤，他是变态么？”……

几分钟后，班主任平伸出右手，往下压了压，说：“好了，时间到了，大家安静吧！”

骚动的教室很快就安静了下来。

“秦学汉起来讲讲吧！”班主任望向不知何时埋头趴在桌子上的秦学汉，“大家都很急切地想知道，你拿着把羊角锤和螺丝刀到三楼四楼的每个厕所里去干吗？还有你手里拎的那一大袋东西是什么？”

秦学汉没有半点回应，继续一动不动地埋头趴在桌子上，恍若他没有听到班主任的问话似的。

“报告班主任，他睡着了。”秦学汉的同桌许信（许信，海拔一米七，有点偏瘦，左边眼角处长着一颗红豆大的黑痣，很有标志性……）大声说，“要我叫他起来吗？”

班主任反问：“这种事情还用问吗？”

许信咧嘴傻笑：“还是问问比较好的。”话毕抬手拍了一下秦学汉的肩膀，轻声说：“嘿，起来啦！班主任有话问你。”

秦学汉没半点反应。

许信突然抬手一拍桌子，大声吼道：“醒啦！班主任叫你。”

他这发癫式的举措把班里的好几个胆小的女生和男生吓得“呀”的一声尖叫……

秦学汉支吾了一下，一副睡意蒙胧的模样抬起了头，懒懒地说：“谁啊？那么大声，发癫啊？”

许信说：“我，你同桌，班主任喊我叫你。”

秦学汉愣了一下：“哦，这样的。班主任，有什么事啊？”人依旧坐着。

班主任没望他一眼，只望着许信咧嘴怪怪地笑了笑：“许信，放学后拿上你的语文课本到我办公室来读 20 分钟的书给我听。”

许信愕然，半开着嘴，睁大着双眼望着班主任：“为……为什么啊？”

班主任说："刚才谁允许你吼那么大声的？你不知道这是在上课吗？"

许信说："不……不是班主任你让我叫秦学汉同学起来吗？"

班主任说："可是我没有允许你吼那么大声呀！"

许信苦笑不得："呵，班主任你……你能不这么对我吗？"

班主任面无表情地说："是不是还想更久点？"

许信低垂下头，一脸的无奈："算了吧，我照做就是了。"

班主任没再搭理他，目光投向依然坐着的秦学汉："秦学汉起来说说看吧，怎么回事？"

秦学汉一副不知所云的模样儿，站起："什……什么怎么回事？"

班主任咧嘴冷冷一笑："你拿着把羊角锤和把螺丝刀到各厕所去干吗？还有你手里拎的那袋东西是什么？"

秦学汉愣了一会儿，低声吞吐般回："没……没什么啊！就……就是想看看各……各厕所里面的环境怎……怎么样而已。"

班主任说："那你拎的那袋是什么东西？"

秦学汉又低声吞吐般回答："就……就一袋垃圾而已啦！"

班主任说："你进厕所捡垃圾的啊？"

秦学汉说："哦。是的。"

班主任突然用力一拍桌子，生气地大声道："秦学汉……秦学汉你……你到现在了你还编？你认为全世界只有你最聪明，别人都是傻子是吗？我……我看你就是一个傻子，一个大傻子。好事不干，你却去干那些偷鸡摸狗的蠢事。亏……亏我和同学们那么信任你，选你当班长。你……你现在的行为对得起我们对你的这份信任吗？对得起你这个班长的称呼吗？啊？你当上班长时说的那些慷慨激昂的话，都是假话啊？啊？"班主任的情绪很激动，是特别特别的激动，那冒火般的目光，那扭曲的表情无不诠释着一种可怕的信息：去把秦学汉撕了或一口吃了，泄愤。

我们惊讶的目光开始在班主任和秦学汉间来回游荡……

秦学汉一声不吭地微低着头。

班主任以命令的口气道："立即把头给我抬起来。"

秦学汉照做，抬起了头，紧咬着下唇，一声不吭地站着。

班主任用力吹了口气，缓了下情绪，说："我现在问你，你拿着把羊角锤和螺丝刀把厕所里的每一个便池小间的门锁、挂钩都撬走，做什么？"

我们惊愕地望向秦学汉，等待着他回答。

秦学汉支吾了一下，以一种怪轻松的腔调说："我……我就是一时手痒啦！"

班主任假笑了两声，随即脸突然一变，怒气冲冲地吼："给我讲实话。"

秦学汉乖乖地“哦”了声，然后认真说：“我以为那些很多是真铜做的，能卖很多钱。”

班主任说：“你这智商，太……真的是太高了，太高了。”

秦学汉说：“谢谢夸奖，其实就一般般而已啦！

“就你这种智商，还有脸说一般般，不觉得丢脸吗？”

“我……”

“我什么我？我问你，你卖了那一大袋东西得多少钱？”

秦学汉回：“四块五。”

班主任惊讶的“啊”了一声，说：“拿去哪里卖的？”

秦学汉回：“收废旧品的杂货店。”

班主任说：“那么那些钱呢，现在？”

秦学汉说：“买冰淇淋和辣条都用光了。”

班主任说：“你就为了这四块五，就干出这种偷鸡摸狗的蠢事，让自己背上一个贼的坏名？”

秦学汉摇摇头说：“不是的，我以为卖了得几十块钱，可以充值点卡的，可没想到才得四块五。”

同学们在暗地里都笑，班主任没有笑，板着脸盯望着秦学汉，没说话。

秦学汉一脸正经地说：“你们别笑，我说的都是真的。”

班主任板着脸说：“都给我安静，别笑了，有什么好笑的。”

同学们不敢再笑，都生怕被班主任训斥。

班主任望着秦学汉问：“那游戏很好玩吗？”

秦学汉点点头：“还可以。”

班主任说：“回答得不虚假。你现在认识到错误了没有？”

秦学汉点点头：“认识到了。其实是我爸不愿给我钱，我才去偷的。”

班主任严肃地盯着他望了几秒，才说：“这是理由？”

秦学汉回：“算不上，但也确实是。”

“你……”班主任气急，欲言又止，深呼吸平复了一下激动的情绪，又说，“照你这么说，很多玩游戏的同学，想充点卡时，家人没给钱，就可以去偷了是吗？是不是？”

秦学汉抿着嘴，一声不吭地站着。

班主任说：“怎么不说了？说啊，继续找理由啊？”

秦学汉继续抿着嘴，一声不吭地站着。

班主任说：“都到这个时候了，你竟然还没认识到事情的错误性，还去找理由，你可真是让我大开眼界了，你可真是我的好学生……今晚回去写一千字的检讨，明早上早读前交给我。”

秦学汉愣了一下，皱把起脸："这么多啊？"

班主任面无表情地说："那写两千。"

秦学汉说："不多，一千一点都不多，我写。"

班主任盯望了他几秒，语气有些平和地说："一、被你撬走损坏的那些东西，待学校统计出来，该赔多少就赔多少，让你家人拿钱来；二、从这一刻起，撤去你班长的职务，你不再是这个班的班长，是真真正正的假班长了。"

我们愕然，秦学汉也很愕然，他傻傻地说："一我无话可说，可二为……为什么呀？"

班主任一脸严肃地说："自己想去。"

秦学汉说："班主任您先不要撤我，行吗？您……您也可以贬我做回个代理的，我不介意的。"

班主任面无表情地说："你现在已没了那种资格，如果我给你继续当，你把同学们带坏了怎么办？"

秦学汉有点哀求地说："不会的，我会改好的，希望您给我个机会。"

班主任依然面无表情地说："机会我已经给过了，同学们也给过你了，是你自己不懂得珍惜。"

"班主任我会改的，我真的会改的。您就再给我一次机会吧？"秦学汉目光在大伙的脸上游离，饱含情感地哀求，"同学们……同学们再给我一次机会吧？"

教室一片安静，大伙各异的目光在他的脸上停留片许后，都很有默契般相续地聚焦到了班主任的身上，等待着看他怎么说。

班主任望着秦学汉，静想了几秒，面无表情地沉声道："早知如此，何必当初。我问你：你在偷东西的时候，你有想过你是班长吗？你有考虑过后果吗？你知不知道你做出这样的事情来，我们班的脸都给你丢尽了？你现在还好意思叫我，叫大家给你一次机会，有可能吗？我告诉你，也告诉在座的各位，做错了事，就必须得接受惩罚。还有，机会往往就只有一次，错过了，就没了，所以要学会珍惜每一次机会，不要轻易地去浪费机会，免得后悔莫及。"

秦学汉愣了一会儿，有点傻乎乎地问："那……那谁来当这个班长？"

班主任回："我当。从此以后我既当你们的班主任，也当你们的班长。有谁有意见吗？"

我们面面相觑。

秦学汉说："报告班主任，你觉得这样子真的好吗？"

班主任说："挺好的。"

秦学汉说："班长不是一定要在学生中产生的吗？"他这话傻子都听得出他依旧是想当回班长。话说，他脸皮可真够厚的，班主任都说得那么明了了，

可他还是不死心。真想不通班长这个职务为何能让他如此着迷，着迷到都犯痴了。

班主任说：“我说不一定，可以吗？”

秦学汉“哦”了一声，不再说话。

班主任又说：“还有谁有意见吗？”

没有任何回音。

班主任又说：“其实你们有意见也没用，这个班长我当定了。以后让我来引领你们走向光明的前方，好吗？”

“好！”大家回应这“好”字的声音很杂乱，且有点低沉。

班主任大声说：“到底好不好？大声点。”

这下大家异口同声地大声回：“好！”

这时班主任那板了半天的脸，终于露出了一丝怪怪的微笑……

其实从班主任播放录像的那一刻开始，我的心里就有一种羞愧感和自责感。这跟秦学汉没有半毛钱关系，而是因我想到了前些天我在三楼向叶雨萌表白，还流下了眼泪和昨天林一宛在三楼向我表白的事儿。我本以为这些事儿只有我们当事者知和天知地知而已，可却想不到还有监视器帮我们全程录像……话说我以前怎么没发觉我自己这么蠢，这么脑残，这么神经呢？监视器那坨东西那么大，我竟然没发觉，把它忽视去，还“得意扬扬”地自认为那地方有多安全，多么神秘。不过也多亏了自己没做出什么出格的事儿来，要不然就有好戏看了。

有秦学汉这鲜活例子作为提示，以后自己干什么事情可得变聪明点儿，把事情尽可能地考虑得全面点儿，以免犯些愚蠢的、低级的错误。

10月31日　　星期三　　阴

他不愿回家

才“平静”几天的妈妈，今晚又和爸爸在电话上大吵了一架，弄得“安宁”没几天的家，又阴雨密布了起来，气氛很压抑。

吵架的起因是因爸爸他不愿回家，理由是他那边工作太忙，分不开身。可妈妈认为他那理由是捏造的，是为留在那边跟那个女人风花雪月，过二人世界，不想要这个家了的借口。在他们大吵的最后，妈妈哭着给爸爸抛下了一句话：“限你五天内回来，不然我们就离婚，我没法再和你生活在一起了。”

我曾经在脑子里想过爸妈如果走到离婚这一步，我该怎么办？是不会伤痛，不会难受，很坦然地接受，然后平静地生活？还是会伤心，会撕心裂肺地痛，会想方设法地阻止他们离婚，不让这个家支离破碎，尽可能地让这个家像以前一样和和睦睦、团团圆圆的？答案是前者：不会伤痛，不会难受，很坦然地接受，然后平静地生活。

可在听到妈妈说出那句话，提到离婚的那一刻，我的心却不受控制地钝痛和难受了起来。我才恍然发觉原来自己根本无法做到在他们走到离婚那一步时，自己不会伤痛，不会难受，很坦然地接受，然后平静地生活。我不想再自欺欺人地欺骗自己，其实自己心底特别害怕他们离婚，害怕过那种父母天各一方的单亲孩子的生活，害怕过那种“畸形”的，缺少温暖的生活。话说他们要是真离了婚，我肯定会心裂、心碎的。

妈妈和爸爸大吵完后，就哭着把自己锁在了自己的房间里，不让我和哥哥去打扰。一个多钟头后，妈妈才打开门叫我进她房间陪她说几句话。

我听话地走进了她的房间，见到她一副痛哭后的伤心憔悴的模样，我就对她说了一些安慰的话语，比如叫她别想那么多呀，爸爸他肯定会回来的呀，要想挽回爸爸那颗冰冷的心得想法子呀，爸爸内心深处还是要家的呀……

待我把安慰的话语对她说完，她就有些宽心地抬手摸了摸我的脸庞，然后操着沙哑的声音说：“你说的话真暖妈妈的心，妈妈最爱听你说话了。”

我望着她没有说话……

妈妈轻呼了口气，说：“你刚才听到我跟你爸爸说那些话了吗？”

我点点头：“听到了。如果五天内我爸不回来，你真的要跟他离婚吗？”

妈妈咧嘴假笑了一下，笑容很僵硬：“你放心吧，妈妈是不会跟你爸爸离婚的。刚才妈妈说的都是气头上的话，你不要把它放心里，知道吗？

我点点头：“哦，知道了。”

“知道就好。”

“妈，我永远支持你。你一定不要和我爸爸离婚，就像哥哥说的，你就这样子离了，会正顺了那个女人的意，让那个女人得逞的。到那时我就真真的得有小妈了。”

妈妈点了点头：“放心吧，妈不会的。妈妈是不会让那个女人踏进我们这个家的。妈妈会维护好我们这个家的。”

我说：“妈妈，你这样想就对了。我永远站在你这一边，支持你。”

妈妈有点宽慰地点点头：“好。你相信妈妈吗？”

我懵然：“相信，但相信什么呀？”

妈妈说：“相信妈妈会处理好与你爸爸之间的事情。”

我望着妈妈愣了半晌，心里却有些不太愿意相信，因妈妈身处这潭浊水中，很多时候都是无法冷静，身不由己的，但嘴上我却不得不为了顺妈妈的意，宽妈妈的心，违心说：“相信。”

妈妈宽慰地望了我几秒，说：“那就答应妈妈不要想太多，把心思都放到学习上去，好吗？”

我愣了下，点点头，违心地说：“嗯，好的。”

妈妈抬手摸摸我的脸庞，宽慰地淡笑了下：“真乖。”

其实从妈妈叫我进来陪她说说话开始，我心里就猜测得到妈妈会对我说这些话，安慰我，叫我别想那么多之类的，这不是我聪明，而是她每次都是这样子。有时我还挺想对她说：“妈，你别再叫我不要想那么多了，没用的，我做不到，我是人，不是神。”

只是这话每到嘴边，就卡住说不出口了，我担心伤了妈妈的心。

真希望那浑蛋爸爸能快点儿回家，免得妈妈一时冲动就奔去那边找他去了。我为啥会这样说，因这几天来，妈妈已多次提到要去找那浑蛋爸爸，找那个女人算账了。

11月1日　　星期四　　晴

批　斗

早上早读还没下课，我就被通知去了播音室，去到播音室后蒋老师就把一份主持稿交到我手上，说今天课间操的主持内容要多添加几项，回去把这些内容记熟。我边应许，边看了一下主持稿上的内容，见有一项新增的内容是有请副校长、政教处主任熊吉老师上台讲话。这让我有点迷糊，因我想不明白为啥在课间操这简短的时间里让一个以前从未上过升旗台讲过话的政教处主任熊吉老师上台讲话。

蒋老师或许见我杵着没走，就问：“你还有什么问题吗？”

我愣了一下，摇摇头：“没……没有了。对了，蒋老师，雄鸡，不，是熊吉老师是什么时候升为副校长的？”——以前我只听说他当政教处主任，可没听说过他当副校长。

蒋老师皱起了眉头："对这个，你很感兴趣？"

我假笑了下，说："不是啦，随口问问而已。"

蒋老师竟然来了句："不感兴趣就算了。"

我无语地"哦"了声。

蒋老师又说："你心里是不是还在想：课间操那么短的时间为什么要请个政教处主任上台讲话呀？太神奇了。"

我心里惊叹："蒋老师，你会读心术么？这你也猜得出。"不过我没有把这话说出，而是摇了摇头，说："不敢想，也不会去想，因那不是我的工作范畴。"

蒋老师看了我几秒，然后怪怪地点了点头："不错，觉悟很深刻，作为一名主持人，就应该要具备这样的特质。"

我微笑："谢谢蒋老师的夸奖。"

蒋老师微笑了一下，说："其实这都是因你们班的一个同学偷了东西，犯了错引起的，所以……"

我"哦"了声，没说话。

蒋老师说："你不好奇是你们班的哪个同学吗？"

我说："不好奇，因为我知道了。"

蒋老师愣了一下，说："看来你消息挺灵通的。"

我说："不是的，是我们班主任昨天下午给我们看了他偷东西的录像。"

蒋老师有点惊讶地问："你们班主任真的那样子做了？"

我点点头："千真万确。"

蒋老师莫名其妙地笑了："不错。"

我听不懂她在说些什么，我问："什……什么不错啊？"

蒋老师回："没什么，那你看了那录像有什么感受？"

我略想了一下，说："天网恢恢，疏而不漏。在某一个你意想不到的地方，永远有那一双神秘的眼睛在盯着你望，所以别干坏事。"

蒋老师盯望了我几秒，然后莫名其妙地咧嘴笑了，她说："这感受挺深刻的，很好，所以以后不要去干坏事啊！"

我点点头："知道了老师，我会的。"

蒋老师点点头："嗯，那就好。得了，回去吧！"

我"哦"了一声，没再说什么，走出了播音室……

第一节课没上课，秦学汉就被请去政教处"喝茶"了，他这一去，随后的两节课就不再见到他的身影，直到第二节下课后的课间操前我才在足球场的升旗台边见到他，他冲我笑了笑，说："怎么最近都不见那个美女跟你主持啦？"

这话问得有些莫名其妙的，我回笑说："她很忙。政教处的茶好喝吗？"

他笑回："有机会你去喝喝就知道了。"

我笑说：“有机会一定的啦！”

他说：“不过这机会是要自己创造的，要我教教你吗？”

我说：“不用啦，你那些方法都太烂了，不适合我的。我要寻找些高智商的方法，不然会被别人说成弱智的。”

他不屑地说：“切，就你这个样，还想去找高智商的方法，话说你玩得过来吗？”

我说：“玩得过来，玩不过来，玩过了才知道，反正应该不会蠢到被录像全程录下来的。”

“你……”他欲言又止，忍着没生气，随即故作轻松地笑笑，“我那天只是一时疏忽大意而已，下一次肯定不会了的。”

我怔了一下，笑说：“经验都是慢慢总结出来的，加油。”

他推了一把我：“加个屁油，你还真以为我会继续去干那种偷鸡摸狗的事情啊？”

我笑说：“我可什么都没讲哦，是你自己想多了。”

他说：“我跟你讲，我从此以后要做回好学生了，是一个很好很好的学生。”

我笑了笑：“哟，才做一回坏学生，就认怂啦，太没个性了。”

他说：“那你也做一回坏学生给我看看呀！”

我说：“没兴趣。不过讲句实话，从你嘴里讲出来的话能信吗？”

“你……”他欲言又止，盯看我几秒，然后莫名其妙地咧嘴笑笑，“事实胜于雄辩。你就擦亮你的眼睛慢慢看着吧，我会证明给你看的。”

我点点头：“放心吧，我的眼睛一直都很明亮。”

他说：“切，瞧你那小样，嘚瑟！”

我笑笑，说：“我现在特别特别地想问你：做好学生有钱得吗？你怎么就这么喜欢当好学生呢？”

他说：“当好学生是每一个学生心中的梦想。所以……难道你不想当好学生让每一个同学都以你为榜样吗？”

我说：“不想啊，我当个不好不坏的学生就得了，要求很低的。”

他说：“口是心非的家伙，懒得理你，上你的升旗台主持去。”

我说：“不一起啊？哦，对了，你还得等等。嘿，话说你现在心里还难受吗？还痛苦吗？还有百爪挠心的感觉吗？”

他说：“这些都从来没有过呀！干事情，做错了就做错了，痛苦伤心还有个屁用呀！”

我对他竖起了大拇指：“有个性。你说要我怎么讲你呢？离开我才几天啊，怎么就变坏了呢？啧，你啊你，太让我心寒，太让我失望了。”

他推了我一把：“滚！那么多废话。”

我冲他咧嘴笑了笑，走上了升旗台……

待做操完毕，先是学校书记上台讲了一阵子话，然后就到雄鸡老师和秦学汉登台。（注：我们初中部的课间操时间安排在周二和周四早上第二节下课后的课间，小学部的课间操的时间安排在周三、周五早上第二节课后的课间）

雄鸡老师上到升旗台后，就在升旗台中央摆放话筒的位置站好，而秦学汉则一脸淡然和无所谓地站到雄鸡老师的右边约一米处的地方，他站的这个地方也正好面对台下的我们班。这时候的我站在升旗台的边上，可以看到他和雄鸡老师的脸，还可以俯视台下的所有师生。

秦学汉站好后，没够半分钟就神经兮兮地冲我挑逗般眨巴了几下眼睛，好像在得意地跟我说："老同桌看见没？我也上升旗台了，我也可以站在这么多人的面前露脸了，我够帅气吧？"

对此，我只有苦笑无语，我心想："秦学汉，你能正常点不？你这可是上台示众，不是上台领奖，一点都不光彩的事儿，好不？你咋就这么高兴，毫无一丝丝的羞愧之心呢？"

雄鸡老师弄了弄话筒，清了清喉咙，就开始照着手上一份稿念了起来："……2012 年 10 月 30 日下午放学后七年级 1203 班的秦学汉同学独自一人……情节严重，影响极其恶劣，现经学校研究决定……记过处分一次……"

从雄鸡老师念稿开始，秦学汉搞笑的、天真无邪的小动作就接连不断。先是抿着嘴，摆出一副淡定无愧的模样，一遍又一遍地扫望着台下的所有师生，目光有时奇怪地在某个人的脸上定格几秒，恍若他特别特别地珍惜这次上升旗台面对全体初中部师生的机会，想好好地利用这次上台的机会把台下的所有师生各异的脸庞都记住似的。话说他心里真的是这样子想吗？还是只想看看我们初中部到底有几个养眼的美女？这些只有他自个知道。

扫视过 N 遍后，他就把两手交搭放到屁股后面，然后神经兮兮地装出一副娇气女生的模样，在原处旁若无人般娇娇地扭动起了身子，样子超逗，甚至可以说有点变态。

一会儿后，我们班的许信就在台下嬉笑地抬起左手放到腰间处，然后慢慢地向他挥动，跟他打起了招呼。他见到后，就立马对着许信逗逗地眨巴了一下眼睛作为回应。当然，这时的他并没有停止娇娇地扭动身子。随后他把交搭放在屁股后面的右手提至腰间处，突然莫名其妙地伸出了个剪刀手，同时两脚用力往上一掂，搞怪地咧嘴一笑，就差没"耶"地叫一声了，那样子活泼又可爱，天真又无邪，根本见不到半点的害臊和羞愧。

站在班级队伍后面的班主任看到这一切都羞愧无语地摇起了头，或许那一刻他会在心里这般无奈地呐喊："苍天啊，我怎么就带了这么个令人不省心的、不懂羞耻的学生呢？大地呀，你可不能这样对我呀，这太丢脸了，你赶紧让台

上那个混小子安分一些吧？算我求你了……”

雄鸡老师在读稿的时候，也时不时侧目望向一边的秦学汉，有时候甚至暂停读稿，用延长的“啊……啊……”声来表示对他这种不知羞愧的、小丑般的行为的无语。在这儿我有点费解，雄鸡老师他为何不当场训斥他，像以前训斥我一样训斥他，让他端正自己的态度？以前我可没见他这么和善呢！

待“雄鸡”老师把稿念完下了台，校长便上台跟我们讲了十几分钟的话，说的都是一些关乎干好事做好人，拒绝做坏事当坏人的教导性话语，说真话：听得挺累人的。

11月1日　星期四　晴

被逼着写请假条

解散后，我回到教室在自个的位置上刚坐下，第四节语文课上课的预备铃声便响了起来。铃声未落，班主任就板着一张脸走进了教室，走到了讲台上无声地倚靠着讲桌站着，这个时候还陆陆续续有同学从教室外回来，教室还有点吵。

几分钟后，班里最后一名未回到教室的秦学汉同学就哼着轻快的小曲儿微低着头走进了教室前门，随即径直地往他第一组中间的那个座位走去，浑然不知班主任正站在讲桌旁眼睛都不眨一下地盯着他望。

秦学汉或许注意到了走道两旁的同学都惊愕地望着他，突然说：“我今天很帅吗？干吗你们个个都那么奇怪地看着我啊？呵呵……我本来一直都很帅的。”随即摆出一个逗比的POSE。

教室内一阵有点压抑的笑声响起，就连讲台上的班主任都忍不住咧嘴笑了，只是笑容是苦涩的，无奈的。

秦学汉在自个的位置上坐下：“有什么好笑的，我本来就很……”话语戛然而止，因他目光挪移到了讲桌旁的班主任身上，他半开着嘴，呆呆地、惊讶地望了几秒班主任，然后抬手一拍头，把头侧向他同桌许信那边：“哎呀，完了，完了……”声音有点大，想必我们全班都应该听得清。

教室内又是一阵有点压抑的笑声响起……

“安静。”这时从进教室后就没说过一句话的班主任开口沉声道，“秦学汉，什么完了？”

秦学汉“嗖”地一下，从位置上站起：“报告班主任，我刚才没注意到你在讲台上，所以……所以……觉得丢脸死了。”

班主任干笑了两下：“你什么时候也懂得丢脸啦？”

秦学汉僵僵地笑说：“一直……一直都挺懂得的呀！”

班主任又干笑了两下：“上次升旗台，面对那么多的同学和老师，你心里是不是觉得特光荣，特兴奋呀？”

秦学汉愣了几秒：“报告班主任，没……没有啦！是觉得丢脸，觉得羞愧，觉得难受，我都恨不得找个地缝钻进去，不见人了。”

班主任问：“这是为什么？”

秦学汉说：“因我是干了那不光彩的事，被抓上去的。”

班主任突然脸一变，沉声说：“说的比唱得还好听，还丢脸？还羞愧？还难受？你当我们都没长眼睛是吗？站在升旗台上你不好好接受批评教育就算了，还跟下面的同学眉来眼去，最可恨的是还在上面对下面的同学伸个剪刀手……你这种行为目无师长，目无校纪校规，看不到有半点的悔改之心，你让我很失望，让同学们很失望。”话峰一转，“许信，你给我站起来，你笑什么？很好笑是吗？”

许信愣了一下，站起了身：“为……为什么只叫我，其他同学也笑了啊？”

班主任说：“为什么？你问问你自己，你刚才在大会上做了什么？”

许信愣了一下，然后摆出一副无辜的模样：“我……我没做什么啊！我一直都在很认真地听啊！”

班主任说：“没做什么？很认真？那你刚才跟升旗台上的秦学汉嬉皮笑脸地挥手干吗？你怕他没看见你啊？”

许信支吾了一下，说：“我……我不就是无聊跟他打个招呼嘛！”

“哦，这样的。无聊是吧？”班主任阴邪地笑了笑，“接下来一周的走廊和楼梯的地板就归你拖了。”（注：教室外的走廊和教室旁边的楼梯的一半，就是上二楼时，到楼梯中间那个转台那儿归我们班拖，一天拖两次，分别是早上早读前和下午第一节下课后的课间）

许信皱巴着脸，问：“就……就我一个人啊？”

班主任说：“是的，就你一个人。”

许信说：“那……那以前都安排两个拖的，现在怎么就只安排我自己一个拖呀？这不公平吧？”

班主任说：“那你回去请你家长来跟我谈公平，好吗？”

许信说：“不好，我拖就是了。”

班主任说：“这还差不多。”

许信说：“那……那我同桌呢？还有我拖地的具体时间是多少天？”

班主任说：“先回答你的第二个问题：具体时间是从今天开始，到下周周

末结束。”

许信说：“哦……那第一个问题呢？”

班主任没有搭理他，而是望着秦学汉说：“秦学汉，你待会写张请假条，说你生病了，需要请假回家治疗休养一周，然后我批给你，你就可以回去了。下周再下一周的周一再来，回来后的那一周你同桌拖的那片区域归你拖……”

我们都愣住了，有点听不明白班主任这话的意思。

秦学汉眨巴着眼睛愣了一会儿，说：“报告班主任，那地我可以拖。可我……我没有生病啊，不需要回家治疗休养的。”

班主任面无表情地说：“我叫你写就写，别那么啰唆，你就是生病了。”

秦学汉一脸的费解和茫然：“我……我真的没有生病啊！我很健康的，不需要回家治疗休养，我要……”

班主任打断：“你一点都不健康，你就是生病了，而且生了很严重的病，必须回家治疗休养。”语气很坚定，不容更改。

秦学汉依旧一脸的费解和茫然：“为……为什么啊？我……我真的没有生病啊，班主任。您不能逼着我说我生病了吧？这多不吉利啊！”

班主任面无表情地说：“那我告诉你，你生了什么病，你生的是心理疾病，而且是很严重的心理疾病，必须得回家治疗休养。懂什么是心理疾病吗？”

秦学汉点点头：“就是心里有毛病呗！”

班主任说：“还算聪明，大概就这个意思。因为你心里生了很严重的毛病，你才会去干那些蠢事，去干那些坏事，所以你得请假回家治疗休养。就这么简单。对了，在治疗休养期间你要好好地反省一下……回到学校后，争取做一个让老师让同学眼前一亮的、健康的、充满朝气和青春活力的好学生。”

秦学汉勉为其难地点了点头：“好吧！那我需要去看心理医生吗？”

班主任愣了一下，说：“这个问题，等你写好请假条了，到办公室找我，我再慢慢地跟你聊，现在准备上课……你们两个都坐下吧！”

秦学汉和许信相继坐下……

后来下午没有再见到秦学汉的身影……

晚上我跟爸爸通了个电话，这是我这么多天来第一次跟他通电话，可时间没超过三分钟，因我还不想跟他多说话，心中对他的厌恶和憎恨还未消除。电话中他告诉我他过几天就会回来，我听到这个消息后心里没有半点的高兴，也没有半点的忧伤，而是显得很平静，好像他回不回来，对我来说都无所谓一个样儿。可说真的，真的是无所谓吗？我自己都不清楚。

听完他的电话后，我就把这个消息告诉了一直都不愿意听他电话的妈妈。我本以为忧郁的妈妈会很高兴，会笑上一笑，可结果却是妈妈只简单地回了一句：“知道了。”看不出她有半点的高兴，反而觉得她更加忧心忡忡的了……

11月3日　　星期六　　雨

想感受那种被爱的感觉

“人最宝贵的是生命。生命每个人只有一次。人的一生应当这样度过：回忆往事，他不会因为虚度年华而悔恨，也不会因为卑鄙庸俗而羞愧；临终之际，他能够说：我的整个生命和全部精力，都献给了世界上最壮丽的事业——为解放全人类而斗争。”这是《钢铁是怎样炼成的》里面的一段名言，也是一段触动我灵魂深处的名言。我用了整整一个晚上和一上午的时间把这本书从头到尾一字不落地看完了，感觉倍儿爽。可以这样说我原本“污浊”的心灵得到了从未有过的洗礼，让我对那未知的未来充满了无限的期盼和向往，也让我重新审视了一下曾经的自己，发觉自己虚度了好多好多的美丽时光……我想我以后得好好生活，努力学习，不能再虚度光阴了，不然到老了快死时，回首往事，遗憾多多，只好羞愧地自娱般来一句：“假如生命允许我能从头再活一次的话，我肯定不会这样子浑浑噩噩、稀里糊涂地生活，我一定会珍惜我生命中的每一分每一秒，好好去生活，让我的人生变得多姿多彩。”

加油吧，韩风！好好生活！

看了这本书，书里头保尔和冬妮娅之间的爱情让我最心伤。冬妮娅那么美，保尔那么酷，他俩妥妥的就是郎才女貌，天造地设的一对嘛！但作者他老人家却不设计他们俩走到一块儿去。我知道他们的出身，造就了他们所处的阶层不同，也因此导致了他们思想的不一样。可思想这东西可以改变的嘛，只要作者他老人家设定点情节把冬妮娅的思想改变过来不就好了，他们两个人不就可以在一起了，可……啧，弄得虐心爆了，搞得我差点儿就泪如泉涌了！话说要是让我来写这本书的话，我一定会绞尽脑汁想尽一切办法把他们两个写到一块儿去的，让读者欢心，自己也欢心，只是到时候读者和作者都是自己一个人罢了，哈哈……

话说回来，我想作者他老人家应该是想给人诠释生活本来就是不完美的，是有缺陷的；最初爱的人，并不一定就是你一生的伴侣，爱是需要经得起时间的考验的；还有生活充满着太多太多的变数，有一些东西不是自己能控制得住的，但自始至终可以有一样东西不变：那就是你对生活的态度和热情。

晚上八点多，我刚上Q没一阵子，林一宛就突然发来了一句：“Hi！欧巴，在吗？（一个调皮的表情）”

我看到后差点儿没吐血，浑身鸡皮疙瘩都起来了，这话看得太，太别扭了！我故意装不懂地回："你认错人了，我是韩风，不是什么欧巴。"

她："嘻嘻，欧巴你终于在了。（一个调皮的表情）"

我："你找你欧巴去，本人是韩风。"

她："嘻嘻，你就是我欧巴啊！（一个调皮的表情）"

我："……"

她："'欧巴'在韩语里就是'哥哥'的意思，这个你不会不知道吧？"

我："哦……不知道。"

她："欧巴，你骗人的吧？"

我："本人从不骗人，本人才疏学浅，孤陋寡闻，目不识丁，胸无点墨，所以……"

她："欧巴，你还挺谦虚。"

我："拜托，不要再叫我'欧巴'了，太难听了。我是中国人，只会听中国话。"

她："哦……知道了，欧巴欧巴欧巴欧巴……"

我没有搭理她，过了几十秒她又发来："你生气啦？"

我："你觉得你有那令我生气的魅力吗？"

我以为电脑那头的她会气得半死，然后发几个咒骂的表情或发火的表情什么的过来，可谁想，她竟然不够三秒就回："嘻嘻，我觉得我挺有魅力的啊！"

我："自恋。"

她："嘻嘻，我只会跟你自恋而已。"

我："……"

她："话说光棍节就要到了哦，你想过脱单没？"

我知道她这话的意思，无非是想问我那事儿考虑得咋样了？说白了，我压根儿就没想过。我故意装作不懂地回："啊，还有这种节日的啊？"

她："你有时候挺能装的哦，嘻嘻……"

我："我没有装啊！以前真的不知道还有这种节日。"

她："哦……好吧！我相信你不是装的！"

我："……"

她："欧巴，我好想好想脱单了，我不想再一个人过那样的节日了，我想在那天牵着我喜欢的人的手，快快乐乐地逛街，开开心心地聊天说话，你说我那天能真真正正地幸福一把吗？"

我沉默着，没有回应她。

过了几十秒她又发信息过来："你还在吗？欧巴！"

我继续沉默，没有回应她。

她继续发信息过来：“欧巴，不，不好意思，叫错了……韩风同学，你好！如果你在的话陪我再说说话呗，好吗？我好无聊哦，现在。”

我过了几分钟才回：“你那么想着脱单，那就赶紧找一个呗！”

她立马就回：“啊啊啊……你难道不懂得我什么意思吗？”

我：“不就是那个意思吗？”

她：“我知道你懂的。”

我：“……”

她：“那我告诉你我的意思，我是想让你做我男朋友，然后跟我一起脱单，行吗？”

我又沉默着，没有回应她。

过了几分钟，她发了段语音过来：“韩风同学，你还在吗？回句话呗！我就是喜欢你，做我男朋友吧？”

我依旧沉默着，没有回应她。

又过了几分钟，她又发了段语音过来：“好吧！我也不催你了，你想好了再回答我吧！记住，我对你很有很有耐心哦，亲爱的韩风同学，呵呵……”

我听后，差点没晕过去，我发觉她有点太疯狂了，弄得我都有点儿hold不住了。

几分钟过去，我却突然像头蠢猪一样发了一句很愚蠢的话过去：“你喜欢我什么？”

话说到现在我也不知道我当时为啥要问这种近乎白痴的问题。

不够五秒，她就回：“什么都喜欢。”

我：“比如……”

她：“感觉和舒心！”

我：“能具体点么？”

她：“你做我男朋友后，我再慢慢告诉你。”

我：“……”

她：“你知道吗？最近有很多男孩子追我哦，弄得我见到那些没人追的女同学，都有点不好意思了。”

我：“呵呵！”

她：“可是我心里只喜欢你一人，对其他男生都不感兴趣，你说我该怎么办才好呢？”

我：“呵呵！”

她：“你是不是有点讨厌我啊？”

我：“呵呵！”

她：“你干吗老‘呵呵’啊？你回句话好吗？”

我：“……”

她：“你是不是对我这种女生感到好无语啊？”

我发去一个笑脸表情，其他的什么都没说。

她：“说句真的我对现在的自己也感到挺无语的，我觉得我好像走火入魔了，喜欢你都喜欢到快无法自拔了，时时刻刻脑子里装的全是你……”

我心想：“美女，你能不再这样子说了吗？弄得我都有点儿不好意思了。”

不过我却这样犯痴地回复她：“你不累吗？”

她：“累？怎么可能累呢！那种感觉很美妙的啦！嘿，你有偶尔偶尔想过我一会会吗？”

我：“……”

她：“你是不是有喜欢的女生了？”

我对她这莫名其妙的问话，彻底无语，我好想回：美女，我有没有喜欢的女生，这很重要吗？有妨碍到你喜欢我吗？

不过我什么都没回，继续保持着沉默。

过了几分钟，她又发来：“有没有回句话呗？我想听你的真话。”

我继续保持着沉默。

几分钟后，她或许见我总把她当空气，没搭理她，觉得自己心里难受、憋屈，便自我安慰般说：“好了，我也不想听了，你有没有喜欢的人，我不关心了，反正我就是喜欢你。嘻嘻……学习去喽！拜拜！”

我：“88”

这一刻，我松了一口气，心想这下总算可以安静了。

只是刚过去两三分钟，她突然又发来：“噢，对了，明天有空吗？”

我无奈加抓狂，我没有再沉默，回：“有什么事吗？”

她：“陪我去趟市中心，买几本书呗！”

我：“什么书？”

她：“小说和练习册。”

我：“网上买不就得了，便宜又方便。”

她：“没开通网上银行，要不然你先帮我买，然后我再给你钱。”

我：“不好意思，我也没开通网上银行。话说你可以选货到付款的。”

她：“哦，可我听说网上假货多，我觉得还是去书店买踏实点，还有可以顺便到处逛逛，看看还有什么好书……”

我：“……”

她：“你有空就陪我去呗，到时我请你吃肯德基。”

我想了想，回复：“诱惑性挺大的，可是我明天要去学毛笔字，所以不好意思了。”

她：“哦……这样的。对了，你在哪里学毛笔字啊？”

我：“武夷路。”

她：“哇，那么远啊？”

我：“挺近的。”

她：“你现在学的是楷书还是隶书呀？”

我：“草书。好了，我还有点事，先下了，8！”

她：“好吧！88”

我直接下了线，我有种很强烈的感觉：要是我再不赶紧暂停与她的聊天的话，她会有无数的问题一直问下去，问到我自己都不想回话，且我相信她这个人有这种能力。

到目前为止，我对她依旧没产生一丝感觉。这是实话。可我不知道为什么，我又舍不得直接去拒绝她，也许我在体验一种被一个美丽女生深爱的那种微妙的、奇特的感觉吧！

我这样子做是不是对她挺不公平的？答案是：是的，对她挺不公平的。

不过，现在我也没办法，我也只能暂时地凭着感觉走，因这种感觉挺好。再说了，又不是我逼着她喜欢上我的，是她自己心甘情愿地喜欢上我的，从这点上说可不存在公不公平咧！

11月6日　　周二　　晴

人不犯我我不犯人，人若犯我我必犯人

上午我得知了自己在盛情难却的情况下，成为了一名合格的广播站播音员，负责“校园之声”的播音工作，且很荣幸地担当了广播站站长一职。心里甚是高兴，这种高兴甚至延续到了中午吃午饭时……

广播站包括我在内，只有五名成员，挺少的。不过蒋老师说了，我们这几个都是经过层层选拔，精挑细选出来的播音人才，可堪当大任的精英级人物，她还就此这样比喻说：如果广播站是一个刚建立起来的王国，那么你们就是这个王国的各路开国大将，王国的兴衰，都牢牢地把握在你们的手中，怎么做，你们自己看着办吧！

她这话说得我们心里都激动激动的，感觉到作为第一批广播站的播音员是如此光荣，同时又感觉到作为第一批广播站的播音员肩上的担子不轻哪，“亚力山大”哪！特别是我这个站长，我这个“小国王”（嘎嘎，自己在心里自封的）肩上的担子更不轻哪，更压力山大哪！我得和各路大将们一起努力，让这个王国繁荣昌盛起来。话说要是王国无法繁荣昌盛，那么我们广播站的每一个人就都有可能被“太上皇”蒋老师她老人家撤职，然后被她认为更有能力的播音“人才”“精英级”人物代替。

中午回到托管中心后，我简单地去洗了把脸，洗了下手，就低声地哼着轻快的小曲儿往厨房走去，准备打饭填填空瘪的肚子，只是刚踏进厨房门口就被同宿舍的胖子——大名叫林森，小名叫五木，七年级1201班的，个子没我高，肥得像头猪，浑身都是赘肉，就连讲句话，脸上的赘肉都要动上那么几下的，让我都有点不忍直视，不过女生都说他长得肉肉的，超可爱，对此，我只能说：女生和男生在对事物的评价标准上是有质的区别的——从身后用力地撞了一把，弄得我差点儿就被迫“扑”过去和前方的桌子“亲吻”上了，最可恨的是他撞了我竟然连声道歉都没说，就嬉皮笑脸地从我的身边走了过去，恍若把我当空气，又好像在幸灾乐祸地说：“哟，小子下盘功夫不错啵，竟然没倒，牛！”

这时的厨房里除我俩外，没有外人。

我心里很不爽，瞪着他，大声道：“你大爷的，没长眼睛呀！”

胖子嬉皮笑脸地望着我说：“你是在跟我说话吗？

我说：“这里还有第二个人吗？”

胖子说：“哦，我刚才不是故意的。”

我说：“不是故意的就是有意的，道歉。”

胖子说：“我又不是有意的干吗要道歉？”

我抬手指了指他，压着心里直冒上来的火气：“好，说得很好！我记住了！”声音大大的。

胖子说：“谢谢！”随即他就无声地去拿碗筷，盛饭去了……

这时候托管中心新来的江红老师——一个带着副浅蓝色框眼镜的，矮矮的，瘦瘦的，二十五六岁左右的女生——走了过来：“你们两个怎么回事啊？吵什么？”

我冲她假笑了一下：“你问那胖子。”

江红老师说：“干吗叫他胖子，他没有名字吗？怎么这么不懂得尊重人？”

我假笑说：“我不知道啊，我只知道他胖得像头猪，还有尊重人是相互的，你先问他尊重我了没有？”

“你……”江红老师欲言又止，一脸生气又无奈地指了指我，然后扭头望向低头舀汤的胖子，“林森，你说，刚才是怎么回事？”

胖子头也没抬，只回：“你还问那个有意思吗？”

江红老师说：“怎么就没意思了？”

胖子说：“真的有意思吗？你知道了又能怎么样？不就是我们兄弟之间拌两句嘴嘛，有什么大不了的。我……”

我插话打断：“打住，我在这声明，我是不会跟一头猪一样的人做兄弟的，别随便跟我套近乎，我嫌恶心。”

胖子板着脸，咬着牙，微喘着粗气，扭头瞪了我一眼，好凶好生气的样子。见到他这样，我超高兴，就得意地冲他笑笑，但什么都没说。

江红老师说：“得啦得啦，我也不问了，你们也不要吵了，该吃饭的吃饭，该干吗的干吗！听见了没有？”

我们谁都没有再说话。

江红老师望了我们几秒，便摇头有些无奈地走出了厨房。

胖子舀好了汤，就捧着饭菜汤往厨房外走去，在经过我身边时，他凶狠狠地瞪了眼我，然后拽拽地小声说：“疯子，你牛，你给我等着。”

我不以为然地笑笑：“哟，我好怕怕哦！小样，你以为我真怕你啊？”

胖子又凶狠狠地瞪了我一眼，然后什么都没说，就阴沉着一张脸一声不吭地走出了厨房。

胖子刚走出厨房不够十秒钟，“鸡腿妹”李米米就走了进来：“嘿，你欺负胖子啦？”

我感到莫名其妙的：“此话怎讲？”

她说：“我见他黑着张脸，好像很生气的样子。”

我拿起个盘子去打饭：“观察挺入微的哦，刚刚干吗不直接去安慰安慰他呀？”

“咦……这话说得，好像我跟他很熟一样。”

“难道不熟吗？”

“还没有跟你熟。”她嬉笑说，“嘿，你是不是真欺负他啦？”

我说：“这个……你去问问他不就知道了。”

她说：“问你不行吗？”

我说：“我可以说我没有义务回答你吗？”

她嘟嘟嘴：“好吧，当我什么都没问过。”

我无语地摇了摇头：“我突然发觉你这个人对什么事情都好像很好奇哦，难道你不懂得有时候好奇心会害死人的吗？”

她说：“切，严重了吧？还害死人呢？”

我突然皱眉神经兮兮地望向呆站在我身边的她，没有说话。

她愣了一下，惶恐般把双手交叉放胸前。

我愣了一下，苦笑说：“晕死，有必要那么紧张吗？我只不过想问你吃过饭了没？”

她有点反应迟钝地把交搭胸前的双手放开：“哦。还没有。怎么了？”

我说：“那你一直杵在这儿干吗？不饿吗？”

她说：“哦，不是很饿。”

我说：“那我饿了，我先出去吃了。”话毕，我就捧着已盛好的饭菜往厨房门口走去。

她说：“嘿，等等我呗！”

我说：“我回宿舍的，你也要一起吗？”

她说：“哦。那你走吧，不用等了。”

我淡笑了一下，没说什么就走出了厨房。我捧着饭菜回到宿舍没吃几口，便又被迫地捧着饭菜走了出来，因不知哪个浑蛋放了个臭屁，弄得整个宿舍都臭烘烘的。随后我捧着饭菜走进了学习室，在第二组第一桌左边的位置坐下，重新吃了起来。这个时候学习室内除了我以外没有第二个人。

我刚吃了几分钟，峰兄就边玩着手游，边走了进来，在我左边的位置坐下。我笑说：“嘿，你也有顶不住的时候呀？”

峰兄边全神贯注地玩手游，边回：“我是人，不是神。”

我说：“也不知道是哪个浑蛋放的，那么缺德。”

我的话音刚落，胖子就屁颠屁颠地走了进来并在我后面的位置坐下，他说：“嘿，你们知道刚才那臭屁是谁放的吗？”

我们谁都没搭理他，也没有回头望他一眼，纯把他当成了空气。

他见自己被我们无视，便自言般说一句：“也不知是哪个浑蛋放的，搞得我饭都吃不下了，恶心死了。”

峰兄边目不转睛地盯着手机屏幕，边幽幽地道：“五木，你那是矫情。”

胖子说：“不是，那屁实在是太臭了，弄得一点胃口都没有了，满脑子都是那一坨坨冒着热气的屎的画面。”

我听后好想把一个盘子砸过去，砸死他，他妹的，他这是诚心来恶心我，让我吃不进饭的。

峰兄笑了笑：“你那么肥，不吃一餐也饿不死你，就纯当减肥呗！”

胖子说：“按你这么说，我还得去感谢那个放屁的，让我满脑子都是那一坨坨冒着热气的屎的画面的人了？”

我在咬着牙，忍着，不让自己做出那种冲动的事。

待胖子走出了学习室，峰兄就暂停了玩手游，然后若有所思地望向我，说：“这你还能忍？深表佩服。话说难道你看不出他那是诚心的吗？”

我呼了口气，说：“傻子都知道他那是诚心的。”

峰兄说：“那你还忍？”

我说：“我不忍，去打他啊？”

峰兄说：“你说呢？”

我说：“我打他，你帮吗？”

峰兄说：“打的时候你就知道了，现在说都是空话。”

我笑笑，说：“先忍他一次，下一次我就不忍了。”

峰兄说：“顶你。”

我说：“谢了！”

峰兄说：“话说你如果不打他一次，他一定会认为你这人好欺负，以后就会不停地，想着法子来欺负你，欺负到你忍无可忍，然后去打他，去找他算账去……总的一句话：这事晚打不如早打，没必要去受那种窝囊气。”

我睁大双眼望着他，说：“哟，真看不出你也这么有血性呦！”

峰兄笑笑：“你看不出的多了去了。前面跟你说的都是从我的经历里总结得出的。有时候，该出手时就出手，不要怕东怕西的。”

我心想：“小样，你就吹吧，还经历总结得出呢？好像自己的经历有多么丰富一样……”可我表面却若有所思地点点头，说：“有道理。”

他笑了笑，没有再说什么，重新玩起了手游。

我望着盘里的饭，然后用力地咽了口口水，做了次深呼吸，便埋头重新吃起了起来。峰兄见到，就来一句：“你还吃得下啊？”

我说：“不想浪费国家粮食。”

峰兄笑了笑，没有说话。

大概过去了七八分钟，我盘里的饭菜已所剩无几，我也基本吃饱了。这时，胖子又走了进来，后面跟着我们宿舍的、他们班的吴宏业，吴宏业个子比我高，但比峰兄矮点，可比我和峰兄都瘦多了，双颊有点凹陷，看上去像营养不良的样子，不过平时见他吃得挺多的，至于怎么会这么瘦，我想只有一种解释：他有病。他和胖子的关系很好，经常一起打闹的，这有点儿像我跟峰兄……

胖子走到我桌前，极具挑逗意味地抬手拍了一下我的头，笑嘻嘻地说：“疯子，你还没吃饱啊？怎么吃那么久啊？”

我压制着心中一直往上蹿的火气，咬着牙，睁大眼睛瞪着他，沉声道：“胖子，你别惹我，否则后果很严重。”

胖子笑嘻嘻说：“哟，这么凶啊？怎么，想打我啊？”

我暗地里握起了拳头，继续压制着心中一直往上蹿的火气，咬着牙，睁大眼睛瞪着他，但一句话都没说。

站在胖子身边的吴宏业说：“疯子，你那么凶干吗？不就是碰了一下你的头嘛，有必要生那么大气吗？”

胖子附和："就是，有必要生那么大气吗？好像我欺负你似的。"

我冲他们假笑了两下，然后站起了身，快速地伸手过去拍了一下胖子的脸，然后微笑着说："胖子，今天外面的阳光好明媚哦！"

胖子抬手摸了一下被我拍的脸颊，然后喘着粗气瞪着我，说："你再拍一下试试。"

我微笑说："哟，你那么凶干吗？弄得我好害怕哦！不就是轻轻地抚摸了一下你的脸嘛，有必要那么生气吗？吴宏业哦？"我把目光投向吴宏业。

吴宏业假笑着，没说话。

胖子刚想说什么，一直玩着手游的峰兄就说："得啦，想打就打，磨叽那么久有意思吗？"

我扭头望了眼峰兄，笑说："我们都是同学，得和睦相处，不能打打杀杀的……"我后面的话还没说出口，我的头就又被胖子拍了一下，气得我半死，我沉着脸，扭头瞪着他说："你再拍一下试试。"

胖子笑笑，抬手又拍了一下我的头，挑衅说："我就拍你怎么了？"

我假意地冲他笑笑："没怎么啊！"

胖子突然板着脸凑到我面前十几厘米处，瞪着我，气势汹汹地冒出一句："量你也不敢怎么样？业，去把门关一下。"（注：这个学习室只有一个房门和一个大窗户，窗户是对着外面的小巷的，就是说关了门，学习室内的一切只有从窗外才能见到……）

吴宏业转身去关门……

我暗地里握紧拳头，心里头已明白胖子的意思了。可我还是又假意地笑笑："对，我好怕你哦！我不敢怎么样的。"

"哈哈，我就知道你是个胆……"胖子的下一个字还没说出，就被我咬牙切齿地、用尽全力地抡了一拳他的面门，同时我不忘气愤地说："你大爷的，你以为你是谁啊？你就是一头猪而已嘛，以为我怕你啊？"

胖子捂着被我拳头打中的部位难受呻吟着："哎哟……哎哟，痛死我了……"

"疼死得了你，我打的就是你这头猪。"我伸手欲拿起我用的那个还剩点饭菜的饭盘向他砸去，泄愤，只是我的手刚碰到饭盘，峰兄就"嗖"地一下把饭盘夺了去，平静地说："用拳脚，别弄得到处都脏兮兮的，打扫起来麻烦。"

对峰兄爆冷静的举措，我无言。

"你……你这个浑蛋竟敢打我，我……我打死你……"胖子咬牙切齿地抡起拳头就气势汹汹地向我打来。我反应挺快，往右边的走道一个侧身，就"有惊无险"地躲过了他那打来的肥拳头。可谁能想到这胖子，这头猪，竟然会重心不稳，一个踉跄，就全身都扑到桌子上去了，也多亏了桌子牢固一点儿，不然肯定被他压得稀巴烂。

我愕然地皱起眉头像看小丑杂耍一样看着他，心里特别高兴，我还幸灾乐祸地伸手拍了两下他的头，说：“你就一头肥猪，一头蠢猪，哈哈……”

或许我这举措把他激怒到了极点，他用力一拍桌子，接着用力一撑，站了起来，然后怒气冲冲地瞪着我，说：“疯子，你就一个浑蛋……”

我口快接话：“你就一浑蛋加猪，浑蛋猪。”

“你……”胖子开始装腔作势般卷那本来就是短袖的校服的短袖子，往他的肩上卷，“我今天不打死你，我就不姓……”

我没等他说出下一个字，我又口快接话：“猪。哈哈……”

“你……我打死你！”胖子怒气冲冲地又抡起他的肥拳头欲想隔着桌子向我打来，这时峰兄的声音立马响起：“等等！——善意提醒一下，小心桌子。”随后峰兄站了起来，站到了他旁边的走道上，把双手交搭到胸前，望着我们……

胖子蠢蠢地看了看跟前的桌子，用力地吞了口口水，然后就有点可爱般绕着桌子向站在走道的我冲来，我见况，快速地就绕过一个桌子，走到峰兄的身边，然后冲胖子笑笑，挑衅说：“猪，有本事就来追我啊！”

胖子对一直杵在讲桌边观战的吴宏业说：“业，过来帮我抓住他，他娘的，今天老子非弄死他去，让他嚣张……快点啊！”

吴宏业愣愣地“哦”了一声，就迈步向我走来。

我心里即刻有些慌乱和忐忑，正想着不会功夫的、平凡小子一个的自己怎样才能战胜一个胖得像头猪的胖子和一个瘦得像跟竹竿的瘦子时，峰兄就出乎我意料地挺身而出，面无表情地瞪着吴宏业说：“吴宏业，你想干吗？”

吴宏业愣了一下，说：“这不关你事。”

峰兄依然面无表情地说：“关你事，就关我事。”

胖子插话：“卢峰，我警告你，你少管闲事。”

峰兄说：“胖子我也警告你，别想以多欺少。”

胖子说：“疯子跟你有半毛钱关系啊？你帮着他。”

峰兄说：“他是我哥们，还有我最讨厌别人以多欺少。”

我听了峰兄这话，心里暖暖的，抬手拍了一下他的肩膀：“谢了，哥们。”

峰兄笑笑：“客气了。”

胖子说：“业，别管他。上，帮我抓住疯子，我要弄死他……”

我见况，便对峰兄说：“吴宏业我就交给你了，怎样？”

峰兄说：“好的，你放心吧！”

我微笑地拍了一下峰兄的肩膀：“好兄弟，我会记住你的好的。”话毕，就对抡着拳头有些笨拙地向我逼近的胖子吐舌做了个鬼脸，紧接着伸手一拉桌子，挡着他的来路：“浑蛋猪，你有本事就来抓我啊！肥猪！蠢猪！胖猪！”话未完，我已撒腿往学习室后面跑去。

这个时候我的心情也不知怎么的，大好，刚才心里头的怒气也不知怎么的已烟消云散了。

胖子追过来：“你个浑蛋，有本事你就别跑。”

我笑说：“不跑，被你这头肥猪压扁去啊？”

“呀，老子跟你没完。”胖子紧握双拳，怒气冲冲地说，“业，你还在那里干吗？过来帮我抓他啊！”

吴宏业有点无奈地说：“卢峰挡着我，不让我过去。”

胖子说：“你笨啊，你不懂推开他吗？”

吴宏业说：“推过了，推不开。”

胖子说：“推不开，就打他，有什么事大哥罩着你。”

峰兄立马摆出一副惊讶的模样说：“哇，原来你是他小弟啊？难怪你那么听他的话。”

我惊讶附和：“哟，胖子你那么蠢，也能收到小弟？”

我的话音刚落，吴宏业就“呀”地叫了一声，然后便低侧着头，像头愤怒的瘦牛一样向峰兄撞去。这一幕令我惊愕，令我傻眼，我心想这癫仔咋就这么鲁莽无脑呢？话说没两句，就开干，这也太冲动点了吧？

峰兄见况，即刻后退两步，然后伸出一手稳稳地撑摁住了吴宏业那来势冲冲的头，弄得吴宏业无法再前进半步。

吴宏业开始像个癫仔一样挥舞起双手，咿咿呀呀要打峰兄，只是被峰兄这样撑摁住头，他的手又太短，所以他挥舞了小半天的双手，却没一拳是落在峰兄身上的。

峰兄莫名其妙地咧嘴淡淡一笑，然后突然发力一推，吴宏业就超夸张地后退，这一退就退到了几米外的讲桌边。我望着，不由得在心里苦笑：“我去，有必要那么夸张来衬托峰兄的大力吗？这样子有意思吗？我也是醉了。”

峰兄沉声说：“小样，又没那本事，你掺和那么多别人的事干吗？”

吴宏业说：“他是我大哥。”

峰兄说：“哦，他是你大哥，他叫你干吗就去干吗，那他叫你去吃屎你也去吃吗？”

吴宏业蠕动了一下嘴唇，没有说一句话。

峰兄又说：“没长脑子的，也太没主见了。告诉你，这种事从精神上支持一下就得了，没必要掺和。话说这么点事他都搞不定，还叫你来帮忙，他配做你大哥吗？还有你就甘心做这种人的小弟吗？”

“我……”吴宏业欲言又止，眨巴眼睛望了一会儿峰兄，然后转头望向胖子，苦巴着脸来了句：“大哥，我打不过他，帮不了你了。”

胖子说：“懦弱，在那儿看好了，看你大哥我是怎么收拾疯子的。”

吴宏业点点头：“会看好的。”

峰兄扭头望向正被胖子追着跑的我，说：“疯子，你跑个毛线啊？那样有意思吗？”峰兄指指讲桌到门之间的那块空地方，“上来，在这儿跟他单挑，打趴他，让他知道你的厉害，从此以后不敢再在你面前耍横了。”

我愣了一下，觉得峰兄说的话挺在理，有些事情该做了断时就做个了断，跑来跑去也没意思，弄得好像我怕他似的。

我用力地吹了口气，然后双眼冒火地瞪着胖子说：“浑蛋猪，有本事跟我上去单挑。”

胖子怒目圆睁：“走啊，我求之不得，看我怎么把你弄死。”

我淡然一笑：“谁弄死谁还不知道呢？”

峰兄和吴宏业把讲桌抬开……

我和胖子相续走到那有点开阔的空地方，面对面站着，之间的距离有三四米，然后无声地相互怒视，就像电视电影常出现的那些武林高手对决前相互凝望着对方的画面一样。

我们相互怒视几秒后，胖子就咬牙切齿地抡着拳头向我冲来，我见况赶忙后退，可没退够两步，胖子那笨拙的肥拳已向我的脸部挥来，我赶忙侧头躲闪，让他打了一拳空气，然后我立马趁机卯足劲儿地用身体向他顶撞过去，他来不急躲闪，被我结结实实地顶撞到了，随即踉跄后退，我见况没有半秒迟疑，立马又卯足劲儿用身体再次向他顶撞过去，或许我这次顶撞的力度足够大，又或许他反应迟钝，在我前一次的顶撞中还没回过神来一丁点儿，就被我这么一撞，弄了个四脚朝天瘫倒在地，像只四脚朝天的肥王八，纯一副狼狈不堪的模样儿。

我以胜利者的姿态轻蔑地望着他说：“肥猪，我还以为你有多牛呢？没想到这么菜，就这么两下子就倒了。”话毕，我伸出右手，对着他竖起大拇指，然后大拇指逆时针旋转180度，指尖向下，用力地往下顶了两下：“菜鸟。怂货。”

胖子很生气，是非常非常的生气，他挣扎着爬起身，然后咬牙切齿地紧握着双拳，怒气冲冲地瞪着我：“疯子，你个浑蛋，老子要打爆你。”

我淡淡一笑：“不要那么激动，你要知道那是需要有资本的。嘿，你愿意服输吗？若你愿意，我就放过你，我一向很好说话的。”

胖子怒气冲冲地说：“服你大爷，你个浑蛋……”胖子开始咬牙切齿地抡着拳头向我冲来，我抬脚用力地踹一脚他的大腿，他既然没有半点反应，好像我根本就没踹过他似的。我见况不妙，退了几步，转身就想跑，可还没来得及跑就被他从身后一把揽腰熊抱住了。

我挣扎，试图想挣脱，可他却发狠似的用尽吃奶的力气抱紧我，抱得我痛痛的，令我有种腰要被他抱断的难受感，硬是令我挣脱不开。在那一刻我深度怀疑，他这是想活活地把我抱死。

忽然，我脑子里灵光一现，抬起一脚，就想用全力狠狠地踏他的脚面一下，让他松手。只是我抬起的脚还没来得及往下踏，我的肩膀就被他用他那肮脏的大嘴发狠地咬住了，我“啊”的一声惨叫，然后强忍着被咬处传来的疼痛，咬牙切齿地、用尽吃奶的力气、凭感觉（凭感觉是因我不知到他的脚在哪儿）地一脚踏下去，老天开眼，我这一脚准确无误地踏到了他的脚面上，即刻他就条件反射地松开咬我的嘴和熊抱我的手，然后抱起被我踏中的脚在原处“咿咿呀呀”地蹦跳……

我抚摸了一下被他咬中的地方，然后怒气冲冲地瞪着他望：“你个死变态，竟然咬我……”我咬牙切齿地抡起拳头，就对他发起了猛烈的攻击。在那一刻我的眼中只有他胖子一人，心里唯一的想法就是把他打爆打残。

我们俩拳脚相对一阵子后，就缠抱到了一起，倒在了地上。胖子发狠地像条狗一样咬我手臂，我发狠地像个泼妇一样，呸呸呸，他才像泼妇呢！应该说，我发狠地像个绅士一般去扯他的头发，他的头发不是很短，扯起来很顺手。

突然，学习室的门被拍响，同时从门外传来江红老师焦急的声音：“你们谁在里面？开门……谁叫你们锁门的？快点开门……开门……”

吴宏业欲去开门，被峰兄一把拉住：“你想干吗？”

吴宏业说：“开门。”

“你站好了，没你事。”峰兄望向我们，“你们继续，我们当成什么都没听到。”

我没有搭理峰兄，又用力地扯了一把胖子的头发，然后对还在发狠地像条疯狗一样咬着我手臂的胖子说：“阿姨来了，松开……松不松？”

胖子像没听到我说话似的，咬得更用力，痛得我半死，感觉好像那块被他咬的肉就要被他撕咬掉似的。

“啊……你属狗的啊？”我用力地撕扯他的头发：“松开，松开……”

峰兄说：“你一直扯他的头发干吗？咬他啊！”

我忍着痛说：“我不是狗。”

峰兄说：“那你就用力扯，把他的头发一把一把扯下来，弄得他光头去。”

我没搭理峰兄，目光望向胖子的裤裆那儿，见没有任何防备，我便想都没想就抡起一拳头狠狠地一拳过去：“去死吧！”

胖子“呀”地一声惨叫，痛苦地捂着裤裆挣扎呻吟起来……

我甩了几下被咬的手，然后撩起手袖（我穿的是长袖校服），见手臂上有两排清晰的牙印，且那里的肉都成暗紫色，有几小处都渗血了。我气得半死，“嗖”地一下爬起身，然后抬起一脚欲向涨得满脸通红，捂着裤裆痛苦地挣扎呻吟着的胖子的大腿踹去，以泄心头之火，只是我那脚还未踹下去，门就突然一下被打开了，门口堵满了人，有江红老师，有鸡腿妹李米米，还有其他人。他们都满脸愕然地望着我和胖子。

我愣了一下，立马双手捂住抬起的脚，然后在原处故作痛苦地蹦跳起来：“哎哟，痛死我了，痛死我了，老师你总算进来了……”

“你们在搞什么？”江红老师慌乱地走了进来，“林森你怎么了，你怎么躺地上了？”

峰兄接话：“他在练葵花宝典。”

江红老师瞪了眼峰兄，没说话，上前俯身拉拉还在捂着裤裆痛苦挣扎呻吟着的胖子：“你怎么了，你躺在地上干吗？”

胖子涨红着脸，怒目圆睁地瞪着江红老师，好像江红老师跟他有仇似的，然后像条疯狗一样吼道：“滚，滚……不关你事。”

江红老师被吓了一跳，然后站直身，双手一叉腰，生气说：“诶，你……你怎么对我发脾气？啊？你……”

胖子又像条疯狗一样吼道：“滚！滚……不认识你。”

我插话：“老师，这样的人该打，目无师长的，没大没小。”

“疯子，你个浑蛋。”胖子怒目圆睁地瞪着我，然后就歇斯底里地吼道，“我……我弄死你！”话语中充满了一股恶狠狠的怒气。

我没有跟他怒言相对，而是挤皱着脸，摆出一副厌恶他的模样说：“你就一条疯狗，谁理你啊！老师，他好凶哦，他竟然说要弄死我，弄得我好怕怕哦，老师你可得保护我……”

江红老师有点失控地紧握双拳，跺起脚，一副抓狂的模样：“都给我闭嘴！给我闭嘴！到底怎么回事？刚才在里面到底发生了什么事？你们是不是打架了？韩风你说。”江红老师一脸生气地望着我，那目光是不容抗拒的。

我愣了一下，指了指正挣扎着爬起来的胖子：“你问他，他知道。”

江红老师望向胖子：“林森你说，刚才到底发生了什么事？”

“关你屁事。”胖子突然像头疯狗一样向我扑来，“疯子，我要弄死你，你个浑蛋……”

我撒腿就跑：“老师，他要弄死我了……”

江红老师一把拉着胖子：“林森你给我站住……”

胖子用力一把甩开江红老师拉他的手，然后双手一推，把她推倒在了地上，然后看都不看她一眼，就向我冲来……

我边跑边说：“胖子打老师了，胖子打老师了，好恐怖哦！你们都看到了吗？胖子他好变态，好粗暴啊！”

“林森，你给我站住……都给我站住……”江红老师挣扎地爬起，歇斯底里地吼道，“你们……你们一个个的，怎么都这样子……给我站住……都冷静一下下行吗？你们……”声音不知怎么开始哽咽。

峰兄奔过来堵在了胖子的面前，说：“老师都被你弄哭了，你还闹？”

胖子瞪着峰兄说："滚！别惹我，否则我对你不客气。"

峰兄不甘示弱地瞪回他，说："吴宏业你过来。"

吴宏业听话地走到峰兄的旁边，峰兄说："拦着他，别让他再犯浑了，老师都被他弄哭了。"

吴宏业扯晃了下胖子的手臂，说："大哥，得啦！冷静冷静吧，老师都哭了……"

胖子一把甩开他的手，凶巴巴地瞪着他问："你听他的，还是听我的？"

吴宏业愣了一下，摇摇头，皱巴着脸回："我听我自己的。"

"你……"胖子怒目瞪着吴宏业，"你怎么……"

峰兄插话说："五木，你有这么有主见的兄弟，你还生什么气？"

胖子瞪着峰兄说："关你屁事。"

这话音刚落，江红老师就边抹着眼泪，边操着沙哑的声音大声道："林森你再闹，我就马上打电话给你家长，让他们把你领回去，我……我就不信治不了你了？"

胖子或许被江红老师的这句话震慑到了，竟然没有再嚷着吵着来弄死我，只定定地站在原处，一声不吭地恶狠狠般瞪着我，那目光像刀，像箭，恍若要把我割穿刺透，直至断气丧命一样。

我无所谓地对他眨巴了几下眼睛，但也什么都没说。

"你们一个个都给我冷静点儿，不然我马上一个个打电话回去给你们家长，让他们来把你们一个个都领回去。"江红老师擦干眼泪，冰冷地扫望着我们几个，"没见过，都把这儿当什么地方了，当斗殴场吗？"

峰兄说："报告老师，纠正一下下，不是你们一个个，而是他们两个，因我跟吴宏业一直都很冷静。"

"狡辩。"江红老师说，"我刚才拍门叫你们开门，你们干吗不开？"

峰兄回："我刚才睡着了，没听到。吴宏业，你有听到吗？"

吴宏业愣了一下，摇摇头："没……没有。我也睡着了。"

"编，继续编……林森留下，其他的一个个都给我回去睡觉去。"江红老师望向围满人的门口，大声说，"你们一个个都围在门口干吗？有什么好看的？都给我回去睡觉，回去睡觉……"

大伙随后相续散去……

我走出学习室门口时，站在女生宿舍门口的鸡腿妹李米米就冲我招了招手，我无奈地走了过去，低声问："什么事？"

她抿着嘴眨巴着眼睛望了我好几秒，才说："你跟他打架啦？你没事儿吧？"

我摇摇头："我那么厉害，怎么会有事？"

她眯着眼望着我，嘟嘟嘴说："衣冠不整，头发蓬乱，还说没事？刚才我在外面都听到你的惨叫声了，你被他咬啦？”

我理一理头发和衣服：“他属狗的。”

她问：“都咬到哪儿了？”

我卷起衣袖，给她看了我手臂上渗血的伤口：“除了这，还有肩膀。”

她挤皱起了脸：“他还真是个变态，都出血了，痛吗？”

我说：“废话，都这样子了，可能不痛吗？”

她莫名其妙地笑笑：“也是哦，那你不打他的啊？”

我说：“你刚才没见他躺地上咿咿呀呀呻吟吗？那就是被我打的，我抡了一拳他那里，还扯了他头发……”

她笑说：“你真阴险，你就不怕他绝了后啊？”

我说：“怕什么，一切都在控制范围内。”

她说：“就吹吧你，还一切都在控制范围内呢？”

我说：“不给他那么一两下狠的，他还当我是吃素的。”

她微笑着给我竖起了大拇指：“我突然发觉你有时候好 Man 哦！简直酷毙了！”

我说：“切，一直都是那样子好不？”

她笑说：“脸皮可真厚。嘿，你等一下，我那儿有创口贴，我去拿几片给你贴一下伤口。”

我说：“不用了吧？就一点小伤而已。”

她说：“怎么不用，都流血了，等我啊！”话毕就转身走进了宿舍……

这一刻，我心里有一股说不上来的暖意在涌动。

江红老师突然从学习室门口探出头，望着我，问：“韩风，你还站在这儿干吗？”

她这举措吓了我一小跳，我说：“我……我在等李米米同学帮拿点东西出来。”

江红老师说：“拿了，就赶紧回宿舍去。”

我说：“哦，知道了。”

江红老师没再说什么，把头缩回了学习室里。

李米米走出了她的宿舍，就把四片创口贴递到我跟前：“拿着吧！”

我望着那些创可贴，愣了一下，说：“用不了那么多的，只要两片得了。”

“两片哪里够，都拿着。”李米米一把把所有创口贴都塞到了我手里，然后微笑着说，“嘿，要不要我帮你贴？我会贴得很好的咧！”

我愣了一下，有些小含羞地傻笑说：“不……不用了，我……我待会自己弄就得了，谢了！”

她微笑说：“客气了。那你回宿舍吧，不然老师又出来赶喽！”

我点点头："好的，拜！"随即便转身回了宿舍……

回到宿舍后，我洗了个头而且脱衣冲洗了被咬的地方，然后就上床叫峰兄帮贴创口贴，峰兄拿过创口贴就嘿笑着调侃道："听说爱心创口贴会让伤口愈合得很快的。"

我无语苦笑："乱来。"

峰兄说："我见她特别关心你。"

我装傻："有吗？我怎么一点感觉都没有呢？"

峰兄微笑着，没有说话。

我转移话题，说："我想胖子这浑蛋是狗变的，他大爷的，咬得我到处都是伤。"

峰兄笑笑："你也够狠，打人家那里，差点弄得人家断后了。"

我说："断后了也是他活该，谁叫他像疯狗一样咬人的。我现在都有点儿后悔刚才干吗不再用力一点儿了，或者再多抡几拳下去。"

峰兄说："哟……你还真想弄得他断后去，你才甘心啊？狠毒！邪恶！"

我说："什么乱七八糟的，这些肮脏阴险的词语用在我的身上你觉得合适吗？"

峰兄说："你觉得顺耳就合适。得啦，那事都过去了，他咬你，你打他那里，算扯平了，打个平手，就别想了。"

我说："这我倒不会想，我就怕他会想。嘿，刚刚，谢啦！"

峰兄笑笑："刚才已谢过了。"

这时，胖子走了进来，他板着脸，恶狠狠地瞪着我，我冲他轻蔑一笑："看什么看？"

胖子沉声来一句："你给我等着。"那架势像在酝酿着什么东东，阴邪阴邪的。

我淡淡一笑："切，你有那让我等你的资格吗？"

我的话音未落，江红老师就出现在了宿舍门口："韩风，你还吵什么？都几点了，还不快睡觉？"

我没有说话。

江红老师又说："谁都不许再吵了，你们不睡，有人要睡。"

没有回音，胖子走进了卫生间……

江红老师在门口站了十几秒，就转身离开了。

我在床上躺下，峰兄凑过来，莫名其妙地低声嘀咕了一句："你和胖子的梁子今天算是结下了。"

我无所谓地低声说："结下就结下呗，没什么大不了。"

峰兄说："看他那样子，或许他过后还会找你干架。"

我笑说：“有你在我怕什么？”

峰兄说：“好吧，你睡觉吧！”

随后我们谁都没有再说话……

接下来的整个午休我都没有睡，原因有二：一是没有睡意；二是胖子他斜躺在他自个的床上（他的床位在挨厕所那面墙的下铺）睁大着他的那双眼珠子一直往我的床铺这边望，望得我心里直发毛，浑身都觉得不自在。那时我真想爬起来指着他的鼻子骂他神经病，骂他变态，可最终我还是忍住了，没骂……

午休结束后，我以为他会找我算账，再来跟我 PK，可最后却什么都没有发生。倒是峰兄郑重其事地叫我下午放学回家路上小心点，别让胖子叫人来把我凑残了。(注：峰兄每天来学校，回家，都是他老爸开着辆黑色别克接送的……)

我故作轻松地回他：“切，量他也没那个胆。”其实那一刻我心里一点底儿都没有，甚至有些忐忑，毕竟他如果叫人在路上打我，到时要是我孤助无援，那不是惨了，想想就难免会有些后怕。

峰兄笑笑：“我看他非常有那个胆。”

我装出一副无所谓的样儿笑说：“那到时我就让他真正的绝种。”

峰兄拍了两下我的肩膀，给我竖起了拇指：“你厉害。”

我假笑回：“那是必须的。”

后来放学后我就跟我的小学同学黄凤、李夕、陈盈她们三个女生一块同路回家，一路上都没发生啥，白白让我忐忑了半天。其实近来放学如果没什么特殊情况的话，我都会跟她们几个一块同路回家。这个“同路”可这样解释：我们在本不同路的情况下，人为因素造成了同路。她们都是住在汇华广场附近，家都比我家离学校远，从学校到她们那儿有一条距离更短的大马路，可她们为跟我同路，却选择走通往我家这条相对距离较远的、较窄的马路。她们先跟我一起回到我家所在的小区前的马路，然后她们再绕路往她们家的方向走。她们这样子做的理由是：车少，还可以跟我这位老同学聊聊天，说说笑什么的。

唉……女人缘爆棚就是没办法啊！哈哈……自恋一下下！

最后的最后希望跟胖子的事情就此了却了，不要有后续了，这不是因为我怕他，而是因那样子太没意思了！话说冤冤相报何时了呢？

11月7日　　星期三　　阴

冬日的期盼

立冬。

冬天到了，秋天走了……

可我生活所在的这座城市却见不到半点冬的影子，闻不到半点冬的味儿。天气依旧有些微热，人们依然是单衣裹体的，反正我们都还穿着夏装校服，连一个穿秋装校服的都没有，就更别说穿冬装了。曾听哥哥这样感慨过：现在天气一年比一年热，都快要找不到冬天寒冷的感觉了，一年365天，寒冷加起来不够十天，两年前去北方别人送的棉衣棉裤带回来后就一直藏在柜子里，都没有机会穿出去见见光，滑稽的年代。

话说冬天你真的到来了吗？可我怎么感觉你离我们还很远呢？我都不愿意展开双手，面带微笑地等着拥抱真正意义上的你的到来了，因我不想我的双手太酸、太累，美丽而自然的微笑变得僵硬、变得疲惫呢！

冬天啊，你快点来吧，我喜欢你，喜欢你带给我的寒冷呢！最好今年这儿还能来场大雪，把整个世界都“装饰”得洁白洁白的，那样我就可以去打雪仗、堆雪人、玩雪球、滑雪了，想想这些就不由得兴奋极了。不过，这些也只会在梦里才会发生，毕竟这儿还从未下过雪呢！讲句实话有时候还挺羡慕那些生活在有雪下的地方的同龄人的，他们多幸福啊，可以在漫天飞雪的日子到雪地里尽情地玩耍，尽情地享受雪带给他们的各种快乐……

其实我长这么大来还没见过真正的雪，就更别说玩雪什么的了，所以我期盼着能下雪，哪怕下的是鹅毛小雪也好，这样子至少可以满足一下下我那颗对雪的好奇和爱慕之心，换句话讲：好让我那颗对雪充满饥渴感的小心脏缓解一下咧！

我何时才能见到真正的雪，能在松软的、厚厚积的雪的雪地上走走、玩玩呢？答案或许在不久的将来，又或许在很遥远很遥远的未来，一切都还是个未知数。不过我想如果我真正见到雪了，也真正在雪地上走了，那我可能就不会再像没见过雪前，没在雪地上走过玩过前那么爱雪了，或许那时我就会觉得冰天雪地也很平淡，这就好像我在没见过大海前，对海充满着无限的好奇和爱慕，整天想着去看海，在大海里游游泳，在沙滩上吹吹海风，看看海景，玩玩沙子，捡捡贝壳什么的，可在我去海边待过十几天回来后，我就觉得海也不过如此罢了，也就不再那么爱海了。或许这一切的一切是因好奇心在作祟的原因，也或许是因我个人性格比较多变（我一直都认为自己挺多变的，我也把这种异变心理称之为成长），可……哎呀，自己雪都还没见过，现在就去谈论自己见到雪后会不会不再那么爱雪，会不会觉得雪平淡了，我是不是有病呀？看来得治了——囧！

上午第一节下课后的课间，我捧着一大沓刚收上来的语文作业本往二楼班主任所在的办公室走去，在一班边的楼梯口巧遇了刚从楼上下来的叶青青。我冲她微笑了一下，然后什么都没说，也没等她有任何的回应，就从她身边走了过去。可刚走两三步，她的声音就响起："等等，疯子。"

我站住，没回头，只问："有什么事？"

叶青青走到我身旁拍了下我的手臂，说："嘿，你不认识同学我啦？"

我扭头望着她，笑笑："怎么可能，你化成灰了我都认识。"

"你……你才化成灰呢！"

"那么激动干吗？说吧，有什么事？"

"话说没事就不能叫你啦？"

"话说我还得送作业本，你没事，我就走。"

"话说你很急哦？"

"废话，这是公事，能拖拖沓沓吗？"

"话说那私事就能拖拖沓沓啦？"

我怔了一下，说："话说我听不懂你在说什么？好了，如果没什么事我就上去啦？作业本重。"话一毕，未等她有任何回应，我就抬步往楼上走去。

叶青青伸手一把拉住了我："等等。"

我皱眉望了望她拉扯我的手，然后迷糊地望向她："话说你认为我们在这儿这样子拉拉扯扯好吗？"

叶青青立马略显慌乱地松开了拉我的手，然后有点紧张又有点倔强地说："有……有什么，你想多了吧？"

我"扑哧"一笑："看把你紧张的，是你自己想多了吧？"

"什……什么乱七八糟的，我有事啦！"

"有事就说啊！"

"你……"她神秘兮兮地扭头四处望了一下，然后凑到我耳旁，低声说，"你和四班那个姓林的进展得怎么样了？"

我一愣，不敢相信地眨巴着眼睛凝望着她，心想：这你怎么也知道？你也太关注我了吧？难道说她林一宛到处宣扬我和她怎么怎么了吗？她应该不会这么神经吧？

叶青青抬手在我眼前晃了晃，傻笑说："嘿，问你话呢？你不会傻了吧？"

"切，你才傻呢！"

“那你干吗不说话？”

“我不知你在说什么啊？所以就不说喽！”

“狡辩。你那丁点儿事我早就知道啦！说说呗，到底发展得怎么样了？”

“哟，你好关注我哦！是不是对我有那个意思啊？”

“狗屁意思，不要转移话题。”

“你好无聊。”

“话说你这人的心变得好快哦！”

我笑笑：“话说人都是在不断的改变中成长的。难道你一直就没改变吗？”其实这一刻我的心里这样想：“美女，难道你的好姐妹不喜欢我了，还要我像个傻子一样坚守着那种空壳式的爱情不变吗？那样子做有意思吗？我有那个义务那样子去做吗？再说，我的心变不变跟你有半毛钱关系吗？”

叶青青说：“我……我只是说你变得太快了，又没有不准你变，你瞎激动什么？”

我说：“我很淡定的，没激动啊！话说变得快跟变得慢有区别吗？到头来还不是离不开一个‘变’字，是吧？”

叶青青眨巴着眼睛无声地望了我一会儿，才说：“好吧，你去送作业吧！祝你找到幸福哈！”

“这个……这个……幸福会来敲我的门的，拜！”话一毕，我没有停留半秒就往楼上走去了……

我不知道叶青青是怎么知道这事儿的，也不想知道，因为没意思。当然，我也不会就此事去找林一宛问些什么，因那样会显得自己太傻了。

11 月 7 日　　　星期三　　　阴

报　复

在下午放学前我都以为和胖子之间不再存在什么问题了，昨天那事儿已成为过去事，不再有后续了，因中午在托管中心的时候，胖子总是嬉皮笑脸地撩着我说话，那样子像是想把我俩间支离破碎的关系修复好似的，让我心里感到挺舒服，只不过我始终都装出一副冷若冰霜的模样，爱理不理地，把他当空气，心里甚至“变态”地觉到那样子做特刺激，超爽！可到下午放学后我才明白一切都只是假象，一切都只是自己自以为是的感觉而已。

今天班里轮到我值日，所以下午放学后我扫完地才走出校门。我走出校门时已是六点多，学校外已见不到几个同学们的影子。我跟同桌不同路，所以一出学校侧门我们就分开了，他往学校侧门左边的坡上走，我往学校侧门右边的坡下去。我带起耳塞，听着优美的音乐，悠哉悠哉地踩着单车，享受着轻柔的微风从脸颊掠过的那种惬意感……

“疯子！”胖子偌大的声音突然从路边传来，“疯子等一下！”这是离校门口百来米的地方，新建中的“永和家园”旁，马路的对面是一片还未开发的地，上面种满乱七八糟的农作物。

我刹车停了下来，但没下车，我望向他：“什么事？”这时他的身边站着三个人，一个是吴宏业，另两个我见过，也是我们学校的，但我不知道他们叫什么，他们俩的身高都跟我差不多，但没我精壮，就是比我肥。在这方圆几十米内，我只见到有一个拄着拐杖的老奶奶背对着我们往坡下走去。

胖子莫名其妙地微笑：“疯子，你知道吗？我们在这儿等你等得好辛苦啊！”

我皱眉，觉得费解：“等我干吗？”

他微笑说：“等你聊聊天啊！”话语间，他给吴宏业他们使了个眼神，吴宏业他们就立马向我这边冲过来，分三点把我围住，那两个我不知道名字的一个堵在我单车的正前方，一个堵在我单车的正后方，吴宏业则双手交搭在胸前，装出一副很凶很拽的模样堵在我的左边，也就是靠机动车道的一旁。

那一刻我心里明白胖子他这是找我算账来了，可我孤身一人，势单力薄，又不懂半点防身功夫，所以我心里自然就有些害怕和忐忑起来。不过我还是装出一副不慌不乱的淡定模样先扫视了一下围在我身边的吴宏业三人，然后把目光定格在不远处胖子的脸上：“胖子，你到底想干什么？”

胖子咧嘴阴阴一笑，说：“你说呢？”

我故作轻松地微微一笑，说：“看这仗势，是想打我吧？”

胖子又咧嘴阴阴一笑，说：“先上来，在马路上不安全。”他的话音刚落，站在我身旁的吴宏业就抬手推了我一把，然后凶巴巴地呵斥：“上去。”

我鄙视地望了一眼他，咧嘴笑说：“狗永远都是改不了吃屎的本性。”

“你说什么，你说什么？你再说一句？”吴宏业生气地推了我一把，指着我说，“你敢再说一句吗？”样子凶巴巴的。

我又鄙视地望了一眼他，笑说：“噢，我忘记了，狗也是会听人话的。”

吴宏业更生气地推了我一把，弄得我差点倒向一边，然后装腔作势地睁大眼珠子瞪着我：“你骂谁是狗？你在骂谁是狗？”

我笑说："谁应就是谁啊！"话音未落，我就立即用力一抬车头，用力一踩脚踏，撞了一撞堵在车前面的那个同学，接着马上把车头往那个同学的旁边一侧，用力一踏脚踏，想逃之夭夭，因我非常清楚我一个人不可能打得过他们四个，这种一点都不利于自己的情况下逃走是最好的办法，也是唯一的好办法，我可不想被他们一顿痛扁，弄得皮青脸肿的。

只是我的单车刚前进一点，就被迫停下，前进不了了，因吴宏业和刚才堵在我车后面的那个同学从后面用蛮力把我的单车抬了起来，让单车的后轮远离了地面。

这时被我撞到的那个同学，一边抚摸着被我撞到的地方，一边怒气冲冲地瞪着我："你跑啊，你个大爷的。"

"跑？我干吗要跑啊？"我知道我跑不了了，就索性下了车，冲他笑了笑，"痛吗？"

"你让我撞一下试试看，痛不痛？"

我没搭理他，望向还杵在刚才那个地方的胖子说："胖子，你收的小弟都不行呢？都那么笨的。"

"就你聪明。"胖子沉声说，"弄他过来。"

吴宏业和被我撞的那个同学立马过来推搡我，要我往胖子那里走。我无声地把单车扎好，没做半点的反抗，然后就在他们三个的推搡下往胖子那边走去，可刚走几米，我的单车就"咣当"一声摔地上了，是刚才被我用单车撞着的那个同学折身回去一脚把它踹倒的，他这举措触怒了我，我恶狠狠地瞪着他说："弄烂我的单车，我待会就打爆你，让你明天来不了学校，你信不？"

吴宏业推了我一把："信个屁，你以为你是谁啊？快走。"

我瞪了眼吴宏业，却什么也没说，因我不知道说什么好。其实我说那话，连我自己都不相信，毕竟在这种情况下，自己不被别人打爆就好了，还想去打爆别人，那简直就是痴人说梦，不可能的事咧！

我被推搡着走到胖子跟前，胖子就阴邪邪地笑望着我说："疯子，你现在是不是特想念你的好兄弟卢峰了？"

我故作轻松地笑笑："这问题你也关心？你管的事也太多了吧？"

胖子笑说："我乐意，怎么样，昨天打得我爽吗？"

我很小声地嘀咕了句："不把你打爆是我的过错。"

胖子说："你在嘀嘀咕咕什么？说大声点啊，听不见。"

我立马傻笑着装出一副服软的模样儿，说："五木哥，昨天我不该打你那里的，我现在正式向你赔礼道歉：对不起，我打错地方了，希望五木哥你大人有大量，放过我，好吗？"

胖子望着我，嘲讽一笑："哟，我没听错吧？这是你说出来的话？"

我赔笑："你没听错，五木哥，这真的就是我说出来的话，你胸怀宽广、睿智善良、风流倜傥、头发短见识长的，就不要跟我这种不识趣的小人物一般见识了呗，就放过我吧，好吗？"

胖子鄙视地望着我，冒出一句："跪下来求我啊，求我就放过你！噢，不，还要从我的胯下钻过去，我就放过你。"

我强忍着没有发怒，而是傻笑说："五木哥，不要这样子嘛，我们不但是同学还是亲密无间的舍友呢？是吧？以后低头不见抬头见的，你让我这样子做，真的好吗？"

胖子点点头："很好啊！还是那句话，跪下来求我，然后从我的胯下钻过去，我就放你走。"

我无法再忍受心中的怒火，太没脸了，一改那懦弱的语调，生气道："你来跪我啊，你来从我胯下钻过去啊，你个死胖子，有本事咱俩就单挑，敢不？看我怎么把你打爆……"

"你……"胖子欲言又止，愤怒地抬起双手推了我一把，"凶啊，你继续凶啊？"

我瞪着他："有本事咱俩单挑，你敢吗？"

他抬起一手推了我一把："单挑？你认为有可能吗？"

我继续瞪着他："熊货，以多欺少算什么本事？"

胖子又抬起一手推了我一把："骂谁是熊货呢？"

我又继续瞪着他："谁搭话就是谁啊！"

胖子又抬起一手推了我一把："你再骂一句试试？你再骂一句试试？"

我恶心地往一边吐了口口水，然后毫不示弱地瞪着他："你再推我一下试试？你再推我一下试试？"

胖子盯看我两秒，然后抬起双手挑衅式地推我："我就推你怎么了？我就推你怎么了？"

我瞪着他，极力地克制着，没有说话，任由他推。推了几下后，或许见我没反应，觉得没意思吧，他就突然发力使劲地推了我一把，让没料到他会这样子做的我一下子后退了几步，才站稳，没摔倒。

"哈哈……小样，你不是很牛吗？来打我呀！怎么，不敢啦？怂啦？"胖子阴阳怪气地说，"刚刚不是还说再推我一下试试吗？我去，我就推你怎么了？你敢打我吗？呵，量你也没那个胆，怂货。"

我心里百味陈杂地望着满脸得意笑容的胖子，然后干笑了两下，抬手拍拍身上的衣裤，什么都没说。

"你什么意思？"胖子上前又抬手推了我一把，"不说话怎么个意思？"

我望望他，问："我可以走了吗？"

胖子望着我，阴阴地笑笑，说："你想得好美，我们的账算完了吗？"

我望着他，问："那你想怎么个算法？"

胖子扭头望望身旁的吴宏业他们，然后望回我："这样算，兄弟们给我上，打爆他。"

我快速举起右手阻止："等等！"

胖子疑惑："怎么了？"

"我……我……"我望着胖子，阴阴一笑，突然上前猝不及防地抬膝向他的胯处狠狠一顶。

胖子即刻惨叫一声，条件反射般双手捂住胯处，脸涨得通红，痛苦地弯下了腰："哎……哎哟，你个浑蛋，又顶我这里。哎哟……"

"知道错没有，哈哈……"我抬腿就跑，只是我刚跑不够三步，吴宏业就一把扑了过来从背后熊抱住了我，他说："想跑，做梦吧！"

我用力挣扎："反应够神速的。放开我！"

吴宏业紧紧地熊抱着我："有可能吗？你们两个傻啊，过来帮忙摁住他啊！"

随即那两个我不知名字的同学就冲上前，一人一边帮忙摁住了我，弄得我无法动弹。

我索性放弃了挣扎，心里萌生了一种从未有过的绝望。

胖子痛苦地站直了身，面红耳赤地怒望着我，像要一口把我吃了似的。

吴宏业突然冒出来一句："大哥，痛吗？"

胖子生气地瞪向他："废话，你让我顶一下看看痛吗？"

吴宏业说："那还是算了。大哥你吩咐吧，怎么弄他。"

胖子咬牙切齿地说："给我揍他，往死里揍他。"

吴宏业说："好咧！弄死他！"

我立马大声道："等等。"

吴宏业问："你又想要什么花招？"

"我哪敢耍什么花招。"我望向胖子，"胖子，不，五木我希望你想想，你在这个地方打我，你觉得好吗？离学校那么近，你就不怕老师……"

胖子生气地打断："揍他啊，让他废那么多话干吗？"

吴宏业说："如果待会有哪个老师突然走出校门见到了，怎么办？"

"笨啊，不懂跑啊！揍他！"胖子走了过来扬起一腿，然后就恶狠狠地向我的胯下踢来。在这种万分紧急的情况下，我想都没想就用力往身后依旧熊抱着我的吴宏业一靠，然后借力往上一跳，胖子那狠狠的一脚就从我的下面踢过去，准确无误地落在了吴宏业的胯上……

吴宏业杀猪声般的惨叫声即刻响起，接着他松开了熊抱我的双手，然后双手捂着胯处蹦跳起来："哎哟，痛死我了……哎哟，大哥，你干吗踢我啊……"

"胖子，你也太狠了点吧？"我突然用力地甩了一下被那两个我不知道名字的浑蛋抓摁住的手，想甩开撒腿就逃，可结果却甩不开，因他们抓摁得太紧了，无奈，我只好作罢，"连你自己的兄弟也不放过，踢伤了可怎么办？"

"你……你个浑蛋，我揍死你。"胖子恶狠狠地向我的脸部挥了一拳过来，在这种万分情急之下，我同时扬起一脚踢向他，他根本没有躲，我想躲，可客观原因却不让我躲，所以我的脸颊被他结结实实揍了一拳，弄得我头晕目眩，分不清天南地北去，不过他的小腿也被踢了一脚……

"你妹的，我叫你凶？叫你嘚瑟……"胖子恶狠狠的声音，"给我往死里揍他……"

我的身子一下子就迎来了无数的拳头和脚……我反抗，我极力地反抗，我甚至一度甩开了他们，只是没几秒钟又被他们重新摁住了……后来，我不知怎么的就被弄倒在了地上，可那些拳头啊，脚啊，依旧像雨点一般落在我的身上。刚开始的时候我还有些徒劳般胡乱反击，乱踢乱打，可到了后头，便没了反击，只有绝望般双手护着头，极力地蜷缩着身子，由着他们捶啊，踢啊，踹啊什么的。这里可不能说我怂，而是我寡不敌众，已无力再反抗。

"都给我住手。"一个响亮粗鲁的、又有点熟悉的声音突然响起，"都给我住手，听到了没有？给我住手。"

这时像雨点一样落在我身子上的拳头和脚一下就莫名其妙地没了。

我满心疑惑，慢慢挪开护着头部的双手，然后从胖子他们的脚缝间往外看，见到我曾经的小学同学覃龙帆（覃龙帆是我小学一年级到四年级的同班同学，上五年级后，他就转校了，上初中后我们又在同一所学校，不过不同班，军训时他在二班，分班后他在一班……）正拿着把锁单车的大锁头怒气冲冲地指着胖子他们……

覃龙帆望了眼我，问："韩风，你没事儿吧？"

我心里百味陈杂，是温暖，是委屈，是难受，是茫然，是费解，是不敢置信，因在小学四年里，我跟覃龙帆的关系都特别糟，那时他见我的个头比他小，他就常欺负我，作弄我，我就此还愤恨地跟他干过很多次架，记得有一次我们俩都打得对方鼻青脸肿了，但还是互不相服。现在我们虽又在了同一所学校，但这么久我们都没怎么聊过，还有我现在的个子已比现在的他高出那么一点点了，不再是那时候他嘴里的"矮子"了……

覃龙帆的声音又响起："韩风，你大爷的，有事没事说一声行不行？"

我迟疑了一下："还……还活着。"

覃龙帆说："活着就赶紧起来，别躺在地上装死人了。"

我心想："我去，你妹的，说话能不能不那么粗鲁啊？好像我很想躺在地

上似的。我现在浑身上下都是痛的，就差没死了。”

我支吾了一下，欲想爬起，可谁知胖子这个浑蛋一脚踩在我的胸口上，摁压着，不让我起来：“想起来，你问过我没有？我允许了吗？”

我弱弱地望着他，没有挣扎，没有反抗，没有说话，因我想借此机会缓一缓，也可以说是为了更好的保护自己，让自己免受那粗暴的拳打脚踢，当然还有想看看自个的发小覃龙帆会怎么解决。不过真心话，此刻的我想杀了胖子的想法都有，毕竟他太浑蛋，对我下手太狠了。

覃龙帆大声说：“死胖子我警告你，立即马上把你那猪腿挪开，不然老子让你立马趴地上。”

胖子假假地大笑：“哈哈哈……你以为你是谁啊，覃龙帆？我告诉你少管闲事，有多远就给我滚多远，不然我们连你一起打。”

覃龙帆气势汹汹地说：“死胖子你别敬酒不吃吃罚酒，我告诉你，你再不放开，待会我弄死你，你信不？”

我在心里无奈地想：“覃龙帆你不会是在装腔作势，吓人的吧？如果是，那你赶紧跑回学校去帮我叫那儿的保安大哥出来，那保安大哥跟我很熟，你告诉他我的名字，他一定会想都不想就跑过来的。如果不是，那你就赶紧过来揍他呀，跟他那么多话干吗？等着我被他们揍死是吗？我去……”

胖子不以为然，语言轻佻地说：“好凶哦，我们都好怕怕哦，呵呵呵……”假笑，突然脸一沉，“得了吧，那么多废话，有多远就给我滚多远，不然我们连你一块打。”

“死胖子，死胖子……”覃龙帆气急败坏地把拿在手上的那把大锁头狠狠地往地上一砸，然后就撒腿冲了上来，接着以迅雷不及掩耳之势给了反应有些迟钝的胖子一拳和一脚，胖子摇晃几下即刻摔倒，向地上的我倒来。我刚有翻身躲开的想法，胖子这头肥猪的整个身子就倒在了我身上，压得我差点儿就成饼干了。话说覃龙帆送的这份见面礼真的太重太重了，让我都产生了一种宁愿继续被胖子他们揍，也不愿他出现，送我这礼的奇葩想法。

“呀……覃龙帆你个浑蛋，给我搞死他。”胖子挣扎着起身，“你们一个个给我上啊，给我打爆他。”

吴宏业三人稍作愣神后，就立马上前把覃龙帆团团围住，准备群攻。

覃龙帆说：“韩风，你大爷的，还躺在地上等死啊？快起来弄死那头肥猪呀……这三个就交给我了……”话语未落，他已跟吴宏业三个厮打在了一块。

我忍着来自于身体的各种痛，各种难受爬起了身，然后就使出了洪荒之力咬牙切齿地扑上去打胖子这头肥猪……在跟胖子的厮打当中，我把我身体上各个能对他实施到打击的部位都尽可能地用上，就连我最忌讳用的嘴我都毫不犹豫地用上了。那个时候我心里唯一的想法就是把他打爆，打残，以泄我心头爆表的怒火，报刚刚被他狠揍的仇。

也不知在厮打中过去了几分几秒，我开始骑在胖子的身上发疯似的捶着胖子用手护着的头，嘴里还不忘骂着：“打死你这头肥猪……打死你这个死胖子……打死你这头蠢猪……求我啊，哭着求我就放过你……”

“够了，够了。”覃龙帆拍了几下我的肩膀，“再打肥猪就要变成死肥猪了。”

我泄愤般又挥了他几拳，才停下来，我抬头望了眼覃龙帆，见他一脸轻松，气不喘，衣不乱的，心生奇怪：“吴宏业他们三个呢？”

覃龙帆抬手指了指我左后方：“那边呢！”

我扭头望去，只见十几米外的他们仨正相挨坐着，个个一副被打败的狼狈样儿，向我们这边望来，我心里迷糊加惊讶，问：“你一个搞定他们仨？”

覃龙帆回：“算是吧。”

我说：“什么叫算是吧？算就是算，不算就是不算。”

覃龙帆盯看了我片许，咧嘴一笑：“你还是那么地较真，好吧，我承认，算了。”

我惊愕地望了眼覃龙帆，冒出一句：“你是怎么做到的？”

“就是随便捶捶啊，踢踢啊什么的，就这样子了。”覃龙帆或许不想再谈论这个问题，就抬脚踢了踢（轻的）胖子的肩膀，“嘿，肥猪，痛吗？”

胖子先是一愣，然后木讷地摇了摇头，纯一副害怕的模样儿望着覃龙帆，没有说话。

覃龙帆咧嘴一笑，问：“还想把我打爆吗？”

胖子又木讷地摇了摇头，依然没有说话。

覃龙帆又问：“以后还敢以多欺少，打他吗？”

胖子又木讷地摇了摇头，依然没有说话。

覃龙帆又问：“那服了吗？”

胖子又木讷地摇了摇头，可立马又点了点头，依然没有说话。

覃龙帆抬手指了指胖子，说：“胖子，我告诉你，以后我听到或见到你再以多欺少打他的话，我让你吃不了兜着走。就你这个猪样，也想在这个地方称王称霸，你问过我没有？要不是看在我跟你是同班同学的份儿上，我今天就直接把你打进医院去，不，不用我出手，韩风一个人就可以把你打进医院去了，你信吗？”

胖子惶恐地点点头，依然没有说话。

覃龙帆轻踢了两下胖子的肩膀：“嘿嘿嘿，你一直点着个头什么意思呀？不懂说话了是吗？”

胖子蠕动了一下双唇，低声说：“知……知道了。”声音有些颤抖。

覃龙帆说：“那么小声我没听见，大声点。”

胖子提高了些声音："知道了。"

覃龙帆说："知道什么了？"

胖子说："不要再以多欺少打韩风了。"

覃龙帆点点头："记住你说的，也记住我说过的。好了，滚吧！"

胖子愣愣地望着覃龙帆，没有动。

覃龙帆说："怎么，还想打是吗？"

胖子苦巴着脸，指了指还坐在他身上的我："他……他不起来，我没法走。"

我愣一下，刻意往下蹲压了两下才站了起来，然后恶狠狠地指着胖子说："胖子，我告诉你，今天要不是看在覃龙帆的面子上，我肯定打到你死去，见过小肚鸡肠的，可没见过像你这么小肚鸡肠的。是不是现在又在心里盘算着明天再喊多一点儿人来拦我的路，打我了？或暗算我了？"

胖子慌忙摇头："不敢了，不敢了。"

我对着他的肚子扬起一脚，但没有踹下去，冷静下来的我有点心软了，下不了脚，只有些不耐烦地说："滚滚滚滚……"

胖子即刻慌忙地连滚带爬地往吴宏业他们那儿过去："走了，走了，还待这儿等着被打啊，一帮废物……"

随后他们四人便一瘸一拐相携着走了，样子狼狈不堪。

覃龙帆没有多看一眼离去的他们，抬手拍了一下我的肩膀，微笑说："看你伤得不轻，没事儿吧？"

我假笑了一下："还好吧！谢啦！"

"我们老同学来的，还那么客气。"

"反正我必须得感谢你。你知道吗？要不是你刚才的突然出现，我今天可能就要在这儿被他们废了。"

"你怎么会惹到他们的？"

"我跟胖子还有吴宏业是同一托管中心的，昨天中午因一些小事，我就跟胖子在托管中心干了一架，他不服，一直怀恨在心，所以……"

覃龙帆微笑："你也够阴损的，换我我也会不服的。"

我微笑："我那也是被逼无奈的。嘿，你知道吗？我刚才刚看到你拿着那个大锁头指着他们的时候，我还以为我眼花了呢？"

"为何呢？"

"我想不到你会帮我啊！"

"这又是为何呢？"

"我们小学的时候不是经常干架嘛？记得那时候你还经常欺负我呢！"

"那些老掉牙的事儿，你还记得啊？"

"必须记得的啊，不然怎么记得住你呢，是吧？"

“我去，这话说得好像只有记起那些事，你才会记起我一样？”

“那是必须的，反正一想到打架我想到的第一个人就是你，够深情吧？”

“你能不能不那么逗呀？”

“我也不想啊，可谁叫我们那时除了干架还是干架呀？话说那已成了珍贵的童年记忆深埋在心中了，消失不去的。”

“晕死，说话能不那么文绉绉吗？我可是个很粗鲁的人，听了这文绉绉的话，我耳朵不舒服呢！”

我笑笑：“对了，你那拳脚是去哪儿学的？”

覃龙帆惊愕：“哟，你怎么知道我去学过拳脚？”

“虽说我刚才忙着打胖子，没注意看，但一想就知道啦，要不是有两下子的人，能赤手空拳以一敌三吗？”

覃龙帆笑说：“看来你不笨嘛？”

“我去，我一直都不笨好不？”

“也许是我记错了吧！呵呵……的确，我去学过拳脚，学的是散打，学了一年半，学得不算精，但也勉勉强强过得去。”

“难怪了。”

“好啦，我得先走了，我还有点事儿，有空再聊啊？”

“好的！”

“对了，如果那胖子再敢动你的话，你告诉我一声，我帮你收拾他。”

“好的。谢啦！”

覃龙帆笑笑：“我不会再说客气了的。先走了，拜！”随后就去捡起那把刚才被他重重砸在地上的大锁头，然后去路边骑上他那辆有点陈旧的山地自行车，离开了。

我望着他远去的背影，轻吹了口气，就忍受着身子各处传来的各种疼痛，拍了拍身上的尘土，然后粗略地检查了一下身上的一些伤口，见两只手就有好几处是被刮伤流血的，两小腿上也有好几处淤肿，大腿、后背、前胸、肚子我都没有去检查，因我不想检查，有些地方在此也不方便检查，反正这时浑身上下没一处是自在的，都是疼痛的。

我随后忍受着疼痛走去捡起被我不知何时扔在地上的那干瘪的书包和我那摔成几块的手机，然后把手机重新组装好，开机，见还能用，便打开了手机的自拍功能，照着自己，这才发觉手机里面的那个自己连自己都有点不认识了——左颧骨处黑了一块，皮破了点儿，渗血了，右下额处和右嘴角处各红肿了一大块，头发蓬乱蓬乱的，纯一副被人痛殴后的惨像，惨不忍睹。可好笑的是我却不记得这几处是什么时候被打到的？

这时，我心中刚刚平息些的怒火又莫名其妙地蹿升了起来，我自言自语地骂道：“这帮浑蛋，竟然打我脸，还打成了这个鬼模样，让……让我怎么回去见我妈妈呀？见到了怎么说呀……”

骂了一阵子后，心情有些好转，我就从书包里拿出水壶，把剩下的半壶水都倒完来洗脸洗手，然后我再用纸巾把脸手擦干，才一瘸一拐地去扶起倒在路边的单车。这时，我注意到了对面马路上有一个大妈和一对年轻男女正嬉皮笑脸地往我这儿望来，还时不时交头接耳地嘀嘀咕咕交流着些什么。也不知他们是何时站在那儿望的，如果在我被群殴时，他们就站在那儿望的话，那他们也太冷血了，话说见我一个一表人才的好学生，被打得那么惨，也不过来阻止或劝说一下的，只嬉皮笑脸地杵在那儿看热闹，或许他们刚才可能还变态地用手机把整个过程录了下来呢？

我愤怒地瞪着他们，然后用力地往马路边吐了口唾液，表示对他们感到恶心和厌恶，再然后骑上单车往家的方向踩去……

回到家后，妈妈见到我这副狼狈不堪的模样，就担心地问我怎么回事？怎么伤成这个样子了？是不是跟人家打架了？是不是……

我不敢如实相告，因我怕她明天去学校找胖子他们算账，把事情弄得沸沸扬扬的，那可是超没面子的事儿，会很丢脸的，所以我只好编说：“学校下坡那儿也不知怎么回事，到处都洒满了石子，今天我骑车又骑得快了那么一点儿，一不小心就打滑摔倒了。不过摔得也不是很重，都是一些皮外伤，擦点药就好了，没事的，你不用担心。”

可妈妈她怎会听我的，会不担心呢？她一边开始唠唠叨叨地说个不停，说我不懂事啊，说她天天让我骑车小心点儿，不要骑飞车，我偏不听话啊，说我让她不放心啊，什么的，一大堆，一边忙着帮我拿消毒水清洗我脸上、手上的伤口。我没有让她看我身上和腿上伤到的地方，因我怕露馅了。

待消毒清洗完，妈妈就拿着万花油和消肿止痛酊过来，出血的地方就帮我涂上万花油，不出血只淤血或红肿的地方就帮我涂上消肿止痛酊……

在此期间我几乎没说话，就听着妈妈唠叨，静静地看着她帮我清洗消毒伤口、涂药，感受着妈妈对自己的爱。我不敢、也不愿去想像妈妈如果知道我是被人打成这个样的，她心里会有多难受，多伤心，多气愤……

后来，我回到自己的房间才脱下上衣和长裤检查了身体上其他各处的伤，伤得还真不轻，左肩膀、右手臂、右大腿都各肿了一大块，且那里的皮肤都是呈紫黑色的，用手指轻轻摁一下，都痛得要命。大腿和后背还有好几处是红肿或青肿的，不过都比较小块，不是十分要紧……待检查完后，我就对着各处伤着的地方，一一涂上药……

话说这两天过得很糟糕，是特别特别的糟糕。我不喜欢过这样的生活，一点都不喜欢，我也不想打架，是一点儿都不想，可这一切又都由不了自己，都是胖子这个浑蛋逼的。反正希望胖子这个浑蛋别再来招惹我了，要不然我真喊上几个人狠狠地教训他一顿，让他知道“错”字怎么写。

最后向上天祈祷我脸上的伤明天醒来就全都好了，恢复我原来帅气的容颜，可这些也只有做梦时会发生，现实中是不可能发生的，呜呜……看来明天我注定得丑丑的去学校见人了！

11月8日　　星期四　　晴

能送我回家吗

今天早上一去到学校，就有无数真关心我的或假关心我的人来问我是怎么弄成这个样子的？是不是昨晚跟人家干架了？是不是很痛？怎么伤得那么严重了，还来学校？等等，一大堆，对此，我一律不做回答，就连班主任来问我，我也不做回答。因我不喜欢，甚至可以说讨厌再去谈论关于这件事情的一丁点儿，我想让它如清风一样从耳边掠过，一去不复返。当然，我在心里面感谢那些真心关心我的人，谢谢他们的关心。至于那些虚情假意“关心”我或借此事幸灾乐祸般嘲笑我的，我不会憎恨他们，也不会去讨厌他们，因他们不配我去憎恨，也不配我去讨厌，我只会把他们当空气，当虚无。

中午回到托管中心，吴宏业这痴仔也不知哪根神经搭错了，竟然就屁颠屁颠地跑来跟我道歉，说什么他昨天那样子做，都是被胖子逼的，他也很难做人，所以希望我大人不记小人过，希望我原谅他，不要怪他，且还跟我保证说以后不会再跟着胖子来打我了。他还告诉我说胖子昨晚去医院了，今天都没来学校，伤得挺严重的。我听后，只吐了两个字：“矫情。”

吴宏业认真地说：“不是矫情，而是真的伤得很严重。我们昨晚被你们赶走后，没跑够一百米，胖子就一瘸一拐地跑不动了，后来都是我们搀扶着他回家的，回家后，他妈妈就用车拉他去医院了……”

我打断他：“那就是矫情……还伤得很严重？还没死呢。”

吴宏业没敢再吱声，只呆呆地望着我。

我随即面无表情，非常认真地说：“你见到胖子，帮我转告他，他胖子要是再痴痴癫癫地来招惹我，我叫人弄死他，把他那身肥肉割下来烤了来喂狗，我说到做到。”

吴宏业怕怕地答应。

其实我哪有那么血腥，我可善良着呢！这只不过是我玩的一种心理战术罢了，想借此来震慑一下他们这帮浑蛋的嚣张气焰。话说不到万不得已的情况下，我是不会傻到去玩那种“鱼死网破”的游戏的，因那样子做，不值得，一点都不值得。

午饭的时候，我领完饭菜后就一个人捧着饭菜去了学习室，因宿舍闹哄哄的，但这时的我却想一个人清净清净。

话说我捧着饭菜走进学习室，刚在第二组第一桌右边的位置坐下来吃了几口饭，鸡腿妹李米米就捧着饭走了进来，在第三组第一桌左边的位置坐下，和我只隔着一条走道。她先眨巴着眼睛望了我几秒，才说：“嘿，你能告诉我你这脸是怎么弄的吗？”

我对她笑了笑，只说：“吃饭。”

她嘟嘟嘴：“好吧，当我没问过。”

我没有说话。

几秒后，她奇怪地问：“你说老师他们为什么平白无故地把这学习室的门拆了呢？”

我望了眼那扇靠在讲桌后面那面墙壁上的门，想都没想，就说：“想拆就拆呗，哪里有那么多为什么。”

她说：“NO，NO，NO，这里面肯定是有原因的。”

我说：“有什么原因啊，想多了吧，你？”

她说：“晕死，你不能好好说话吗？”

我说：“我一向都是这样子的呀，难道你现在才发觉吗？”

她说：“你骗人，你以前不是这样子的。”

我笑笑，没说话，埋头继续吃饭。

她又说：“我刚才问过江红老师了，这门被拆是有原因的。”

我“哦”了一声，便没了后话，可却在心里嘀咕：“知道有原因，直接说出来不就得了，还装出一副茫然不知的模样，有意思吗？这样子有意思吗？”

她说：“喂，你难道就不想知道那原因是什么吗？”

我说：“对此不感兴趣。”

她说：“晕死。那如果那个原因与你有关呢？”

我说：“还是对此不感兴趣。”

“你……”她欲言又止，然后缓了一下语气，吐出两个字，“吃饭。”随即埋头吃起了饭，一脸的不悦。猜测得出，此刻她的心里肯定很不舒服，因我这么的无趣，甚至可以说是对她的漠视。

我们彼此静默分把钟后，她又忍不住开口说：“其实这门是因为你和胖子前天打架，老师才把它拆掉的，目的是为了防止再有类似的事情发生。”

我说：“早不防，晚不防，现在才防，有个毛用啊！”

她挤皱起眉头，一头雾水的模样说：“啊，你在说什么啊？”

“我在说，早不防，晚不防，现在才防，有个毛用啊！”

“何出此言呢？”

“随口乱说的。”

这时候，峰兄突然走进了学习室，可见到我和李米米在一块儿，就立马驻足，然后咧嘴嘿笑说：“我……我走错了，不好意思。”话一毕，就抬步退出了门口。

我对此苦笑无语。

李米米笑说：“卢峰同学，他好……好搞笑哦！”

我说：“你知道他为什么会这样子吗？”

李米米摇摇头：“不知道，为什么啊？”

我略想了下，说：“因为……因为他害怕影响到我们聊天啊！”

李米米愣了一下，略显紧张地笑了一下：“晕死，有什么影响的？我们不就是在随随便便说说话，聊聊天嘛！”

我笑笑说：“这我就不知道他了。”可我心里却这样嘀咕：“美女，你是在揣着明白装糊涂吧？难道你不知道他是认为我和你在这儿交流感情，所以才转身出去，不想在这儿当电灯泡的？”

李米米笑笑：“他这人挺奇怪的。”

我附和：“太神秘了。”

李米米说：“让人琢磨不透。话特少。”

我附和：“典型的闷骚型。”

李米米说：“对，非常正确。嘿，我觉得好奇怪哦，你和他的性格那么不一样，可你们为什么会那么合得来呢？”

我笑了一下，反问：“那我和你的性格一样吗？我和你怎么那么合得来，聊得那么来呢？”

李米米想了想，笑说：“我们投缘呗！”

我说：“这也是一种解释，但我认为主要是因为我不只局限交臭味相投的、性格一样的人做朋友有关。我这人比较随和，喜欢交各种各样的朋友，因我觉得那样子才好玩。这里给你举个例子：如果一个闷骚型的人，要是只和一个闷骚型的人交朋友的话，那么他们两个待在一块就成了超级闷骚型的人，这样子他们或许多年都不会有一句话说，那将会是多么煎熬，多么痛苦，多么无趣的一件事。如果要是闷骚型的人找个不闷骚型的人做朋友，那么……”我没有说下去，因我见到李米米正一手托着腮帮子，怔怔地望着我，那小眼神蕴藏着一种怪怪的情愫。

我伸手过去在她眼前晃了晃，说：“嘿，你这样子盯着我看，有意思吗？”

她微笑说："你刚才讲话的样子好帅，你继续讲下去啊，我在听着呢！"

我苦笑："话说你能正常点吗？"

"我一直都很正常的啊！"

"我现在这副模样，也帅？你在跟我开国际玩笑吧？"

"这才是真汉子。说真的，你脸伤成这个样子，还敢来学校，我特别佩服你……"

"打住。首先感谢你由衷的佩服，然后我并没有你想的那么好，其实我也不想来学校的，是我家里人逼着我来，所以……"（注：这是我瞎编出来的，其实妈妈和哥哥都没有逼我，他们由我决定，而我最终选择了来学校，因我不想因为这么丁点儿小伤请假、旷课……）

"骗人。"

"信不信由你喽，反正就是那样子的。"

"那好吧，我信你了。嘿，那你能告诉我你这伤是怎么弄的吗？"

我笑了一下："吃饭。"随即埋头吃起饭来。

李米米索性来了一句："好吧，当我没问过。"

我笑说："你能换一句吗？"

李米米没说话，若有所思地用勺子挑着碗里的饭……

我见到，忍不住问："你不吃啦？"

李米米回："饱了。"

我说："吃那么一丁点儿就饱了？看来你离成精已不远了。"

李米米说："这关你的事吗？"

"才怪。"我站起身，"回宿舍喝口水，你就慢慢在这儿沉思吧，不陪了。"

李米米随即也站起了身，笑说："我也走了。"

随后我们俩都没有说话，一前一后往学习室外走去……

下午放学后，我去了趟播音室，和广播站"校园之声"节目的其他成员开了个还算短暂的会议，会议内容主要是重新安排好各成员的工作时间，还有重新强调一下以后工作中要注意的具体事项和纪律。会议结束后，学校里显得空荡荡的，已见不到几个同学的身影。

我背着自己有点沉重的书包——晚上各科都有作业，要带的书挺多，所以书包就自然而然地重了，不再是空瘪的了——到摆放单车的地方拉上自己的单车就往学校侧门走去。出到学校侧门外，我刚骑上单车，就听到有人喊："韩风，过来一下。"

我寻声望去，见林一宛正站在马路对面微笑着冲我招手。我心里有些迷糊，有些疑惑，有些惊讶，也有些无奈，但我还是耐着性子骑着单车往她那儿去，去到她跟前，望了她几秒，才问：“有什么事？”

她抿着嘴微皱着眉头怪怪地望着我，却N久都没说话。

我对此表示超级无语，我不耐烦地说：“你没什么事我就先走了，不然天要黑了。”

她忙道：“等等，我有事啦！”

“那有事就说啊，等你半天都不见你说一句话的。”

她鼓鼓嘴：“我……我不就是想先看看你脸上的伤，伤得咋样了嘛？”

“那现在看清楚了吗？”

她点点头：“看清楚了。”

“那就好，说事情吧！”

她奇怪地摇摇头，却没说话。

“你摇头什么意思啊？有事情就说事情啊！”

她抿着嘴望了我一会儿，才说：“我……我就是想问问你的伤好点了吗？还痛不痛？”

我苦笑：“你就是因为这，才留下来等我的？”

她认真地点点头：“嗯。今早你主持的时候，我发现你脸上有伤，我本来想去找你的，可由于种种原因，所以我……我现在才在这儿等你。”

我无奈地苦笑了一下：“首先我非常感谢你的关心，然后你完全没必要这样子做的，没意思呢！”

她听后微笑了下：“我……我觉得有意思。”

我说：“但我觉得没意思。”

她说：“那……那是你的事。对了，你是怎么伤着的啊？伤得那么严重。”

我说：“这个问题，今天至少有100个人问过我了，我从来没回答过，无论问者是谁，你明白我说的是什么意思吗？”

她笑了一下：“我……我可以是唯一特殊的那一个吗？”

我愣了小半天，反问：“你认为有可能吗？”

她嘟嘟嘴：“只要你说，一切都有可能。”

我咧嘴笑笑，没说话。

她点点头，笑了笑：“我知道了，当我没问过啦！”

我说：“都问了，还当？有意思吗？”

她说：“问是问了，可是你没回答啊，所以从某种意义上说，也可以理解为没问过的。”

我说：“什么乱七八糟的。喂，你还有什么其他的事吗？没有我就先走了！”

她迟疑了一下，摇了摇头：“没……没有了，你……你走吧！”

我说："那拜拜喽！"

"噢，等等。"她有点慌乱般打断，"我……我没骑车，你……你能送我回家吗？"

我愣了一下，略显为难地说："我好像和你不同路吧？"

她说："你……你愿意绕到我家那边就同路了。"

我苦笑："那不是叫我绕上一大段路。"

她抿嘴怔怔地望了我一会儿，才说："那……那算了，我自己走着回去吧，拜拜！"她有些僵硬地笑着向我挥挥手，然后就有些失望地转身走了，方向是坡上。

我望着她略显忧伤的背影，心里有些过意不去，觉得自己太冷血了点儿，然后心一横，调转车头，追了上去……

"嘿，等等。"我把单车骑到了她前面，然后停下，扭头望着她，"上车吧！我送你回去。"

她一脸的惊讶，一脸的不相信，呆望了我几秒，才问："真的吗？"

我回："上车就是真的，不上车就是假的。"

她立马微笑地说："谢谢！"

我说："客气了，上车吧！"

随后她坐上了我的车，双手扯着我腰间的衣服，我就搭着她往她家的方向骑去。她问我："怎么突然改变了主意？"

我回她："想多锻炼一会儿啦！"

她呵笑，但没说话。

我也没说话。

后来，直到把她送回到她家的小区门口，我们加起来说的话也没超过10句，因为不是她沉默，就是我沉默，恍若我们都喜欢这种彼此的沉默似的。

话说有时候自己的心还是蛮软的，硬不了，也不知这是好还是不好？该不该去改？呵呵……

今天班主任上课时突然公布了期中考试的时间，本月的14～16日，看来接下来的几天里又得沉浸到紧张的复习当中去……

11月9日　　星期五　　阴

一片狼藉

今天家里发生的事儿，让我的心情异常的糟糕……

下午放学后，我拖着有些疲倦的身子回到了家门外，就听到从家里传出来爸爸歇斯底里的爆吼声："够了……够了……你是要逼我去死吗？"

随即是妈妈夹带着哭腔的沙哑声："是你逼我去死……你个浑蛋……"

接着是一阵偌大的刺耳的摔东西的声响……

爸爸气愤的爆吼声又响起："那你就去死吧，没人拦着你，去死啊……"

"你个浑蛋，臭不要脸的……你干吗不死在外头，还回来干吗？回来干吗……呜呜……你个浑蛋……干吗不把那个女人一块领回家啊？"

"够了，够了……"

接着又是一阵偌大的刺耳的摔东西的声响……

妈："摔啊，摔啊，把家里所有的东西都统统摔烂啊……呜呜……"

爸："你……你就是一个疯婆子，看我……我不打死你……"

妈："哎哟……你打啊，打啊……打死我……呜呜……打死我……呜呜……我告诉你，我死了，我做鬼也不放过你……"

接着又是一阵偌大的刺耳的摔东西的声响……

这时的我一脑子的茫然和不解，我不知道爸爸何时到的家？还有他和妈妈为何吵架？且吵得那么凶。

我在家门口愣一会儿后，才拿出钥匙来开门，只是我刚打开房门，脚还未踏进门槛，爸爸就满脸阴沉地、气冲冲地走了过来，见到我，先愣了一下，然后什么都没说，就穿鞋从我的身边走了过去，步伐有些凌乱地消失在了我的视线里。

"你个浑蛋，你个人渣，出去让车撞死……死在外头，别回来了……呜呜……"这时的妈妈头发蓬乱，衣冠不整，泪眼婆娑地瘫坐在饭桌边的地板上咒骂，"你个浑蛋……出去跳水死了……别再回这个家了……呜呜……"

客厅里这时是一片狼藉：客厅的木茶几被掀翻到了一边，四只脚断了两只，还从中间裂开了。我那个八岁时买回来的折叠胶椅也碎成了好几块。地板上到处散落着乱七八糟的东西，装水果的小竹筐呀，水果呀，笔呀，书呀……

四个字：惨不忍睹！

很难想象爸爸和妈妈之间刚才到底发生了何等惨烈的场景……

我有点茫然地走到了妈妈的身边，沉声说："妈，你没事儿吧？"

回应的只有妈妈的哭泣声。

我又说："妈，你别哭了，好吗？你和他怎么会吵成这个样子呀？"

回应的依然只有妈妈的哭泣声。

妈妈这个样子，让我感到很无奈，我环望了一下凌乱不堪的家，轻呼了一口气，把背上重重的书包放到了旁边的椅子上，然后把饭桌上的一包抽纸拿过来，顺手抽了两张，蹲下身，给妈妈轻轻地擦拭起眼泪："妈，你别哭了，好吗？"

妈妈突然握住了我为他擦拭眼泪的手，泪眼婆娑地望着我，哽咽着说："木木，妈的头好痛……你爸他不是人……他就一个……一个不要脸的浑蛋……"

我没有多想，像个大人一样一把抱住了妈妈，让妈妈的头埋在了我那不够结实的怀里，安慰般轻拍着她的背："妈，别说了，别说了，他本来就是那样的人……"见到妈妈如此痛苦，我都被感染到有种想哭的冲动，眼泪都快要控制不住流出来了。

妈妈没有停止说话，而是哭泣着继续说："他……他干了那种事，我说……说他一两句，他就发疯，发狂，砸东西……你说……你说……"

我听着，心里很气愤，我打断她："妈，别说了，我爸他就是一个浑蛋，一个十足的无耻浑蛋……"

"不不不，木木，你不能这样子骂你爸爸，他是你的爸爸。"妈妈略显慌张地推开我，双手摁在我的双肩上，对着我，木讷地摇着头，"妈可以那样子骂他，但你不可以那样子骂他，听话……"

"妈，他不是我的爸爸，他没资格当我的爸爸。"我觉得妈妈好生矛盾，不服气地打断，"我没有这样的爸爸，他就是一个浑蛋，一个十足的浑蛋……"

"木木，你……你怎么就不听妈妈的话了呢？"

"妈，不是我不听你的话，而是他那样子对你，把这个家搞得乱七八糟的，我看不过去，我心中的爸爸不是这个样子的。"

"但他始终都是你的爸爸，无论发生什么他都是你的爸爸……"

"停！我不想听后面的了。我现在只想问：妈，他这样子对你，难道你就一点儿都不恨他吗？"

"我恨不恨他，是我的事，但我不想你去恨他，因他是你的爸爸。他和你除了有血缘关系外，他还赚钱把你养育了这么大，你应该尊重他……"

后面的我没有听到，我只是苦笑，我好想说："那我恨不恨他，也是我的事，不关妈妈你的事。"可理智让我没有这样说，我怕伤透了妈妈的心，所以我选择了沉默。

妈妈抬起双手擦拭了下双眼，然后望了我一会儿，冲我笑了一下，说："木木听话，以后不要再那样子骂你爸爸了，知道吗？"

我没有回她的话，因为我厌恶回答这个我好像已听了N次的问题，没意思。我伸手去扶妈妈："妈，先起来吧！"

妈妈在我的搀扶下，站了起来，她没有再提那个问题，而是说："好了，我没事儿了，你该干什么就干什么去吧！我回房躺一下。"

我突然冒出一句："妈，你能告诉我，你们俩刚才到底为何吵得那么凶吗？"这话一问出口，我就后悔，因为只有傻子才会去问这种白痴的问题。

妈妈摇摇头："没什么，我回房了。对了，这些东西你不用收拾，等你爸回来收拾，让他癫。"随即就步伐轻飘地往房间走去……

我望着妈妈离开的身影，陷入了无限的沉默。

11月9日　　星期五　　阴

正式且沉重的谈话

晚上七点半多，我在哥哥房间的电脑上斗地主，房门突然"嘎吱"一声被打开，接着是哥哥的声音："你怎么又在玩电脑啊？"

我眼睛没挪移过电脑屏幕半秒，回："明天周末。"

哥哥问："外面是怎么回事？"

我说："你去问爸爸或妈妈。"

哥哥问："他们吵架啦？"

我说："应该是吧！"

哥哥问："什么叫'应该是吧'？"

我说："我没有亲眼见到他们争吵啊，我走进家门的那一刻家已成这样子了，所以……"

哥哥说："爸爸呢？"

我说："出去了，妈妈在房间。"

哥哥说："别玩了，跟我出去。"

我说："出去干吗？"

哥哥说："把那些东西收拾一下。"

我说："妈妈说了，等爸爸回来让爸爸来收拾。"

哥哥说："你猪啊，不懂稍微动一下脑子想一下吗？那些东西能等爸爸回来再收拾吗？"

我说："你才猪呢！听妈妈话的孩子，是好孩子，这些你难道不懂吗？"

哥哥没回应我的话，而是说："得了，别玩了，跟我出去。"

我说："不去，妈妈会骂的。"

哥哥说："借口。"

我说："分析得出的。"

哥哥说："你再玩，我把电脑关了，你信不信？"

我说："我信，你这种人干得出。"

哥哥说："那你还玩？"

我说："你至少让我玩完这盘吧？不然我的豆豆就没了。"

哥哥说："这可是你说的，最后一盘啊？"

我说："男子汉，一口唾沫一颗钉，说到做到。"我话峰一转，"对了，妈妈已经在房间里待很久了，你不去安慰安慰她吗？"

哥哥说："我这就去。记得是最后一盘啊？"

我随口说："知道了。"

哥哥走出了房间。

我嘀咕："切，谁理你啊！"随即起身去把敞开的房门关上。

二十分钟后，哥哥的声音突然从房外传来："阿弟，你怎么还在房间里啊？"还未待我回应，门就"嘎吱"一声被打开了，接着是哥哥有点厌恶的声音："你怎么还在玩啊？你刚刚不是说玩一盘的吗？我就知道从你嘴里说出来的话，每一句都是屁话……"

我说："拜托你看清楚了再放你那臭屁好吗？我现在玩的是Q宠，不是在玩斗地主，OK?"

"还OK？这玩Q宠跟玩斗地主有区别吗？啊？有区别吗？我让你玩，我让你玩个够……"哥哥有点生气地过来直接把网线拔了，我拦都拦不住，"好了，玩吧，继续玩吧！"

我干笑几声，说："你干吗不把这电脑直接砸碎了去，那样我就永远玩不了了。"

哥哥笑笑："哥哥没你想的那么笨。跟我出去收拾东西。"

我干坐在椅子上，目光定格在电脑的屏幕上，没说话。

哥哥说："嘿，你听到没有啊？起来呀！"

我问："妈妈没事儿了吧？"

哥哥说："还好。得了，起来。"

我有点不情愿地站起了身，然后跟着哥哥走出了房间。出到房间外，我见到妈妈房间的那扇门依然紧闭着，我就径直走了过去，想打开门走进去看看妈妈，问候一声什么的，可我还没走到门口，哥哥就把我叫住了：“你干吗去？”

我说：“想看看妈妈。”

哥哥说：“让她一个人静静，别去打扰她。”

我“哦”了一声，没再说什么，转身走开了。其实说句实话，我进去见到她也不懂对她说些什么，怎么去安慰她，我还怕又听到她说那些劝我不要去恨那可恶的爸爸的话语，说那些听腻了的话语。我发觉妈妈她有时候好矛盾，真的好矛盾，爸爸都那样对她了，她竟然还劝我不要去恨他，不让我去骂他……难道她这样子矛盾地生活着，不觉得累吗？作为局外人的我，都感觉到好累好累了！

我站在饭桌边望着一片狼藉的客厅，无奈般苦笑了一下，说：“哥，还是等爸爸回来让他自己收拾吧？太乱了。”

哥哥说：“那么多废话，快点儿动手，一会儿就会收拾好了的。”

我笑笑：“你认为还会收拾得好吗？”

哥哥说：“你问的不是废话吗？怎么就不能收拾好了？”

我说：“茶几都烂成了那个鬼模样，还收拾得好？你想多了吧！你知道最最最让我心痛的是什么吗？”

哥哥说：“什么？”

我说：“是那个陪了我几年的胶椅。它竟然被摔得碎成了那个鬼样子，你说爸他是不是发癫了？把家弄成这个鬼模样？真令……”我没有说出下一个字，因我担心说着说着又控制不住，口无遮拦地骂起爸爸来了。

哥哥追问：“令什么？”

我迟疑了一下，随口道：“令……令我百思不得其解。收拾吧！”

哥哥没再追问，我也没再说什么，接下来我们便开始着手收拾起东西……在收拾东西的过程中，哥哥时不时就低声嘀咕一两句埋怨的话语，比如：“真是个神经病。”“没见过这么癫的人。”“干吗不把那电视机也砸了去，好去买台新的啊？”“把家弄得这么乱七八糟的，有意思吗？”……

我本以为哥哥能平静地对待这一切，可没想到他会变得如此的不平静。从他烦躁的怨语中，从他收拾东西时那种急躁的忽轻忽重的动作中，我能清晰地感觉得到他心里对爸爸这种“脑残”做法的超级不满，甚至可以说是愤恨。

说实在的，有时候还挺想知道哥哥是怎么看待，怎么想妈妈和爸爸间发生的事儿的？他的立场是什么？还有他有没有解决爸爸和妈妈间问题的好办法？不过，我明白这些想法也只是停留在想知道的层面上罢了，我是不会得到答案的，因哥哥他是不会主动或被动地告诉我答案的。话说在他的眼中，我还是个不懂事的小孩儿，是不应该知道太多事儿，是不能掺和太多他们大人的事儿的，

他可担心我这颗“幼小”的小心灵受不了，突然爆炸开了。

我们把东西收拾完后不久，爸爸就一身酒气地走进了家门，他冲正坐在沙发上看电视的我说：“木木，爸爸回来了，去帮爸爸倒杯水过来，爸爸口渴了。”

我斜望了他一眼：“我要去洗澡了。”

爸爸杵在原地，望着我愣了几秒，然后莫名其妙地咧嘴笑笑：“先帮爸爸倒杯水过来，再去洗，爸爸真的口渴。”

我站起身：“我妈妈都叫我半天了，你自己去倒吧！”随即我就往自己的房间走去……

这时在厨房里洗着菜的哥哥暂停了洗菜，走出了客厅：“爸，你回来了？”语气很温和，听不出半点的怨气或恨意。

爸爸在沙发上一屁股坐了下来：“嗯，回来了。去帮我倒杯水过来，我口渴了。”（注：我没有回到我的房间，而是靠在厨房的玻璃门边往客厅外望，想看看接下来会发生些什么……）

“好的。”哥哥听话地转身去饮水机处倒水，“爸，你刚才喝酒了？”

“嗯，喝了一点点。”

哥哥望了我一眼，对我挥了挥手，但没有说话，不过我猜他的意思应该是：该干吗就干吗去，别趴在这儿望了。

我没搭理他，继续靠在厨房的玻璃门边往客厅外望……

哥哥没有再搭理我，拿着杯倒好的开水和顺手拿起个凳子走到爸爸跟前，把凳子往地上一放，然后把那杯开水放在凳子上：“爸，你喝水。”（注：那个烂茶几我已和哥哥搬到厨房外的阳台上了，所以这时偌大的客厅显得异常的空旷……）

爸爸愣了一下，拿起那杯开水，轻轻地吹了一下，然后喝了一小口，说：“你是不是有什么事？”

哥哥很认真地说：“我想跟你谈谈。”

爸爸若有所思道：“是关于我和你妈妈的？”

哥哥说：“是的。”

爸爸说：“我现在不想谈论这个问题。”

哥哥说：“那好吧，不谈这个。那我想跟你谈谈其他的。”

爸爸说：“坐下讲吧！”

哥哥走到旁边那个有点破旧的太师椅上坐下，望着爸爸，却半天没说一句话，弄得气氛有些压抑。这时的我想不出哥哥将要跟爸爸谈些什么？毕竟这个时候除了谈爸爸和妈妈之间的事情，好像其他的事情都已不适合在这个时候谈了。

爸爸望着哥哥，沉声说：“讲吧，你到底想跟我谈些什么？”

哥哥支吾了一下，说：“我……我就是想跟你谈谈……谈谈……你吵架就吵架，干吗要摔东西啊？摔东西有意思吗？摔烂那么多东西，把家搞得乱七八糟的，有意思吗？摔烂的那些东西，不要钱买吗？你不是常常教导我们说要克制，要控制吗？可你现在做的这些，什么意思呀？这就是你所说的克制，所说的控制吗？”说着说着情绪有些激动起来。

爸爸说：“这一切你去问你妈，都是她逼的，她逼人逼得太甚了，逼得我都快疯了。没有文化就是可怕，不懂得适可而止，不懂得冷静地处理一件事。”

哥哥干笑两下，说：“爸，看来你真是太有文化了。话说是你这个有文化的人在逼我妈的吧？是你这个有文化的人的所作所为，逼得我妈快要疯了吧？我……我真的很想问你这个有文化的人你干的那些事情是一个男人，是一个丈夫应该干出来的事情吗？是一个父亲应该干出来的事情吗？你那样子做，对……对得起我妈吗？对得起木木吗？木木……木木他还是一个刚满十二岁的孩子，你想过你干出那些事情来对他那颗幼小的心灵伤害有多大吗？你让他在心里怎么看待你？你给他树立了个什么样的榜样？你让他怎么去面对自己后面的路？呼……在电话里头你跟我说，你还爱这个家，还非常爱木木，可你一回来就这样子，我很想问你，你用什么来爱这个家？用什么来爱木木？难道就是用你这种拙劣的、粗暴的方式来爱他，来爱这个家吗？你认为这种‘爱’还算得上是爱吗？我……我也不知道是什么致使你变成了现在这个样子，我也不知道，我也不想知道那个女人用了什么样的手段让你对她那么痴迷，宁愿选择伤害这个家庭，选择伤害我妈妈，选择伤害木木……”

爸爸突然沉声打断：“别说了，我做什么我自有分寸，轮不到你在这里说三道四的，你还不够资格。”

作为听者的我，想不到爸爸会说出这种可笑的、无理的、蛮横的话语，看来他真的“病”得不轻呢！

哥哥呼了口气说：“你让我先把话说完。”

爸爸说：“没什么好说的，有什么你去跟你妈说，现在的这一切都是她一手造成的。”

我听着无语地笑了，心里嘀咕：“你今晚喝高了吧？怎么都是在胡言乱语呢？”

哥哥假意笑了两下，说：“这是你的真心话？一直都想说出口的真心话？”

面对哥哥的质问，爸爸竟然莫名其妙地愣了少许，然后才装出一副“理直气壮”的模样说：“反……反正今天的这一切都是你妈她一手造成的，不是她，事情也不会发展到今天这个地步。”

哥哥干笑了几下：“你不觉得你这样的说法，很荒谬，很可笑吗？你自己做出了那种事，怎么就把责任赖我妈身上了，我妈又错在哪里了？”

爸爸说："很多事情你都不了解，所以你不会懂。"

哥哥说："是，我是不了解，但我明白作为一个男人背着自己的妻子在外面玩女人于情于理都是不对的，那叫背叛，对婚姻的背叛。纵使那个男人的女人之前做了多少错的事儿，但她没有背叛那个男人，背叛自己的婚姻，那些错都是可以原谅的，人孰能无过。可那个男人在婚姻阶段背叛了他的女人，背叛了他自己的婚姻，即使说之前那个男人做得有多么的对，可就凭这一点，他就错大发了，全错了，且这种错他不能怪在谁的身上，因这一切都是那个男人控制力不够，控制不住自己，怪不了谁。"

作为听者的我，觉得哥哥的话说得超有道理，是非常非常的有道理，要不是场合的不合适，我一定会为他鼓掌称好。

爸爸轻啃着左手的拇指头，沉默着，目光呆滞地定格在电视上……（注：他目光呆滞，是我推测得出的，因我只能看到他的斜侧面……）

哥哥又说："你刚才说了我不够资格对你的所作所为说三道四，但我作为你的大儿子，作为这个濒临破碎的家庭中的一员，不够资格我今天也要说，我希望你好好地、认真地考虑这件事，然后以最快的速度处理好这件事，处理好你跟那个女人的关系——如果你还想要这个家，还想让木木能在一个好的环境中快乐成长，不想让这个好好的家支离破碎的话，现在唯一的办法就是你和那个女人断绝一切来往，让那个女人从你的世界里彻底消失。可能这会令你很为难很为难，可有些东西是必须得舍弃的。你都这把年纪了，我想你比我更加明白哪些重，哪些轻，哪些应该珍惜，哪些必须得舍弃……好了，我要说的话说完了，希望你好好地、认真地、冷静地考虑一下吧！"话一毕，哥哥就站起了身，一脸凝重地往我这儿走来。

爸爸依旧轻啃着左手的拇指头，沉默着，目光呆滞地定格在电视上……

我微笑地对哥哥竖起了大拇指，哥哥走到我身边抬手摸了摸我的头，什么话都没说，就一脸凝重地洗菜去了。

这个时候，整个家庭的气氛是沉重的，是压抑的。

我不知道在房间里的妈妈听了刚才哥哥跟爸爸间的谈话，心里有何感想？会不会有点点的安慰？我想应该是有的吧，因我觉得哥哥说的那些话，很多都是在替妈妈说的。

我没有再愣在原处，转身回了自己的房间找换洗的衣服准备洗澡去……

我洗完澡后，在哥哥的房间玩了会儿电脑，哥哥就叫我出去吃饭。我随即停止玩电脑，走出了房间，然后去打开妈妈房间那扇还在紧闭着的房门，顺手开了灯，走了进去，见妈妈正睁着眼，一脸木然地望着蚊帐顶，没有任何反应，恍若不知道我走进她房间似的。

我走到床沿，伸手过去在她眼前晃了晃，说："妈，你在干吗啊？"

妈妈望了我一眼，声音低哑地回：“没干吗！我不饿，你出去吃吧！”

我说：“你还是出去吃点儿吧，都这个点了，怎么可能会不饿呢？”

妈妈说：“饿了我待会会出去吃的。你出去吃吧！”

见妈妈这样说，我很无奈，我没有再催她出去吃，只说：“哦，那你休息吧！”

妈妈没再言语，只对我挥了挥手，示意我出去。

我刚抬脚往外走，哥哥就走进了房间，走到床沿，说：“妈，起来出去吃点吧，饭煮好了。”

妈妈指了指那扇开着的门，哥哥会意般转身去把门关上，然后走回床沿：“妈，你想说些什么？”

妈妈冲哥哥咧嘴笑了一下，然后对哥哥竖起了大拇指，低声夸道：“你刚才跟他说的，我都听到了，说得非常好，妈妈很高兴。”

哥哥低声说：“我就是随口说说而已，希望那些话对他起点儿作用，能让他好好考虑考虑。”

妈妈说：“希望吧！他现在还在外面吗？”

哥哥说：“在，一直都侧躺在沙发上对着电视发呆。”

妈妈说：“你们待会出去先不要去搭理他，让他疯，砸烂了那么多东西，知道了吗？”

哥哥回：“我正有此意。”

我点了点头：“知道了。”

妈妈望了我一眼，说：“好了，没什么了，你们出去吃饭吧！”

哥哥说：“妈，你真的不出去吃点吗？”

妈妈说：“我还不饿，待会去吧！——那些菜你们吃得完，就尽量吃完，不用留给我的。”

哥哥说：“这个……那好吧！”

妈妈苦笑了下，什么都没说。我们随后相继退出了房间……

我和哥哥各自打了饭，坐在饭桌边吃了起来，可谁都没有去喊一声斜躺在沙发上的爸爸吃饭，把他当成了空气。

我们刚吃没几分钟，爸爸就“嗖”地一下起了身，站了起来，然后无声地走到鞋柜前，穿自己的皮鞋。

哥哥问：“你这是要去哪里啊？”

爸爸沉声回：“出去走走。”随即就出了门……

大门刚关上，我就神经兮兮地问：“哥，你说爸爸这样子一个人出去，不会发生什么事儿吧？”

哥哥竟然回了我一句：“要不你跟出去看看？”

“你跟出去不行吗？干吗叫我跟出去啊？”

“你好奇啊！”

“我不就是怕他一时想不开，做出什么蠢事儿来嘛！”

“你看电视看多了吧？尽想些乱七八糟的东西。”

“什么叫乱七八糟的啊？理性分析得出的好不？”

“哟，还‘理性分析’？懂得还挺多的哦！”

我笑说：“过奖。”

哥哥皮笑肉不笑地假笑了一下：“我看是盲目分析得出的吧？”

我说：“你才‘盲目’呢！”

哥哥说：“不是‘盲目’是什么？他见家里头闷，出去吹吹风，散散心不行吗？尽想些乱七八糟的。吃饭。”

我有点不服气地望了一眼他，没有说话，埋头吃起了饭……

爸爸这一出门，直到凌晨十二点多才悄悄地回到家。回到家后，他冲了个澡，就在客厅的沙发上躺下了……

就在刚才（四点多）我轻轻地开门走出房间上厕所的时候，我隐约地听到了在有点漆黑的客厅里响起爸爸低沉凄楚的抽泣声。爸爸他哭了，他在寂静的深夜里哭了，这是我长这么大以来，第一次听到他哭泣。不知道那一刻他心里有多么难受，多么痛。不过我没有去安慰他，因我觉得这一切都是他自找的，他活该这样子。谁叫他这么不懂得做人呢！

妈妈不让我恨他，可我骗不了自己，我在心底里恨着他，我是不会因为他那廉价的眼泪而选择去原谅他的！

呼，睡觉觉了，差点儿就要通宵了，好在明天是周末，可以睡到自然醒啦！

11月10日　　星期六　　阴

又让我打电话，我却拒绝了

今天下午一点多的时候林一宛约我去市图书馆看书，可是我没答应，因我暂时不想和她单独待一块儿。

爸爸傍晚的时候无声地走出了家门，到现在（晚十一点多）还没回来。他在家的时候几乎都是躺在客厅的沙发上的，自始至终没说过一句话，因没人愿意去跟他说一句话。他现在在这个家里就好像一个外人，噢，不，应该是外人都比不上，人人都在排斥他，不愿意跟他接触，就连多看他一眼都不愿意，就更别说和他说话了。

悲哀，我都替他感到悲哀！不过他这是活该，活该受到这样的无视，活该受到这样的“待遇”，谁叫他干出那样恶心的事情来，还不知道悔改，还一脸正气地说他做什么事自有分寸……

不得不说妈妈她有时候不但心里矛盾，而且心特软。为何这样说呢？就在刚才吧，妈妈她竟然又叫我打电话去给爸爸，问问他在干吗？干吗这么晚了，都没回家？

我当时听后心里就很不是滋味，我说：“要打你自己打，反正我不打，我……我不想再掺和你和他之间的事。”

妈妈望着我，沉默了一会儿，有些难受地说：“那好吧，不打了。”

我说：“妈，你心就是太软了。我敢保证，你现在打电话给他，他心里一定特得意，认为你特在乎他，然后继续为所欲为，无所顾忌。我认为现在你要做的就是不理他，让他自个静一静，想一想。”

妈妈愣着望了我片许，然后忧郁地说：“妈妈也想那样子去做，可妈妈担心他又去找那个女人去了。”

我说：“你这种担心有用吗？你打电话过去了，他会告诉你实话，告诉你他有没有和那个女人在一起吗？妈你太天真了，要是他告诉你实话，他就不会瞒着你和那个女人在外头乱搞了。退一万步说，他告诉了你他和那个女人在一起，你知道了又有何用，难道他会因为你打过去的这个电话而不和她在一起，马上飞回来吗？你认为这有可能吗？所以这个时候你要做的就是保持冷静，不要去想那些乱七八糟的事儿，想多了心乱，又没用。他想回来时，他会回来的。”

妈妈抬手摸了摸我的脸庞，露出了一丝宽慰的微笑，说：“长大了，我家木木真的长大了。呼……妈妈听你的，不打了，让他自个一个人静静，想一想。”

妈妈说着说着，眼眶内就莫名其妙地盈满了欲出的泪水。

我假笑了下，说：“妈，一切都会好起来的，别想太多了。”

妈妈含泪点了点头，没再说什么。

我看得出这时妈妈的心里特痛苦，这种痛苦是作为儿子的我无法体会得到的，妈妈所想的，所要顾忌的，也是我这个小孩无法懂的。

真希望，不，还是不希望了，毕竟希望太多了，一点都不现实，让一切都顺其自然吧！

11月11日　　星期日　　晴

光棍节

光棍节，一个属于单身人士的节日，当然，这也是属于我的节日，毕竟我还是单身咧！

今儿一大早，我就被一阵偌大的手机铃声吵醒了，我在睡意蒙胧中接通了电话：“喂，哪位啊？”

手机那头林一宛轻快的声音响起：“我啊，林一宛，你还在睡觉啊？”

我愣了一下，说：“大清早的不睡觉去干吗？”

“呵呵，也是哦！”

“是个屁，这大清早的你打电话来有事吗？”

“骚扰一下你啊！”

“哦，那我挂电话了，我还要睡觉。”

“等等，肯定有事的啦！”

“有事就快说。”

“你不要那么急，好吗？”

“我累。”

“那么说我打扰到你休息啦？”

“我能说你这个问题问得很白痴吗？”

“哦，那不好意思了，我还以为你是一个早睡早起的人呢？”

“我没你想得那么好。有什么事，快说吧！”

“哦——就是，就是你下午有空吗？”

“你有事吗？”

“我想约你去玩。”

“不好意思，没空。”

“哦，那晚上呢？”

“不好意思，也没空。”

“你怎么这么忙啊？”

我随口编说：“14号不是要期中考了吗？想抓紧点时间复习一下，争取在期中考个好成绩，所以就忙点了。”

“看来你也是一个很爱学习的好学生。”

“我没说过我不是，呵呵……你也抓紧点时间复习一下吧，别整天想着玩了。”

“哦，知道了，谢谢关心。”

“我可没有关心你，就是随口一说而已，所以谢就免了吧！”

“哦，好吧！”

“那就这样子了，拜！”

“等等。”

“还有事？”

“你记得今天是什么日子吗？”

我装傻道：“不记得，什么日子？”

“光棍节啊！”

“哦。”

“你没安排什么节目吗？”

“睡觉，复习。”

“其实这样的日子，我觉得挺孤单的，所以我想约你一起过，可没想到你那么忙。算了，我也静下心来复习吧！看来，我还是太骚动了。”

“哦。”

“那……那没什么了。明天见哦。光棍节快乐！”

“光棍节快乐！”

随即我挂了电话。我心里明白她的那点小心思，可这时的我还没有那种谈恋爱的欲望，所以我会尽可能地远离她，免得给她创造太多幻想的空间，当然我也不想就此浪费太多的时间……

11月11日　　星期日　　晴

鸡犬不宁

下午两点多，屋外阳光明媚，秋风萧瑟。

我独自一人躺在客厅的沙发上想休息一下。这时家里只有我和妈妈两人，妈妈在她的房间里不知干吗。哥哥一大早就去外地出差了。爸爸早上十一点多，还没吃午饭，就无声地出了门。他在家的时间，依旧没人愿意跟他说一句话，形同陌路，犹如空气，好像这个家里没有他这个人似的。也不知这种对他来说糟糕、悲催的状况，要到何时才会改变，或许很快很快，又或许很慢很慢。

突然几声低沉的敲门声响了起来，打破了家里本有的沉静。

我愣了一下，就冲门口的方向道："谁啊？"

回应我的是几声低沉的敲门声。

我起身往门口走去："谁啊？"

回应我的依旧是几声低沉的敲门声。

我走到大门处，从大门的猫眼往外看，见到一个陌生的、一头红卷头发的、浓妆艳抹的中年女人气定神闲地站在门外。

我很是诧异，心里嘀咕："这谁啊，是不是敲错门了？"

"是韩风吗？开一下门！"

"你谁啊？"

"我是阿姨啊，以前我们通过电话的。"

我回想了一下，想不起来，一头雾水："你谁啊，我们认识吗？"

"现在认识了。你先开一下门，好吗？我找你妈妈有点事儿。"

"你不告诉我你是谁，我是不会开门的。"

"你妈妈是不是叫管芬芳？"

"是啊！"

"你爸爸是不是叫韩宇？"

"是啊！"

"你哥哥是不是叫韩龙？"

"是啊！"

"是就得了，那就开一下门吧，让我进去。"

这时心里已基本猜得出她是谁了，我笑说："你问的那些跟我开不开门，有半毛钱关系吗？如果有人问你是不是女的？是不是你妈生的？是不是狐狸精？然后就叫你去死，你去死吗？如果你愿意去，那我就愿意开门。”

“诶，你才多大年纪啊？怎么……怎么嘴巴就这么狠毒呢？你妈教的啊？”

“呵呵，那你做狐狸精也是你妈教的啊？”

“诶……你……你……”一阵急促的“咚咚咚”的敲门声，“管芬芳，你快点出来教一下你的这个宝贝儿子……管芬芳，开门……”

这时妈妈一脸憔悴地从房间里走了出来：“木木，是谁啊？”

我回：“我爸处的那个女人，她找上门来了。她说要进来，说有点事儿找你谈。我没开门，这种人没资格进我们家的门。”

妈妈静默了一下，平静地说：“把门打开，让她进来吧！”

我不解，我疑惑：“妈，你……你是在说胡话吧？”

妈妈说：“不是。把门打开吧，让她进来，我也想会会她，看看把你爸迷得神魂颠倒的女人长得怎么个样子。”

“长得暴丑，特妖。”我依旧不解，依旧疑惑，“不是，妈你真的确定要开门让她进来吗？”

“确定。”

“难道你不想再考虑考虑吗？”

“不用考虑了，开吧！”

我迟疑着，没有把门打开……门外的女人依旧“咚咚咚”地敲着门，还噼里啪啦地说个不停：“管芬芳，我知道你就在里面，我听到你说话了……你开门啊，你怕什么，我又吃不了你……韩宇说了，让我来好好跟你谈谈，我会听他的话，好好和你谈的……”

这话我听到想吐，真恶心，我有些生气地想骂她，可我还未骂出口，妈妈就把我拉开，说：“你回房呆一会儿，让妈妈单独跟她谈谈。”

我说：“我不。”

妈妈没有搭理我，伸手把门打开，抽着半土半洋的普通话说：“别像条母狗一样乱吠了，进来吧！”

那个女人高傲地咧嘴一笑：“呵，你终于敢开门了。”

我鄙夷地从上至下瞄了一番她，她个子不是挺高，一米五几的样子，因穿双十来厘米的高跟鞋，才比我高出那么一点点。她看上去有些微胖，脸有些椭圆，像只鸭蛋。那两片有些厚的嘴唇上涂抹着浓浓的口红，很“耀眼”。上身穿着紫色长袖衫，下身穿着米白色齐膝短裙，挺妖艳……也真不知爸爸怎么会被这样一个要身材没身材，要脸蛋没脸蛋的丑女人迷住的，这样的女人他也看得上，不得不说爸爸的眼光是那样的拙劣……

我冲她冷笑了一下，说：“你脸皮真厚，也不觉得害臊。脸上涂了那么多粉，也掩盖不住你的丑相。话说你能不要长得那么恶心吗？看了，让我想吐。”

“你……”那个女人有点生气地冲着我妈妈说，“管芬芳，这就是你教出来的儿子，嘴怎么这样啊？一点都不懂得尊重人。”

妈妈平静地说：“我儿子只会尊重值得他尊重的人，而不会去尊重一条只会乱吠的母狗。”

“你……”那个女人欲言又止，忍着没生气，而是高傲地咧嘴一笑，“呵，真是什么样的人，教出什么样的儿呀！韩宇都说了，你是一个没知识，粗俗透顶的丑女人，现在看来一点都不假。”

我立马气急地插话：“你把嘴巴放干净点，不然……”

妈妈打断我：“木木，别说了，听话……”

“妈，她那样子说你，我……”

“我叫你别说了，回房去。”

“我……”我欲言又止，有点憋屈地杵在原地，没有走。

那个女人莫名其妙地鼓起了掌，笑说：“精彩，精彩，太精彩了，年纪这么小，竟然就不听母亲的了。是我的话，早就教训他了。这么小就不听话，长大了还得了，不打家劫舍……”

妈妈冰冷地打断她：“可惜你没机会。你还进来吗？不进来就给我滚，别在这儿碍人眼。”

“进，怎么不进？”那个女人高傲地抬步走了进来，成心撞了一下站在门口边的妈妈，还假惺惺地来了一句：“哎哟，不好意思，撞到你了哦！”

我看着就来气，特想上前去给那个女人一两巴掌，可妈妈竟然一点都不生气，只木讷地、无声地把门关上了。

我心里是满满的不解，我想不通妈妈今天是怎么了，怎么突然间变得这般的怯弱，那个女人都上门来欺负她了，她还能忍着不发脾气，忍着不做回应。话说她才是这个家的女主人啊！她怎么能容忍一个这样的女人到这儿来嚣张撒野呢？对此，我很无语。

那个女人没换鞋就趾高气昂般往空旷的客厅里走，还挤皱着脸装模作样地抬起右手在鼻前挥了挥：“咦，屋里怎么这么闷呀？窗户也不开大一点儿的，空气不流通，会很容易患病的，我跟韩宇常常说这点，怎么他没有跟你们说过吗？”说着，像个主人一样走去把客厅的窗户最大限度地打开，“韩宇也真是的，都是一家人，他怎么就不说呢？让家人多懂一点儿生活的基本常识也没害处啊！特别是韩风还那么小，如果因空气不流通生病了，影响到学习，那可怎么办啊，身体多受伤啊？阿姨我没说错吧，韩风？”那个女人一脸微笑地望向我，恍若她已忘了我刚才对她的态度，弄得好像跟我很亲一样。

我怒火中烧般握紧了拳头，瞪着她说：“我跟你很亲吗？这是我家，不要蹬鼻子上脸，把鞋换上，别弄脏了我家的地板，还有不要四处走动，免得到处弥漫着你身上散发出来的恶心的味道，污染我家空气。你不知道你身上那味道多么令人想吐，想吐……”

“你……”那个女人很生气，指着我，想骂我，可不知为何一个“你”字出了口后，她就不说后面的了，而是忍着，咬着牙有点微颤地做了一次深呼吸，然后摆出一副很轻松，很无所谓的模样说：“阿姨常常听你爸爸提起你的嘴巴厉害，那时候我不相信，可现在我相信了，你的嘴巴的确很厉害，伤人的水平一流。不过阿姨大度，阿姨不会怪你的……哎呀，口好渴，有水吗？”

我气急地说：“你……你能再不要脸一点儿吗？”

那个女人没搭理我，望向饮水机那儿，然后就轻笑地走过去：“我自己倒就得了，不用麻烦你们了。”脸皮厚得可能拿锯子锯都锯不开，恍若这个家就是她的一样。

她走到饮水机旁，一边拿起个杯子去盛水，一边厌恶地说：“咦……这饮水机里好脏哦，你们也不清洗一下的，好不卫生。这不是我说你们不懂卫生哦，而是你们真正的不懂得注意卫生。管芬芳你一个做女人的，在家要搞好卫生，怎么这么点生活的小常识你都不懂呢？如果因不卫生……”

我忍无可忍地打断她说：“你再在这儿乱说话，就马上给我滚，滚出我家。”

那个女人愣望了我一会儿，然后神经质般地呵笑起来：“呵，呵呵呵……韩风你对阿姨怎么总是这么凶啊？你爸爸要是知道了，可是会打你的，到时阿姨可帮不了你的哦！”

我有些失去理智地大喊：“给我滚出……”下一个字还没骂出来，妈妈就沉声地打断了我：“够了，木木！”

“妈，她……”

“我说够了，你回房待会儿，我跟她聊点事，去吧，听话！”

“我……我不去。”

“怎么连妈妈的话你都不听了？“

“不是，我怕……”

“你怕什么？怕我被她欺负啊？”

“嗯。”

妈妈咧嘴挤出一丝难看的微笑：“你想多了，妈没事儿的，回房去吧！”

“那……那好吧！”我瞪了眼拿着一杯水冲我阴笑的女人，没说什么，就有些不情愿地往自个的房间走去。我回到房后，待不够一分钟，就按捺不住去轻轻地打开了刚关上的门，然后悄悄地往外走，这时候我的心里有一股强烈的欲望想知道他们在谈些什么……

我悄悄地走到通往哥哥房间的那条走道，然后趴在走道那面用来隔开客厅和走道的单墙上，随即轻轻地把头探出去了一点儿，往客厅里望，见坐在电视

柜旁边那个椅子上的一脸凝重的妈妈正无声地盯望着那也正无声地盯望着她，双手交搭胸前，一脸傲气地坐在沙发上的女人。

气氛压抑得令人窒息。

她们就这样子无声地相互盯望了几分钟，那个女人率先开口打破了沉默，她脸含笑意地说：“你老这样子盯着我望，是不是很恨我啊？”

妈妈没有回她的话，而是问：“是不是韩宇叫你来的？”

那个女人微笑地点点头：“是啊，他不叫我来，我哪敢来呀？他告诉我说，你教孩子们都不理他，让他感到很伤心，所以他就叫我来说说你，让你不要老这样子跟他闹了，他很疲惫，心很累。还有他说他还很爱这个家，很爱孩子们，你不要老教孩子们不理他了……噢，对了，我还是先自我介绍一下吧！我叫吕晴晴，今年 31 岁，大学本科文凭，思想开放，善解人意，工作暂时保密。姐姐你以后可以叫我晴晴的，韩宇平时都是这样叫我，他说这样叫起来感觉很亲切的。你可能不知道韩宇的思想好前卫咧，他问我……”那个女人突然停止了说话，愣望了一会儿妈妈，笑问：“姐姐，你干吗老板着一张脸看着我呀？是不是我这个做妹妹的哪点说得不对了？”

妈妈冷冷一笑：“吕晴晴，是吧？”

那个女人微笑着点点头：“是的。”

妈妈说：“你怎么这么贱，这么不要脸，来勾引我老公，来破坏我的家庭？”

那个女人有些生气地打断：“姐姐，妹妹我那么尊重你，请你也尊重一下我，好吗？不要说话说得那么粗俗嘛？”

妈妈冷笑：“谁是你的姐姐啊？不要脸。”

那个女人没生气，反而“呵呵”地笑了起来，弄得作为看者的我一头雾水，想不通她为何突然发笑？

笑过后，那个女人冷冷地望着妈妈，厉声说：“管芬芳，我告诉你，别给脸不要脸，我刚才叫你姐姐是看在韩宇的面子上，是抬举你。你也不拿个镜子来照照你自己，你有那资格做我姐姐吗？我姐姐会长得你这么老，这么丑吗？呵，韩宇说得可真对，你就一粗俗的村婆，人不但长得又老又丑，而且没文化，没脑子。不过也好在你长得这个鬼样子，要不然韩宇怎么会爱上我呢？从这点上说，我应该礼貌地跟你说声：谢谢！谢谢你长得这个鬼样子……刚才你骂我，我无所谓，你爱怎么骂就怎么骂，不过我告诉你，韩宇他就爱我这个样子，而不爱你那个样子，粗俗的村婆……韩宇可跟我说了，他和你之间没有过爱情，跟你在一起生活，只是凑合，噢，不，连凑合都算不上，就是勉为其难地熬着过日子，因你这种粗俗的女人根本就不懂得什么是爱，也不配拥有他那份热诚的爱。”

妈妈冷冷地问：“他还说什么了？”

那个女人得意地笑着回答："他还说他苦苦寻觅了几十年的真情，遇见我后，才算真正找到了。和我在一起他很快乐，很幸福。他很爱我，想和我一起走后面的人生路，不离不弃。"

妈妈冷冷一笑："你今天来找我，不会只是为了跟我说他有多么不爱我，有多么爱你，这些乱七八糟的东西吧？"

那个女人笑说："当然不是。你也见到了，他那么爱我，我又那么爱他，他和我之间有着真爱情，所以我就想叫你放手，成全我们这段迟到的美丽的爱情，然后祝福我们。"

妈妈又冷冷一笑："你是来劝我离婚的？"

那个女人笑说："不是劝，是叫。希望你能认清事实，不要牢牢拴着不放手，相信你也明白没有爱情的婚姻是痛苦的。如果我没猜错的话，此刻的你也正活在痛苦之中……"

妈妈冷冷地打断："我和他之间有没有爱情，不是你所能知晓的。我现在过得很幸福，一点都不痛苦，你知道这是为什么吗？"

那个女人笑笑："愿闻其详。"

妈妈说："因为我有两个非常非常爱我的孩子，所以你心里的那个小算盘，算错了，你也别痴心妄想我会离婚，然后你正正当当地走进这个家门。"

那个女人呵笑，笑容没了刚才的自然和得意，看上去僵硬、别扭得很："你……你是在自欺欺人吧？"

妈妈没有回她的话，而是说："你识趣的就尽早地离开他，去找另一个有钱有势的。有我在，你别想从我家中捞到一丁点儿好处。"

那个女人："呵呵，呵呵呵……你想得太多了，我并不想从你家中捞到什么好处，我只要韩宇哥哥他爱我就足够了。我一向只崇尚真爱情。我对金钱不感冒。韩宇哥哥说他会带给我我所想要的幸福的，我也坚信他会说到做到，所以你放不放手，离不离婚，对我来说，都无关紧要……话说，你现在拥有的只是一纸婚书而已，他的整个人，他的心，你却无法再拥有，不知我是该替你高兴，还是该替你感到悲哀！呵呵，现在的他是属于我的，他的整个人，他的心都属于我，很多事情都会发生改变，你就慢慢等着吧！"

"你放心，我会好好等着的。"妈妈突然站了起来，走到了那个女人的跟前，盯着她看，"你还要说些什么吗？"

那个女人咧嘴轻蔑一笑，说："我会用我温柔似水的爱，牢牢地把他的心抓紧抓牢，他不会再回到你……"下一个字还没说出口，妈妈就扬起右手狠狠地扇了一巴掌她的左脸颊，那个女人条件反射地抬起一只手捂着被扇的左脸颊，然后生气地瞪着妈妈："你……你竟然敢打我？"

"打的就是你。"妈妈又快速地扬起左手狠狠地扇了一巴掌她的右脸颊，"我

还要撕了你。”

妈妈随即伸手一把抓住那个女人的头发，撕扯……那个女人也不甘示弱，骂骂咧咧地就去抓妈妈的衣服、头发，手舞足蹈的……她俩缠在一块扭打撕扯了一会儿，那个女人突然一脚把妈妈踹到了地板上，还未等妈妈爬起，她就扑过去骑在妈妈的身上，然后对着妈妈的头挥拳挥掌。

作为儿子的我，怎可能忍心看着自己的妈妈被一坏人这样爆打，我想都不想，就咬牙切齿地冲上去用尽全身力气把那个女人一把推到了一边去，然后没半刻停缓，我就又扑了过去，从她背后勒住她的脖子。

那个女人拼命地挣扎，掰我的手臂，扯我的衣服、头发等，想挣脱开，可我怎会让她得逞，我用尽吃奶的力气勒着她，往死里勒着她，还痴狂地骂道：“你这个臭女人，我今天勒死你，勒死你……”

这时，大门突然被打开，爸爸冲了进来，瞪着我，怒吼：“木木，你马上给我放手。”

我生气地瞪回他，大声道：“我不放，我要勒死她，我一定要勒死这个臭女人。”

爸爸俯身过来拉扯我：“放手，给我放手……”

我用力地勒住，倔强地、生气地大声道：“我不放，我就是不放，我要勒死她……”

爸爸突然“啪”地一声扇在了我的脸上，然后用蛮力硬生生把我勒着那个女人脖子的手掰扯开：“不听话，再勒就要出人命了！”

我木讷地瘫坐在一边的地板上，被扇的脸麻辣麻辣的，脑袋空荡荡的，心里刺痛刺痛的。记得这是我懂事以来爸爸他第一次扇我的脸，可最让我无法接受的是，他竟然是为了一个破坏我们家庭的女人来扇我的脸，他怎么就这么狠心呢？他还是我的爸爸吗？

妈妈见状就扑上去捶打爸爸，哭着大骂道：“你个浑蛋，为什么打木木，为什么？你告诉我为什么？你个疯狗……”

“够了。”爸爸暴怒，一把把妈妈推到一边去，“都闹够没有？”

刚刚差点被我勒死的女人捂着脖子大喘了几口气，然后就像个疯婆子一样向我扑来，打我。我像个木头人一样呆坐在那儿，没做半点反抗。爸爸见状，过来一把拉开了她，然后黑着脸怒吼：“够了，别闹了，都别闹了。”

那个女人不服气地大声道：“他刚才差点把我勒死了，你看到了吗？你看看，你看看……我的脖子是不是有勒痕了？”

爸爸大声道：“你活该，谁叫你跑来我家里的？”

“你……不是你叫我来的吗？你个浑蛋……”那个女人开始撒娇般哭泣着捶打起爸爸，“你个浑蛋，我恨你……”

妈妈过来担心地胡乱般摸着我的脸庞，哽咽着说：“木木，你没事吧？你说句话啊，别吓妈妈，喂……韩宇你个浑蛋，要是木木有什么三长两短，我跟你没完……木木，木木，跟妈妈说句话啊，别吓妈妈，好吗？木木……”

我没有回应妈妈，而是咬牙切齿地瞪着那还在撒娇般哭泣捶打着爸爸的女人，然后愤怒地冲她吼：“你再不马上从我家滚出去，我就拿刀捅死你，跟你同归于尽。”那一刻我的心里充满着怒火，真的有一种想跟那个女人同归于尽的想法。

那个女人慌张地尖叫了一声，然后哭着闹着对爸爸说：“韩宇，你听到了吗？他说要捅死我，捅死我……你要是再不管教管教他，以后长大了，肯定会成杀人犯……”

爸爸看了一眼我，目光中蕴藏着许多不解的情愫，什么话都没说。

我没有理会他，又愤怒地冲那个女人吼：“不用长大了，我现在就可以，我要杀了你，你个坏女人……”

我失去理智地倏然起身，往厨房的方向走去。妈妈赶忙上前抱住我，同时慌张沙哑地问：“木木，你这是要去干吗？”

“我要杀人，我要拿刀去杀了那个女人。”我用力地挣扎，想从妈妈的怀抱中挣脱出来，“妈，你放开我，我要杀了她……”

我刚挣脱出来，妈妈又重新抱住了我，紧紧地抱住我：“木木……木木，听话，不闹了，我们不能杀人，杀人是犯法的……”

我继续挣扎：“妈，那个女人不算人，你让我去拿刀杀了她，为你出口气……”

突然“啪”地一声刺耳声响起，这是爸爸狠狠地扇了一巴掌我的脸颊发出的声音。痛，刺痛。我的心在这一刻可以说彻底碎了，他，我的爸爸，一个口口声声说爱我的人，他竟然在这短短不够五分钟的时间里为了那个女人，扇了我两巴掌，且都是那么发狠用力，感觉不出他有半点的犹豫。

他的咆哮声响起：“不像话，再闹，看我怎么收拾你。”

我咬着牙喷着粗气，不再挣扎，也没有说话，只睁大双眼瞪着他，愤恨地瞪着他。心里满满的都是对他的恨和厌恶。

妈妈惊愕过后，就愤怒地冲他骂：“韩宇你这条疯狗，我儿子轮得到你打吗？你就一个变态，一个没心没肺的浑蛋，我……我跟你拼了……”妈妈松开抱我的双手，冲去捶打爸爸的身体，爸爸没搭理她，任她捶打，黑着脸扭头望向那有点愕然，有点窃喜的，还坐在地上的女人，大声道：“你还不快走，在这里等死啊？”

“我……我觉得你刚才打得很对，就该这样收拾他……”那个女人幸灾乐祸地爬了起来，拿起她那放在沙发上的包包，“我这就走，亲爱的，我爱死

你了……”

“你这烂货，想哪里走？我要撕了你……”妈妈朝那个女人扑过去，可还没打到她，就被爸爸从身后抱住了，紧接着是爸爸冲那个女人的吼声：“走啊，快点走……”

“就一村婆，一点素质都没有。”那个女人趾高气扬地往门口走去。我没有上前去阻拦，像个傻子一样站在原处恶狠狠地瞪着她，什么都没说。她走到门口那儿，特意停下，然后向我挥挥手，脸带得意的微笑说：“韩风，拜拜！阿姨很喜欢你哦，我们还会见面的。”

我握紧着拳头，恶狠狠地瞪着她，咬牙切齿地说：“我会杀了你。”

现在 12 日凌晨一点多，想想这句话，是那么的可笑和滑稽，我在那一刻真的很冲动，很没理智。

那个女人微笑地抛下一句：“你爸爸会收拾你的。”就开门走了出去，接着门“砰”地一声关上了。

一直挣扎、咒骂着的妈妈，突然停止了挣扎和咒骂，失魂般望着那关起的大门发呆。

爸爸松开了抱住她的双手，沉声说：“都闹够了没有，是不是要把我逼疯，你们才甘心？”

妈妈突然一个转身，“啪、啪”两巴掌扇在了爸爸的脸上，从扇脸所发出的清晰声响上判断，这两巴掌的力度绝对够大，随即紧接着是妈妈气愤的咆哮声：“你个狼心狗肺的东西，给我滚，滚出这个家，滚，滚啊……滚啊……”妈妈用力地推了一把爸爸，爸爸连退了两步，可他没有暴怒，而是表情有点呆滞地解释：“我没有叫她来，我……”

妈妈边流着泪，边气愤地打断：“你不要解释，我不想听，你马上给我滚，滚出这个家，我不想见到你，滚，滚啊……”

爸爸又说：“我真的没有叫她来。”

妈妈又推了一把他：“不要跟我解释这些，你滚，滚去找那个年轻漂亮又温柔的女人去，你和她之间不是有真爱吗？不是只有她懂你的心吗？你找她去啊，还留在这里干吗？滚啊……我和你之间不是没有过爱情吗？你和我在一起不是勉为其难地熬着过日子吗？你还留在这里干吗？去找那烂货去啊……滚啊……”这时的妈妈已泪流满面。

我忍不住对爸爸吼：“你先出去一下得了，你要逼着我妈妈去死是吗？”

爸爸不为所动，依旧不依不挠地解释：“有些话我必须跟你讲明白，木木在这里作证，如果不讲明白，我等一下出去就算被车撞死了，我都不会瞑目的。”

妈妈哭着嘶吼：“你讲，你讲啊！”

爸爸认真地说：“第一，真的不是我叫她来的；第二，你也别把她想得那么烂，张口闭口就骂她，她挺好的一个人；第三，你别想着她是为了钱才来缠我的，她家里很有钱，不稀罕我这点钱，她哥哥现在在美国开公司，姐姐在广东开工厂，她随随便便都可以弄来个百十来万用。我也不知道她刚才跟你说了什么，反正我没有那么发癫跟她说那些话……”

妈妈哭着打断：“你就一条疯狗，什么话说不出，我跟你生活了几十年，我不知道你是什么样的人吗？别人给你点好处，你身上的肉都舍得割下来给别人，别人稍微使点儿诈，就能把你耍得团团转……呜呜……你不要跟我解释那么多，我也不想听你解释那么多……你给我滚，滚啊……”

爸爸没有走动，依旧不依不饶地讲：“她打算在江北地带的林翠区（有钱人居住的地方，房价超贵）买一套一百二十平米的房子，现在房子都看好了，没钱……”

我见妈妈一屁股坐地上，双手捂着头伤心欲碎的哭泣，有种要疯掉的节奏，我就冲那个还在不依不挠地讲着的浑蛋爸爸怒吼：“韩宇，你讲够了没有？你觉得现在说这些屁话，有意思吗？有意思吗？”

爸爸呆呆地望着我，没说话。

我又冲他怒吼：“你出去啊，你是不是要看着我妈妈死在你面前你才高兴啊？要是我妈妈怎么样了，我跟你没完？走啊！”

爸爸呆呆地望着我，蠕动着双唇，像是想要说些什么，但最终却什么都没说，就转身出了门……

爸爸离开后，我就上前俯身安慰妈妈：“妈，别哭了。他走了。”

妈妈哽咽沙哑地说：“你爸他怎么这么浑蛋，他怎么能这样子对我，呜呜……”

这时的我或许是被妈妈的哭感染了，我也跟着哭了起来，那心酸的泪开始不受控制地往眼眶外涌……

妈妈见到我哭，就有点慌乱地帮我抹脸上的泪，说：“木木，你干吗哭啊？”

我回：“我见你哭，我就忍不住哭了，你说他是我爸吗？”

妈妈愕然：“你怎么要这样问？”

“如果他是我亲爸，他怎么会为了一个坏女人扇我巴掌，而且下手那么狠？我看我一点都不像他亲生的……妈，你知道吗？在被他扇巴掌的那一瞬间，我的心都碎了，特别特别痛……”

妈妈伸手抱住了我：“妈妈知道你痛，你爸他就是一条疯狗，得谁咬谁……他……他……”妈妈啜泣着，没能再说下去，紧紧地抱着我……

一阵子后，妈妈松开了我，操着沙哑的哭腔说：“你爸他变了，不再是你以前那个爸爸了，妈妈替他……替他向你道歉，不要哭了！”

我摇了下头：“不，你没有错，凭什么替他道歉，我不会接受你这种莫名其妙的道歉的。”我抬手抹去眼泪，快速调整了一下心情，然后强挤出一丝微笑说：“好了，妈，我不哭了，你也不要哭了，好吗？”

妈妈点点头，泪却继续滚落……

我抬手去帮妈妈擦拭眼泪：“妈，别哭了，好吗？哭是解决不了问题的。”

妈妈握住我为她擦拭眼泪的手，泪眼婆娑地望着我，冒出一句：“你是不是很恨他？”

我望着她，静默了片许，耐着性子说：“妈，你不要再问我这种问题了，好吗？以后都不要再问了，好吗？”

妈妈愣了会儿，抿着嘴，点了点头：“妈知道，妈向你保证，以后都不问你这种问题了。”

我说：“最好不过。”

我扶着妈妈起来坐到了沙发上，然后跟她说了一些安慰的话语，便走回了自己的房间，把自己锁在了房间里……

在房间待了一会儿后，心里压抑着的委屈、痛苦、怨恨，让我又忍不住哭了起来，当然这哭是无声的，那些往外涌的泪水就像那决堤的洪水一样泛滥，无法控制……也不知哭了几分几秒才停下来，反正感觉挺久的，哭后，心情感觉好了一点点儿。

话说有时候泪水真是一种疗伤的良药，以后看来常用用才行了，呸呸呸，可不要常用，我活得没那么糟糕。

微笑要常挂脸上，花儿要永远向着朝阳。睡觉，对自己说声：晚安！

噢，对了，晚上八点多钟，爸爸才从外头回来。原本在客厅看电视的我一见到他回来，就起身回了自己的房间，什么都没说，他叫我我也不应。后来他又来敲我的房门，叫我开门，让他进来，他说他有话跟我讲。不过我装着什么都没听见，没搭理他，当然也没有去开门。随后他就在门外跟我说了一些道歉的话语，叫我原谅他下午那蛮横的行为什么的。我依旧装着什么都没听见，不做任何的回应。我不会那么快原谅他的，不是因为他打得我有多痛，而是他把我的心都伤碎了。我恨他，恨他所做的一切蠢事，恨他那样子对妈妈……

呼……不说了，不想了，不然明天要起不来了！

11月13日　　星期二　　阴

逗比的协议

今天的心情如同今天的天一样阴沉，灰暗无光……

早上六点多，还在睡梦中的我被房外传来的激烈的争吵声吵醒，这是爸爸和妈妈又在吵架了。对此，我很无语，也很无奈，我不想去听，不想去理会，我扯过了床单，把头蒙住，想再睡一会儿，好待会以饱满的精神上学去。可事实却未能如我所愿，我无法再入睡，因他们的争吵声着实太响亮了，弄得头蒙床单的我还是能很清晰地听见那刺耳的争吵声，睡意全无，只好心烦意燥地起身走出房间，然后冲着在客厅里的他们大声说："你们吵够了没有？吵够了没有？"

他们随即停止了争吵，惊愕地望着我，但没有说话。

我又大声说："你们整天这样吵来吵去的，还让不让人好好生活了？我明天就要期中考了，你们还想不想让我好好复习，考个好成绩啊？"

他们谁都没有说话，依旧惊愕地望着我。

我又大声说："天没亮就吵，一吵就是一整天，你们觉得这样子有意思吗？这个家还像个家吗？你们就不能消停一下下吗？要是……要是两个真过不下去了，离了算了，强拴在一块也没意思。你们要是离了，你们我谁都不跟，我跟哥哥。你们……你们爱怎么样就怎么样吧，心烦！"

话一毕，我就转身往自个的房间走去，没有多看他们一眼。

一进到房间，我就"砰"地一声把门关上，然后背倚门上，发起了呆。我烦乱的心有点儿后悔自己刚才说出了那样的话，对他们提出了那"离婚"二字。我到现在都想不通我怎么会说出那样的话，是一时冲动，还是一种本能的心理反应?

我没有想，也不愿去想他们离婚后家会变成什么样子，我又会变成什么样子？因我心里面根本就不希望他们离婚，而是希望他们和好，然后我们一家人快快乐乐的生活。也可以这样说：我对他们和好还存在着幻想和期盼，不到他们离婚的那一刻，我是不会想那些问题的，因没意思，纯属浪费脑力!

不够一分钟，房外的爸妈又噼里啪啦地大声吵闹了起来，我没有再开门出去冲他们吼，而是走去床边拿起了手机，拨打了出差在外地还未回来的哥哥的手机，一阵铃声后，哥哥接通了："喂，哪位啊？"充满着倦意的声音。

我说："我啊，你弟！"

哥哥有些不耐烦的声音："你大清早的，打电话给我干吗？你不睡觉啊？"

我说："我倒是想睡，可太吵了，睡不着啊！"

"他们又吵架啦？"

"你等一下，我让你听听。"我走去打开了一小扇门，把手机伸到门外，十几秒后，我收回手机，重新关好门，"你都听到了吗？够激烈吧？"

"听到了，你不要去理那些就得了。"

"我没有去理啊，可听到他们吵，我的心就超级烦。你说他们整天这样吵，有意思吗？"

哥哥沉默了一会儿，冒出一句："你捂着耳朵，不要去听就得了，他们都疯了。"

我说："捂了，可没用。你什么时候回来啊？"

哥哥说："尽快。"

我说："你怎么总是这两个字啊，我跟你说你再不回来调节调节，他们就要离婚了，那个女人就要来做我们小妈了。"

哥哥说："危言耸听。得了，不跟你说了，我要睡了，困死了。"

我说："你怎么这么困啊？"

哥哥说："我忙到刚才五点半多才上床睡觉，你说我困吗？"

我说："哦，那你什么时候回来？我要句实话。"

哥哥说："快的话今天下午，慢的话明天。好了，我要睡了。对了，你可以在房间里大声读英语的，让你的声音盖过他们的争吵声，那样你就听不见他们的争吵声了，你就不会心烦了。"

我苦笑："这法子挺好的，我试试吧！"

哥哥说："那就这样了，别再打电话给我啦！"

我说："知道了，拜拜！"

我挂了电话，去桌面上拿起本读者，随意翻到一篇文章，就看着大声地朗读了起来……

这方法不错，直到七点多一点儿我才收拾去了学校，逃离了这个令人烦躁的家。学校对现在的我来说像是一个令我安宁的小港湾，它有时候还能让我感到无比的快乐。

下午第二节下课后，我趴在自个的桌子上发呆，突然秦学汉洪亮的声音就从教室的后门口响起："韩风，有位美女找，出来一下。"

我扭头望去，见林一宛正抿着嘴有些含羞地站在教室后门那儿往我这边望，我愣了一下，有点不想出去，可想想还是站起了身，走了过去……

走到后门处，我就冲着她说："找我有什么事？"

她抿着嘴望了眼我身后的秦学汉，说："跟我过来一下下。"

我无语地跟着她走到了走廊外，她冲我笑了笑，把一个本子递到我跟前，说："给你。"

我愣了一下，不解的问："什么东西啊？"

她微笑说："好东西，你先拿着。"

我说："你不说是什么东西，我是不会拿的！"

她可爱地鼓了鼓嘴，说："好啦，我告诉你啦，这本子里面是我整理出来的一些有关英语的资料，你拿去看一下，可能，或许对你大后天的英语考试有些帮助，拿着吧！"她直接把本子塞到了我手上。

我望了眼手里的本子，假笑了一下："那……那谢谢了，让你费心了。"

她微笑说："那你打算怎么谢我呢？"

我假笑了一下："到时候把这本子完好无缺地还给你，就是了。"

她愣了一下，然后"扑哧"一笑说："晕死，没见过这样谢的。"

"现在见到也不迟。"

"好吧！嘿，你各科都复习得怎么样了？"

"都没怎么复习。你呢？"

"也一样。嘿，这两天见你好阴郁哦，怎么了？"

我愣了一下，假笑说："我有阴郁吗？没有吧？"

"怎么没有？你脸上都写着呢！"

"那一定是你看错了，或者说我本来就长着张阴郁脸。如果没什么事的话，我就先回教室了。"

"那……那好吧！我……我也要回教室了。"她轻笑了一下，"好好复习。"

我假笑了一下："你也一样。"随即我就头也不回地走回了教室……

我回到座位上，刚坐下，同桌黄阳宇就双手托着腮帮子，微侧着脸，神经兮兮地望着我，样子有点萌，有点欠揍。

我愣了一下，说："你有病啊？"

他咧嘴微微一笑："四班那个美女又来找你了？"

我说："跟你有半毛钱关系吗？"

他说："你瞎激动什么，我就是关心问候一下而已嘛！那本子她送给你的啊，上面写着什么啊？想对你说的一些心里话？"

我说："你认为你问这些，有意思吗？"

他微笑地点点头："给我看看呗？"

我说："你认为有可能吗？"

他说："不愿给我看，那里面肯定藏着些什么不可告人的秘密。"

我说："你知道就好。"

他说："还真的啊？"

我说："你知道就好。"

他说："那都是些什么不可告人的秘密啊？"

我说："你知道就好。"

他抓狂般用力做了次深呼吸，然后有些抓狂地说："知道个屁，我知道个屁，你不愿告诉就算了，我也不想听……"

我咧嘴一笑，说："你本来就只知道个屁，好像什么都关你事一样。不过我不怪你啦，你的秉性就这个样子，改不了了。"

"你……"他欲言又止，顿了一下，假意一笑，"懒得理你。"随即索然无味地把头侧向了一边，不再搭理我，像个撒娇赌气的小女生。

我微笑地摇摇头，没说话，随手翻看起了那个本子，见本子上面除了她收集的英语资料外，还有各种萌萌的，可爱的，纯手工画的小图像，每个图像旁边几乎都附着几句话，比如："风，加油哦！""风，我看好你，你一定会考得好的。""风，等你有空了，真想和你一起去逛逛街。""风，你有时候好冷哦，你对我暖一下，好吗？""风，你就是我的太阳，见到你，我就开心，就高兴。""耶，风，一定加油哦！我会一如既往的支持你，相信你的。"……

看了这些东西，我会心地笑了，真想不到还真被同桌他猜中了，真的是些不可告人的秘密。

"呵呵，呵呵呵……"同桌突然癫癫地、莫名其妙地傻笑了起来。我无奈地苦笑，抬手去拍了一下他的肩膀，说："嘿，你嗑错药啦？在傻笑什么啊？"

他停止傻笑，扭头望了我一眼："呵呵，这跟你有半毛钱关系吗？"

我苦笑："有关系，现在已是上课时间，你这样子笑，影响到了我。"

"呵呵，这跟你有半毛钱关系吗？"

"哎哟喂，真没想到你这人这么小肚鸡肠的，还记仇？"

"要说小肚鸡肠也是你在先，我在后吧？"

"这你也学。"

"No，不是学，是被感染的。话说：近朱者赤，近墨者黑。跟你这墨坐一块，能不被熏黑吗？"

"哟，说话越来越有水平了。"

"彼此彼此。"

"得了，别装了，复习吧！对了，跟你讲句实话吧，这本子真的不方便给你看，里面都是一些私人的秘密……"

"打住，我不想听你解释。你现在给我看，我也不想看了。不过请你不要忘记我跟你之间签的那个协议啊？"

我苦笑："白纸黑字写着呢！忘记不了。"

"那就好。那你好好复习吧！呵呵……"

我苦笑无语……

说起我跟他签的那个协议，我现在想想都觉得好笑。前些天，他先跟我说了一大堆恭维我的话，说我手握各种大小权，成绩又好，书法又好什么的，然后就有点悲戚地说他手上无权，成绩又不好，心里很难受之类的话，随后问我能不能看在我跟他是同桌的份儿上，到学期结束时分我的一半奖和荣誉给他，让他也一块高兴高兴。

我当时听后，先是愕然和不解，然后挤皱着眉头，很为难地说："你这个问题问得太那个奇葩了点，容我考虑考虑。话说这个奖和荣誉怎么……怎么分得出去……"

他打断我："打住，我们现在算不算得上是好朋友？"

我点点头："算。"

他问："那好朋友间是不是应该互相帮助？是不是应该有难同当有福同享？"

我点点头："对。"

他说："那就得了，那你就给我句实话吧！能，还是不能？其他的一切都不用多说。爽快点儿。"

我愣了一下，苦笑说："这个真的有用吗？分得出去吗？"

他一脸正经地说："能，还是不能？"

我迟疑了一下，心里明知道这是不可能的事儿，奖和荣誉是分不出去的，但我还是配合着他装傻，装单纯，装天真，回："能。"

他突然激动地抬手拍拍我的肩膀："你太够兄弟了，真的太够兄弟了。那我们签份协议吧？"

"啊？"我愣了一下，一头雾水的，"什么东东啊？"

他说："为了防止你反悔，所以……"

我打断："我去，你竟然不信任我？"

他忙说："别激动，别激动，对你我绝对信任，但是为了保证学期结束后，你承认你说过的话，所以有些程序我们还是走一下过场为好。"

我苦笑："是不是待会还要盖手指印？"

他微笑说："这个必须的啊！不然没有法律保证！"

我苦笑："还法律保证？谁教你的呀？"

他说："从我姨妈那儿学来的。协议我已经拟好了，你只需签字盖个手印就OK了。"

我苦笑不得："那……那协议呢？"

“等一下。”他微笑地拿过他一个专做笔记的本子，翻到最后一页，递到我跟前，“就这儿了，看一下吧！”

我愣了一下，拿过本子，见到最后一页的最顶处写着醒目的、大大的“协议”两字，“协议”下面龙飞凤舞地写着几行字：韩风同学今天跟黄阳宇同学承诺，愿意在这个学期结束后，把他所得到的奖状和荣誉分给黄阳宇同学一半，让黄阳宇高兴高兴……

我看完后，差点儿没笑喷，因我觉得那协议也写得太逗了点儿。

黄阳宇见到我笑，便问：“你在笑什么？难道我哪儿写错了吗？”

我笑说：“写得太好了，滴水不漏的。”

“那就好，那就签字吧！”

我苦笑着把自己的名字签上，然后正想跟他说：“没印油，盖手印就免了吧！”他就把一只红色水性笔递到了我跟前，说：“用这个红笔画画你的拇指头，然后在你的名字上按个手印就 OK 了。”

我无奈苦笑：“你想得可真周到。”

他说：“必须的。”

我苦笑着拿过那红笔，把左手拇指头画得红红的，然后就在自己的名字上摁上了手印。随后他把日期写上，就很高兴的样子把本子收好，最后他还笑嘻嘻地来了一句：“放心，我也会努力学习的啦！说不定到时这份协议都用不上了。”

对此，我只有苦笑无语……

11月13日　　　星期二　　　阴

“三分之一的爱给她，三分之二的爱给我”

下午放学后，我陪峰兄在学校侧门斜对面的奶茶店喝了杯奶茶，然后顺便陪他等到了他爸爸开车来接他，我才独自骑着单车往回走。在陪他等他爸爸开车来接他的时候，他有叫过我先回去，不用陪他的，可是我却说：“没事儿，反正我那么早回去也没事干，陪陪你，免得你独自在这儿孤单。”

他冲我笑了笑：“你真贴心，噢，不，应该说：你真好，我好感动！”

我咧嘴一笑："那就哭一个给我看看。"

他说："去你的，感动不一定要哭好不？"

我说："那才体现你的真诚。"

他说："那要是我亲吻一下你，是不是更体现出我的真诚呢？"

我哭笑不得："坏人，一个大坏人。"

他笑而不语。

其实我并没有告诉他我留下来陪他的真正原因，因有些东西是对外人说不得的，是只能隐藏在自己的心里的。这就是所谓的"难言之隐"。我不可能去告诉他我是因害怕回到那个压抑的家听到自己爸妈无休止的争吵声，才留下来陪他的，毕竟家丑不可外扬，还有他知道真相，可能会东问西问，然后来安慰我什么的，可在这件事上我却不喜欢被别人安慰，因安慰已解决不了问题，反而会令我更加的心烦……

我有点悠哉地骑着单车回到自家楼下时，已是六点四十几分了。我把单车锁好，就往楼上走，走到家门前，我习惯性地驻足停下，听听家里有何动静，是不是爸妈又在吵嘴了？是不是他们又在说那些乱七八糟的事儿了？这种习惯我不想养成，我也想像以前一样一回到家门前，就无所顾忌地拿着钥匙开门，然后走进去……可现实却迫使我养成了这种烂习惯，挺悲催的！

爸爸烦躁的声音传出："你……你就疯，你就不能让我静静吗？"

妈妈的声音："我没你疯……你是不是很久以前已跟那个女人在一起了？"

一阵偌大的手机铃声传出，这是爸爸的手机铃声。

妈妈有些惶恐愤恨地说："是不是又是那个女人打来的……你给我……你给我……哎哟……"

爸爸极度烦躁的声音："你癫够没有？"

妈妈的骂骂咧咧声："你个浑蛋，既然敢推我……你个疯狗……"

爸爸的嘶吼声："不要闹了好不好？要是……要是我真推你，你还在这儿吗？"

妈妈带着哭腔的嘶叫声："你个浑蛋，那你打死我啊……打死我啊……接啊，干吗不接？你的情人打电话给你了，接啊！呜呜……"

爸爸不耐烦地嘶吼说："你能消停会儿吗？消停会儿吗？你是不是要把我逼疯……"

我实在听不下去了，想抬腿往楼顶走去，远离这个闹腾的家，远离这个让人心碎了的家，可我刚转身，屋里却突然传来了哥哥洪亮的声音："你们都闹够了没有？一天到晚都在吵，你们不觉得累吗？这样子无休止的争吵能根本地解决问题吗？爸，你到底是想要这个家，还是想要那个女人，想要这个家，你就断绝跟那个女人的一切来往……"

妈妈带着哭腔的声音："龙啊，你现在跟他说这些有什么用？他都公然带那个女人回我们家来了……"

哥哥的打断声："妈，你先别说话。爸，我问你，你要家还是要那个女人？希望你能以一个父亲的角度回答我，如果你……"

爸爸偌大的烦躁的声音响起："我是你老子，用不着你来教训我。"

哥哥平静地说："我没有教训你，我只希望你给我妈，给这个家一句准话，不用整天这样吵来吵去，没意思。"

又是爸爸偌大的烦躁声响起："我是你爸，我是你老子，你没有资格来教训我。无理取闹。"

"你要去干吗？"妈妈急促的带着哭腔的声音响起，"你是不是又想出去找那个女人去……"

爸爸的声音："用不着你管。"

妈妈的咆哮声："韩宇我告诉你，你要是现在迈出这个门，你就别回来了。"

爸爸："家是我的，我怎么不回来，你有什么资格不让我回来？"

妈妈："韩宇你就是一个浑蛋……一个无赖……"

妈妈的咆哮声未停，大门就突然被推开了，站在门口的我，退闪未及，脸被"咣"地撞了一下，痛痛的……

爸爸走出来，见到我，先愣了一下，然后什么话也没说，就抬脚，头也不回地往楼下走去……

我望着他离去的背影，心里有一种说不上来的，怪怪的滋味儿，像难受，像痛楚，像麻木，又好像这几种都有。

哥哥的埋怨声突然响起："这疯狗，出去了，门也不关一下，真是癫了。"这话音未落，哥哥已走到了门口，他见到无声呆站在门口的我，先是一愣，然后说，"你是什么时候回来的？"

我愣了一下，撒谎说："刚刚到。你呢？什么时候回来的？"

哥哥说："四点四十多分到家，你刚才听见什么没有？"

我说："我刚刚到，能听见什么？对了，爸他怎么那么生气呀？他们又吵架啦？"

哥哥点点头："进来吧！"

我吐了下舌头，没再说什么，走进了家门……

坐在沙发上，一脸忧郁，双眼熏红的妈妈见到我，呼了口气，抬头望了眼墙壁上的挂钟，然后操着沙哑的声音说："木木，你今晚怎么这么迟才回到家？是不是跟哪个同学玩去了？"

我愣了一下，编说："刚才一个同学单车烂了，我帮他修了一下，所以就这么晚了。"

哥哥看了我一眼，笑说："那你的手怎么这么干净呀？你撒谎吧？"

"我……"我瞪了眼揭穿我的哥哥，但还是拽拽地说，"我弄好后，就洗干净了啊！那同学还请我喝了杯奶茶呢！"

哥哥笑笑："有这么好的事，我怎么就没遇上呢？"

我说："你的人品太差了，所以就没有遇上了。"

哥哥脸一沉，质问："老实交代，你刚才到底去干吗了，五点四十五分放学，你差不多七点才到家，这么多时间……"

我没好气地打断："你烦不烦啊，一回来你就问东问西的，有意思吗？"

妈妈插话："你哥哥没错，因为你没说实话。"

我见妈妈都说话了，只好无奈地把事情如实交代："好吧，我在学校陪峰兄同学等他爸爸来搭他，然后才慢悠悠地踩单车回来，不知不觉就到这个点了。这是真话。"

哥哥笑笑："这才对嘛！记得下回别撒谎了，你骗不过我们的眼睛的。"

我苦笑，没有说话，把书包放在沙发边的椅子上，心里却在嘀咕：算我这次撒谎技术太烂，我认栽……

妈妈抬起双手抹了一下脸，用力地吹了口气，然后一脸忧郁地说："好了，你们两兄弟现在都在，妈妈想跟你们说件事。"

哥哥说："妈，你现在什么都不要说，先冷静冷静，好吗？"

妈妈说："我现在已经好冷静了。"

哥哥说："那你说吧！"

妈妈说："今天中午的时候，我跟你们的爸爸提出离婚，可他宁死都不愿意离，还提出了一个看似两全其美的办法，我在家主内，管这个家，那个女人跟他在外面闯荡，赚钱维持这个家……"

哥哥打断："这……这哪算得上什么两全其美的办法啊？他这样说无非就是不想放弃这个家，也不想放弃那个女人罢了。他……他怎么会说出这种荒唐的话来呢？妈，你当时是怎么回应他的？"

妈妈说："我当时什么都没说，就在这儿哭……他后来还跟我说，那个女人她愿意跟我共享他，那个女人只要他三分之一的爱，他三分之二的爱可以留给我……不介意他心里有这个家，也不介意他离不离婚，只要他心里有个她就好了……他还……还说目前这个办法是唯一一个可以解决彼此间所有问题的办法……他……他还说……"妈妈啜泣着，说不下去，眼泪哗啦啦地往下掉。

哥哥拿起抽纸，抽了两张为妈妈擦拭了眼泪，安慰说："妈，你别哭了，也别说了，我们都明白什么意思了。我爸他就是个疯子，根本就不配做男人，这样荒唐得没底线的话他也说得出口，看来他真是被那个女人迷死了。"

我苦笑插话说："太可笑了，他怎么会说出这么天真可爱的话呢？他的脑子是不是进酒精了啊？简直……简直就是个……”我本来想说“浑蛋”二字的，可是想到妈妈不让我骂爸爸，只好别扭地改口说成，“是个不可理喻的人。”

妈妈哽咽着说：“他还……还说要是我愿意，他会处理好他和那个女人和我之间的问题，那个女人很有经商头脑，如果有她在他身边辅佐他在外头做生意，他一定会赚很多很多钱回来的……他怎么这么爱钱，赚那么多钱来埋他吗？呜呜……都这把年纪了，还被一个坏女人迷得晕头转向，连自己是谁都不知道了？那个女人的话能信吗？她无非就是一个骗吃骗喝，赖着他不愿走的坏女人……她还有经商头脑，我看她也只会懂得怎么去经营男人的大脑，其他的她都不会……那个女人想破坏我这个家，门儿都没有，我偏要跟她斗到底……我再见她，看我怎么撕烂她……”

妈妈断断续续地说着，有时伤心哭泣，有时咬牙切齿、面带凶光……

在此期间我和哥哥都没有再去打断她说话，因这种时候静静地听她说，就是对她最大的安慰。我是这样子觉得的，就不知哥哥他是不是这样子觉得了？不过我想应该是吧，毕竟他一向都是跟着我的思绪走的。呵呵，偶尔自恋一把！

待妈妈说累了，不愿再说下去了，哥哥才若有所思地开口：“妈，我爸他现在就是被那个女人迷得神魂颠倒了，想必一时半会也清醒不过来，你一定要挺住，我们都会在背后支持你的。”

妈妈长叹了口气，说：“我跟他这种人过不下去了，我想跟他离婚，不理他了，让他爱怎么样就怎么样……”

哥哥说：“妈，你可千万别再想离婚这事儿了，你如果就这样离婚，可正合了那烂货的意，让她名正言顺地进这个家门，到那时我们就连拦都没资格拦她，就更别说打她了，所以你可千万千万不能再去想离婚那事儿了。我知道这样子会让你很难受，很痛苦，可要是你真离了婚，这个家可就真的四分五裂了。这可是那个女人非常想看到的一幕……我觉得现在你就不要再去搭理我爸他这个疯子，把他当成空气，也不要再去追问他是什么时候跟那个女人好上的，是哪个先去勾搭哪个那些乱七八糟的东西，没意思，也没意义，毕竟他们现在都已经好上了……”

妈妈忧愁地说：“龙，你不知道，其实妈也不想去搭理他，想把他当空气的，可我一见到他，我就忍不住去说，忍不住去骂，心里面就压着一股气，脑子就像快要爆炸一样，好乱好难受……我……我简直都要疯了……”

我插话：“妈，你能平静地听我说两句吗？”

妈妈望了一眼我，点点头：“你说，妈妈现在很平静。”

我说：“我个人觉得，你如果觉得跟我爸无法再过下去了，那就离了吧，要不然这样子僵着你会很痛苦的，我也会很痛苦的。”

哥哥和妈妈都愕然地望着我，N久都没说话。

我又说："你们也不要用这种眼神看着我，这只是我的心里话。或许你们都觉得我年纪还小，不懂事，但是我觉得人活着最重要的就是快乐，如果快乐都没了，总是痛苦，那么活着也就没意义了。哥哥，你也不要再去劝妈妈了，那样子妈妈她一定会很难受很痛苦的，难道你就忍心看着妈妈难受痛苦吗？说心里话，我以前的确害怕爸妈离婚，也根本没有去想过爸妈离婚后，我的生活会变成什么样？因我心里总觉得那样的事情不会发生，也总在心里跟上天祈祷不要让那样的事情发生，可这些天来发生的一切，妈妈总是以泪洗脸，我看着都心痛，可我却又什么忙都帮不上，有时候我甚至恨我自己，怎么就这么无能，家变成了这个样子，妈妈那么痛苦，我看着却……却一点忙都帮不上，我怎么就这么无用呢？我……"

妈妈过来一把抱住了我，哭着说："别说了，别说了，都怪妈妈不好，都怪妈妈不好……"

我的眼泪在眼眶内打转，我强忍着不让它流出来，我说："妈，我没事儿，你也别自责。不是你不好，而是我爸爸他太烂，太不称职。还是那句话：如果你觉得跟他无法再过下去了的话，我支持你跟他离婚，然后我跟着你，跟着哥哥过。"

妈妈哭得更伤心，抱得我更紧了……

一阵子后，妈妈松开了我，泪眼婆娑地看着我，坚定地说："妈妈不会跟你爸爸离婚的，你放心吧！"

我愣了一下，有点茫然地说："无论你决定怎么做，儿子我都支持你。"

一边的哥哥微笑地对我竖起了大拇指。我冲他笑了一下，什么都没有说。

现在都凌晨两点半了，爸爸他都没有回来，想必今晚他不会回来了吧！想必妈妈此刻也没有睡着吧，说不定还在流泪呢！

好了，不说了，也不想了，得睡了，明天还要期中考试呢！希望自己明天能超水平发挥，每蒙必对，哈哈……

11月16日　　星期五　　晴

护花使者

期中考总算结束了，有些科目考得糟糕透顶，有些科目考得感觉还行，就不知能考多少分了……

下午放学后，我先去了趟播音室，然后才去放单车的地方拉自己的单车。我走到了自己放单车的地方俯身去把单车锁打开，就在这个时候林一宛的声音突然响起："喂，韩风同学，你今晚怎么这么迟啊？"

我寻声望去，见林一宛正拉着辆崭新的、小巧玲珑的蓝色单车往我这儿走，脸上挂着淡雅的微笑。我愣了下，说："不迟啊，怎么了？"

"有事找你呗！"林一宛拉着单车走到了我身边，"你没发觉今天有什么不同的吗？"

"每天都不同啊！"我拉着单车往学校侧门的方向走去，"习惯了，你怎么也这么迟？"

她跟上："等你啊！"

"等我干吗？"

"我买新单车了，所以就想等你，告诉你啊！"

我瞄了眼她的单车，苦笑："就为这啊？"

"嗯，是的！"

"哦，那我听到了，也看见了，你可以……"

她立马打断："打住，别说后面的，我不想听后面的。你这个人有时候就是太冷，冷得让人打颤，你对谁都这样子吗？"

我冲她假笑了一下，没说话。

她又说："我想应该不是的，除了对我之外。有时候我真想问……"顿了一下，"不说这些东西了，对了，期中考试考完了，考得怎么样？"

"我暂时不想谈论它，所以……"

"哦，知道了。那我也不问了。"

随后，我们无言地走到了校门外……

我驻足停下，望了眼身边的她，说："好了，各回各家吧！"

她抿着嘴望着我，没有说话。

"拜拜！"我推着单车往坡下走去，她无声地跟着。走了十几米后，我有些难耐地驻足停下，望着她："你什么意思啊？"

她回："没……没意思啊！"

“没意思，那你跟着我干吗？”

“我没跟着你啊！”

“那你调转车头，往上面走。”

“为……为什么？我要往下走的。”

“你……你觉得这样子好玩吗？”

她摇摇头：“我听不懂你在说什么。”

我苦笑：“算我太自恋了，你爱怎么走就怎么走吧，我管不着。”话一毕，我就骑上了单车，还未踩，她的声音就响起：“你等等。”

我有点无奈地问：“又有什么事？”

她望着我，支吾着：“你……你……”

“有什么事你就快说，不然我回去了，天要黑了。”

“你能送我回去吗？”她怔怔地望着我，等待着我的回应。

我愣了一下，回：“我还有事，所以……”

她抿着嘴，望了我一会儿，然后说：“如果……如果我告诉你，我得罪了一个外校的女生，她说她今天放学后会叫人在路上拦截我，打我……这……这样子你愿意送我回家吗？”

我有点疑惑地看着她，琢磨着她是不是在骗自己。

她说：“你不要这样子看着我，我跟你说的都是真的，所以我……我才会等你。在这个学校里我只有你这么一个可以信赖的朋友，你……你愿意送我回去吗？”一双情真意切的期待的眼神。

我静默地望着她，心里在送与不送这个问题上徘徊着。

一会儿后，她莫名其妙地咧嘴笑了一下：“好了，我明白你的意思了，你还有事儿，你回去吧！我……我自个儿回去得了，要是真遇上她们了，我就跑，或叫路人帮忙，如果跑不过，路人也不帮忙的话，那……那就认栽了，被她们打一顿，没什么的，量他们也不敢把我打死……你……你回去吧！我……我也走了！拜！”

话毕，她有点黯然神伤地调转车头，拉着她的单车往马路的另一头走去。

我愣了一会儿，于心不忍地调转车头跟了上去。

她见到我，冒出一句：“你……你跟着我干吗？”

我说：“我……我没跟着你啊，今天我只是想改变一下我的回家路线而已。”

她抿嘴微笑着，没说话。

我说：“话说你是怎么得罪那个外校的女生的？”

“你……你想听？”

“废话，不然我问你干吗？”

她叹了口气：“都是一些陈年旧事了，我……我能不说吗？”

我皱着眉头，静默了一下："那好吧，当我没问过。"

她有点难为情地说："都是一些多年前积攒下来的个人恩怨，所以……"

我点点头："我能理解。话说你还挺有故事的。"

她抿嘴微笑着，没有说话。

在骑行中过去了七八分钟，来到了离她家小区不远的一条叫凯龙路的马路，这条马路一边是荒草丛生的、未开发的一片荒地，一边是一个刚建成不久的，好像还没人入住的小区。这条马路是通往她家所在的小区路程最短的一条马路。

突然，她来了个急刹："韩风等等。"声音有点急促，且略带颤抖。

我即刻也来了个急刹，然后不解地望着她，问："怎么了？"

"我……我们绕到另一条路走呗！"

"为什么啊？"

她动了下头，示意我看向前方，然后说："看到了吗？他们在前面等着我呢！"

我愣了一下，望向前方，见不远处路边一棵没长几片叶子的风景树旁站着三女一男，他们的年纪跟我俩差不多，他们的姿态各异，那个男的，高高瘦瘦，像个粉仔，左手插在裤袋里，右手夹着根燃着的烟，摆出一副欠揍的模样。那三个女的，长得比较矮的那两个把手交搭在胸前，表情略显僵木地分站在另一个高个点的，长头发、长脸蛋、有点消瘦的，双手插裤袋里的，拽拽地望向我们这边的霸气女生两边，看上去像是那个霸气女生收的小妹，换个词：手下。想必地位有点低……

我说："是前面那三女一男吗？"

她点点头："嗯。"

我说："看他们这阵势，真的是来打你的！"

她说："那肯定，她恨我已不是一两天了。我们还是绕到另一条路走吧？"

我没有回答她，而是问："哪个是你的得罪的人？"

她说："就是那个长头发的，最高的，双手插裤袋的，看上去凶凶的女的。她是我小学同学。"

我说："哦，看上去挺拽的，难怪会叫人来这儿等你。"

她说："我们……我们还是绕到另一条路走吧？"

我说："你怕了？"

她点点头："怕。他们那么多人。"

我说："话说你今天躲过去了，明天呢？后天呢？你难道想天天这样子躲着过日子吗？躲得过去吗？"

她有点无奈地说："躲得一天是一天吧！"

我说："有些东西躲不过就不躲了，直面它，会解决的。"

她有点茫然地望着我，说：“你……你想干吗？”

我说：“帮你解决问题啊，还有我可不想天天这样子护送着你回家，没空呢！把你的那个锁头给我。”

她愣了一下：“啊，你要来干吗？”

我说：“待会你就知道了。”

她随后把她的那把锁头递给我，我拿过，然后同我的那把一并挂在车头上：“走了！”

她有点害怕地颤声说：“韩风，我们……我们还是绕到另一条路走吧？”

我望着她，说：“你相信我，就跟我走。”

她支吾着：“你……你不会……”

我说：“你放心吧，我有办法让你以后不用再躲着他们。相信我，好吗？”

她迟疑了一下，对我微笑了一下：“那好吧，我相信你。”

我说：“待会骑慢点，不用急的，也不用怕，放轻松点儿，知道吗？”

她点了点头：“哦，知道了。”

随即我们就踩着单车往前骑去……

当我们刚骑到那三女一男前面时，那个林一宛的小学同学就笑着说：“老同学，你终于来了，我还以为你见到我们，就吓得跑了呢？”话音刚落，她身边的那三个人就冲了过来围堵住林一宛的单车。

我把单车停下，冲着他们大声道：“喂喂喂，你们几个谁啊？想干吗呢？欺负人啊！”

那个林一宛的小学同学拽拽地走了过来，瞪着我说：“你算哪根葱啊？在这儿叽里呱啦的，想被打是吗？”

我笑笑：“哟，我今天总算见到女恐龙长什么样子了，好恐怖哦！我想吐……”我边说边往路上用力地吐了口唾液！

林一宛的那个小学同学突然抓狂般发起了癫，指着我叫喊：“你骂谁呢？你骂谁呢？”那怒目圆睁的凶狠样子，好像要上前把我一口吃了一样。

她指着我继续叫喊：“你再骂一句，你再骂一句试试？”

我笑笑：“你叫骂就骂啊，那我岂不是很没面子。再说了，你也不看看你长的那个样，我有必要给你这个面子吗？我们认识吗？”

“你……你是诚心来找打的是吗？”

“哟，姐姐你好凶哦，我好怕怕哦！”

“你……你……我看你就是欠扁，你就是欠打。”

“呵，不要在我跟前耍流氓，没用，我向来不吃这一套。”

这时林一宛有点颤抖的声音响起：“吴霜霜这一切都跟他没关系，你有什么就冲我来，你让他走，别……”

我大声打断她："你说的这是什么话呢？什么不关我事，我不是告诉过你，你的事就是我的事吗？我是绝对不会允许别人欺负你的，谁要是敢欺负你，我就跟他拼命，哪怕是跟他同归于尽。"话毕，我就眼冒怒火，喘着粗气，咬牙切齿地扫视了一下吴霜霜他们几个。

林一宛被我这话镇住了，一脸迷惑不解地望着我……

吴霜霜皱眉望了我一下，又望了林一宛一下，然后莫名其妙地咧嘴笑了一下，问："你们两个什么关系？"

我瞪着她："她是我女朋友，怎么了？"

吴霜霜有点不愿相信："什么？她是你女朋友？跟我开玩笑的吧？"

我说："没那么多口水。"

吴霜霜说："她勾引我男朋友，你知道吗？"

我笑笑："你男朋友有我帅吗？"

吴霜霜说："比你帅多了。"

我装出一副恍然大悟的样子："哦……原来你今天是来找她算账的？"

吴霜霜说："废话，她勾引我男朋友，跟我男朋友纠缠不清，让我男朋友不理我，我不找她算账找谁算账去？"

我轻蔑一笑："这样的。那你也可以来勾引我啊，我不介意的，这不就扯平了。"

吴霜霜说："你……你就一个疯子，一个变态。"

我说："我一直都是疯子，但我不是变态。说句实话，你长得这个样子，我看着你都有点想吐，即使你来勾引我，我也不会喜欢上你的。"

吴霜霜生气地指着我："你……你那臭嘴再贱一下试试？"

我说："你不用那么激动，我说的只是事实，要不你照照你自己，看看自己长得啥模样？"

吴霜霜气急地嘶吼："你……你个浑蛋诚心来找茬儿的，胡武你还愣在那儿干吗？过来帮我揍他。"

那个男的一咬牙，把手中的那根未烧完的烟用力砸到地上，装腔作势般撩卷起手袖，欲冲上来打我。

我即刻睁大眼睛怒瞪着他，嘶吼："你急个毛线啊，怕不得打呀？我的话还没说完。"

胡武这个"粉仔"竟然被我的嘶吼声震慑住了，有点慌慌地望向一边的吴霜霜，很没主见地问："霜霜，打还是不打？"

吴霜霜望了我几秒："让他把话说完先。你还有什么话，说吧！"

我暗地里松了口气，绷紧的神经也松了一下，打架可不在我原先的预想范畴内，换句话讲：我不想打架，打架不是我的目的。

我下了车，把单车扎好，然后望着吴霜霜说：“话说你想知道你男朋友为什么不理你吗？为什么会迷上其他的女生吗？”

吴霜霜问：“为什么？”

我咧嘴一笑：“因为你自身出现了问题。”

吴霜霜说：“我自身出了什么问题？”

我说：“不是我打击你，你整个人看上去都显得异常的粗俗低俗，没趣味没品味，要个性又没个性……现在除了那些脑残的男生会喜欢你这类的女生外，还会有哪个正常点的男生喜欢？你也别整天喊着别人抢你男朋友，你说出这种话时，你不觉得丢脸、害臊吗？如果你自身有魅力的话，你男朋友爱你还来不及呢，还用你去害怕他被其他的女生抢了吗？总的一句话就是：你现在的心里是极度没自信，是极度没底气的，否则你也就不会用这种拙劣的方法来找宛儿算账了。在我看来你这样子做无非就是想用这种粗暴蛮横的方式来逼着宛儿远离你的男朋友，可你想过没有，这种方法有用吗？能根本性解决问题吗？”

林一宛呆呆地望着我，没说话。

我大声说：“宛儿你一直看着我干吗？你说话啊，跟她说清楚啊！”

林一宛愣了一下，回：“是她……是她男朋友来缠着我，我没有去勾引他，我不喜欢他，我一点都不喜欢他，我只喜欢你。”

我愣了一下，心想：“姑娘，别那么入戏！”

林一宛又说：“吴霜霜，你给我听着，你喜欢他就去追他，没人拦你，追不到，是你自己没本事，怪不了我，我不喜欢他，我一直都不喜欢。你也别用这种下三滥的手段来拦路欺负我，我……我不怕你！”

林一宛能说出这样的话，让我感到有点惊讶，有点意外，我冲她咧嘴笑了一下，然后一脸严肃地望向攥紧拳头，喷着粗气，龇牙咧嘴地瞪着林一宛的，随时都有可能爆发打人的吴霜霜，说：“吴霜霜你听到了吗？宛儿不喜欢你的男朋友，她只喜欢我，你神经兮兮地自作多情了，回吧，带上你的兄弟姐妹们回去吧，回去顺便告诉你那男朋友，叫他别再来缠着我女朋友了，不然我跟他没完，听到了吗？”

吴霜霜干笑两声：“你好拽，可你算老几啊？来教训我。”

我干笑了两声，毫不胆怯地说：“我不算老几，我就是我而已。”

吴霜霜说：“她勾引我男朋友，你这个做男朋友的不教训她，我们今天来帮你教训她，让她长点儿记性。”

我恶狠狠地瞪着她，毫不示弱地说：“你敢动一下她试试？看我不跟你拼命，她是我女朋友，用不着你教训。”

吴霜霜呆呆地望着我，没有说话，从她的眉宇间我看到了些惶恐，这也正是我想要的效果。

我又说："你回去管好你男朋友，我也管好我女朋友，从此以后，我们井水不犯河水，你走你的阳关道，我走我的独木桥。还有，别以为只有你会拉人，我不会拉，告诉你我拉的人吐一口唾沫都可以把你淹死。"我恶狠狠地扫视了一下他们每一个人。

胡武望向吴霜霜，问："霜霜，还……还打吗？"

吴霜霜愣了一下，说："打呀，怕他做什么，他只不过是在这里装腔作势来吓唬我们而已，看他那个样，也没什么料。给我打，两个一起打，不打我们今天不就白来了……"

"我看你们敢动一下试试？"我一把拿过挂在车头的两把单车锁，一手拽一把，然后用狠劲地砸自己的单车后座架，"咣、咣"两下，火花四溅，单车后座架就变了形，我爆吼，"你们都很牛，来啊，打啊！我今天没了命也跟你们血拼到底，来啊，来啊……"我又用狠劲地砸了几下我的单车后座架，弄得后座架彻底变了形，就差没掉出来了，然后我扬起一脚，用力一踹，把单车踹倒在地上，装作怒火中烧、咬牙切齿地瞪着他们："来呀，你们来打呀，打呀……"

胡武望着我，有点惶恐地吞了口口水，支吾道："疯子，就……就一个疯子……"他走过去拉了一把也有点惶恐地望着我的吴霜霜，"走吧，霜霜，不打了。"

吴霜霜拨开胡武的手："我不走，我要打他们……"

胡武大吼："你不见这个人是个疯子吗？待会要出人命的……你们两个还杵在那里干吗？你们想死吗？不见那个疯子那两只眼睛红了吗？"

那两个女的愣了一下，然后走到吴霜霜的身边叽里呱啦地说了些什么，接着就和胡武半推半拉着吴霜霜离去……

我又用力地拽了几下我那摔倒在地上的单车，然后冲他们吼道："你们以后要是再敢这样子来欺负她，我一定不会这样好说话的……"

他们的身影很快消失在了我的视线里……

我注意到不远处有三个身穿校服的、小小个的小学生正呆呆地站在不远处，定定地往我这边望，我就冲他们吼："你们那几个，看什么看？回家去，不然我把你们的屁股打出花。"

他们几个你望望我，我望望你，就惶恐地撒腿跑开了……

见他们跑开，我低头望望自己那辆倒在地上的单车，便摇头自娱般苦笑了起来："我是不是疯了？呵呵……"

林一宛走过来把我的单车拉起，问："你……你没事儿吧？"

我冲她笑笑："没事啊！"

她说："你……你刚才那个样子好凶哦！"

我咧嘴一笑说："没有吓到你吧？"

她抿嘴点了点头：“吓到了，我真的有点不敢相信你凶起来那么恐怖、那么可怕。”

我笑说：“那不是正常的我，那只是疯了的我。以后吴霜霜应该不会再来找你麻烦了，如果你怕不保险的话，你可以跟那个男的谈谈，把这件事情处理一下，以避免吴霜霜哪天又癫了，再来找你麻烦。”

她含笑点点头：“知道了。你也是，发疯就发疯嘛，干吗拿锁头来砸车呀？你看都把车砸成什么样子了？”

我笑了一下，故作轻松地回：“没事儿，反正都是烂车，还可以骑就行。”

她说：“你刚才砸的时候，心里不痛吗？”

我愣了一下，回：“拜托，这车是我的好不，我能不痛吗？”

“既然痛，那你干吗还要那样子做？”

“我不那样子做，能把那几个浑蛋吓跑吗？不到万不得已，我可不想跟人干架呢！”

“哦，明白了，原来是为了我！”她鼓鼓嘴，“谢谢了，你有时候挺聪明的。”

“我一直都很聪明的好不？”

她抿嘴笑笑，说：“你刚才心里害怕吗？”

我反问：“你呢？”

她点点头：“害怕啊，那个男的身上应该藏着小刀的，我好担心一打起来他就掏出小刀把你捅伤了。”

我愣了一下，笑说：“那你干吗不担心一打起来我就用这两把锁头把他们的头砸破了，随后他们脑浆四射，一命呜呼？”

她皱起脸：“咦，你好血腥哦！”

“有时，偶尔罢了。”我拿着锁头敲起变了形的车后架，试图把它恢复一点原貌。

“嘿，你还没告诉我你刚才心里害不害怕啊？”

“废话，他们四个人，我们只有两个，打起来百分之九十九是我们吃亏的，我能不害怕吗？再说了，我可不想你一个女生被打呢，如果伤到了脸，怎么出门见人啊！”

她鼓着嘴巴，可爱地眨巴着眼睛望着我，没有说话。

“你望着我干吗，我说的是事实啊！”

她抿嘴笑笑：“我没有说不是事实啊！话说我刚才怎么看不出你有一点点害怕呢，我看到的都是你凶神恶煞的恐怖模样。”

“那就对了。如果被你看出来了，那么他们肯定也就看出来了，那就穿帮了，一穿帮，结果就是血腥的互殴。所以说，要不就不装，装就装得像点儿。”

“哦，那你心里既然害怕，我前面叫你绕道走的时候，你为什么不走啊？”

“不是跟你说过了吗？有些事情躲不过就不要躲了，要去面对它。还有我当时就相信我的方法能够帮你摆平这件棘手的事情，且保证双方不会打起来。”我没有说出另一个原因：我当时见到他们三女一男，且那男的又瘦不拉叽的，像个粉仔，我就心里粗略地估算了一下，在万不得已跟他们打起来的情况下，我们应该不会很吃亏，说不定还有赚的可能。之所以没告诉她这个原因，是因我不想让她知道我那么精咧！呵呵……

她微笑说：“吹牛！”

我说：“什么吹牛啊？我说的都是真的。你知道我刚才用的那叫什么方法吗？”

她问：“什么方法？”

我冲她笑笑，然后指指阴阴的天空说：“天快要黑了，再不走，我待会回到我家，天可能就要黑完了。”

她眨巴着眼睛，嘟嘟嘴，没有再追问，只说：“好吧，那走吧！”

“噢，对了，刚才……刚才……”

“刚才什么？”

“刚才……刚才吴霜霜他们在的时候，我说的一些话，只是戏言，别当真的啊？”

她抿嘴含笑地点点头：“你不说，我心里也明白啦！不过……不过我说的都是真话。”

我愣了一下，说：“天快要黑了。”话音未落，我就一踏脚踏，先向前冲去了，她随后跟上……

我把她送到她小区大门外时，恍然想起了她期中考前交给我的那个收集着英语资料的本子，我就拿出来想还给她，可她却微笑着说：“不用还了，就当我对你这次护送我回家表示感谢的一点儿小心意吧！”

我愣了一下，假笑说：“那好吧，不过话说你这表示感谢的小心意也太小了一点儿吧？”

她笑问：“那你想我怎么感谢你呢？”

我说：“这个……以后再说吧——走了！”

她微笑说：“那好吧，拜拜！路上注意安全！”

我随即踩着单车像风一样往家的方向骑去……

家里近几天，妈妈、我、哥哥一起跟爸爸打起了冷战，谁都没跟他说话，把他当成空气，家里的气氛时时压抑得令人窒息。爸爸每天几乎都是早出晚归，在家时几乎都是躺在客厅的沙发上看电视，晚上也在客厅沙发那儿睡，好像这样子生活他也过得挺安心舒服的，也不知道他心里是怎么想的？

真心希望这个家从此消停吧。

11月18日　　星期日　　阴

熬着熬着就能过去了吗

现在的夜寒气已有点儿咄咄逼人了，看来真正寒冷的冬天就要到来了……

妈妈她怕我晚上冻着，着凉，今晚她就帮我套了薄薄的棉被，她跟我说晚上冷了，自己就盖上，长大了要学会照顾自己，过段时间再冷点的时候她再给我换厚的，更暖和的。

我听后就上前抱住了她，然后微笑说："有妈的孩子就是幸福。"

妈妈抬手摸了摸我的脸，忧愁的脸上露出了一丝久违的、淡淡的微笑，然后莫名其妙地冒出一句："见到你慢慢长大，妈妈心里就高兴。"

我愣了一下，微笑着说："妈，其实见到你高兴，我就会高兴，见到你开心，我就会开心，所以为了见到你高兴开心，也为了我高兴开心，我现在决定每天长大一点点，每天懂事一点点，争取做个妈妈的乖儿子。"

妈妈忧愁的脸上又露出了一丝淡淡的微笑："你这张嘴巴就会逗妈妈开心。"

我微笑着说："妈，那可不是逗，我说的可都是真的。我会好好实施的，你相信我吗？"

妈妈微笑着点点头："妈妈相信你。"

"那就好，妈，其实我觉得你不用整天去理我爸那臭事儿了的，他爱干吗去就干吗去，让他疯个够，反正现在理也没用，他又不听你的，何必去自寻烦恼呢？"

"你现在年纪还小，好多东西你还不懂。"妈妈长叹了口气，语重深长地说，"其实妈妈也无数次地想过放手，想过不再去理他，让他想干吗就干吗，可是……可是如果妈妈一放手，不理他了，那他可能就真的回不了头了，谁也救不回他了。所以妈妈现在还不想放手，还不想放弃他，想尽一切可能去拯救他，挽回他……"

"妈，可儿子见到你每天都这样子愁眉苦脸，忧心忡忡的，心里面真的很难受。有时候……有时候我觉得你没必要去为了他活得那么痛苦，那么难受……"

"木木别讲这样的话，妈妈没事儿，妈妈也希望你不要放弃你爸爸，一切……一切熬着熬着就会过去了的。"

我无言，心里是茫然、是钝痛，我无声般自问："熬着熬着就真的会过去吗？"

妈妈又说："妈妈有时候疯起来，就想放弃，就想不理他了，可一平静下来，一想到你年纪还那么小，一想到这个家，我就不想这么快放手，想再坚持坚持，如果哪一天真的坚持不了，我……不说了，妈妈不会有事儿的，你放心吧！你呢，就是把所有心思都放到学习上，其他的一切都不要想，知道吗？”

我愣了一下，然后违心地点了点头：“知道了。”

妈妈脸上盈上一丝难看的微笑：“那就好。对了，你这次期中考考得怎么样？”

我回：“感觉还行吧！”

“还行就好，还行就好。”

我轻笑了一下，没说话。

妈妈这两天的情绪一点都不稳定，时而狂躁不安，时而自言自语，时而打电话去跟大姨小姨她们哭哭啼啼地倾诉些什么，就在刚才傍晚时分她还跟爸爸大吵了一架，在期间她还被爸爸打了……

那个时候的我心里满满都是对爸爸的恨，我恨他这样子对妈妈，我恨他整个人，我恨他的一切一切，我好想好想当面骂他一顿，以发泄心中对他的各种恨，可我又担心那样子做会伤透了妈妈的心，会让妈妈心碎。

人，为什么有时候做件事儿都得顾虑重重呢？就不能抛开所有，想干吗就干吗吗？回答是不能，理由是无解。

说句实在话，有时候真的很担心这样子下去妈妈她会精神分裂，彻底疯掉的，如果真那样……不不不，不会发生那样的事情的，妈妈她一定会好好的，家也应该会好好的……

不想了，不想了，睡了，待明天醒时，一切又都是全新的了，给自己一个微笑吧，呵呵！

晚安，好梦，韩风同学！！！

11月20日　　星期二　　阴

猪油抹的锅盖头

早上，坐峰兄前一桌的莹姐（蒋莹，个子不高，皮肤有点黑，长着张“冬瓜脸”，脸上长着很多青春豆，上课的时候经常伸手在那里摸呀挤呀的。她的嘴唇有些厚，鼻子有点扁，眉毛浓浓的，牙齿上缠着矫正牙齿的钢丝。她这人特开朗，常常咧嘴大笑，把她那缠着钢丝的牙齿肆无忌惮地展露在别人的眼前，让很多人都皱脸不敢直视，因那个样子真的有点儿不堪入目。不是说她丑，而是她的确长得很丑，她可是全班男生暗地里公认的“校丑”。当然，我从没有以异样的眼神看过她，因我认为她长成这个模样不是她的错……）一来到教室，就吸引了大部分人的眼球，她换了一个奇葩的新发型，把原来的长发剪去，弄了个锅盖头，最奇葩的是她的头发竟然弄得光亮光亮、笔直笔直的，有些还粘贴到了一块，形成一小撮一小撮的，特有型。（注：那个时候还没有上早读，没有一个老师在教室，且莹姐她来得比较迟点，所以班里的其他同学几乎都在了……）

她或许留意到了有很多人在看她，她一回到自己的位置，把背包卸下往桌面一放，就抿着嘴，板着张脸，有点厌恶地扫望了一下大伙，然后大声说：“你们一个个看什么看，没见过美女啊？”

教室内立马爆笑声阵阵，有的同学无语地趴在桌面上，摆出一副要死的模样儿，还有的同学抬手捂着胸口做狂吐的样子，特夸张。

王子突然大声地问：“莹姐，我好想问你，你是不是用了什么神奇的洗发水呀？怎么能把头发弄得那么有型？”

莹姐回：“没有。”

王子说：“哦，这样的。那是不是用猪油抹上去的呀？”

王子这话一出，班里瞬间又响起了一阵爆笑声。

“王子……王子你这个王八蛋。”莹姐在原处跺脚抓狂，“你的才是用猪油抹的呢！”

王子咧嘴笑说：“哟哟哟，用了猪油抹还狡辩，有意思吗？”

“你……你哪只狗眼看见我用猪油抹了？”

“不是用猪油抹的，你的头发怎么会那么有型呢？还光亮光亮的。你如果现在出去逛一圈，肯定头顶上都盘满苍蝇，你信不信呢？要是……”

莹姐狂怒地打断：“王子你个浑蛋，我……我……”

王子用轻佻的语气说：“哎哟哟哟，你干吗呢？生那么大气，待会断气了

怎么办？”

莹姐随手拿起一本书，就怒气冲冲地往第二组的王子奔去，嘴里骂道：“王子你个浑蛋，你个浑蛋……我打死你……”

“哟哟哟，莹姐你好凶哦！”王子“嗖”地一下站起身，一边往教室门口走去，一边冲向他奔去的莹姐笑，“莹姐要打人啦，莹姐要打人啦，莹姐今天好美哦，用了猪油抹头发哦！”

王子的话引得教室内爆笑声阵阵，所有人的目光应该都聚焦到了他们两个身上。

莹姐气得半死：“王子你浑蛋，有本事你别跑啊？”

王子奔出了教室，然后又把头探回到教室内冲莹姐笑着说：“莹姐你别追了，再追你的发型就乱了……噢，对了，我这是要上厕所的，难道你想跟着进男生厕所吗？”

其话音未落，莹姐就用力地把手中的书本向王子砸去，王子反应神速，把头一低，书本就“嗖”地一下从他的头顶飞出了教室。

王子冲莹姐做了个鬼脸，抛下句：“莹姐你好凶好粗暴哦，拜拜！”就撒腿跑开了，莹姐怒气冲冲地跟着奔出了教室……

教室的爆笑声不断……

四五分钟后早读的上课铃声响起，莹姐怒气未消、满脸通红地拿着刚才砸出教室的那本书回了教室，她什么也没说，走到王子的位置就把王子叠在桌面上的书全部推倒了地上，然后就无声地走回了自己的位置。她这一举措让包括我在内的人都惊讶不已，可又觉得理所当然，毕竟她要把她心中憋着的那股气找个地方撒出来呢！

莹姐刚在自己的位置上坐下，王子就一脸嘿笑地走进了教室，样子看上去挺得意的，他的后面跟着班主任。

当王子见到自己的书撒得一地都是的时候，他先是一愣，然后望向正瞪着她的莹姐苦笑了一下，什么都没说，就弯身捡书本去了。

班主任站在讲桌旁望着王子说；“小王子，你那是怎么回事？”

王子抬头望了眼班主任，说：“没，没怎么回事啊，就是书被一阵风吹地上了而已。”

班主任说：“那阵是什么风啊，怎么就只把你的书吹地上了？”

王子回：“阴风。”

他这话一出，我们中的很多人都忍不住“扑哧”笑了。

班主任严肃道：“你们一个个笑什么笑，赶紧读书。还有你王忠信，给我捡快点，起来读书。”

琅琅的读书声响起……

班主任在讲台上站了一会儿，就双手背搭在身后，慢悠悠地在各组间的走道溜了一趟，便从教室前门走出了教室……在快要下早读的时候，班主任又从教室前门走了进来，或许见到我们没几个读书的，就大声道："一个一个都睡着啦？读书啊，还没下早读呢……读大声点，都没吃早餐啊？"

有好些同学操着有些疲惫的声音回："没吃。"

班主任一脸严肃地大声说："没吃也给我读大声点，谁叫你们不吃的？快点读，都给我大声地读。"

教室内一片爽朗的、大大的读书声响起……

一会儿后，下课铃声响起，那爽朗的、大大的读书声瞬间就没了，同学们有像摆脱束缚的小鸟，叽叽喳喳，到处蹿动的；有像泄了气的皮球，松软地趴桌上歇息的；有像饥饿鬼一样，狼吞虎咽地吃早餐的……

班主任双手交搭胸前慢悠悠地从三四组间的走道往教室后面走，在走到教室后面时，他像突然想起了些什么，就神经兮兮地掉头往回走，当走到莹姐位置旁时他就突然驻足停下了，然后微皱着脸神经兮兮地望起正微低着头看着书的莹姐。

莹姐这人看书还真是投入，班主任在她身旁望了她十几秒，她竟然毫无察觉。弄得我们这些望着她那儿的人都不由得咧嘴笑了。

她同桌陈灵丽突然用手肘撞了两下她："班主任在旁边看着你呢？"

莹姐这才反应过来，抬头望向班主任，她有些不解又有些惶恐地问："班……班主任你看着我干吗，有事吗？"

班主任抿着嘴点点头："嗯，不错，看书好投入，很认真。"

莹姐咧嘴一笑，露出她那两排缠着钢丝的牙齿，说："谢谢班主任的夸奖，我会更加努力的。"看得出她听到班主任的表扬，心里面是非常高兴的。其实我认为哪个学生被老师表扬，心里面都会是高兴的，反正我就是这样子的，我很喜欢被老师们表扬的那种感觉。当然了，我所指的表扬是真心实意的表扬，而不是虚情假意的表扬。

说句实在话，莹姐她学习的确蛮拼的，是那种努力刻苦型的好学生，为啥这样说呢？因她上课认真，回答老师的问题积极，按时完成作业，下课时间还常常屁颠屁颠地跑去缠着老师问问题，或者在自个的位置上默念单词什么的，不过她这么努力，这么刻苦，成绩却不是很好，上一次月考的成绩班里排名排到十几名去，比我还差……

班主任点点头："那就好。你的头发怎么……"

"班主任，我……"莹姐立马有点激动地打断，"我的头发怎么了？"仰着头定定地盯着班主任望，等待着班主任的回答。

班主任先愣了一下，然后才有点不自然地咧嘴一笑说："你的发型挺好看，头发油光发亮的，看上去独具一格，挺好！你用的是什么洗发水呀？”

这话音刚落，班里就响起了一阵偌大的嬉笑声，有几个同学用搞怪的腔调说：“猪油抹的。”

班主任微眯起眼睛，有点不解地环望了一下我们：“你们一个个在笑什么？有什么好笑的？”

“班……班主任，我……”莹姐“嗖”地一下站了起来，“我讨厌你。”一跺脚，就满脸委屈和生气地往教室外奔去。

班主任一头雾水，愣在原地问：“蒋莹同学，你为……为什么讨厌我？”

“我烦你，我就是讨厌你。”话音未落，莹姐她人已消失在了我们的视线里。

班主任愣在原地傻笑了一下，问：“你们知道她为什么讨厌我吗？”

王子立即大声回：“因为她烦你，她就是讨厌你。”

一阵爆笑声响起……

班主任摇头苦笑了一下：“我长得有那么讨厌吗？”

王子又大声回：“班主任你长得那么讨厌，也不是你的错啦，我们不会怪你的。”

又是一阵爆笑声响起……

班主任望着王子，咧嘴微笑说：“王忠信你的嘴巴今天好滑哦？”

王子笑说：“都是口水，能不滑吗？”

班主任点点：“说的也是哦。现在跟我去趟办公室？”

王子愕然地“啊”了一声，一脸不解地说：“不是，班主任，我……我去办公室干吗？”

班主任微笑说：“到时候你就知道了。”

王子说：“我……我能不去吗？”

班主任来一句：“你看着办吧！”

王子皱巴着脸说：“那我还……还是去吧！”

班主任笑笑，没再说什么，就抬步往教室后门走去，王子皱巴着脸跟了上去……

班里开始骚动起来，有说王子他嘴欠的，有说他神经的，有说他如果被班主任惩罚了，是他活该的，也有说班主任种种不是的，反正乱七八糟，说什么的都有。

随后的第一节课预备铃响起时，莹姐就凶凶地扯着捧着一沓作业本的王子的耳朵走进了教室，王子说：“大家快看过来啊，莹姐欺负人啦，莹姐欺负人啦，莹姐好凶哦……”

同学们惊愕和好奇的目光一下子都聚焦到了他们的身上，有些同学甚至笑地起哄：“莹姐威武，莹姐打他……莹姐你好帅哦……莹姐我们支持你……永远支持你……”

“王子你个浑蛋，你那嘴以后再欠一点，看我不把它撕烂去！”莹姐突然发狠地一扯王子的耳朵，弄得王子“哎哟”一声惨叫，“你就一个浑蛋，我恨你，我恨你一辈子。”这个时候莹姐的头发不再是油光发亮的，而是湿答答的，发梢末端还时不时地掉下一两颗水珠，如果没猜错，她应该是怕上后面哪节课时，又被哪个老师拿她的头发说事儿了，所以刚才就跑去把头发洗了。

王子挤皱着脸腾出一只手摸了摸刚刚被莹姐扯的耳朵，望着莹姐说：“莹姐你好狠哦！你怎么就对我下得了这么重的手呢？”

莹姐恶狠狠地瞪着他说：“我恨不得把你一把捅死，你个浑蛋。”

王子嘿笑着说：“莹姐你这么凶，你就不怕以后嫁不出去吗？”

“你……”莹姐立即扬起一手，作势要打王子，可不知怎么的，那扬起的手僵在空中几秒后，就莫名其妙地被收了回去，“王子你就是一个浑蛋。以后少招惹我，不然我跟你没完。”话毕，就头也不回地、一脸怒气地往自个的位置走去，王子冲莹姐的背影咧嘴笑了笑，但没说话。随后他就捧着那一沓作业本走到我的桌旁，一把放到我桌面上说：“班主任叫我拿给你的，下课后分发下去。”

我点点头：“哦，班主任还交代什么吗？”

王子说：“你去问问就知道了。”

我笑笑：“哦，知道了。王子你好蟀哦！”

我同桌立马嘿笑着附和：“蟋蟀的‘蟀’。呵呵。”

王子咧嘴笑笑，冒出三个字：“神经病。”

我和同桌立马很有默契地回：“你变态。”

王子抬起左手对我们竖起个大拇指，然后突然来个顺时针180°的旋转，往地下用力地顶了两下，接着轻蔑地笑了两下，就无声地往自己的位置走去了。

同桌苦笑说：“这浑蛋欠扁。”

我说：“待会下课你就去扁他，我支持你。”

他说：“你去，我也支持你啊！”

我说：“那一起好吗？”

他说：“呵呵。老师来了，上课！”

我苦笑无语……

傍晚时分，我拖着有点疲惫的身体走进了家门，就立马见到了一幕我不想、我讨厌见到的景象：妈妈头发蓬乱地瘫坐在客厅的地板上伤心地哭泣，饭桌被掀到了一边，有一木凳子被摔得稀巴烂，地板上洒满咸菜和碗碟碎片之类的东西，

一片狼藉。

我握起拳，喘着粗气，怒火中烧，突然无法控制地嘶喊：“韩宇你给我出来，韩宇你给我出来……”

妈妈满脸泪水地望向我，操着沙哑的声音说：“木木别叫了，他出去了。”

我问：“他去哪里了？”

妈妈摇摇头：“不知道。”

我把脸侧向一边，咬着牙，愤愤不平地喘着粗气。

“木木，妈妈没事了，你别担心。你怎么了？你是不是很生我们的气？”

我快速地调整着情绪，尽可能快地让自己平静下来。

“木木，你说句话呀，你怎么了？”

我强忍着不让那不受控制盈满眼眶的泪水往外流，转脸看向妈妈：“妈，我没事儿。我扶你起来。”我用力地呼了口气，然后走过去扶起妈妈，扶她在沙发上坐下，这个时候我才留意到妈妈的一边脸颊上有一个清晰的红红的手掌印，我心里一阵莫名的刺痛，刚刚压制下去的心中怒火，又重新熊熊燃烧了起来，如果爸爸在，我敢肯定我一定会大骂他一顿。

我装傻地问：“妈，我爸刚才是不是又打你了？”

妈妈摇摇头：“没有，只是跟她大吵了一架而已，他摔完东西就出去了。”

我拿过纸巾为妈妈擦拭眼泪，气愤地说：“他除了打了你的脸，还打到你哪里了？”

妈妈愣了一下，问：“你怎么知道他打我脸的？”

我说：“你脸上都留有他的巴掌印。如果下回他再敢打你，我跟他没完，我……”后面气愤的话语我还没说出口，妈妈就慌忙抬手捂住了我的嘴，然后泪眼婆娑地望着我摇摇头：“木木，别说了。妈妈没事儿，别说了哦？”

我望着她，心里满是不解，满是疑惑，我想不通她心里是怎么想的？想不通她都被他伤成这个样子了，为何还要说这样的话？

我把脸侧向一边，用力地呼出一口气，调整了下情绪，然后扭头望回妈妈，假笑了一下，说：“妈，你别哭了，我不说了。我……我去拿药来帮你擦擦。”

妈妈拉住我，泪眼婆娑地望着我，说：“妈想跟你说几句话？”

我平静地望着她，点了点头，没有说话。

妈妈泪眼婆娑地望了我一会儿，却摇摇头：“没……没什么了。”

我皱眉愣了一下，“哦”了一声，什么都没说。

妈妈抬起双手擦拭了一下眼泪，故作轻松地说：“妈没事儿了，别担心哦！”

我望着她，没做任何回应。

妈妈抬起右手摸了一下我的脸颊，强挤出了一丝僵硬的、难看的笑容：“肚子饿了吗？”

我摇摇头：“不饿。妈，我觉得……我觉得……”

“你想说些什么？”

我呼出一口气，说：“你跟我爸之间的问题总是这样子拖着不解决也不是办法，我真怕哪天我和我哥都不在家，他发疯来把你打残废了，所以我觉得你们之间的问题得赶紧解决，不能再拖了，否则什么事情都可能发生，我爸他现在疯了。”

妈妈愣愣地望了我一会儿，说：“谁教你说这些的？”

我无奈苦笑：“妈，我又不是小孩子了，这种东西我都懂得想，不用谁教。”

妈妈点点头，脸上露出一丝宽慰的、淡淡的笑容：“木木真的是长大了，好了，妈知道了，妈会尽快处理好你爸和我之间的问题的，也不会再让他打我了，你放心吧！”

我若有所思地问：“那……那你打算怎么处理？还有你怎么能让他不再打你？”

“妈妈自有妈妈的方法，你就不用担心了。”

“希望吧！”

妈妈抬手摸了一下我的脸，什么都没说，就起身往她房间的方向走去，可在快走到她房门口时她突然停下，然后回身望着我，说：“这些东西等一下我出来再收拾。肚子饿了，就吃个水果来填填肚子，待会儿我出来再煮东西给你吃。”

我“哦”了一声，什么都没说。妈妈也不再说什么，转身走进了她的房间，关起了门……

我环望了一下这个狼藉的家，心里怪不是滋味儿的，然后轻呼了口气，站起身便往自己的房间走去……

约半个钟头后，我嚼着块饼干走到了客厅，打开了电视，看不够几分钟，就有点于心不忍地收拾起狼藉的客厅来。

收拾几分钟后，大门“嘎吱”一声被打开，哥哥走了进来。我冲他笑了一下：“哥，你回来得正好，快来帮忙收拾吧！”

哥哥站在大门口那儿四处望了一下，然后问：“他们刚才又吵架了？”

我说：“屁话，不吵架这些东西是我弄的啊？”

哥哥说：“妈呢？”

我说：“房间里。爸出去了，我回来都没能见到他。”

哥哥说：“妈她没事吧？”

我说：“被爸扇了巴掌，脸都肿了。”

哥哥抿着嘴若有所思了一会儿，然后无奈地呼出一口气，就无声地往妈妈的房间走去。

我问：“嘿，你干吗去啊？”

哥哥说："收拾你的东西，大人的事你少管。"

"切，说得好像自己好大好老了一样。"

"比你大，比你老。"

我苦笑无语。

哥哥敲了几下妈妈紧闭的房门，待妈妈的应许声传出，他就开门走了进去，然后把门关上……

几分钟后，哥哥一脸忧郁地从妈妈的房间走了出来，他望了一眼我，没说话，就往他房间的方向走去。我问："你又去干吗？"

哥哥说："怎么什么都关你事啊？"

我说："随便问一下而已，你不过来帮忙收拾一下啊？"

哥哥说："等一下先。"

我把手中的扫把随手一放，笑说："那我也等一下先。"

哥哥面无表情地瞪了我一眼，但什么都没说，就往他的房间走去……

十几分钟后，我正坐在客厅里边吃饼干边看电视，哥哥就走了过来在我的身边坐下，神经兮兮地望着我，但什么都没说。

我诧异："你这样子看着我干吗？我脸上有花啊？"

哥哥阴阴一笑，开口道："你的期中考成绩出来没有？"

我愣了一下，问："怎么了？"

哥哥回："还能怎么样，出来的话就报一下分数给我听听呗！"

"这分数很重要吗？"

"它能看出你前半个学期用没用心学习，你说它重要吗？"

我愣了一下，点点头："听起来挺重要的。不过我想问你，你以前上初中后，是不是每次考试都会把分数报给爸爸妈妈听啊？"

哥哥愣了一下，点点头："只要他们问，我都会如实告诉。"

"哦，明白了。不过我不想学你，所以我不想告诉你，行吗？"

哥哥略想了一下，问："是不是考得很差？"

"不算很差，也不算很好啦！"

"正经点。"

"哦，成绩还没出来呢，出来我再把成绩单给你看，你就不要总问我了。"

"好吧，我等着。"

"有你这样关心我成绩的哥哥，真好！"

"有哥的孩子像块宝，你就幸福吧！"

"呵——呵——呵——呵呵，我吐。"

哥哥伸手推了一把我的头："你再吐？"

我指着他："不要动我的头，以后都不要再动我的头，不然……不然……"

哥哥笑问："不然怎么样？"

我说："不然等以后你儿子或女儿出生的时候，我就整天摸他／她的头，让他／她变成南瓜头或萝卜头。我还要教他们做各种坏事，让你和嫂子头疼死。"

哥哥哈哈大笑："到时看你嫂子不把你骂死。"

我笑说："她骂我，我就变本加厉地骂你们的孩子，教他们干更多的坏事。"

哥哥苦笑："得了，不要贫了，起来收拾东西吧！收拾完，我好煮菜。"话一毕，哥哥就站起身，欲走！我赶忙叫道："等等，我有话跟你讲。"

哥哥看向我，有点疑惑地望向我，压着声音问："感情问题？"

我愣了一下，苦笑："你能想得再奇葩点吗？"

哥哥笑笑说："不是最好，那你想讲点什么呢？"

我说："就是关于爸爸和妈妈之间的事，我觉得你应该找爸爸谈一下话，不要让他再打妈妈了，妈妈会受不了的。"

哥哥疑惑地望着我："你可以找他谈的。"

我说："我不想浪费口水，因他不会听的，在他眼里我还是小屁孩呢，所以还是你出马比较好。你比较老，说的话有分量。"

哥哥苦笑："你这话听起来怎么这么难听呢？"

"你老，那是不争的事实，所以不要去感叹岁月，耶！"我嘿笑着伸出了个剪刀手。

"小屁孩。"哥哥伸手削了一下我的头。

"不要碰我的头。"我愤怒。

哥哥又伸手削了一下我的头："我就碰，你来打我啊！"

我握着拳头恶狠狠地瞪着他："你敢再碰一下试试？"

哥哥咧嘴一笑："我不碰了。起来收拾东西。"

"我不理你。"

"你起不起来？"

"我不起来，怎么了？"

"爱起不起，不起拉倒，反正我吃过晚饭了，我不饿的呢！"

"好像我很饿一样。"

哥哥笑笑，没有说话，走去收拾东西。几分钟后，我也起身走过去帮忙，我没有再跟他谈论爸妈之间的事情，也没有去问他有没有打算就爸爸打妈妈的事儿去找爸爸谈一次话，因我觉得没那个必要，反正话我已说出，他做不做就由他自个决定了，希望他做吧！

现在时间凌晨十二点四十五分，爸爸还未回来，也不知道他今晚还会不会回来，如果回来就希望他能够安静地睡觉，不要再跟妈妈闹了，免得一家人都跟着睡不着！

说句实话，有时候真的很希望爸爸他能离开家一段时间，让家里平静一下下，也让我平静一下下。我的确烦透了这种整天掺杂着争吵的糟糕透顶的生活，我想静静了，我真的想静静了……

呼，睡吧，哥们！日子还得慢慢过，熬着过！

11月21日　　星期三　　晴

梦里的噩耗

现在已是22日凌晨四点十六分，我无任何睡意，因我刚才做了一个噩梦，梦见远在家乡的奶奶听到我跟她说了爸妈之间的事情后，就立即精神崩溃，吐血死了，在断气的前一瞬间她还紧紧地抓着我的手，双眼满是愁苦地望着我，微微蠕动着双唇，像有千言万语对我说，但却又一句都没说出……梦境太逼真，弄得我刚才从这梦中惊醒时，都泪流满面了。假如说这梦是真的，我肯定一辈子都不会原谅自己，一辈子都会活在愧疚和后悔中，毕竟那一切的一切都是因我的嘴贱和太过诚实造成的。不过生活没有假如，这梦也永远只是一个梦罢了！

其实我认为现实中的自己即使没做这个梦，也不会傻傻地去把爸妈间的事情告诉奶奶的，因我早就明白奶奶这把年纪，受不了重一点儿的打击，所以一般情况下我都是告诉她好的事儿，能逗她开心的事儿，而不去告诉她坏的事儿，令她不开心的事儿。

奶奶，在这寂静的深夜里您的小孙子又想您了，好像已有很久没给您打电话了，也不知道您最近身体还好吗？是不是又在埋怨您的小孙子我那么久不给您打电话了，不想您了？我想肯定是的，因每次我久点儿没打电话回去给您，您都会埋怨我心里没您这个奶奶了，那么久都不见打个电话回去给您的。

奶奶，如果现在不是深更半夜的话，我现在就会立马拿手机打电话给您，因我超想听听您那苍老的声音了，是超级超级的想了。呵呵……

今天，噢，不，应该切确点说是昨天了，毕竟现在不再是21日了。昨天，期中考的各科成绩都知晓了，我的语文103，数学91，英语52，政治60，历史89，地理63，生物81。总分539。这次总分在班里排名第六，校里排名55，历史成绩班里第一，语文、数学、政治、历史、地理成绩都在班里前五，英语成绩班里倒数第十一。总的感觉考得还不错，基本达到了我的预期目标：平均及格！

班主任说过：人不要要求太高，要懂得知足。说句实话，我现在已经很知足了，毕竟这次期中考比上一次月考还好了一些些，证明我在进步中！

这次期中考成绩班里排名前三名的跟上次月考的一样，没变，峰兄第一，吴丽丽第二，陈茜茜第三。峰兄这次考试的总分高达665分，比第二名吴丽丽的高出四十多分，比第三名陈茜茜的高出七十多分。他的这个成绩在校里排名第二，只比校里排名第一的少了3分。不得不说他太恐怖，太牛了，可我依旧想不通他就那样子学，他怎么就考得那么好呢？比我高出那么多分呢？难道是我比他笨吗？可我怎么觉得我比他聪明呢？哈哈，或许是自己太自欺欺人了吧，又或许是他本来就是一个学习方面的怪才吧！

不说他了，说太多了，我心里会自卑的！

话说我感觉我挺爱英语了，且在它身上花费了不少时间，可怎么它就不爱我一点点呢？让我连带它出去见人的机会都没有，真的太寒我心了，我现在正在考虑我以后到底还要不要再爱它了？它那么冷漠的。这个考虑的时间可能会长点，也可能会很短，但我相信我会做出一个明智的选择的，呵呵……

十八大过后，班主任曾在课堂上说过一句话：在不久的将来，我们的汉语将成为各国的交际用语，就像现在的英语一样。我觉得班主任这话是有先见之明的，我期盼着那一天能快快到来，那样我就不用那么费劲去学这英语了。可我又觉得距离那一天还很遥远、很遥远，或许到那时我已不再是学生，不再需要考试了……

倦意已浓，我要先去眯一会儿，再起床了！

11月22日　　星期四　　阴

无话可说

先把我刚才写好的一篇语文期中考总结附上：

经过这几天时间的深深思考，我对我在这次期中考试中语文这科的总结只有四个字：无话可说！谢谢！！！

在写完后，我就拿着这总结去哥哥的房间找哥哥签名，因班主任交代过这篇总结得要家长签名。我进到哥哥的房间见哥哥正在电脑上看网文，我就把总结递到了他面前："哥哥，帮我签一下名字呗？"

哥哥抬头望了我一眼："什么东西呀？"

我说："这次期中考的语文总结，我班主任说了要家长签字，所以……呵呵。"

哥哥拿过总结望了一眼，然后眯着眼睛望了我几秒，才问："这就完了？"

我点点头："完了。"随即我把手中的水性笔递到他面前，"帮忙签一下吧？"

哥哥苦笑了两下："你确定写完了？"

我毫不犹豫地点点头："确定。简单明了是我一贯的风格。"

"哦……那你拿去给爸妈签吧，我不签。"

我苦笑："哥，我亲爱的哥哥，你有必要这样对我吗？"

"要我签也可以，你把你这次期中考每科的成绩都告诉我。"

"不是跟你说了吗，试卷还没发完呢，你让我怎么告诉你啊？胡编一个给你，骗你吗？"

哥哥笑说："难道你不是一直在胡编骗我吗？一叫你拿你那些试卷回来给我看看，你就不愿意，不是说你忘记带了，就是说被老师重新收上去记录些什么了，你当你哥没念过初中是吗？"

我一脸正经地说："天知地知我没骗过你，我跟你说的都是事实。还有，你整天问我成绩，要我拿试卷给你看，你觉得有意思吗？"

"这是家人对你的关心，跟有没有意思没关系。再说了，家里送你去读书，难道我们问一下你的成绩，想看一下你的试卷都没有资格吗？难道是你考得太差了，怕我们见到你的试卷后，露馅了，然后没脸见人……"

我打断："停！停停停停停！"我用力呼了口气，快速调整了一下有点激动的情绪，"第一，我非常感谢家人对我的关心；第二，你要是信不过我，你可以直接打电话给各科老师查询我的成绩，我无所谓。还有，过几天就开家长会了，到那个时候我们班主任会给你们家长分发我们的成绩单，到时一切就一清二白了；第三，找你签个名字，你有必要说这么多乱七八糟的东西吗？你不嫌烦吗？”

哥哥笑笑：“第四呢？”

我说：“没了，给句话吧，你到底帮不帮签？”

“其实我不签，我是为了你好，免得你到学校被你班主任骂！”

“这不用你担心，你签就得了。”

哥哥默默地望了我几秒，有些无奈地摇了摇头，拿过我手中的笔，就龙飞凤舞地在总结的下方签上了自己的名字，然后把总结和笔一同塞到我手里，笑说：“对你我也无话可说了，你出去吧！”

我咧嘴笑说：“这才像我亲爱的哥哥嘛！”

哥哥无言地对我挥了挥手，目光重新定格在了他的电脑上，我无声地退出了他的房间。

其实我都想好了，明天去到学校把这总结交上去，要是班主任问起来为什么只写这几个字，那我就如实告诉他，我对这次语文考试的确无话可说。要是他问到我家长怎么会在上面签字，那我就告诉他，我家长对我的这次考试也无话可说。

说句实在话，我觉得有些总结根本就不必花费宝贵的时间去写，因没那个必要。拿那些宝贵的时间去背英语单词更好，或许还能背上那么几个呢！只不过我比较懒，即便不写，也会把时间花费在画画、看课外书这种乱七八糟的事情上。这里为啥我没提到看电视呢？因爸爸总无声地“霸占”着电视，那个遥控器很少离手，还有我厌恶和他这种人呆在一块，换句话讲：我连看都不想多看他一眼，就更别说和他待一块儿看电视了。

今天的家很安静，是特别特别的安静，让人有一种窒息的感觉。爸爸自从傍晚回到家后，就没说过一句话。在吃饭时，我们谁都没有去叫他吃，他也没来吃，好像在外头吃过了，不饿了似的，只安静地斜躺在沙发上看电视。不过等我们吃完后，他就起身，无声地去舀饭吃了起来，且狼吞虎咽的，看上去像饿了N年一样。也多亏了心软的妈妈煮有他的那份饭，留有他的那份菜，要不然他就饿着或自己弄来吃了。也不知道，他吃着妈妈煮的饭菜，心里有何感想，是苦涩、是懊悔、是难受、是疼痛、是忏愧，还是觉得理所当然，一切都是妈妈理所应当做的？我期盼是前者，因那样子说明他还是一个有点人情味儿的人，不是一个冷血无情的浑蛋。

呼，不说他了，免得心中那压着的怒火一下子窜飙起来，搞得自己一下子忍不住冲出去骂他，打破了这个家的安静！

来讲讲学校的事儿吧：我参加校合唱团了，是今天的事儿。我选择参加它的理由很简单，因我觉得我的歌喉还不错，想进去“混混”，然后在老师的指导下练练，提高一下自己的唱功。在决定参不参加这个合唱团前，我去问过哥哥，我该不该去参加？哥哥就正儿八经地回我：“我的建议是去，不要错过每一个提升你自己能力的机会。可你去不去，这个决定由你自己拿，我不掺和。”

那时我听后，先愣了一下，然后才说：“你帮我拿不得吗？”

哥哥说：“帮不了。你这个年纪了，应该学会独立思考问题，独立拿主意，不要整天想着让大人帮你拿，不然你永远长不大。”

我咧嘴一笑，点点头：“好吧，我虚心接受你的教诲。”

哥哥咧嘴一笑，来一句：“无所谓。”

我苦笑着没说话。

其实这种道理我早就懂了，只是有时一种依赖心理在作祟，弄得自己总想着去依赖大人，让他们帮忙出主意，帮忙拿决定。看来这种依赖心理是一种很糟糕的毛病，我得改，把它改掉，然后争取去做一个会独立思考，能独立拿决定的大人，呵呵！

进到合唱团后我才知道合唱团原来是个阴盛阳衰的地方，为啥这样说呢？二十个合唱团团员，连我才三个男的，其他的两个分别是我的同桌黄阳宇和二班的一个姓黄的同学。今天下午排练完，二班的那个黄同学就立马去跟带着我们排练的胡老师申请退出，理由是不想唱了，胡老师什么都没问，就点头批准了。当时，同桌黄阳宇也想去申请退出，不过被我拉住了，我告诉他既然进来了，就先待着，别才一天就打退堂鼓，弄得好像自己怕女生似的。黄阳宇听后觉得我的话有些道理，便打消了立马退出的念头。记得当时他还神经兮兮地跟我说了一句：“哥们，我不怕女生，我最不怕的就是女生。你信我吗？”

我苦笑着点点头：“你坚持不退出，我就信。”

他拍拍我的肩膀，说：“你就放心吧，我已经想清楚了，好不容易得到这样一个身在花丛中的机会，我不会轻易放弃，我会坚持住的。”

我苦笑说：“好深切的领悟。”

11月23日　　星期五　　阴

零分

深夜了，不知为何无眠。屋外在刮着寒风，寒冷的日子真的来了……

今天下早读后，我就把昨晚写的总结和班里各位同学的总结一块拿去了班主任办公室，交到了班主任的手上，接下来的整个上午都在平静中度过。可到了下午第一节一上课，班主任就把我叫去了他的办公室。（注：第一节课本来是生物课的，可生物老师有事，所以把这节课调到了下周周二下午的第二节自习课上，这节就改成了自习课……）

我到办公室后，刚在班主任的办公桌边站住，话还未来得及说一句，班主任就二话不说地把我昨晚写的那份总结拍到了我面前的桌面上，吓了我一小跳，也吓了同在这个办公室里的、教五班的语文的陈老师（挺年轻的、戴着副红框眼镜的女老师）一小跳，不过陈老师只用惊愕的眼神往我们这儿望了一眼，然后就无声地起身走出了办公室，弄得办公室一下子只剩下了我和班主任两人。

班主任生气地瞪着我说："你看看你写的这叫什么，叫总结吗？啊？叫总结吗？"

我微低下头，没去看他的脸，也没有说一句话，就在那儿杵着。

班主任命令道："把头给我抬起来，看着我。"

我没办法，只好照做。

班主任说："你现在给我解释一下什么叫'无话可说'？"

"就是……就是……"我支吾着，"就是我……就是我对这次语文考试无话可说。"

"为什么会无话可说？"

"因为……因为考差了，差到我无话可说了。"

"这是理由吗？你认真想过原因没有？"

我沉默。

班主任催道："说话啊！"

我支吾了一下，说："我……我认真听班主任您批评教育就是了。我知道错了。"

班主任咧嘴干笑了两下，那笑容阴邪阴邪的，他说："你说你知道错了，那你错在哪里呀？"

我回："我没考好。"

“完了？”

“还有不认真，懒惰。”

“你也知道你不认真，懒惰的啊？”

我沉默。

班主任说：“我教书这么久来，还没见过一个像你这样写总结的，简单得不够五十个字，你想干吗？觉得我好说话是吗？”

我依旧沉默。

班主任又说：“首先你这个态度就不端正，你知道吗？”

我点点头，什么话也没说。

班主任又说：“知道我为什么叫你们写总结吗？”

我摇摇头：“不知道。”

班主任说：“那你听好了，我是为了让你们重新地、认真地去想想这次段考中的失败和成功，想想哪些方面做得好，哪些方面做得差，好的以后要怎么去继续保持，用什么方式去继续保持，差的以后打算怎么改进，用什么方式去改进，让它变得不差了……你作为课代表，你写个‘无话可说’上来给我，你想把我气死是吗？你对得起你课代表这个身份吗？”

我摇摇头，没说话，但心里却在说：“课代表又不是我很想做的，再说了，我都无话可说了，还愣叫我有话说，这跟逼着我上吊自杀有区别吗？不可理喻。”

班主任盯看了我几秒，又说：“这次期中考中有道十分古诗词默写题，全班只有三名同学得0分，你这个课代表就给我占去了一个，而且你又是最‘牛’的那一个，十分默写题一字未写，保持着卷面的清洁干净，你告诉我这是为什么？是不懂写，还是故意的？”

我愣了一下，说：“故意，不不不，是不懂写，背不出来。”

“为什么人家背得出来，你背不出来？是人家比你聪明吗？还是你本来就笨？”

我愣了一下，好想说：“这跟聪明和笨没有半毛钱关系，好不？”可我却不敢这样说，只说：“是我太懒了，没有去用心背过，所以……”

班主任说：“哦……看来你不算笨嘛？”

“我……我一直都没有说过我笨，是班主任你说而已。”

“你不笨，你很聪明吗？”

“除了笨和聪明外，还有一种是普普通通、不笨不聪明的人，我就是这种人。”

“你觉得你自己很会说话是吗？”

“不是很会，但……”我没有说下去，因我见到班主任正很不悦地瞪着我，好像很讨厌我讲话似的。

“但什么？”

“没什么了。对了，我以后会努力背书的，杜绝再有类似这种古诗词默写题空白的情况发生，这样，我跟班主任您做个保证吧，我……”

班主任打断我：“不要跟我做什么保证，我不需要你做什么保证。你要明白你是为你自己学的，而不是为我学的。还有我需要我的学生懂得自觉，而不是背个书都弄得像我逼着你们去背似的，那样子你们觉得没意思，我也觉得没意思。”

“哦，可……”

“可什么？”

“不敢说，怕您骂。”

“说。”

“哦，可您不都一直在逼着我们背书、写作业之类的吗？如果说那不是逼的，那怎么来的各种罚呀？”

“那……那叫逼吗？那是为了让你们养成各种良好的习惯才……才不得已那样做的。谁叫你们那么懒，那么不自觉？如果你们按时完成作业，按时完成我们布置给你们的任务，我们还会那样子做吗？”

我“哦”了一声，什么都没说，可心里却在说：“这听起来怎么还像是在逼着呢？如果说不是，那怎么来的各种罚？如果说不是，我们又有几个愿意自觉去学习的？”

班主任看着我愣了一阵，说：“如果硬要说是逼的话，也是你们的不自觉逼着我们那样子去做的。无规矩不成方圆，你们来到学校，我们就有责任让你们学到知识，而不是任由你们无拘无束，浪浪荡荡地过日子……好了，不说这个了，反正我希望你心里谨记你是在为你自己、为你的未来学习，而不是在为别人学习。你学得多少与别人无关。”

我点点头，“哦”了一声，什么都没说。

随后班主任又跟我讲了十来分钟的话，才放我回去。他没有让我再去重写那个总结，而是罚我抄书。对此，我心里是有点儿怨气的，但这种怨气我只憋在心里，没对他发泄出来，因以往的经验告诉我这种时候我不做个乖乖的听话者，不顺着他的意，那百分之九十九点九的结果是对我不利的，很可能他还会加重对我的惩罚，那就惨了。

从班主任办公室回到教室后，我的心情有些失落。不过到上第二节数学课时，那种失落感就消失了，因第二节一上课我就意外地受到了教我们数学的庞小晴老师的表扬，数学作业本上连得了三个大大的“很好”，让我有种受宠若惊的感觉。可以毫不夸张地说在当时就连我心中对班主任的那点怨气都被这突如其来的幸福感冲得烟消云散了，我甚至自恋地觉得班主任是看重我，爱我，是恨我这块铁不成钢，才冲我发脾气，才惩罚我的，我应该感谢他这样对我才对。

不过现在想想，他对我的那种爱也太深太切太浓了，针对性也太强了，弄得我都有点儿难为情，还是希望他以后不要那么爱，那么看重我好点儿，免得伤的痛的都是我。呵呵，苦涩的微笑。

下午放学的时候，天略显阴沉，有种欲要下雨的感觉。

由于早上接到了合唱团胡老师的通知，以后合唱团的排练时间安排在每周二、四的放学后，所以一放学，我就背着书包往放单车的地方走去。在快走到放单车的地方时，林一宛就笑嘻嘻地走到了我身边，问："嘿，你今天怎么这么早，不用去合唱团排练啦？"

我望了一眼她，说："你怎么知道我去参加了合唱团？"

林一宛咧嘴一笑："我自有我的办法。"

我苦笑："你有必要那么关注我吗？"

林一宛笑说："我乐意啊，可以吗？"

我说："那是你的自由，别人管不了。"

林一宛说："其实有人可以管的，我也乐意给他管。"

"无聊！去拉你的单车去，别跟着我了。"

"我去哪里拉，我的单车就放在你的单车旁边啊！"她指了指她那辆放我单车旁边的小单车，"见到没？"

我望了她一眼，苦笑了一下，然后就无声地往自己单车那儿走去。她跟了上来，问："嘿，你明天还去学毛笔吗？"

她这话音刚落，还未待我来得及回应，叶青青就拉着单车走了过来："嘿，疯子同学，你好啊？"

我望向她，见她身后站着正望着别处的叶雨萌，就回笑了一下："你也好啊！"

叶青青望了一眼站我身边的林一宛，然后微笑地望向我问："你待会有空吗？"

我愣了一下，笑说："没有，有约呢！"

叶青青恍然大悟的模样，点着头，笑着说："哦，明白了，明白了。"目光投向一脸疑惑地望着我的林一宛。

我咧嘴笑说："明白了就好。"

叶青青说："那……没什么，我们先走了，拜拜！"

我说："拜！"

随后她们俩便拉着各自的单车往学校侧门口的方向走去。在此期间我一直都留意着叶雨萌，可自始至终都没见她望过我一眼，就好像不认识我似的，依旧那样的冰冷。

林一宛望着我，鼓了鼓嘴，问：“嘿，她们是你们班的啊？”

我愣了一下，说：“是哪个班的很重要吗？”

林一宛摇摇头：“不是很重要。”

我弯腰去开单车锁：“那你还问？”

“随口问一下而已。”林一宛也弯腰去开她单车的那把大锁：“对了，你刚才说你有约，和谁约的啊？”

我没有回她话，拉起单车就往学校侧门口的方向走去。

“喂，等等啊！”她跟了上来，“我问你问题呢？和谁约啊？”

我有些不耐烦地扭头望了她一眼：“和空气约。你怎么这么多问题啊，能消停会儿吗？”

林一宛鼓了鼓嘴，说：“你生气啦？”

我说：“你值得我去生气吗？”

她咧嘴一笑：“那就好。待会我想请你吃热狗和喝奶茶，你去吗？”

我说：“无功不受禄，免谈。”

她说：“不要那样说，我只是为了表示对你上周帮我的那事儿的感谢，才请你的。你就答应吧，了却我的一桩小小的心愿，让我心里舒坦一些，好吗？”

我苦笑，对她无语。心里想：“妹子，你要请我吃点东西，能不要找出这种理由来吗？弄得我都不好意思拒绝了。”

她笑问：“你沉默就代表着你答应啦！”

我没说话。这时候我们已一起拉着单车走出了侧门口……

那几个平常跟我同路回去的女同学，远远的就跟我打招呼，问我一起回吗？我走过去告诉她们，我有点事儿，让她们先回去。她们就开玩笑说我最近活动真多。

我走回到林一宛身边，林一宛就笑着说：“你的女人缘可真好。”

我笑笑：“都是一帮老同学。走吧，去哪儿？”

她说：“对面啊！”

随即我们就一起拉着单车往马路斜对面卖奶茶和热狗的店铺走去，在快走到店铺门口外时，我驻足停下望着那挤满人的店铺，说：“那么多人，改天吧！”

林一宛把单车一扎，说：“就今天，你帮我看着单车，我去买。对了，你要喝什么味的奶茶？热狗要辣的还是不辣的？”

我愣了一下，回：“柠檬。爆辣。”

她愣了一下，说：“你吃那么辣，不怕长痘痘啊？”

我说：“习惯了。”

“哦，好吧！我这就去买。”她随即转身就往店铺走去……

我掏出了手机，戴上了耳塞，放了首喜欢的《十年》听了起来……时不时有从身旁走过的同学跟我打招呼，我都微笑地只言片语地回应……

七八分钟后，林一宛微笑地拿着奶茶和热狗走了过来，交到了我手上，我见火腿肠上都涂满辣椒粉，就皱眉说：“这也太多了点吧？”

林一宛微笑说：“你自己说要爆辣的，还说习惯了呢！”

我摇头苦笑：“好吧，是我的错。”

“如果吃不了，就丢掉呗，我去帮你再买一根。”

“不用了，吃得了的，跟你开玩笑呢！谢啦！”

“客气了。对了，你明天还去学毛笔吗？”

“去啊，怎么了？”

“随便问一下。对了，你还参加其他的什么辅导班吗？”

“没有。”

“哦。我从明天开始就要去我们班主任那儿补习了，每周的周六上下午和周日的上午都要去。”

“哇，时间那么长，那都没有时间好好玩了。”

“你又没空陪我玩，一个人在家也无聊，所以……”

“这不是真实的理由吧？”

她咧嘴微笑：“又被你猜中了，其实主要是我家人说我现在的成绩太差，要让我去补习啦！”

我苦笑：“你那成绩还算差，那我的那算什么级别的，连差都算不上吧？”（注：她告诉过我她这次的总分是559……）

“别那样说，你的也不比我差多少啊，甚至可以说是同一个级别的。”

我苦笑：“好吧！那你只补数学吗？”（注：她的班主任是教数学的）

“不是，每科都补。”

“哟，她有那么牛吗？”

“不单单是她，还有她老公啊，他老公在其他学校教高中的。”

“哇，真强悍，夫妻上阵？”

“没办法，人家为了生活，我们为了知识，所以就……”

“那是怎么收费的？”

“师情价，周六周日三个时间段加一块儿，共两百。”

“那么贵？”

“便宜的啦，以前我去学英语，一个小时就七十多块。”

“你父母对你真够下血本的。”

“你父母还不是一样，让你去学毛笔了。”

我假笑了一下，没说什么，因一听到她提自己的父母，心头就是一阵莫名的难受……

她又说：“嘿，你要一起来学吗？”

我摇摇头：“不了，时间安排不过来。”

“你可以学一天的。”

“时间还是安排不过来。”

“那好吧！”

我一口把那杯奶茶吸完，就说：“好了，得走了，不然天要黑了。你也回家吧，我不送了啊！”

她抿嘴一笑：“那好吧，路上注意安全！”

“你也一样，拜！”我踩上自己的单车，往家的方向骑去，骑出了大概三十多米，我回头望了望，见她已推着自己的单车往相反的方向走去了，形单影只的，随即我对着空气莫名地笑了笑……前几天吧，我问过她，她和她那小学同学吴霜霜之间的问题处理好了没有？她告诉我处理好了，让我放心什么的，我当时就微笑地说：“别自恋，我从来没担心过。”我这话说出后，她竟然没难过，还说对此早有心理准备之类的话，弄得我好生无语。有时候觉得她挺像个可爱的妹妹，挺亲，让人怜爱的那种，让自己总徘徊在不想去搭理，又不忍心不去搭理的矛盾状态中，那种感觉怪怪的。

我边听着歌儿边有点悠哉地往自个家的方向骑去，路线是往日常走的那条人少车少的、要上个大坡的香文路转香西路或香里路，再转长香路。（注：我家所在的小区就在长香路旁）

当我骑过永和园小区附近的那个文荣路和香武大道交汇的大路口，往旁边的那条香文路的坡上骑时，我就惊奇地、远远地见到了半坡上胖哥推着辆单车有点缓慢地往前走的背影，我便立即大喊：“高光明，高光明你等等我。”同时脚下一用力，铆足劲儿就全力往胖哥那儿骑去。

胖哥好像没听到我的喊话声似的，竟然没有驻足停下回头看看我。

“高光明，高光明……胖哥哥……你等等我呀……等等我……”我边骑边大声叫，没一会儿就追上了他，然后又超过了他，在超过他两米多后，我就突然来个急刹车，堵在了他的前面，微喘着粗气望着他，说：“嘿，我说高光明同学！同学！你刚刚没听见我叫你吗？”

他驻足停下，憨憨一笑：“听到了。”

“那你干吗不停下来等等我？”

“我知道你会追上来的。”

“哦，你太聪明了。”我从上至下望了他一番，笑说，“才几天没见，好像你又发福了点，重了几斤了？”

胖哥憨憨一笑，说："没有啊，还是原来那么重。"

"难道是我眼花了？"

"话说你能不那么关心我的体重吗？"

"你除了体重让我关心外，还有其他什么好让我关心的吗？"

"跟你无法交流，走了。"他有点不悦地推着单车从我的身边走了过去。我赶忙下车推着跟了上去："喂，跟你开玩笑的啦，不会生气了吧？"

他冲我咧嘴憨憨一笑："你还不够格。"

我摇头苦笑："话说你是什么时候开始自己骑单车上学的？

"今天中午。"

"哦——你妈妈终于肯放手让你自己骑啦？"

"嗯。主要是她今天没空。"

"哦，那以后你妈妈有空了呢？"

"还是她接送吧。我中午不是要回家吗？所以一天算起来，来回就得跑四趟这条路，我妈妈她担心我累着，所以……"

"啧啧啧，你这个孩子真是不懂得为你妈妈着想，我真替你妈妈感到心寒。你说你……你说你既然懂得算如果你骑车一天来来回回跑几趟这条路，那你干吗不去算一下你妈妈为了接送你一天来来回回得跑几趟这条路？八趟哪，哥！即使说她是骑着电炉接送你的，不费力，但跑来跑去，人也会累的。反正我做个局外人想想都觉得累，是心累。假如换成我是你的话，我肯定选择自己骑单车，不用家人接送，不自由又麻烦家里人，一点都不划算。还有就是好多同学家比你家离学校还远呢，他们中午也要回家，一天来回也得跑四趟，他们还不是选择自己骑单车，也不见他们哪个累坏累死的……"

胖哥望向我莫名其妙地咧嘴憨憨一笑："你说那么多主要是想表明些什么？"

我苦笑："是你太蠢了？还是我的嘴太笨，弄得表述不清啊？"

胖哥憨笑说："你嘴太笨。"

"去你的。我主要是想说：一个大男生的不要那么矫情，不要一切都听父母的，要有点主见。"我突然自娱般咧嘴一笑，"话说你再不自己骑单车来锻炼锻炼，你这身肥肉会越来越多的，弄得以后你自己走路都艰难了，你信不？"

胖哥没有生气，咧嘴憨憨一笑，但什么都没说。

这个时候我们已走到了坡顶，来到了平路，我抬头望了眼阴暗的天，说："上车骑着吧，不然天要黑了！"

胖哥说："你骑吧，我走着回去就好了。"

我不解苦笑："你……你能再奇葩点吗？有单车你不骑，你竟然选择走路？"

他咧嘴憨憨一笑：“我的单车掉链了，所以没办法。要是你急的话你就先骑回去吧，我自己慢慢走回去就得了。”

“我靠，以后别跟我说这种话呀，不然我不认识你了。停好，让我看一下。”

“你会修？”

“看过才知道啊。刚刚我还以为你是没力气骑上这坡，才选择下车推着走的，没想到是这个样子。”我把自己的单车扎好，弯腰去看他那超旧的单车，见链都掉在了齿轮外，“多亏了不是断链。”

“能修吗？”

“能，小意思。”我随后叫他把单车拉到路边扎好，就到路边的花草丛间找了两根树枝过来，费了点时间，脏了点手，帮他把链重新搭回到了齿轮上。他感谢我还夸我牛，我就笑着说：“再多掉几次，你也会弄的了。”

他憨憨地咧嘴一笑，什么都没说。

我又说：“你这单车比我的还烂，称得上是古董级别了，你妈妈骑了它多少年了？”

“这是我爸前不久收废旧物品时收回来的。”

我苦笑：“难怪了。要是你往后选择骑单车上学的话，我建议你叫你家人帮你买辆新的，别再骑这辆老古董了，免得哪天骑着骑着突然散架了，把你摔个半生不死的，那就惨了。”

他憨憨地笑笑：“这个以后再说吧！”

随后我们就各自骑上单车，一起往家的方向骑去……

在路上，胖哥那古董级别的单车又断断续续地掉过三次链。第一次掉时我二话不说就去帮他弄好；第二次掉时，我没再一股热情地去帮他弄，而是在一边教他怎么弄；第三次掉时，我没了耐性，直接说：“把它砸了，不要了，我搭你回去。”

胖哥听后，憨憨地咧嘴假笑了一下，说：“那样子我回去得被我妈骂的。”

我说：“你就说被偷了，她就不会骂你了的。”

胖哥憨笑：“这主意可真……”

我说：“没你这古董破。我告诉你，如果这古董是我的，我不直接踹几脚，摔路边去，我就不姓韩。”

“莫激动，这也是钱。”胖哥不慌不忙地蹲下身去修起了单车，我无奈，边上前帮忙扶他的单车，边苦笑嘀咕：“你说你这人囧不囧？骑一次单车就连连发生这种让人超级抓狂、超级无语的事情，弄得我都跟着你囧。我现在重新建议你以后还是乖乖地让你妈妈开着电炉接送你上下学吧！”

“理由。”

“避免类似的囧事不断地在你身上发生。你说要是哪天你骑着单车我不在

你身边，你骑着骑着就去撞路边的电线杆了或掉哪个坑里去了，那可怎么办呀？”

胖哥憨笑：“我有那么衰吗？你个癫仔。”

“今天所发生的一切就可以很好地证明你不是一般的衰，而是非常非常的衰，弄得我都跟着衰了。”

胖哥憨笑无语。

在路上，我和他聊了挺多话题的，当然也聊到了这次期中考，胖哥他说他考得不是很好，总分只得了564，还说他父母对他的这次成绩很不满意，对他很失望，让他心里感到挺难受什么的。我听后只有苦笑无语的份儿，心里觉得他父母挺没意思，挺不可理喻的，他们有这么听话、这么努力学习的胖儿子，就应该心满意足了，何必要那么注重分数呢？再说了，胖哥的分数也不算差，至少全校排名排在前三十，挺厉害的了，比我厉害多了！唉，有这么看重分数的父母，也挺悲催的，但从另一个方面说也挺“幸福”的。呵呵，苦涩的笑！

现在已是凌晨四点半过了，屋外的寒风依旧在不停地刮，屋内的寒气挺重的，有些犯困了，要睡了，希望爸妈明早平平静静的，不要再吵架，让自己能睡到自然醒。

11月24日　　周六　　雨

冰雨中的愤怒与背影

此刻晚上十一点十八分，家里头很静，很静，我正坐在我房间的写字桌前思考着怎么写今天的日记……

爸爸今天走了，去云南了……

中午一点多的时候，我在哥哥的电脑上玩桌球，爸爸突然走了进来，操着低沉沙哑的声音说：“玩游戏呢？”

我有点应付式地“嗯”了一声，没多说一个字，也没扭头去看他一眼，因我讨厌他，不想跟他说话，也不想看见他。

“这游戏好玩吗？”

“还行。”

“偶尔玩玩游戏来放松放松是可以的，但不能沉迷，要……”

我有点不耐烦地打断他："我还玩不到二十分钟。"我扭头望着他，"你到底想跟我说些什么，你就说吧，我听就是了。"

他愣了一下，莫名其妙地冲我笑了笑，那笑容很令人厌恶，或许这跟我心里讨厌他有直接关系吧！

他问："你这次期中考考得怎么样？"

我回："不是很好。"

他说："没什么的，下回努力点就好了。"

我苦笑了一下，没说话。心想："没想到你还会关心我的成绩，我还以为你眼里只有那个坏女人了呢？呵，不过我不想要你的关心，我受不起，我甚至感到恶心。"

他若有所思地望了我十来秒，来了一句："你班主任的电话号码是多少？"

我愣了一下，说："我不是给过你吗？"心想：你以为你装出这副关心我的模样，我心里头就会原谅你，不恨你了吗？那是不可能的，别痴心妄想了，是你教会了我漠视亲情，是你教会了我做一个冷血的人。

他说："不记得了，你再给我说一下吧！"

我没说话，拿过自个的手机，调出班主任的手机号码，然后读给他听，让他记下，他记下后，没再说什么，就转身走出了房间……

十几分钟后，他重新走进了房间，然后用略显愉悦的腔调跟我说："我刚刚打电话给你班主任了，跟他了解了一下你的一些情况。"

我的目光没挪过屏幕一秒，只淡淡地"哦"了一声，其他的什么都没说。

他又说："你班主任说你在学校里各方面的表现都不错，希望你能再接再厉，更上一层楼。他还说相信你如果在学习方面再加一把劲的话，成绩肯定会提高上去的，虽说你现在的成绩总的来说已比上一次月考提高了不少，但他相信你的提升空间还非常大……"

后面他又说了一阵子，全部都是一些听起来特顺耳的话，让我整个人都不由得有点飘飘然了，只是平静一想就知道这都是他自编出来哄我的，因作为一个称职的老师（我自认为班主任他是一个挺称职的老师的）在跟一个毛病多多的学生（我自认为自己挺多毛病的）的家长聊天时，不可能只一味地去跟那个学生家长说那个学生的好，而不去说那个学生的差，这是不符合常理的。

听他说完后，我又只淡淡地"哦"了一声，其他的什么都没说，当然也没扭头去望他一眼。

他静默了一阵，沉声说："木木你先不要玩电脑，好吗？"声音中透着一种不耐烦。

"哦。"我识趣地停止了玩电脑，扭头望向他，"你是有什么事要跟我说吗？"

他若有所思地望了我好一阵子，才说："也……也没什么事了，就想跟你

说以后不要玩那么多电脑，多看点书，知道吗？”

我点点头：“嗯，知道了。那……那还有什么事吗？”

他又若有所思地望了我好一阵子，摇摇头说：“没了，你玩吧！”话毕，就有点无奈地转身往房门口走去。看得出他是有话想对我讲的，可见到我对他那种近乎漠视的态度，他想了想就选择放弃不讲了。不讲也好，反正我也不是很想听。

我耸耸肩，继续玩电脑……

下午六点多，天下着冰雨，我撑着雨伞低声地哼着小曲儿往我家所在的那栋楼走去，我这是刚从武夷路蒋老师那儿学毛笔字回来。

当我快要走到我家楼下的时候，我就惊讶地见到那个女人正撑着把深蓝色的大雨伞伫立在楼下的草坪上，双眼注视着楼梯口的方向，像在等待着谁。

我心中的怒火立马蹿了起来，我开始恶狠狠地瞪着她，无声地瞪着她，还有种立马冲上去爆打她，以泄心中怒火的冲动。

破鞋突然扭头往我这边望了过来，她见到我，先是愣了一下，然后那张恶心的脸上立马盈上那恶心的微笑，且抬起一只手向我挥了挥，说：“韩风，你这是去干吗回来啦？”

我咬着牙继续恶狠狠地瞪着她，没有回话。

她又笑说：“韩风，你这样瞪着阿姨干吗？你有那么讨厌阿姨吗？”她向我招了招手，“过来，阿姨给你点零花钱花。”

我假意一笑，然后就向她走了过去，这时我的心里在盘算着如何把心中压制着的怒火发泄出来。

“这就对了嘛，快点过来，阿姨给你零花钱花。”她开始掏那个金黄色的手提包包。

我走到距离她约一米处驻足停下，见她掏了小半天的手提包包却依然还在掏，我就咧嘴轻蔑一笑，说：“得了吧，别在我眼前假惺惺地装了，我看着都想吐，呃……”我摆出想吐的样子。

“诶，你……你个浑小子，你的嘴怎么这样呢？”

“装模作样，虚情假意，恶心，我吐……”我用力地往旁边吐了口口水。

“你……你……”

“你什么你，狐狸精，滚！”

“我……我要替你爸教你个没大没小的浑小子。”她扬起右手恶狠狠地向我扇来，我反应速度地抬起左手用力一挡，同时头一侧，躲过了她那一巴掌。随即我把手中的伞随手一丢，就整个人铆足劲儿冲上去用力地推了她一把，弄得她连退了几步，差点儿就重心不稳倒在了湿漉漉的地上。我淋着雨，怒气冲冲地瞪着她，说："你给我立马滚，不然我……"我下一个字还未说出口，爸爸那浑厚、沉重的声音就从我身后响起："木木，你在干吗？"

我愣了一下，没有回头搭理他，而是继续怒气冲冲地瞪着面前的坏女人说："你给我立马滚蛋，不然我跟你同归于尽。"

那个女人立马装出一副惶恐的、害怕的模样从我身边冲了过去，说："韩宇，你看看你儿子，他凶我，你不教训教训他呀？"

我没有回头去看他们。爸爸的责备声响起："我叫你在外头等我，你进来做什么？"

那个女人的声音："我……我不是在外头等你等太久了，想进来看看么？不行吗？"

爸爸的声音："好了好了，你先到外面等着我，我一会儿就出去。"

那个女人的声音："你还要干吗？"

爸爸有些不耐烦的声音："我还有一些事，你先到外面等我。"

那个女人的声音："那好吧，你快点啊！韩风，阿姨走了哦，拜拜！我们下回见哦！"

我咬着牙强忍着没发飙，也没有回头看……

几秒后，我头顶的上空被雨伞遮挡住了，那冰冷的雨不再肆无忌惮地飘洒在我的身体上，接着爸爸略显低沉的声音从身后响起："木木，回家去吧！"

我用力地吸了一口气，然后沉沉地呼出，我没有回头，只问："她……她是不是又去我们家了？"

爸爸低沉的声音："没有。"

"你……你怎么还让她出现在这里？你……你这样子做，对得起我妈妈，对得起这个家吗？"

没有回声。

"我……我希望，我也恳求您，以后不要再让这个人出现在这里，来打扰我们的生活。不然……不然我会控制不住干出些什么蠢事的。"

依旧没有回音。

我用力地呼了一口气，转身望向他，见他一手撑着我的那把伞，一手提着一个黑色行李袋，沉默地注视着我，我说："你能回我句话吗？"

爸爸点了下头："我听到了。好了，回去吧，你的衣服都湿了，回去冲个热水澡，再喝杯糖水，不要感冒了。"他把手中的伞递到了我的面前。

我没有去接伞，而是说："你……你这是要去哪里？"

爸爸迟疑了一下，回："云南。那边的生意出了点状况，我得过去解决，可能……可能得过一阵子才能回来。你在家好好学习。"

我望着他，什么都没说。

他望了我几秒，又说：“我和你妈妈之间的事情……”

我立马打断：“什么都别说了，你走吧！”

他说：“爸爸……”

我又立马打断：“祝你一路平安！”

他迟疑了一下，挤出了一丝苦涩的笑容：“那……那好吧，那爸就先走了，还得赶车呢！”

我苦笑了一下，点头“嗯”了一声，从他手中接过了那把伞。

他望了我几秒，又挤出了一丝苦涩的笑容：“那爸走了，记住好好学习啊，拜拜！”

我点头敷衍地“拜”了一声。

他没再说一句话，转身就走进了冰雨中……

我望着他那慢慢远去的背影，心头就莫名其妙的一阵酸楚，随之双眼湿润了，视线模糊了……很快他的身影彻底消失在了我的视野里，我重重地吸了一口气，然后沉沉呼出，调整了一下心情，就抬步往楼梯口走去……

回到家门口外，我呆了七八分钟才开门走进家，这时我见到妈妈正披头散发，满脸泪水，像个疯婆子一样呆坐在客厅的沙发上，客厅的地板上洒落着很多爸爸的旧衣服，猜测得出刚才她又和爸爸发生了剧烈的争吵，且场面一定很惨烈。

“回来了？”妈妈操着沙哑的声音问道。

“嗯。”我把伞和书包放下，然后把湿了的外套脱下，往旁边的凳子上一丢，“你又和我爸吵架了？

“嗯，吵了，还打起来了。”妈妈抬手抹了抹脸上的泪水，“你爸他走了，和那个女人私奔了。”

我听得糊里糊涂的，说：“妈，你没事儿吧？”

妈妈莫名其妙地笑了起来，笑容看上去有点虚假，有点伤感，她说：“你妈我怎么会有事儿呢？你爸他走了我高兴还来不及，怎么会有事儿呢？他走了，就没人来烦我了，我就可以清净，这个家也可以清净了，我……我高兴……我……”妈妈啜泣着说不下去了，那泪水开始像决堤的洪水般往眼眶外飙。

我有些无奈地走了过去，安慰道：“妈，别哭了好吗？他不走也走了，你哭还有什么用？”

“嗯嗯嗯，妈不哭了，妈不哭了。”妈妈有点慌乱地抬手抹那依旧不受控制地往外飙的泪水，“他走了，妈妈应该高兴才对……你马上打电话给你哥哥，让他从外头买些好菜回来，我们今晚要庆贺庆贺……”

我很无奈：“妈，你别这样子好吗？”

"妈不这样子，要哪样子？妈不会哭，妈应该高兴，应该高兴才对……你爸他走了，跟那个女人走了，我们应该高兴庆贺，高兴庆贺才对……去，去打电话给你哥哥，让他从外头买些好菜回来，我们今晚一起庆贺，庆贺……我……我……"妈妈又啜泣着说不下去了，她抬手捂住了脸……我见状伸手过去把她的头揽进了自己的怀里，说："妈，你想哭就哭出来吧，别憋了，哭出来就好了。"

我这话音刚落，妈妈就在我怀里大哭了起来，肆无忌惮地大哭了起来，那哭声无比的忧伤、无比的凄凉、无比的无助。期间，她还时不时反复地念叨着让人心碎的两句话："你爸他走了，他不要这个家了。""你爸走了，他和那个女人走了。"

我什么话都没说，就一直轻拍着她的后背，用这种无声的方式安慰着她。这个时候我感觉我不再像是一个乳臭未干的小孩，而是一个懂事了的、坚强的大人。话说我本来就是一个大人来了的，呵呵，苦涩干瘪、无奈的微笑。

时间也不知过去了几分几秒，妈妈的哭泣声停止了，她离开我的怀抱，抬起双手拭去脸上的泪水，操着沙哑的声音说："好了，妈……妈没事了。"她大呼了一口气，然后扭头望向我，"妈没事了，不要担心了。你怎么了，怎么出这么多汗？"

我皱眉愣了一下，说："没有啊，我没出汗啊！"

妈妈说："那你的头发怎么这么湿？"

"哦，雨淋的。"

"你不是撑伞了吗，怎么会被雨淋呢？"

"我……我……"我支吾着，不知道该怎么样去跟妈妈解释。我不可能跟她说刚才在楼下见到那个女人了，且差点儿跟她打了起来，因我怕她听后又东想西想了。

妈妈说："好了，妈也不问你为什么了，你快点去洗个热水澡吧，不然该感冒了。"

我"哦"了一声，什么都没说就站起了身，往房间走去，可刚走出没几步，妈妈的声音就响起："对了，木木，你刚才回来的时候，是不是撞见你爸了？"

我愣了一下，说："撞见了，怎么了？"

妈妈说："没……没什么了，你洗澡去吧！"

我"哦"了一声，没再说什么，重新往房间走去……

十几分钟后，我洗完澡出来，就见妈妈正一脸忧伤地捡起那些洒落在客厅的爸爸的衣服，动作有些木讷，我无声地过去帮忙捡，妈妈就低声阻止说："我捡就得了，你开杯白糖水来喝吧，以防感冒。"

我听话地"哦"了一声，就去开白糖水喝了。

妈妈捡完了衣服，就无声地走回自个的房间把自己锁了起来。

后来，她连晚饭都没有出来吃，一直待在自己的房间里，谁都不愿意见。

真的很担心妈妈这个样子继续下去，身体会垮，人会疯的！

我该怎么去安慰您呢？——我亲爱的母亲。

第一部 完

敬请期待下一部